KB046289

구토

La nausée

Jean-Paul Sartre

Copyright © Éditions Gallimard, 1938
Korean Edition Copyright © Moonye Publishing Co., 2020
All rights reserved.

This Korean edition published by arrangement with Éditions Gallimard
through Shinwon Agency Co., Seoul.

이 책의 한국어판 저작권은 신원에이전시를 통해 Gallimard 사와 독점계
약한 ㈜문예출판사에 있습니다. 저작권법에 의해 한국 내에서 보호를 받
는 저작물이므로 무단전재와 무단복제를 금합니다.

A NAUSÉE
SARTRE

구토

장 폴 사르트르 | 임호경 옮김

문예출판사

일러두기

- 원서의 주석은 (원주)로 표시했으며, 그 외의 주석은 옮긴이 주다.
- 도서 및 잡지명은 《 》로, 영화, 노래, 연극 제목은 〈 〉로 표시했다.
- 원문에서 이탤릭체로 표기된 단어는 한글의 가독성을 고려해 볼드체로 표기했다.

비버[1]에게 바침

───────────────

1 사르트르의 연인이자 지적 동반자인 시몬 드 보부아르의 별명.

차례

그는 공동체적인 중요성은 전혀 없는,
고작 한 개인에 불과한 친구였다.

루이페르디낭 셀린, 《교회》

편집자의 일러두기

이 노트들은 앙투안 로캉탱의 서류 가운데에서 발견되었다. 우리는 이것을 전혀 손대지 않고 발행한다.

첫 번째 페이지에는 날짜가 적혀 있지 않지만, 이 부분이 본격적인 일기의 첫 부분보다 몇 주 먼저 쓰였다고 생각하게 만드는 충분한 이유들이 있다. 따라서 그것은 늦어도 1932년 1월 초 무렵에 쓰였을 것이다.

이 시기에 앙투안 로캉탱은 중부 유럽, 북아프리카, 그리고 극동 지역을 여행한 후 3년 전부터는 롤르봉 후작에 대한 역사적 연구를 마치기 위해 부빌에 정착하여 지내고 있었다.

편집자 일동

날짜를 적지 않은 페이지

가장 좋은 방법은 그날그날 일어난 일들을 써놓는 것이다. 실상을 명확히 보기 위해서다. 뉘앙스와 작은 사실들을, 그것들이 아무것도 아닌 것처럼 보일지라도, 놓치지 말 것. 무엇보다도 그것들을 분류할 것. 이 탁자가, 거리가, 사람들이, 내 담뱃갑이 **어떻게 보이는지** 말해야 한다. 왜냐하면 변한 것은 바로 **그것이기** 때문이다. 이 변화의 범위와 성격을 정확하게 규정해야 한다.

예를 들어, 여기에 내 잉크병이 들어 있는 마분지 갑이 있다. 전에는 이것이 나에게 어떻게 보였으며, 지금은 이것이 어떻게 ○○[2]는지 말해봐야 한다.

자, 그러니까 이것은 직육면체고, 그것이 두드러져 보이는 배경은…… 자, 이런 것이 바보 같은 짓이다. 여기

---

2 이 부분은 비어 있다(원주).

13

에 대해서는 말할 게 아무것도 없다. 바로 이런 걸 피해야 하며, 아무것도 없는 데에다 이상한 것을 집어넣어서는 안 된다. 나는 이것이 일기를 쓸 때 도사리고 있는 위험이라고 생각한다. 우리는 모든 것을 과장하고, 항상 무엇인가를 찾고 있기 때문에 계속 진실을 왜곡한다. 반면, 그저께의 그 인상을 언제고 ─ 바로 이 잉크병 갑이나, 다른 어떤 대상에 대해서 ─ 다시 느낄 수 있음은 확실하다. 나는 항상 준비되어 있어야 한다. 그렇지 않으면 그 인상은 손가락 사이로 물처럼 새어나갈 것이기 때문이다. 결코 ○○³해서는 안 되고, 일어난 모든 것을 정성껏, 그리고 아주 세밀하게 적어야 한다.

물론 나는 토요일과 그저께 일어난 그 일들에 대해 아무것도 명확하게 적을 수가 없다. 이미 거기에서 너무 멀어졌기 때문이다. 다만 내가 말할 수 있는 것은, 그 어느 경우에도 보통 사람들이 어떤 사건이라고 부르는 일은 전혀 없었다는 것이다. 토요일에 아이들이 물수제비뜨기 놀이를 하고 있었고, 나도 그 애들처럼 돌멩이 하나를 바다에 던지고 싶었다. 바로 그 순간, 나는 동작을 멈췄고, 돌멩이를 손에서 놓고는 거기를 떠났다. 아마 내가 얼빠

---

3 단어 하나를 줄을 그어 삭제해놓았고(어쩌면 '왜곡'이나 '날조'일 수 있다), 그것 대신 첨가한 다른 단어는 잘 보이지 않는다(원주).

진 모습이었던 모양으로, 등 뒤에서 아이들이 웃음을 터뜨렸다.

이것이 바깥에서 일어난 일이다. 내 안에서 일어난 일은 명확한 흔적을 남기지 않았다. 무엇인가가 보였고, 나는 역겨움을 느꼈는데, 그때 바다를 보고 있었는지, 돌멩이를 보고 있었는지 알 수 없다. 돌멩이는 넓적했고, 한쪽면 전체는 말라 있었고, 다른 쪽은 축축하고 진흙이 묻어있었다. 나는 손을 더럽히지 않으려고 손가락을 크게 벌려 그것을 잡고 있었다.

그저께는 훨씬 더 복잡했다. 이때도 우연의 일치, 혹은 착각일지 모르겠지만 나로서는 이해할 수 없는 이상한 일들이 연달아 일어났다. 하지만 재미 삼아 그 모든 것을 종이에 적어놓는 짓은 하지 않겠다. 어쨌든 그때 내가 공포, 혹은 그와 비슷한 어떤 감정을 느꼈던 것이 확실하다. 만일 내가 무엇에 대해 공포를 느꼈는지 알 수만 있다면, 나는 벌써 큰 발전을 한 셈이다.

기묘한 것은 내가 나를 미친놈으로 여길 생각이 전혀 없다는 사실이다. 오히려 내가 미치지 않았다는 것을 확실히 알고 있다. 이 모든 변화들은 대상들에 관련된 것이다. 적어도 나는 그렇게 확신하고 싶다.

10시 반[4]

결국 그것은 약간의 광증의 발작이었는지도 모른다. 지금은 더 이상 그 흔적이 남아 있지 않다. 지난주에 느꼈던 그 이상한 감정들이 오늘은 아주 우스꽝스럽게 느껴진다. 그런 느낌이 드는 일은 더 이상 없다. 오늘 저녁, 나는 아주 편안하고, 아주 부르주아적으로 이 세상 가운데에 있다. 여기는 북동향의 내 방이다. 이 아래에는 뮈틸레 거리와 신역新驛을 짓는 공사장이 있다. 내 방 창문을 통해 빅토르 누아르 대로의 한 귀퉁이, 그리고 카페 **랑데부 데 슈미노[5]**의 빨갛고 하얀 불빛이 보인다. 파리발 열차가 막 도착했다. 사람들이 구역舊驛에서 쏟아져 나와 이 거리 저 거리로 흩어진다. 발소리, 사람들의 목소리가 들린다. 많은 이들이 마지막 전차를 기다리고 있다. 그들은 내 방 창문 바로 아래에 있는 가스등 밑에서 작고 처량한 무리를 이루고 있으리라. 하지만 그들은 아직 몇 분을 더 기다려야 할 텐데, 10시 45분까지는 전차가 오지 않을 것이기 때문이다. 오늘 밤에는 제발 지방을 돌아다니는 외판원들이 오지 않았으면 좋겠다. 너무나 잠을 자고 싶다. 너무나

---

4 물론 저녁 10시 반. 이 문단은 앞의 문장들보다 훨씬 나중에 쓰인 것이다. 우리는 이 글이 아무리 빨라도 다음 날에 쓰였다고 생각한다(원주).

5 Rendez-vous des Cheminots. '철도원들의 집합소', '만남의 장소' 정도의 뜻.

도 잠이 많이 밀려 있다. 하룻밤이라도 푹 자고 나면 이 모든 이야기들은 깨끗이 없어지리라.

11시 15분 전. 이제 걱정할 것이 없다. 오늘 상인들은 오지 않을 모양이다. 루앙의 그 양반이 오는 날이 아니라면 말이다. 그는 매주 오는데, 그에게는 비데가 있는 2층의 2호실이 예약되어 있다. 그가 나타날 가능성은 여전히 남아 있다. 그는 종종 잠자리에 들기 전에 **랑데부 데 슈미노**에서 맥주 한잔을 걸치곤 한다. 뭐, 그렇게 시끄럽게 하는 사람은 아니다. 아주 작달막하고 몹시 깔끔한 사람으로, 검은 콧수염을 길러 왁스를 바르고, 가발을 쓰고 다닌다. 자, 저기 온다.

저 양반이 층계를 올라오는 소리를 들었을 때 가슴이 약간 뭉클해졌다. 그만큼 안도감을 주는 소리였다. 이렇게나 규칙적으로 돌아가는 세계에 두려워할 것이 뭐가 있단 말인가? 나는 이제 회복되었다고 생각한다.

자, 그리고 저기에 '아바투아르와 그랑 바생을 잇는' 7호선 전차가 온다. 그것은 요란하게 철커덩거리며 도착한다. 그리고 다시 출발한다. 이제 전차는 짐과 잠든 아이들을 가득 싣고 그랑 바생 쪽으로, 공장가 쪽으로, 어두운 동부 쪽으로 달려간다. 막차는 한 시간 후에 지나갈 것이다.

나는 잠자리에 든다. 난 이제 회복되었고, 그날그날 느긴 인상들을 어린 계집애들처럼 예쁜 새 공책에 적어가는 것을 포기한다.

　다만 어떤 경우에는 일기를 쓰는 것이 흥미로운 일일 수 있다. 그것은 너무나[6]

6　날짜를 적지 않은 페이지의 글은 여기에서 멈춘다(원주).

일기

그 무언가가 내게 일어났다. 더 이상 의심의 여지가 없다. 이것은 어떤 통상적인 확신이라든지, 어떤 명백한 사실로서가 아닌, 어떤 병처럼 찾아왔다. 이것은 음험하게 조금씩 자리를 잡았고, 나는 조금 이상하고, 약간 거북한 기분을 느꼈을 뿐이다. 그것은 한번 자리를 잡고 나자 더 이상 움직이지 않고 아주 조용히 있어서, 나는 내게는 아무런 문제가 없다, 이것은 공연한 걱정일 뿐이다, 라고 스스로 설득할 수 있었다. 그런데 이제 그게 만연하기 시작한 것이다.

나는 역사가라는 직업이 심리 분석을 하는 데 적합하다고 생각하지 않는다. 우리 역사가들은 작업을 할 때 '야심'이라든가 '사욕' 같은 일반적인 명칭이 붙여지는 단순한 감정들을 다룰 뿐이다. 하지만 만일 내가 조금이라도

19

나 자신에 대한 지식을 가지고 있다면, 이제 그것을 사용해야 할 것 같다.

예를 들면 내 손에는 무엇인가 새로운 것이, 내가 파이프나 포크를 잡는 어떤 모종의 방식 같은 것이 있다. 아니면 포크 자체가 이제 모종의 방식으로 잡히는 것인지도 모르겠다. 바로 조금 전에 나는 내 방에 들어오려다가 갑자기 딱 멈췄는데, 왜냐하면 일종의 개성 같은 것으로 내주의를 끈 어떤 차가운 물체가 손에 느껴졌기 때문이다. 나는 손바닥을 펼치고 내려다보았다. 난 단지 문손잡이를 잡고 있을 뿐이었다. 오늘 아침 도서관에서 독학자[7]가 내게 와서 인사를 했는데, 난 10초가 지나서야 그를 알아보았다. 나는 거의 얼굴이라고도 할 수 없는 어떤 낯선 얼굴을 보고 있었다. 그리고 마치 커다란 흰 벌레처럼 내 손에 잡힌 그의 손이 있었다. 난 곧바로 그것을 놓았고, 그의 팔은 무기력하게 아래로 툭 떨어졌다.

거리에서도 수상쩍은 소리들이 무수히 떠다닌다.

이렇게 지난 몇 주 동안 어떤 변화가 일어났다. 하지만 어디에서? 그것은 어느 곳에도 둘 수 없는 추상적인 변화다. 변한 것은 나일까? 만일 변한 게 내가 아니라면, 이

---

7 이 일기에서 자주 언급되는 '오지에 P-'다. 그는 집행관으로, 로캉탱은 1930년에 부빌 도서관에서 그를 알게 되었다(원주).

방, 이 도시, 이 자연이 변했다. 한쪽을 선택해야 한다.

*

　나는 내가 변했다고 생각한다. 그것이 가장 간단한 해답이다. 가장 불쾌한 해답이기도 하다. 하지만 나는 이런 갑작스러운 변화를 종종 겪는다는 사실을 인정해야 한다. 사실 그것은 내가 생각을 별로 하지 않기 때문이다. 그래서 내가 주의하지 않는 사이에 무수한 작은 변화들이 내 안에 축적되다가, 어느 날 말 그대로 혁명이 일어난다. 그래서 내 삶은 이런 급작스럽고도 일관성 없는 양상을 띠게 되는 것이다. 예를 들어 내가 프랑스를 떠날 때, 내가 일시적인 변덕에 이끌려 그런다고 말하는 사람들이 꽤 있었다. 그리고 6년간의 여행 끝에 갑작스레 프랑스로 돌아왔을 때에도, 사람들은 충동에 의해 그런 것이라고 말했다. 페트루 사건의 여파로 작년에 사임한 그 프랑스 관리의 사무실에 메르시에와 함께 있던 내 모습이 아직도 생각난다. 메르시에는 고고학적 사명을 띠고 벵골에 갈 예정이었다. 나는 늘 벵골에 가고 싶은 마음이 있었고, 그는 자기와 함께 갈 것을 강력하게 권했다. 지금 생각해보면 왜 그랬는지 모르겠다. 내 생각에는, 그가 포르탈을 전적으로 신임할 수 없었기에 내가 그를 감시해주기를 바랬던 것 같다. 나로서는 거절할 이유가 없었다. 그리고 포르탈에 대한 그의 계략을 어렴풋이 느끼기도 했지만, 그것은 그의 제안을 신이 나서 수락할 또 하나의 이유일 뿐이었다. 그런데 난 마비된 것처럼 한마디도 할 수 없었다. 전화기 옆, 녹색 양탄자 위에 놓인 어떤 조그만 크메르 조각상만 뚫어지게 응시할 뿐이었다. 마치 내가 림프액과 미지근한 젖으로 채워진 듯한 기분이었다. 약간의 짜증이 살짝 느껴졌지만, 메르시에는 더없는 참을성을 보여주며 이렇게 말했다.

"자, 나는 공식적으로 확실히 해두고 싶소. 당신이 결국 받아들일 거라는 걸 알고 있소. 그러니 지금 당장 수락하는 편이 나을 거요."

그는 향수를 진하게 뿌린 검붉은 수염을 기르고 있었다. 그가 머리를 움직일 때마다 나는 향수 냄새를 흠뻑 들이마셨다. 그러다가 갑자기 나는 6년 동안 계속되어온 잠에서 깨어났다.

조각상은 불쾌하고도 멍청하게 느껴졌고, 나는 내가 아주 지루해하고 있다는 것을 느꼈다. 내가 왜 인도차이나에 왔는지 알 수 없었다. 내가 지금 여기에서 무얼 하고 있는가? 왜 이 사람들과 이야기를 하고 있는가? 왜 이렇게 희한한 옷차림을 하고 있는가? 나의 열정은 죽어버렸다. 그것은 몇 해 동안 나를 사로잡아 여기저기 끌고 다

넜지만, 이제 나는 속이 텅 비어버린 것을 느꼈다. 하지만 최악은 따로 있었다. 내 앞에 어떤 큼직하고도 흐릿한 '관념'이 나른하게 자리 잡고 있었다. 나는 그것이 무엇인지 잘 알 수 없었으나, 그것을 쳐다볼 수도 없었다. 너무나 역겨웠기 때문이었다. 내게는 이 모든 것이 메르시에의 수염에서 나는 향수 냄새와 섞여들고 있었다.

나는 부르르 떨며 정신을 차렸고, 그에 대한 분노에 사로잡혀 퉁명스레 대답했다.

"고맙습니다만, 전 충분히 여행했다고 생각합니다. 이제는 프랑스에 돌아가야 할 것 같아요."

그 다음다음 날, 나는 마르세유행 배를 탔다.

만일 내가 잘못 생각하고 있는 것이 아니라면, 만일 하나둘 쌓여가는 이 모든 신호들이 내 삶의 어떤 새로운 격변을 예고하는 전조들이라면, 그렇다면 나는 두렵다. 그것은 나의 삶이 풍요롭다거나, 무겁다거나, 귀중한 것이어서가 아니다. 하지만 나는 이제 태어나, 나를 사로잡게 될 것이 — 이것이 날 어디로 끌고 갈 것인가? — 두렵다. 또 모든 것을, 내 연구를, 내 책을 뒤로하고 어디론가 떠나야 할 것인가? 몇 달 후에, 몇 해 후에, 또 다른 폐허 가운데에서 기진맥진하고 실망하여 잠에서 깨어날 것인가? 너무 늦기 전에 내 속을 명확하게 보고 싶다.

1월 26일 화요일

새로운 것은 아무것도 없다.

나는 아침 9시부터 오후 1시까지 도서관에서 작업했다. 제12장과 파벨 1세의 사망에 이르기까지 롤르봉의 러시아 체류와 관련된 모든 내용을 정리했다. 이제 작업은 모두 끝났고, 최종 수정 전까지는 더 이상 손대지 않을 작정이다.

지금은 1시 반이다. 카페 마블리에서 샌드위치를 먹는 중이고, 모든 것이 정상에 가깝다. 사실 어느 카페고 늘 모든 것이 정상이게 마련인데, 특히 이 카페 마블리는 항상 얼굴에 그 긍정적이고도 안도감을 주는 짓궂은 표정을 달고 다니는 사장 파스켈 씨 때문에 더욱 그렇다. 조금 있으면 낮잠을 잘 시간이어서 그런지 그의 눈은 벌써 분홍빛으로 충혈되었지만, 거동은 활기차고도 박력이 있다. 그는 테이블 사이를 오가기도 하고, 손님들에게 다가와 말을 걸기도 한다.

"뭐, 필요한 건 없으신가요, 선생님?"

나는 그의 그런 활기찬 모습에 미소 짓는다. 카페가 비어가는 시간에는, 그의 머릿속도 비어간다. 2시에서 4시 사이에 카페는 썰렁해지는데, 파스켈 씨가 얼빠진 얼굴로 몇 걸음 서성이면 웨이터들은 조명을 끄고, 그는 멍한 무의식 상태에 빠져든다. 혼자만 남으면 이 사내는 잠이 든다.

아직은 손님이 스무 명가량 남아 있다. 독신자, 하급 기술자, 회사원 같은 이들은 그들이 '우리의 장교식당'이라고 부르는 하숙집에서 재빨리 점심을 먹은 뒤, 약간의 사치가 필요하기에 식사 후 여기로 와서 커피 한잔을 마시며 포커 게임을 즐긴다. 그들은 약간의 소음을 내는데, 나로서는 별로 거슬리지 않는 불규칙한 소음이다. 그들도 존재하기 위해 여럿이 모여 있어야 한다.

나는 혼자 산다. 온전히 혼자 산다. 나는 누구와도 말을 하지 않는다. 결코 하지 않는다. 나는 아무것도 받지도 않고, 주지도 않는다. 독학자는 이 셈에서 제해야 한다. 물론 카페 랑데부 데 슈미노의 여사장, 프랑수아즈가 있다. 하지만 내가 그녀와 얘기를 나누던가? 이따금 저녁 식사 후에 그녀가 내게 맥주 한 잔을 가져오면 난 이렇게 묻는다.

"오늘 저녁에 시간 있어요?"

그녀는 '아니'라고 하는 법이 없고, 난 그녀를 따라서, 그녀가 시간당 혹은 하루 계산으로 빌리는 2층의 커다란 방들 중 하나로 올라간다. 난 그녀에게 돈을 지불하지 않는다. 우리는 일종의 물물거래식의 섹스를 한다. 그녀는 거기에서 쾌감을 맛보고(그녀에겐 하루에 남자 하나가 필요하고, 나 말고도 다른 남자들이 많다), 나 역시 이를 통해

25

내가 그 이유를 잘 알고 있는 어떤 우울증을 떨쳐버릴 수 있다. 하지만 우리는 거의 말을 나누는 법이 없다. 그게 무슨 소용이 있는가? 각자 혼자 즐기면 되는 것이다. 게다가 난 그녀의 카페 손님 중 하나일 뿐이다. 그녀는 옷을 벗으며 내게 말한다.

"그런데, 식전주 브리코에 대해 좀 알아요? 왜냐하면 이번 주에 손님 둘이 그걸 주문하더라고요. 종업원 애가 그게 뭔지 몰라서 내게 와서 물었어요. 손님들은 뜨내기들이었는데, 아마 파리에서 그걸 마신 모양이에요. 하지만 난 모르는 것은 사고 싶지 않아요. 괜찮다면 스타킹은 벗지 않을게요."

전에는——그녀가 날 떠나고 나서 한참 후에도——난 안니에 대해 생각하곤 했다. 이제 난 누구에 대해서도 생각하지 않는다. 심지어는 할 말을 찾으려 하지도 않는다. 말은 내 안에서 다소 빨리 흘러갈 뿐이고, 나는 그것을 붙잡으려 하지 않고 그대로 놔둔다. 대부분의 시간에 내 상념들은 말로 연결되지 않기 때문에 안개처럼 흐릿하다. 그것들은 어떤 막연하고도 재미있는 형태를 그리다가 사라져버리고, 난 이내 그것들을 잊어버린다.

나는 저 젊은 친구들이 놀랍다. 그들은 커피를 마시며 명확하면서도 사실임 직한 얘기들을 한다. 어제 무엇을 했냐고 물으면, 그들은 조금도 당황하지 않는다. 무엇을 했는지 간단한 말로 알려준다. 내가 만일 그들이었다면, 난 더듬거렸을 것이다. 사실 오래전부터 내가 어떻게 시간을 보내는지 아무도 신경 쓰지 않는다. 혼자 있으면 심지어는 얘기를 한다는 게 어떤 것인지도 모르게 된다. 친구들과 함께 사실처럼 느껴지는 것들이 사라져버린다. 일어나는 일들에 대해서도 무심해진다. 사람들이 불쑥 나타나 지껄이다가 다시 가버리는 모습이 보일 뿐이고, 횡설수설하는 얘기들에 멍하니 빠져들 뿐이다. 이런 사람에게 어떤 일에 대해 증언해달라고 하면, 정말 형편없는 증인이 될 것이다. 하지만 그 반대급부로, 전혀 사실처럼 느껴지지 않는 것들, 카페에서 얘기하면 아무도 믿지 않을 것들은 절대로 놓치는 법이 없다. 예를 들면 토요일 오후 4시경에, 기차역 공사장의 널판을 깐 짤막한 보도에서 하늘색 옷차림의 조그만 여자가 웃으며, 손수건을 흔들면서 뒷걸음을 치고 있었다. 이와 동시에 크림색 레인코트와 노란 구두와 녹색 모자 차림의 흑인 남자가 휘파람을 불며 거리의 모퉁이를 돌아 나오고 있었다. 여전히 뒷걸음치고 있던 여자는 담장 위에 걸린, 밤이면 불이 켜지는 가로등 아래에서 흑인과 부딪혔다. 그래서 그곳에는 젖은 목재의 냄새를 강하게 풍기는 그 담장과, 가로등과, 노을에 불타는 하늘 아래에서 흑인의 품에 안긴 조그만 금발의 여인이 동시에 존재하게 되었다. 만일 너덧 명의 사람

27

들이 있었더라면, 우리는 그 충돌을, 그 모든 아름다운 색깔들과 솜털을 연상시키는 아름다운 하늘색 코트와 밝은 색의 레인코트와 가로등의 빨간 색유리에 주목했을 것이고, 아이 같은 그 두 얼굴에 나타난 깜짝 놀란 표정을 보고 웃음을 터뜨렸을 것이다.

혼자 있는 사람은 웃고 싶을 때가 별로 없다. 그 모든 것이 내게는 아주 강렬하고 심지어는 사납기조차 한, 하지만 순수한 어떤 의미로 다가왔다. 그러고 나서 해체되어 가로등과 담장과 하늘만 남았지만 그것만으로도 충분히 아름다웠다. 한 시간 후, 가로등에 불이 켜지고, 바람이 불고, 하늘은 어두워졌다. 더 이상 아무것도 남지 않았다.

이 모두가 아주 새로운 것은 아니다. 난 이런 부드러운 감동들을 한 번도 거부한 적이 없다. 오히려 그 반대다. 그것들을 느끼기 위해서는 적절한 순간에 '그래, 이것은 있을 수 있는 일이야'라는 생각에서 벗어날 수 있을 만큼만 외따로 떨어져 있으면 된다. 하지만 나는 사람들과 가까이에 있었고, 비상시에는 그들 가운데로 피신하겠다고 단단히 마음먹고서 고독의 표면에 머물러 있었다. 사실 지금까지 난 고독의 애호가에 불과했다.

지금 여기저기 물체들이 있다. 여기 테이블 위의 이 맥주잔이 그중 하나다. 그걸 보고 있으니 "자, 장난은 그만 치자"라고 말하고 싶어진다. 나는 내가 너무 지나쳤다는 것을 잘 알고 있다. 나는 우리가 고독을 '옹호할' 수는 없다고 생각한다. 이 말은 내가 자기 전에 내 침대 밑을 들여다본다거나, 한밤중에 내 방문이 갑자기 열릴지도 모른다고 걱정한다는 뜻이 아니다. 그럼에도 불구하고 난 불안하다. 30분 전부터 난 이 맥주잔을 **쳐다보는 것**을 피하고 있다. 나는 위에서, 아래에서, 오른쪽에서, 왼쪽에서 이것을 보지만, **이것 자체**는 보려고 하지 않는다. 나는 주위에 있는 독신자들이 내게 아무런 도움도 될 수 없음을 잘 알고 있다. 너무 늦어버렸고, 난 더 이상 그들 가운데로 피신할 수 없다. 그들은 내게 와서 어깨를 툭툭 치면서 이렇게 말하리라. "왜, 이 잔에 무슨 문제가 있어? 다른 잔들과 똑같잖아. 이것은 형태가 비스듬하고, 손잡이가 하나 달려 있고, 삽 하나가 그려진 조그만 문장紋章이 새겨져 있고, 그 문장에는 '슈파텐 브로이'라고 쓰여 있잖아." 나도 이 모든 것을 잘 알고 있지만, 여기에 무엇인가 다른 부분도 있다는 것을 알고 있다. 거의 아무것도 아닌 무엇인가가 있다. 하지만 나는 내가 보는 것을 설명할 수 없다. 아무에게도 설명할 수 없다. 자, 난 이렇게 물 밑바닥으로, 공포 속으로 서서히 미끄러져 내려가고 있다.

  나는 이 즐겁고도 합리적인 목소리들 가운데에서 혼자다. 모든 친구들은 자신의 생각을 설명하고, 자기들이 모두 의견이 같다는 사실을 행복하게 확인하며 시간을 보낸다. 세상에, 모두가 같은 생각을 한다는 것이 그렇게도 중요하단 말인가! 자기 생각에만 파묻혀 있는 듯 보이고, 그들과는 결코 합의가 가능할 것 같지 않은, 물고기 같은 눈을 가진 사람들 중의 하나가 그들 가운데를 지나갈 때 그들이 어떤 표정을 짓는지 한번 보라. 내가 여덟 살에 뤽상부르 공원에서 놀곤 했을 때, 오귀스트 콩트 거리를 따라 이어진 철책에 맞닿아 지어진 초소에 와서 앉아 있곤 하던 남자가 있었다. 그는 말은 하지 않았지만, 이따금 다리를 뻗어 겁먹은 얼굴로 자기 발을 내려다보곤 했다. 그는 발의 한쪽에는 목이 긴 구두를, 다른 한쪽에는 슬리퍼를 신고 있었다. 공원 관리인이 나의 숙부에게 해준 얘기에 따르면, 그는 전에 고등학교의 시험 감독관이었다고 한다. 그런데 그가 학사원 회원 복장을 하고서 교실에 들어와 학기 시험 성적을 불러주곤 했기 때문에 퇴직을 당했다는 것이었다. 우리가 너무나 무서웠던 것은 그가 혼자라고 느꼈기 때문이었다. 어느 날, 그는 멀리서 로베르에게 두 팔을 뻗으며 미소를 지었고, 로베르는 거의 기절할 뻔했다. 우리를 무섭게 한 것은 그 사람의 비참한 행색도, 칼라에 스치곤 하던 목의 혹도 아니었다. 우리는 그가 머릿속에 게나 바닷가재의 생각을 품고 있다고 느꼈다. 그리고 바로 이것이, 그가 초소에 대해, 우리들의 굴렁쇠에 대해, 수풀에 대해 바닷가재의 생각을 한다는 사실이 우릴 소름 끼치게 했다.

이게 나를 기다리고 있는 것일까? 처음으로 나는 혼자
인 것이 꺼림칙하게 느껴진다. 너무 늦기 전에, 내가 어린
아이들에게 공포의 대상이 되기 전에 내게 무슨 일이 일
어나고 있는지 누군가에게 말하고 싶다. 안니가 옆에 있
으면 좋겠다.

참 이상하다. 난 지금 열 페이지나 채웠는데, 아직 진실
을 말하지 못했다——적어도 모든 진실을 말하지 못했다.
날짜 밑에다 '새로운 것은 아무것도 없다'라고 썼을 때,
나는 정직하지 못했다. 사실은 부끄럽지도, 특별하지도
않은 사소한 사건이 하나 있었는데, 그 일을 밖으로 꺼내
기를 거부하고 있었던 것이다. 그야말로 '새로운 것은 아
무것도 없'는 사건이다. 우리가 이성적인 척하면서 얼마
나 거짓말을 할 수 있는지, 참으로 경탄스러울 뿐이다. 물
론 새로운 일은 아무것도 일어나지 않았다고 말할 수 있
다. 오늘 아침 8시 15분에 도서관에 가려고 프랭타니아
호텔을 나올 때, 나는 방바닥에 굴러다니는 종이 한 장을
줍고 싶었지만 그러지 못했다. 그것이 전부고, 이것은 어
떤 사건이라고 말할 수도 없다. 그렇기는 하지만, 모든 진
실을 말하자면 나는 이 일에서 깊은 인상을 받았다. 내가
더 이상 자유롭지 못하다는 생각이 든 것이다. 도서관에

서 나는 이 생각을 떨쳐버리려고 애를 썼지만 허사였다. 난 그 생각을 피해 도망치듯 카페 마블리에 갔다. 그 생각이 빛을 받아 사라지기를 바랐다. 하지만 그것은 내 안에, 무겁고도 고통스럽게 남아 있었다. 나로 하여금 앞의 페이지들을 쓰게 한 것이 바로 이 생각이다.

왜 나는 그 일을 얘기하지 않았는가? 그것은 자존심 때문이기도 하고, 또 조금은 서투름 때문이기도 할 것이다. 나는 내게 일어나는 일을 스스로에게 얘기하는 데 익숙하지 않다. 그럴 때면 사건들이 어떻게 이어졌는지 잘 생각해내지 못하고, 중요한 것을 구별해내지 못한다. 하지만 이런 일은 이제 끝났다. 난 카페 마블리에서 내가 쓴 것을 다시 읽어보았고, 부끄러움을 느꼈다. 난 비밀도, 감상도, '표현할 수 없는 무엇인가'도 원치 않는다. 난 내적인 삶을 가지고 노는 처녀나 사제가 아니다.

별다른 일은 없었다. 내가 종이를 줍지 못했다는 것, 그것이 전부다.

나는 밤이나 낡은 헝겊, 특히 종이 줍는 것을 아주 좋아한다. 그것들을 집어 들고, 손으로 쥐는 것은 아주 기분 좋은 일이다. 심지어는 아이들이 하듯이 입에다 가져다 대려고 할 정도다. 내가 거리의 어느 구석에서 묵직하고도 화려해 보이는, 하지만 아마도 똥으로 더러워졌을 종이를 주워들라치면 안니는 불같이 화를 냈다. 여름이나 초가을에 공원에 가면 햇볕에 구워져 낙엽처럼 바삭바삭해진, 너무나도 누레서 피크르산에 담갔다는 생각마저 드는 신문 쪼가리들을 보곤 한다. 겨울철에 보는 다른 종이들은 빨아지고, 갈리고, 더럽혀져서 대지로 돌아갔다. 또 아주 새것이고 반들반들하고, 새하얗고, 생생하게 고동치는 종이들이 마치 백조들처럼 놓여 있기도 했는데, 벌써 아래에 흙이 달라붙고 있었다. 그것들은 몸부림치며 진흙에서 빠져나오지만, 결국은 조금 더 저쪽에, 이번에는 결정적으로, 철썩 떨어져 내릴 뿐이다. 이 모든 종이들은 주울 만하다. 때로 나는 그것들을 아주 가까이에서 쳐다보며 쓰다듬기도 하고, 또 어떤 때에는 그것들의 긴 파열음을 듣기 위해 쭉 찢어보기도 한다. 또 그것들이 아주 축축하면 불을 붙여보기도 하는데, 불을 붙이기가 쉽지 않다. 그런 다음 나는 진흙이 잔뜩 묻은 손을 벽이나 나무 둥치에 문지른다.

오늘 나는 병영에서 나온 한 기병대 장교의 황갈색 장화를 쳐다보고 있었다. 그 장화들을 보다 보니까, 물웅덩이 옆에 떨어진 종이 한 장이 눈에 띄었다. 난 장교가 장화 뒤꿈치로 종이를 진흙 속에 밟아 넣을 줄 알았는데, 아니었다. 그는 한 걸음에 종이와 물웅덩이를 뛰어넘었다. 나는 다가가 그 종이를 보았다. 그것은 학교 공책에서 찢어낸 것인 듯, 줄이 쳐진 종이였다. 비에 젖고 뒤틀린 그것은 마치 화상 입은 손처럼 온통 수포로 덮이고, 부풀어 있었다. 여백에 그어진 붉은 선은 분홍색으로 뿌옇게 흐려져 있었고, 여기저기 잉크가 번져 있었다. 종이의 아래쪽은 말라붙은 진흙 속으로 사라져 보이지 않았다. 나는 몸을 굽혔고, 손가락 아래에서 회색 공들로 굴려질 그 부드럽고도 신선한 반죽을 만질 생각에 벌써부터 기분이 좋았으나…… 그러지를 못했다.

나는 잠시 몸을 굽히고 있었고, '받아쓰기: 흰 올빼미'라고 쓰인 글자를 읽었고, 빈손으로 다시 몸을 폈다. 나는 더 이상 자유롭지 못하다. 더 이상 내가 원하는 것을 할 수가 없다.

물체들은 살아 있지 않기 때문에 다른 것을 만질 수 없어야 마땅하다. 우리는 그것들을 사용하고, 사용한 후에는 제자리에 두고, 그것들 가운데에서 살아간다. 그것들은 유용한 것일 뿐, 그 이상은 아무것도 아니다. 그런데 내게는 다르다. 그것들은 나를 만지는데, 이게 견딜 수 없이 느껴진다. 난 마치 살아 있는 짐승들과 접촉하듯 그것들과 접촉하는 것이 두렵다.

이제 알겠다. 내가 언젠가 바닷가에서 그 돌멩이를 들고 있었을 때의 느낌이 분명히 생각난다. 그것은 일종의 달착지근한 욕지기였다. 얼마나 불쾌한 느낌이었던가! 그 느낌은 분명히 돌멩이로부터 왔다. 돌멩이에서 내 손으로 전해지고 있었다. 그래, 그거였다. 바로 그거였다.
손안에 느껴지는 일종의 구토증이었다.

목요일 아침, 도서관에서

조금 전에 나는 호텔 층계를 내려오면서 뤼시가 계단
에 왁스칠을 하며 호텔 여사장에게 푸념을 늘어놓는 소
리를 들었다. 벌써 골백번은 들은 소리다. 여사장은 아직
틀니를 끼지 않았기 때문에 짤막한 문장들로 간신히 말
하고 있었다. 핑크빛 실내 가운과 터키식 가죽 슬리퍼 차
림의 그녀는 거의 벌거벗은 것이나 다름없었다. 뤼시는
늘 그렇듯 지저분한 모습이었다. 그녀는 이따금 문지르기
를 멈추고 무릎을 꿇은 채로 몸을 일으켜 여사장을 쳐다
보았다. 그녀는 아주 심각한 표정으로 쉬지 않고 지껄이
고 있었다.

"차라리 그 인간이 여자들을 쫓아다니는 게 백번 낫겠
어요." 그녀가 말했다. "그에게 해가 되지만 않는다면 난
아무 상관없어요."

그녀는 자기 남편에 대해 얘기하고 있었다. 마흔 줄에
접어든 이 작달막하고 까무잡잡한 여자는 저금한 돈으로
르쿠앵트 공장에서 조립공으로 일하는 아주 잘생긴 청년
을 꿰찼다. 하지만 결혼생활은 불행했다. 남편은 그녀를

때리지는 않았지만 술을 퍼마셨고, 밤마다 술에 취해 들어왔다. 그는 건강이 악화되고 있었다. 난 석 달 만에 그가 얼굴이 노래지고 몸이 바짝 마르는 것을 보았다. 뤼시는 그게 술 탓이라고 생각한다. 난 그보다는 결핵 때문이라고 믿는 쪽이다.

"이겨내야죠, 뭐." 뤼시는 말했다.

확신하건대 이것은 그녀의 속을 갉아먹고 있다. 천천히 갉아먹고 있다. 그녀는 참을성 있게, 겨우겨우 견뎌내고 있다. 그녀는 마음을 달래지도 못하고, 완전히 포기하고 고통에 빠져들지도 못한다. 그녀는 이따금 그것을 조금씩, 아주 조금씩 생각한다. 이를테면 그녀는 그것을 조금씩 벗겨먹고 있는 셈이다. 특히 다른 사람들과 같이 있을 때 그러는데, 왜냐하면 그들이 그녀를 위로해주기 때문이다. 또 거기에 대해 차분히, 마치 남에게 조언하듯이 얘기하다 보면 속이 풀리기 때문이다. 그녀가 방에 혼자 있을 때면, 그녀가 남편에 대해 생각하지 않으려고 콧노래를 흥얼거리는 소리가 들린다. 하지만 그녀는 하루 종일 우울해 있고, 금방 지치고 뚱한 얼굴이 된다.

"여기예요." 그녀는 자기 목을 만지며 말한다. "그게 여기에 맺혀서 내려가질 않아요."

그녀는 고통을 받는 데 있어 인색하다. 아마 쾌락에 있어서도 인색할 것이다. 난 자문해본다. 그녀도 이따금 그

단조로운 고통으로부터, 노래를 멈추자마자 다시 시작되는 그 투덜거림으로부터 해방되고 싶지 않을까? 한번 화끈하게 고통받고, 절망에 빠져보고 싶지 않을까? 하지만 그녀에겐 불가능한 일이다. 그녀는 꼼짝할 수 없이 묶여 있다.

목요일 오후

롤르봉 씨는 지독한 추남이었다. 마리 앙투아네트 왕비는 기꺼이 그를 '나의 친애하는 원숭이 씨'라고 부르곤 했다. 하지만 그는 궁중의 모든 여인네의 마음을 사로잡았는데, 그것은 '비비狒狒' 부아즈농처럼 광대짓을 했기 때문이 아니요, 정복당한 미녀들을 극도의 열정으로 이끄는 모종의 자력磁力 때문이었다. 계략가였던 그는 이른바 '목걸이 사건' 때 상당히 수상쩍은 역할을 하고, '술통' 미라보와 네르시아와 계속 관계를 맺어오다가 1790년에 자취를 감춘다. 그리고 러시아에 다시 나타나서는, 파벨 1세의 암살에 조금 관여한 후, 인도, 중국, 투르키스탄 같은 아주 먼 나라들을 떠돌아다닌다. 그는 밀매를 하고, 음모를 꾸미고, 스파이 활동을 한다. 1813년에는 파리에 돌아온다. 1816년에는 막강한 권력을 누린다. 당굴렘 공작부인과 속내 이야기를 나누는 유일한 사람이 된 것이다. 어린 시절의 끔찍한 기억들에 집착하는 이 변덕스러운 노파는 그를 보면 마음이 가라앉고, 미소를 짓는다. 그는 그녀를 통해 궁정을 휘어잡는다. 1820년 3월, 그는 아주 미인이며 나이는 열여덟밖에 안 되는 로클로르 양과 결혼한다. 일흔 살의 드 롤르봉은 최고의 명예를 누리고, 생의 정점에 있었다. 일곱 달 후, 그는 반역 혐의로 붙잡혀 지하 감옥에 투옥되고, 재판도 받지 못한 채로 그곳에서 5년을 갇혀 있다가 사망한다.

나는 제르맹 베르제의 주석[8]을 아련한 향수를 느끼며 다시 읽어보았다. 내가 롤르봉 씨를 처음 알게 된 것은 이 몇 줄의 글을 통해서였다. 그는 내게 얼마나 매력적으로 느껴졌던가! 이 몇 줄을 읽고 나자 그가 얼마나 좋아졌던가! 내가 지금 여기 있는 것은 바로 그 사람, 그 조그만 양반 때문이다. 여행에서 돌아왔을 때, 나는 파리나 마르세유에 정착할 수도 있었다. 하지만 롤르봉 후작의 파리 체류에 관련된 자료의 대부분은 이곳 부빌 시립도서관에 있다. 롤르봉은 마롬의 영주였다. 전쟁이 일어나기 전에는 그 촌락에 아직 그의 후손 중 하나가 살고 있었다. 건축가이며 이름이 롤르봉 캉퓌레였던 그는 1912년에 사망했을 때 부빌 도서관에 후작의 서신들, 일기의 일부분, 각

---

8 제르맹 베르제, 《술통 미라보와 그의 친구들》, 406쪽, 2번 각주. 샹피옹 판, 1906년(원주).

종 서류 등 대단히 중요한 자료들을 유증했다. 난 아직 다 검토하지 못했다.

이 주註들을 다시 보게 되니 기분이 좋다. 10년 만에 다시 읽는 것이다. 그동안 나의 필체는 변했다. 전에 나는 보다 촘촘하게 글을 썼던 것 같다. 그해, 나는 얼마나 롤르봉 씨를 좋아했던가! 어느 저녁이 생각난다. 화요일 저녁이었는데, 난 온종일 마자린 도서관에서 작업을 했다. 후작의 1789년에서 1790년까지의 서신들을 통해 그가 얼마나 기가 막히게 네르시아를 골탕 먹였는지 알게 되었다. 밤이었고, 나는 멘느 거리를 따라 내려오다가 게테가街의 한 모퉁이에서 군밤을 샀다. 얼마나 난 행복했던가! 네르시아가 독일에서 돌아왔을 때 지었을 표정을 생각하며 나는 혼자서 웃음을 터뜨렸다. 후작의 모습은 이잉크와도 같다. 그의 모습은 내가 그에게 관심을 가진 이후로 많이도 희미해졌다.

우선, 1801년부터 나는 그의 행동을 전혀 이해할 수 없게 되었다. 자료가 없는 것은 아니다. 서신, 각종 회고록에서 그와 관련된 부분, 비밀 보고서, 경찰문헌 등 오히려 너무 많다고 할 수 있다. 이 모든 증언들에서 부족한 것은 확실함과 일관성이다. 이 증언들은 상충되지도 않지만, 그렇다고 해서 서로 맞아떨어지지도 않아서, 동일 인물에 관한 내용처럼 느껴지지 않는다. 하지만 다른 역사가들도 이런 종류의 정보들을 가지고 작업한다. 그들은 어떻게 하는 걸까? 내가 그들보다 훨씬 세심한 걸까, 아니면 그들만큼 똑똑하지 못한 걸까? 어쨌든 난 이런 문제에는 아무런 관심이 없다. 솔직히 난 무엇을 찾고 있는가? 전혀 모르겠다. 오랫동안 나는 써야 할 책보다도 롤르봉이라는 사람에게 더 관심이 있었다. 하지만 이제 사람은…… 사람은 지루하게 느껴지기 시작한다. 내가 애착하는 것은 책이고, 그걸 쓰고 싶은 욕구는 갈수록 강해진다. 나이를 먹어가기 때문이라고나 할까?

롤르봉이 파벨 1세의 암살에 적극적으로 참여했다는 것, 그리고 나서는 러시아 황제를 위해 동양의 여러 나라에서 고급 스파이 노릇 하는 것을 수락했으며, 나폴레옹을 위해 끊임없이 러시아의 알렉산드르 황제를 배신했다는 것은 물론 인정할 수 있다. 또 그가 아르투아 백작과 활발하게 서신을 교환했으며, 자신의 충성심을 증명하기 위해 별로 중요치 않은 정보들을 백작에게 제공했을 수도 있다. 이 모든 것은 다 있었을 법한 일들이다. 같은 시대에 살았던 푸세는 훨씬 더 복잡하고도 위험한 희극을 벌였다. 어쩌면 후작은 자신의 이익을 위해 아시아의 공국公國들과 소총 거래를 했을지도 모른다.

맞다. 그는 이 모든 것들을 했을 수도 있지만, 증명된 사실은 아니다. 난 아무것도 증명될 수 없다는 생각이 들기 시작한다. 롤르봉에 대한 얘기들은 사실을 설명하는 타당한 가설들이다. 하지만 난 이 가설들이 나로부터 나왔으며, 이것들은 내 지식을 통합하는 하나의 방식에 불과하다는 것을 너무나도 잘 알고 있다. 정작 롤르봉 쪽에서는 아무런 빛도 새어나오지 않는다. 느리고, 게으르며, 못마땅한 사실들은 내가 그것들에게 부여하고자 하는 엄밀한 질서에 순응하지만, 이 질서는 그것들의 외부에 있을 뿐이다. 나는 내가 순전히 상상력의 작업을 행하고 있다는 느낌이 든다. 그래도 난 소설의 인물들이 더 사실적으로 보일 것이라고, 적어도 더 재미있게 보일 것이라고 확신한다.

금요일

3시다. 3시는 무언가를 하기에는 항상 너무 늦거나 너무 이른 시간이다. 오후의 아주 특이한 시간이다. 오늘은 견디기 힘든 시간이다.

차가운 햇빛이 유리창에 낀 먼지를 뿌옇게 물들인다. 하늘은 창백하고 희끄무레하다. 오늘 아침에 개울이 얼어붙었다.

나는 난방기 옆에서 먹은 것을 힘겹게 소화시키고 있고, 오늘 하루는 망쳤다는 것을 미리부터 알고 있다. 오늘은 좋은 일이 ── 밤이 되면 또 모르겠지만 ── 전혀 없을 것이다. 이게 다 태양 때문이다. 그것은 공사장 위쪽에 걸려 있는 허옇고 지저분한 안개를 누렇게 물들이고, 창백한 황색으로 내 방에 흘러들어 탁자 위에 칙칙하고도 흐릿한 네 개의 빛 조각을 널어놓는다.

내 파이프는 금빛 광택으로 장식되어 있어, 그 명랑한 모습이 처음에는 사람의 눈길을 끈다. 하지만 자세히 들여다보면 광택은 녹아내리고, 나뭇조각 위에 길게 이어지는 희끄무레한 줄만 남는다. 그리고 모든 것이, 심지어는 내 손까지 이런 식이다. 이런 햇빛이 비치기 시작하면, 들어가 잠이나 자는 편이 낫다. 문제는 내가 간밤에 정신없이 잠을 잔 탓에 잠이 오지 않는다는 것이다.

어제는 하늘이 너무 좋았다. 비로 어두워진 좁다란 하늘이 마치 우스꽝스러우면서도 마음을 뭉클하게 하는 얼굴처럼 유리창을 누르고 있었다. 하지만 이 태양은 전혀 우스꽝스럽지 않다. 내가 좋아하는 모든 것들 위로, 공사장의 저 벌건 녹들 위로, 담장을 이루는 저 썩은 널판들 위로, 마치 불면의 밤을 보낸 뒤에 전날 열광하며 취한 결정들에, 단숨에 써내려간 페이지들에 던지는 시선과도 같은 인색하면서도 분별 있는 빛이 떨어지고 있다. 밤에는 나란히 붙어 휘황하게 빛나는, 카페 이상의 것들 ── 수족관, 배船, 별, 혹은 커다란 하얀 눈眼 ──이라 할 수 있는 빅토르 누아르 대로의 카페 네 곳도 그 모호한 매력을 상실했다.

자신으로 돌아오기에 완벽한 날이다. 태양이 중생들 위로 가차 없는 판결처럼 던지는 이 차가운 빛은 눈을 통해 내 안에 들어오고, 내 안은 우리를 초라하게 만드는 빛으로 비춰진다. 확신하건대, 내가 스스로를 극도로 혐오하게 되는 데에는 단 15분으로 충분할 것이다. 오, 고맙지만, 그러고 싶지 않다. 또 내가 어제 롤르봉의 상트페테르부르크 체류에 대해 쓴 것도 다시 읽어보지 않을 것이다. 그저 두 팔을 축 늘어뜨리고 앉아 있다. 아니면 별다른 의욕 없이 단어 몇 개를 끼적거리며 하품하면서 밤이 오기를 기다린다. 세상이 어두워지면 물체들과 나는 이 어중간한 상태에서 벗어나리라.

롤르봉은 파벨 1세의 암살에 참여했을까, 하지 않았을까?

이것이 오늘의 질문이다. 나는 여기까지 이르렀고, 이에 대해 결정을 내리지 않고는 더 이상 나아갈 수 없다.

체르코프의 주장에 따르면, 롤르봉은 팔렌 백작에게서 돈을 받았다고 한다. 공모자들 대부분은 황제를 퇴위시키고, 감금하는 것으로 만족하고 있었단다(알렉산드르도 이 해결책을 지지했던 것 같다). 하지만 팔렌이 원한 것은 파벨을 완전히 끝장내는 것이었고, 롤르봉은 황제를 살해

하도록 공모자들을 개별적으로 부추기는 임무를 맡았던 것 같다.

　그는 그들을 한 사람 한 사람 찾아가서는, 일어나게 될 장면을 아주 그럴듯하게 흉내 냈다. 이런 식으로 그는 그들 안에 살인의 광기를 불어넣거나, 발전시켰던 것이다.

　하지만 난 체르코프의 말을 의심한다. 그는 분별 있는 증인이 아니라, 가학적인 마법사요, 반쯤 미친 사람으로, 모든 것을 악마화한다. 나는 롤르봉이 그런 극단적인 역할에는 전혀 어울리지 않는 사람이라고 생각한다. 그가 암살 장면을 흉내 냈다고? 그럴 리가 있겠는가! 그는 냉정한 사람이고, 평범한 방식으로 사람을 흥분시키지 않는다. 그는 직접적으로 보여주지 않고 은근히 암시하며, 그의 방식은 창백한 무채색으로, 그와 같은 부류의 인간들, 이성적 사고가 가능한 음모가들, 정치가들에게나 먹히는 것이다.
　샤리에르 부인은 이렇게 썼다.

　아데마르 드 롤르봉은 얘기하면서 결코 묘사하지 않고, 몸짓도 사용하지 않고, 어조를 바꾸는 법도 없다. 눈을 반쯤 뜨고 있는데, 위아래의 속눈썹 사이로 회색 눈동자의 가장자리가 보이는 경우가 거의 없다. 솔직히 고백하는데, 불과 몇 해 전만 해도 나는 그가 너무나 지루했다. 그는 다소 마블리 사제가 글을 쓰는 방식처럼 말을 했다.

그런데 이런 사람이 흉내 내기 재능을 발휘하여…… 한데 그렇다면 그가 어떻게 여자들을 유혹했을까? 또 세귀르가 전하는, 내게는 사실처럼 느껴지는 다음의 기묘한 이야기도 있다.

1787년, 물랭 근처의 어느 여인숙에서 디드로의 친구이며, 철학자들로부터 교육을 받은 한 노인이 죽어가고 있었다. 인근의 사제들은 당혹스럽기 그지없었다. 그들은 모든 방법을 시도해봤지만 허사였다. 노인은 종부성사를 거부했으니, 범신론자였던 것이다. 이때 근방을 지나던, 그 무엇도 믿지 않는 롤르봉 씨가 물랭의 사제들에게 자기는 두 시간 안에 노인에게 기독교적 감정을 돌려줄 수 있다고 장담했다. 사제들은 내기에 응했지만, 결국은 졌다. 롤르봉은 새벽 3시에 노인을 설득하는 일을 시작했는데, 노인은 5시에 고해를 하고, 7시에 죽었다. "당신은 논쟁에 아주 능한 모양이군요"라고 신부가 말했다. "심지어는 우리를 능가하는 모양이오." 그러자 드 롤르봉 씨는 이렇게 대답했다. "나는 논쟁하지 않았소. 단지 그에게 지옥의 공포를 느끼게 했을 뿐이오."

자, 이제 본론으로 돌아와서, 그는 황제의 암살에 실제로 참여했을까? 그날 저녁 8시경에, 그의 친구 중 하나인 한 장교가 그를 그의 집 문 앞까지 데려다주었다. 만일 그가 다시 집을 나왔다면, 어떻게 검문받지 않고서 상트페테르부르크 시내를 가로지를 수 있었을까? 반쯤 미친 사람이었던 파벨 1세는 저녁 8시부터는 산파와 의사를 제외한 모든 행인을 체포하라는 명령을 내렸다. 롤르봉이 왕궁까지 가기 위해 산파로 변장했다는 어처구니없는 전설을 믿어야 할 것인가? 뭐, 그는 충분히 그럴 수 있는 위인이었다. 어쨌든 암살이 행해진 밤에 그가 자기 집에 있지 않았다는 것은 증명된 사실인 듯하다. 알렉산드르 황제는 그를 강하게 의심한 것 같았는데, 그가 즉위하고서 처음 한 일 중의 하나가 애매한 핑계를 대고 후작을 극동으로 보낸 일이었기 때문이다.

롤르봉 씨는 너무나도 지루하다. 나는 일어선다. 이 희미한 빛 속에서 몸을 조금 움직여본다. 내 손들과 재킷 소매들 위에서 빛이 변하는 게 보인다. 이 빛이 얼마나 역겨운지 모르겠다. 나는 하품을 한다. 탁자 위의 램프를 켠다. 어쩌면 램프 빛이 낮의 빛을 물리칠 수 있을지도 모르겠다. 하지만 천만의 말씀이다. 램프는 그 다리 주위로 초라한 빛의 연못 하나를 만들 뿐이다. 나는 불을 끄고 일어선다. 벽에 흰 구멍이 하나 뚫려 있다. 바로 거울이다. 그것은 덫이다. 나는 내가 거기에 걸려버릴 것이라는 사실을 알고 있다. 자, 걸려버렸다. 거울 안에 회색의 물체가 나타났다. 나는 다가가서 그것을 쳐다본다. 난 더 이상 그 앞을 떠날 수가 없다.

그것은 거울에 비친 내 얼굴이다. 이런 망쳐버린 날이면 나는 종종 그것을 들여다본다. 이 얼굴에 대해서는 아무것도 이해할 수가 없다. 다른 이들의 얼굴에는 어떤 의미가 있다. 내 얼굴은 그렇지 않다. 잘생겼는지, 못생겼는지 판단할 수조차 없다. 나는 못생겼다고 생각하는데, 누군가가 그렇게 말했기 때문이다. 하지만 그런 말을 들어도 아무런 감흥이 없다. 사실 나는 마치 어떤 흙덩어리나 바윗덩어리가 잘생겼다거나 못생겼다고 말하는 것처럼 얼굴에 그런 종류의 특질을 부여할 수 있다는 사실 자체가 충격적으로 느껴진다.

그래도 볼이라는 흐물흐물한 지역 위쪽, 이마 위쪽에 보기 좋은 부분이 하나 있으니, 그것은 머리통을 물들이고 있는 이 아름다운 붉은 불꽃, 바로 내 머리칼이다. 그것은 보기에 유쾌하다. 그것은 적어도 하나의 선명한 색깔이다. 나는 내가 빨간 머리인 것이 만족스럽다. 그것은 거울 속에서 시선을 사로잡고, 광휘를 발한다. 그래도 난 운이 좋은 편이다. 만일 내 이마 위에 밤색인지 금색인지 분간하기 힘든 그런 무미건조한 머리칼 중 하나가 얹혀 있었다면, 내 얼굴은 모호해져버렸을 것이고, 그걸 들여다보고 있자면 현기증이 일었을 것이다.

내 시선은 이 이마 위를, 이 볼들 위를 천천히 지루해하면서 내려오는데, 도중에 그 어떤 단단한 것을 만나지 못하고 모래 늪 속에 빠져버린다. 물론 코 하나, 눈 둘, 입하나가 있지만, 이 모든 것에는 의미가 없다. 심지어는 인간적인 표정도 없다. 하지만 안니와 벨린은 내가 생기가 있어 보인다고 했으니, 내가 내 얼굴에 너무 익숙해져 있는지도 모르겠다. 내가 어렸을 때 비주아 숙모님은 내게 이렇게 말씀하시곤 했다. "네가 거울을 너무 오래 들여다보면, 거기서 원숭이를 보게 될 거야." 난 그보다도 더 오랫동안 거울을 들여다보았음에 틀림없다. 내가 보고 있는 것은 원숭이보다도 훨씬 못한 것, 식물 세계의 언저리에, 폴립의 단계에 위치한 것이다. 이것은 살아 있다. 그렇지 않다고는 말할 수 없다. 하지만 안니가 봤던 것은 이 생명체가 아니다. 가벼운 떨림이 보인다. 활짝 피어나 나른하게 맥동하는 흐릿한 살덩이가 보인다. 특히 눈은 이렇게 가까이에서 보면 소름이 끼친다. 광택이 없고, 흐릿하고, 보지 못하고, 붉은 테두리로 둘러져 있는 그것은 마치 물고기의 비늘 같다.

나는 세면기에 몸을 바짝 기대고는, 얼굴을 거울에 거의 닿을 정도로 가까이해본다. 눈과 코와 입이 사라지고,

인간적인 것은 아무것도 남지 않는다. 열기로 부풀어 오른 입술 양옆의 갈색 주름들, 크레바스들, 둔덕들. 볼의 커다란 경사면에 난 짤막하고 보드라운 흰 솜털들, 콧구 멍에서 삐져나온 터럭 두 개. 이것은 요철이 있는 지도다. 그럼에도 불구하고 이 달의 세계는 내게 친숙한 것이다. 내가 이 디테일들을 **알아보지** 못한다고 말할 수는 없다. 하지만 이 전체는 정신을 마비시키는 낯익은 느낌을 주고, 나는 서서히 잠에 빠져든다.

나는 다시 정신을 차리고 싶다. 어떤 강렬하고도 날카로운 감각이 나를 해방시켜주리라. 뺨에 왼손을 대보기도 하고, 살을 잡아당겨보기도 한다. 얼굴을 찡그린다. 얼굴의 반이 온통 허물어진다. 입의 왼쪽 절반이 뒤틀리고 부풀면서 이빨 하나가 드러나고, 하얀 구球 위로, 충혈된 분홍색 살덩이가 위로 안구가 열린다. 이것은 내가 찾았던 것이 아니다. 강렬하고 새로운 것이라고는 전혀 없고, 부드럽고 흐릿하고 전에 이미 본 것들뿐이다. 나는 눈을 뜬 채로 잠이 든다. 벌써 얼굴은 넓어지고, 거울 속에서 커지고 있다. 그것은 서서히 빛 속에 잠겨드는 거대하고도 흐릿한 후광이다……

나는 갑자기 깨어나는데, 그것은 내가 균형을 잃었기 때문이다. 이제 나는 여전히 정신이 멍한 상태로 의자에 말 타듯 걸터앉아 있다. 다른 사람들도 자신의 얼굴을 펑

가하는 것이 이렇게나 힘이 들까? 나는 내 얼굴을 마치 내 몸을 느끼듯이, 어떤 어렴풋하고도 유기체적인 감각으로 느끼듯이 보는 것 같다. 하지만 다른 사람들은? 예를 들어 롤르봉은? 그도 거울로 장리스 부인이 다음과 같이 묘사한 것을 보면서 잠이 들까?

깨끗하고도 반듯하며, 천연두 자국으로 덮여 있고, 그가 아무리 감추려 애써도 눈에 띄고 마는 모종의 특이한 장난기가 느껴지는 그 주름진 작은 얼굴. 그는 정성 들여 머리를 가꾸곤 했는데, 나는 그가 가발을 쓰지 않은 모습을 한 번도 보지 못했다. 하지만 두 뺨은 검푸른 색이었는데, 그것은 덥수룩한 수염의 소유자인 그가 손수 면도를 하는 솜씨가 형편없었기 때문이었다. 그는 그림[9]이 하는 식으로 얼굴에 분을 덕지덕지 바르는 습관이 있었다. 드 당주빌 씨는 이 모든 흰색과 푸른색 때문에 그가 로크포르 치즈와 비슷하다고 말하곤 했다.

내가 느끼기에 그는 아주 재미있는 사람이었을 것 같다. 하지만 드 샤리에르 부인은 그렇게 느끼지 않았다. 내가 생각하기에, 그녀는 그를 따분한 사람으로 느낀 것 같다. 자신의 얼굴을 이해하는 것은 불가능할지도 모른다.

---

9 Grimm. 사람 이름.

아니면 내가 고독한 사람이기 때문일까? 함께 사는 사람들은 거울에 비친 자신의 모습을 친구들이 보는 모습으로 보는 법을 배운다. 내겐 친구가 없다. 그렇기 때문에 내 살이 그렇게나 맨숭맨숭한 것일까? 그것은 마치……그렇다, 마치 사람들이 없는 자연 같다.

더 이상 작업하고 싶은 의욕이 느껴지지 않는다. 밤이 오기를 기다리는 것 외에 아무것도 할 수 없다.

5시 반

기분이 안 좋다! 아주 안 좋다! 그게 느껴진다. 그 고약한 것이, 그 **구토**[10]가 느껴진다. 그리고 이번에는, 이것은 새로운 사실인데, 그게 날 카페에서 덮쳤다. 지금까지 카페는 사람들이 많고 밝기 때문에 나의 유일한 피신처였다. 이제는 그것마저도 없어진 것이다. 내 방에서 쫓기게 될 때, 더 이상 갈 데가 없을 것이다.

나는 섹스나 한번 하려고 들렀는데, 내가 문을 열기가 무섭게 웨이트리스 마들렌이 소리쳤다.

---

10 이 부분에서 '구토Nausée'는 인명처럼 첫 글자가 대문자로 표기되어 있다. 이 책에서 이를 우리말로 옮길 때, 볼드체로 표기했다.

"사장님은 없어요! 장 보러 시내에 갔어요!"

나는 성기에 강렬한 실망감을, 오랫동안 계속된 불쾌한 근지러움을 느꼈다. 동시에 셔츠가 젖꼭지에 스치는 것을 느꼈고, 느리게 빙빙 도는 알록달록한 소용돌이에 둘러싸이고, 또 사로잡혔다. 그것은 무엇인가 뿌연 것이, 담배 연기와 거울 속의 불빛들이 저 안쪽에 부옇게 빛나는 긴 의자들과 함께 빙빙 회전하는 소용돌이였는데, 나는 왜 이게 여기에 있는지, 왜 이러는 것인지 도무지 이해할 수 없었다. 그렇게 문턱에 서서 머뭇거리고 있는데, 어떤 썰물 같은 움직임이 일었고, 천장에 그림자 하나가 획 지나가는가 싶더니, 몸이 앞으로 떠밀리는 것을 느꼈다. 나는 둥둥 떠가듯 나아갔고, 동시에 사방에서 내 안으로 들어오는 눈부신 안개에 순간 정신이 명해졌다. 마들렌이 둥둥 떠오르듯이 다가와서는 내 코트를 벗겨주었고, 나는 그녀가 머리칼을 귀 뒤로 넘기고 있음을, 그리고 귀걸이를 했다는 사실을 알아챘다. 나는 그녀를 알아보지 못했다. 나는 계속 귀 쪽으로 달아나는 그녀의 커다란 볼을 쳐다보았다. 광대뼈 밑의 움푹한 곳에, 이 처량한 몸뚱이 위에서 지루해하는 것 같은 두 개의 핑크빛 점이 외따로 찍혀 있었다. 볼들은 계속 귀 쪽으로 달아나는데, 마들렌은 미소를 지었다.

"무얼 드시겠어요, 앙투안 씨?"

그러나 **구토**가 날 사로잡았고, 나는 그대로 긴 의자 위에 풀썩 쓰러지고 말았다. 더 이상 내가 어디에 있는지도 알 수 없었고, 내 주위로 알록달록한 색깔들이 천천히 도는 모습이 보일 뿐이었다. 나는 토하고 싶었다. 자, 이렇게 된 일이다. 그 이후로 **구토**는 날 떠나지 않고, 날 꽉 붙잡고 있다.

나는 돈을 지불했다. 마들렌은 잔 받침용 접시를 치웠다. 내 잔이 기포가 둥둥 떠 있는 맥주의 노란 웅덩이를 테이블의 대리석 표면에 대고 짓누른다. 벤치처럼 긴 좌석은 내가 앉아 있는 곳이 움푹 들어가 있으므로, 나는 미끄러지지 않기 위해 신발 바닥으로 바닥을 꽉 딛고 있어야 한다. 춥다. 오른쪽에는 사람들이 모직 융단을 깔아 놓고 카드를 치고 있다. 나는 들어오면서 그들을 보지 못했다. 단지 그들의 반은 의자 위에, 나머지 반은 안쪽 테이블 위에 있고, 몇 쌍의 팔을 부지런히 놀리는 어떤 미지근한 꾸러미가 있다는 것만 느꼈다. 그 후로 마들렌은 그들에게 카드와 융단, 그리고 칩이 담긴 나무 그릇을 가져다주었다. 잘은 모르겠지만 너덧 명쯤 되어 보이는데, 그들을 바라볼 엄두가 나지 않는다. 내 안에 있는 용수철 하나가 부러진 것 같다. 눈은 움직일 수 있지만, 머리는 아니다. 머리는 아주 무기력하면서도 유연한 것이, 마치 목 위에 간당간당 얹혀 있는 느낌이다. 조금만 옆으로 돌리면 떨어져버릴 것 같다. 그래도 짤막한 숨소리가 들리고, 이따금 흰 터럭으로 덮인 불그스름한 섬광이 곁눈으로 보인다. 그것은 손이다.

여사장이 장을 보러 갈 때면, 그녀의 사촌이 대신해서 카운터를 본다. 그의 이름은 아돌프다. 나는 자리에 앉으면서 그를 보기 시작했고, 고개를 돌릴 수 없기에 계속 보고 있다. 그는 재킷을 벗은 차림으로, 연보라색 멜빵을 차고 있다. 셔츠 소매는 팔꿈치 위까지 말아 올렸다. 멜빵은 파란색 셔츠 위에서 거의 보이지 않는다. 파란색에 묻혀 완전히 사라져버렸지만, 이것은 거짓 겸양일 뿐이다. 사실 그것은 순순히 잊히려 하지 않고, 그 양들과도 같은 고집으로 나를 짜증 나게 한다. 마치 보라색이 되려고 출발해서는 도중에 멈췄지만, 그렇다고 해서 목표한 야심은 포기하지 않은 것처럼 말이다. 나는 멜빵에게 이렇게 말하고 싶어진다. "자, 자, 그냥 보라색이 되어버려! 그리고 더 이상 시끄럽게 하지 말라고!" 하지만 천만에, 그것은 그 결실 없는 노력을 고집하며 중간에 멈춰 있다. 이따금 멜빵을 둘러싼 파란색이 멜빵 위로 슬그머니 흘러내려 완전히 덮어버려서 한동안 내게 멜빵이 보이지 않는다. 하지만 그것은 한 번의 물결일 뿐이어서, 이내 파란색은 군데군데 옅어지고, 흐릿한 연보랏빛의 작은 섬들이 곳곳에 다시 나타나서는, 확대되고 서로 이어져 다시 멜빵을 형성하는 모습이 보인다. 여사장의 사촌 아돌프는 눈이 없다. 퉁퉁 붓고, 까진 눈꺼풀이 흰자위 위로 조금씩 열려 있을 뿐이다. 그는 잠든 것처럼 미소 짓는다. 이따금 꿈을 꾸는 개처럼 몸을 부르르 떨기도 하고, 짖기도 하고, 가볍게 꿈틀거리기도 한다.

그의 파란색 면 셔츠는 초콜릿색 벽을 배경으로 유쾌하게 부각된다. 그것 역시 **구토**를 느끼게 한다. 아니, 바로 그것이 **구토**다. **구토**는 내 안에 있지 않다. 나는 그것을 저기에서, 벽에서, 멜빵에서, 내 주위의 도처에서 느낀다. 그것은 카페와 하나를 이루고, 나는 그 안에 있다.

나의 오른쪽에서 미지근한 꾸러미가 수런대기 시작하며, 몇 쌍의 팔들을 부지런히 놀린다.

"어, 이거 자네 에이스 패로구먼?"

"에이스 패가 뭔데?"

커다란 검은 등짝이 카드판 위로 구부러진다.

"하하하!"

"뭐? 여기 있잖아! 내가 방금 내놨잖아!"

"몰라. 못 봤어."

"에이, 내가 지금 에이스 패 내놨잖아!"

"어, 그래? 그렇다면 난 하트 에이스!"

그는 흥얼거린다.

"하트 에이스로구나! 하트 에이스로구나! 하트 에이스

로구나!"

누군가가 말한다.

"선생, 이게 뭡니까? 선생, 이게 뭡니까? 내가 먹겠습
니다!"

다시금 침묵이 감돈다. 내 목구멍 뒤쪽에 공기의 달착
지근한 맛이 느껴진다. 냄새들. 멜빵.

사촌은 일어났다. 몇 걸음을 옮기고, 뒷짐을 지고, 미
소를 짓고, 뒤꿈치 끝에 체중을 싣고는 머리를 들어 올려
뒤로 젖힌다. 그 자세로 잠들어버린다. 그렇게 까딱거리
며 서서는, 여전히 미소를 지으며 볼을 털렁인다. 넘어질
것 같다. 몸이 뒤쪽으로 기울어지고, 기울어지고, 기울어
지고, 얼굴은 완전히 천장을 향하고 있다. 그렇게 막 넘어
지려는 찰나, 카운터 모서리를 능숙하게 붙잡고는 균형을
잡는다. 그러고 나서 다시 시작한다. 나는 더 이상 견딜
수가 없어서, 웨이트리스를 부른다.

"마들렌, 축음기로 노래 한 곡 틀어줘요! 내가 좋아하
는 곡 알죠? 〈섬 오브 디즈 데이스Some of these days〉"

"알아요. 하지만 저 양반들은 싫어할 거예요. 저분들은
카드 칠 때는 음악 듣는 걸 싫어해요. 아, 내가 한번 물어
볼게요."

나는 안간힘을 써서 사람들이 있는 쪽으로 고개를 돌
린다. 그들은 모두 네 명이다. 그녀는 코끝에 검은 쇠테

안경을 걸친 자줏빛 노인네에게 몸을 굽힌다. 그는 손에
든 패를 가슴에 꼭 붙여 숨기고는, 안경 아래로 나를 힐끗
쳐다본다.

"그렇게 하시우, 선생!"

미소를 짓는다. 썩은 이가 드러난다. 빨간 손의 소유자
는 그가 아니라, 그의 옆에 앉은 검은색 콧수염의 사내다.
그 콧수염 사내는 한 가족 분의 공기를 빨아들일 수 있으
며, 얼굴의 반을 차지하는 어마어마한 콧구멍을 가지고
있지만, 그럼에도 불구하고 약간 헐떡거리면서 입으로 숨
을 쉰다. 얼굴이 개처럼 생긴 청년 하나도 그들과 함께 있
다. 네 번째 사내는 잘 분간되지 않는다.

모직 융단 위로 카드들이 소용돌이치며 떨어져 내린
다. 그러고는 반지를 낀 손들이 와서는 융단에 손톱자국
을 내며 다시 주워간다. 손들은 융단 위에 부풀고 먼지 낀
것처럼 보이는 얼룩들을 만든다. 계속 다른 카드들이 떨
어지고, 손들이 오간다. 얼마나 기이한 작업인가! 이것
은 어떤 게임으로 느껴지지도 않고, 어떤 의식儀式으로 느
껴지지도 않고, 어떤 습관으로 느껴지지도 않는다. 그들
은 이것을 단지 시간을 채우기 위해 할 뿐이다. 하지만 시
간은 너무 광대해서 좀처럼 채워지지 않는다. 거기에 담
그는 모든 것은 물러지고, 길게 늘어난다. 예를 들면 더
듬거리며 카드를 줍는 저 빨간 손의 움직임을 보라. 너무

매가리가 없다. 솔기를 뜯어서 안쪽을 좀 잘라내야 할 것 같다.

마들렌은 축음기의 핸들을 돌린다. 나는 그녀가 이번에는 착각하지 않기를, 전번처럼 〈카발레리아 루스티카나Cavalleria Rusticana〉의 주제곡 아리아를 틀지 않기를 바란다. 하지만 됐다, 첫 번째 소절이 나오자마자 나는 이 곡이 무슨 곡인지 안다. 이것은 보컬 후렴이 있는 래그타임ragtime 곡이다. 나는 이 곡을 1917년 라로셸의 거리에서 미국 흑인 병사들이 부는 휘파람으로 처음 들었다. 아마도 제1차 세계대전 이전에 나온 노래일 것이다. 하지만 지금 듣는 곡은 훨씬 최근에 녹음된 것이다. 그렇긴 하지만 이것은 이 카페의 컬렉션에서 가장 오래된 디스크, 사파이어 바늘로 틀어야 하는 파테 판 음반이다.

조금 있으면 후렴이 나온다. 내가 특히 좋아하는 부분은 바로 이 후렴부, 마치 바다에 내리꽂히는 절벽처럼 앞으로 몸을 내던지는 그것의 급격한 방식이다. 지금으로서는 재즈만 연주되고 있다. 멜로디는 없고, 다만 음들이, 무수한 작은 진동들이 있을 뿐이다. 그것들은 쉴 줄을 모른다. 어떤 완고한 질서가 그것들을—자신을 돌아볼 틈을, 자신을 위해 존재할 틈을 주지 않고서—태어나게 하고 또 파괴해나간다. 그것들은 달리고, 서두르고, 그렇게 지나가면서 나를 딱, 딱 치고, 그러고는 없어져버린다.

나는 그것들을 붙잡고 싶지만, 만일 그들 중 하나를 멈춰 세우게 된다면, 내 손가락 사이에 너절하고도 따분한 하나의 음만이 남게 된다는 것을 알고 있다. 난 그들의 죽음을 받아들여야 한다. 심지어는 이 죽음을 **원해야** 한다. 나는 이보다 더 가혹하고, 더 강렬한 느낌을 거의 알지 못한다.

나는 속이 따뜻해지고, 행복감을 느끼기 시작한다. 이것은 결코 엄청난 감정은 아니고, **구토**의 조그만 행복감이다. 이것은 점액질 웅덩이의 밑바닥에, **우리의** 시간——연보라색 멜빵과 움푹 꺼진 의자의 시간——의 밑바닥에 깔려 있고, 기름얼룩처럼 언저리가 서서히 확대되는 넓고도 부드러운 순간들로 이루어진다. 이것은 태어나자마자 이미 늙어 있으며, 나는 이것을 20년 전부터 알아온 것 같다.

그런데 또 다른 행복이 있다. 바깥에, 우리의 시간을 완전히 가로지르며, 그것을 거부하고, 그 딱딱한 첨봉尖峰으로 그것을 갈가리 찢는 그 좁다란 음악의 시간이, 그 강철의 띠가 있다. 그것은 또 다른 시간이다.

"랑뒤 씨가 하트를 냈어, 자네는 에이스 패를 내려놔야 해."

목소리가 언뜻 나타났다가 사라진다. 아무것도 금속의 띠를 붙잡지 못한다. 열리는 문도, 내 무릎 위로 훅 끼쳐

오는 차가운 공기도, 어린 딸과 함께 들어오는 수의사도 그러지 못한다. 음악은 이 흐릿한 형태들을 꿰뚫고 지나간다. 소녀는 앉자마자 음악에 사로잡혔다. 소녀는 경직되며 눈을 휘둥그레 뜬다. 소녀는 주먹으로 테이블을 문지르며 음악을 듣는다.

몇 초 더 있으면 흑인 여자가 노래를 부를 것이다. 그것은 피할 수 없는 일로 느껴지는데, 그만큼 이 음악의 필연성이 강하다. 아무것도, 세상이 무기력하게 주저앉아 있는 이 시간에서 비롯되는 그 무엇도 이 음악을 중단시킬 수 없다. 그것은 순차적으로 스스로 멈출 것이다. 내가 이 아름다운 목소리를 좋아하는 까닭은 바로 이 때문이다. 그것은 이 목소리의 풍부한 성량 때문도, 거기에 어린 슬픔 때문도 아니고, 그 많은 음들이 이 곡의 탄생을 위해 죽어가면서, 그 멀리에서부터 준비해 온 사건이기 때문이다. 하지만 나는 불안하다. 아주 사소한 일로 음반이 멈춰버릴 수도 있다. 예를 들면 용수철 하나가 부러지거나, 여사장의 사촌 아돌프가 변덕을 부리면 말이다. 이 단단함이 또 그토록 연약하다는 것은 얼마나 기이하며, 또 얼마나 감동적인가! 아무것도 음악을 중단시킬 수 없고, 또 모든 것이 그것을 부숴버릴 수 있다.

마지막 화음이 완전히 사라져버렸다. 이어지는 짧은 정적 속에, 나는 드디어 **무언가가 도래했다**는 것을 강하게 느낀다.

　정적.

Some of these days

You'll miss me honey!

머지않아서

당신은 날 그리워할 거예요!

　방금 일어난 일, 그것은 **구토**가 사라져버렸다는 것이
다. 정적 속에 목소리가 드높이 올라가자, 나는 내 몸이
단단하게 굳어지는 것을, **구토**가 꺼져버리는 것을 느꼈
다. 한순간에 말이다. 이렇게 단단해지고 밝게 빛나는 것
은 거의 고통스럽기조차 했다. 동시에 음악이 지속되는
시간은 마치 소용돌이치는 물처럼 부풀어 오른다. 그것은
그 금속성의 투명함으로 홀을 가득 채우며 우리의 초라
한 시간을 벽에 대고 짓누른다. 나는 음악 **안에** 있다. 거
울들 속에서 불의 공들이 굴러다니고, 담배 연기 고리들
이 그 불공들을 둘러싸고 빙빙 돌면서 빛의 단단한 미소
를 감추고 드러내기를 반복한다. 내 맥주잔은 조그맣게
줄어들어 테이블 위에 납작 웅크린다. 아주 치밀한, 필요
불가결한 무엇처럼 보인다. 나는 그것을 들어 무게를 가
늠해보고 싶어져 손을 내미는데…… 맙소사! 무엇보다

도 변한 것은 내 동작들이다. 내 팔의 이 움직임은 장중한 주선율처럼 전개되고, 흑인 여자의 노래를 따라 미끄러진다. 마치 내가 춤을 추는 것 같다.

아돌프의 얼굴이 저기, 초콜릿색 벽 앞에 놓여 있다. 아주 가까워 보인다. 손가락들을 막 오므리는 순간, 그의 얼굴이 보였다. 그것은 어떤 결론의 자명함, 필연성을 가지고 있다. 나는 손가락으로 맥주잔을 누르며 아돌프를 바라본다. 행복하다.

"자!"

흐릿한 소음들 가운데에서 누군가의 목소리가 튀어나온다. 말한 사람은 옆 테이블의 술 취한 늙은이다. 그의 두 볼은 가죽 의자의 갈색 바탕 위에 묻은 자주색 얼룩처럼 보인다. 그는 테이블에 카드 한 장을 탁 내려놓는다. 다이아몬드 퀸이다.

하지만 개처럼 생긴 청년은 빙그레 웃는다. 뻘건 얼굴의 사내는 테이블 위에 상체를 납작 웅크리고 펄쩍 뛰어오를 듯한 자세로 청년을 살핀다.

"자, 이건 어때요?"

청년의 손이 어둠 속에서 튀어나와서는 잠시 허옇게, 나른하게 허공을 떠돌다가, 갑자기 솔개처럼 아래로 내리꽂히며 융단에 카드 한 장을 꾹 누른다. 뻘건 뚱보의 몸이 펄쩍 튀어 오른다.

"이런 빌어먹을! 으뜸 패를 냈네!"

경직된 손가락들 사이로 하트 킹의 실루엣이 나타나 왕의 얼굴이 보이도록 뒤집어지고, 게임은 계속된다. 그 멀리에서부터 온 이 멋진 왕은 그 많은 조합들, 그 숱하게 사라진 동작들에 의해 준비되어 이렇게 나타났지만 이제 사라질 차례. 다른 조합들과 다른 동작들이 태어나기 위해, 공격과 응수들, 운명의 역전, 수많은 작은 모험들이 태어나기 위해 말이다.

나는 가슴이 뭉클해진다. 내 몸이 휴식 중인 어떤 정밀 기계처럼 느껴진다. 나는 진짜 모험을 여러 번 했다. 세세하게는 기억나지 않지만, 엄밀하게 맞물리며 이어져 온 상황들이 떠오른다. 나는 바다를 건넜고, 도시들을 뒤로 하고 떠났고, 강을 거슬러 올라갔고, 밀림을 헤치고 들어가기도 했으며, 언제나 다른 도시들을 향해 갔다. 나에겐 여자들도 있었고, 사내들과 싸우기도 했다. 그리고 거꾸로 돌 수 없는 이 음반처럼 결코 뒤로 돌아갈 수 없었다. 그런데 이 모든 것이 날 어디로 이끌었는가? 바로 이 순간, 이 카페의 긴 가죽 의자, 음악으로 진동하는 이 빛의 방울 속이었다.

And when you leave me.
그리고 당신이 내 곁을 떠날 때.

그렇다. 로마에서 티베레 강둑에 앉아 있기를 그토록 좋아했고, 바르셀로나에서는 저녁에 람블라 거리를 수백 번 오르락내리락했으며, 앙코르와트 부근 프라칸의 바라이 섬에서는 바니안나무가 나가스 사원을 칭칭 감고 있는 광경을 보았던 내가, 지금 여기, 이 카드꾼들과 같은 순간을 살고 있고, 바깥에 땅거미가 어슬렁대는 가운데 흑인 여자의 노래를 듣고 있는 것이다.

음반이 멈추었다.

밤이 부드럽게, 머뭇거리며 들어왔다. 그것은 볼 수는 없지만, 여기에 있고, 전등의 불빛을 가리고 있다. 호흡하는 공기 중에 무언가 걸쭉한 것이 느껴지는데, 바로 그것이다. 춥다. 사내 하나가 카드들을 다른 사내에게로 밀자, 그는 그것들을 한데 모은다. 한 장이 뒤에 남았다. 그들은 그 카드를 못 본 것일까? 하트 9다. 마침내 누군가가 그것을 집어서는 개 대가리 청년에게 준다.

"아! 하트 9로군!"

자, 이제 됐다. 가야겠다. 자줏빛 얼굴의 노인네는 종이 위로 몸을 굽히고 연필심에 침을 바르고 있다. 마들렌은 맑고도 멍한 눈으로 그를 바라본다. 청년이 손가락 사이로 하트 9를 빙빙 돌린다. 아, 이런……!

나는 힘겹게 몸을 일으킨다. 거울 안에 비치는 수의사의 머리 위로 어떤 인간 같지 않은 얼굴 하나가 미끄러지는 모습이 보인다.

조금 있다가 극장에나 가야겠다.

바깥 공기가 상쾌하다. 더 이상 달착지근한 맛도, 베르무트주酒의 시큼한 냄새도 느껴지지 않는다. 하지만 얼마나 추운지!

저녁 7시 반인데, 배가 고프지 않다. 영화는 9시나 되어야 시작하는데, 이제 무엇을 해야 하나? 몸을 덥히기 위해 빨리 걸어야 한다. 나는 머뭇거린다. 내 뒤로는 시내 중심가로, 번화가를 밝히는 휘황한 장식들로, 파라마운트 극장으로, 임페리얼 극장으로, 자한 백화점으로 통하는 대로들이 뻗어 있다. 전혀 마음이 동하지 않는다. 아페리티프를 마시는 시간이다. 살아 있는 것들, 개들, 사람들, 저절로 움직이는 이 모든 물컹한 덩어리들은 이미 지겹도록 보았다.

나는 왼쪽으로 방향을 튼다. 저기, 가스등이 늘어선 저쪽 끝에 보이는 구멍으로 들어가야겠다. 누아르 대로를 따라서 갈바니 거리까지 가야겠다. 구멍에서 얼음같이 차가운 바람이 불어온다. 저쪽에는 돌과 흙밖에 없다. 돌, 그것은 단단하고 움직이지 않는다.

처음에는 따분한 길이 잠시 이어진다. 우측의 보도에는 불똥들을 길게 흘리는 회색의 가스 같은 덩어리가 조개처럼 덜그럭거리는 소리를 내고 있다. 구역舊驛이다. 구역의 존재는 누아르 대로의 ─ 르두트 대로에서부터 파라디가街에 이르는 ─ 초입 100여 미터를 비옥하게 만들었다. 10여 개의 가로등과 나란히 붙어 있는 네 개의 카페, 즉 온종일 풀이 죽어 있다가, 저녁이 되면 불이 켜지며 차도에 네모난 빛의 창들을 던지는 랑데부 데 슈미노와 다른 세 곳의 카페는 구역 덕분에 탄생했다. 나는 노란 불빛을 세 번 더 뒤집어쓰고, 라바슈 잡화점에서 한 늙은 여자가 나와서는 머리에 숄을 끌어올리고 달리기 시작하는 것을 본다. 이제 끝났다. 나는 파라디가로 접어드는 모퉁이, 마지막 가로등 옆에 서 있다. 아스팔트 띠가 갑자기 뚝 끊긴다. 거리 저편은 어둠과 진흙뿐이다. 나는 파라디가를 건넌다. 오른발이 물웅덩이에 빠지고, 양말이 젖는다. 드디어 산책이 시작된다.

누아르 대로의 이 부근에는 사람이 살지 않는다. 생명이 자리 잡고 자라나기에는 기후가 너무 거칠고, 토양이너무 척박하다. 이곳에는 솔레유 형제(솔레유 형제는 생트 세실 드 라 메르 성당이 세워질 때 10만 프랑짜리 목재 천장을 공급했다)의 제재소 건물 세 개가 있다. 이 제재소들은 문과 창문을 서쪽으로 활짝 열어서 적막한 잔 베르트 쾨루아 거리를 윙윙대는 소리로 가득 채운다. 빅토르 누아르대로 쪽으로는 벽으로 연결된 제재소 세 곳의 등짝만 보일 뿐이다. 이 세 건물은 왼편의 보도를 따라 400미터가량 이어지는데, 거기에는 조그만 창문 하나, 심지어는 천창天窓 하나 뚫려 있지 않다.

이번에는 두 발이 개울에 빠졌다. 나는 차도를 건넌다. 건너편 보도에는 마치 땅끝에 선 등대처럼 딱 하나 있는 가로등이 군데군데 주저앉고 부서진 나무울타리를 비추고 있다.

오래된 포스터들이 아직도 널판에 달라붙어 있다. 쭉쭉 찢어져 별 모양으로 남은 파란색 바탕 위에 증오로 일그러진 잘생긴 얼굴 하나가 보인다. 코 밑에는 누군가가 연필로 끝이 삐쳐 올라간 콧수염을 그려놓았다. 또 다른 종잇조각에는 'purâtre'[11]라는 하얀 글자들 위로 아마도 핏방울인 듯 보이는 빨간 방울들이 뚝뚝 떨어지는 모습이 보인다. 이 얼굴과 글자는 같은 포스터의 일부였을 수 있다. 이제 포스터는 갈가리 찢어져 얼굴과 글자 사이의 그 단순하고도 의도적인 연관성은 사라져버렸지만, 일그러진 입, 핏방울, 하얀 글자, 그리고 '-âtre'라는 어미 사이에 어

---

11 'purâtre'는 프랑스어 사전에 존재하지 않는 단어다. '-âtre'는 근사近似나 경멸의 뜻을 가진 어미로, 이것이 더해져 'doux'(달콤한)는 'douceâtre'(달착지근한), 'bleu'(파란)는 'bleuâtre'(푸르스름한), 'bel'(잘생긴)은 'bellâtre'(겉멋만 든)로 의미가 달라진다. 여기에서 사르트르는 'pure'(순수한)에 이 어미를 결합하여 'purâtre'란 어휘를 만들었는데, 그 의도에 대해서는 의견이 분분하다.

떤 새로운 통일성이 저절로 형성되었다. 어떤 지칠 줄 모르는 범죄적 열정이 이 신비스러운 기호들을 통해 자신을 표현하려는 것처럼 말이다. 널판들 사이로는 철로의 불빛들이 보인다. 울타리 다음에는 긴 벽이 이어진다. 터진 틈새 하나, 문 하나, 창문 하나 없는, 200미터를 더 가야 어떤 집에 막혀 겨우 끝나는 벽이다. 나는 가로등 불빛이 비추는 영역을 벗어나 검은 구멍 속으로 들어간다. 발밑의 내 그림자가 어둠 속에 녹아 들어가는 것을 보니 얼음물에 빠지는 기분이다. 내 앞 저쪽, 두터운 어둠 너머로 희미한 분홍빛이 보인다. 갈바니로略다. 나는 돌아선다. 가스등 뒤, 저 멀리에 희미한 빛이 보인다. 네 개의 카페가 있는 역이다. 내 뒤쪽, 그리고 내 앞쪽에는 선술집에서 술을 마시고 카드를 치는 사람들이 있다. 이곳에는 어둠밖에 없다. 멀리서 외로운 벨소리가 간간히 바람에 실려 내 귀에 이른다. 더 친숙한 소리들, 자동차가 부르릉거리는 소리, 고함 소리, 개 짖는 소리는 불 밝혀진 거리를 벗어나는 법이 없고, 저기 따뜻한 곳에 머무른다. 하지만 이 벨소리는 어둠을 뚫고 여기까지 온다. 그것은 다른 소리들보다 더 단단하며, 덜 인간적이다.

　나는 걸음을 멈추고 귀를 기울여본다. 춥고 귀가 시리다. 아마도 빨갛게 얼어붙어 있으리라. 하지만 더 이상 내몸을 느낄 수 없다. 나는 나를 둘러싼 것들의 순수함에 사로잡혔다. 여기에 살아 있는 것은 아무것도 없다. 바람이 횡횡 불고, 거리의 선들이 쭉 뻗어 어둠 속으로 사라진다. 누아르 대로는 행인들을 유혹하려 드는 부르주아 거리들처럼 야한 모습이 아니다. 아무도 구태여 모습을 꾸미려 하지 않는다. 여기는 그저 뒷면일 뿐이다. 잔 베르트 퀴루아가街의 뒷면, 갈바니로의 뒷면일 뿐이다. 역 근방에서는 부빌 시민들이 이 대로를 조금 가꾼다. 여행객들 때문에 가끔씩 거리를 청소한다. 하지만 거기만 벗어나면 곧바로 이러한 노력을 그만두고, 거리는 캄캄한 어둠 속에 똑바로 질주하여, 결국에는 갈바니로와 부딪친다. 도시는 이 거리를 잊어버린 것이다. 이따금 진흙 색깔의 커다란 화물 트럭 한 대가 우레 같은 소리를 내며 전속력으로 지나간다. 이곳에서는 심지어 살인 사건도 일어나지 않으니, 살인자도, 피해자도 없다. 누아르 대로는 비인간적이다. 어떤 광물처럼, 그리고 삼각형처럼 비인간적이다. 부빌에 이런 대로가 있다는 것은 행운이다. 보통 이런 길은 수도首都들에나 있다. 베를린에는 노이쾰른 옆이나 프리드리히스하인 근처, 그리고 런던에는 그리니치 뒤편에 있다. 바람이 숭숭 불고, 나무도 없이 널찍한 보도들만 있는 똑바르고 더러운 통로들이다. 이런 길들은 항상 시내 외곽에, 화물역이나 전차 차고나 도축장이나 가스저장소 같은 장소들 부근의 도시가 형성되는 그 기이한 구역들에

69

있다. 소나기가 쏟아지고 나서 이틀 후에, 온 도시가 햇빛 아래 그 축축한 열기를 뿜어내고 있을 때, 이곳은 그때까지도 진흙탕과 웅덩이를 간직하고 있다. 심지어는 일 년에 단 한 달, 8월을 제외하고는 결코 마르지 않는 물웅덩이도 있다.

이곳에는 **구토**가 노란빛 속에 남아 있다. 나는 행복하다. 이 추위는 너무도 순수하고, 이 밤 또한 너무도 순수하다. 나 자신, 어쩌면 차가운 공기로 이뤄진 한 조각 물결이 아닐까? 피도, 림프도, 살도 없는 물결. 이 운하를 따라 창백한 저쪽으로 흘러가는 물결. 그저 차가움 자체일 뿐인 한 조각 물결.

저기에 사람들이 있다. 두 개의 그림자가 보인다. 도대체 무엇을 하러 여기에 왔을까?

조그만 여자가 남자의 소매를 잡아당긴다. 그녀는 빠르고도 조그만 목소리로 말한다. 바람 때문에 그녀가 하는 말이 잘 들리지 않는다.

"입 닥쳐, 알았어?" 남자가 말한다.

그녀는 여전히 지껄인다. 갑자기 남자가 여자를 밀친다. 그들은 머뭇거리며 서로를 쳐다본다. 그러다가 남자는 호주머니에 두 손을 찔러 넣고는 뒤돌아보지 않고 그곳을 떠난다.

남자는 사라졌다. 이제 나는 여자와 불과 3미터도 떨어져 있지 않다. 갑자기 깊고도 목이 쉰 소리가 그녀를 찢으며 튀어나오면서, 너무도 격렬하게 거리를 가득 채운다.

"샤를, 제발, 내가 뭐라고 말했는지 몰라? 샤를, 돌아와! 난 정말 지겨워! 난 너무 비참하다고!"

나는 거의 닿을 정도로 가까이 그녀 옆을 지난다. 그녀는…… 하지만 이 불같은 살덩어리가, 고통을 뿜어내는 이 얼굴이 어떻게 그녀라고 생각할 수……? 하지만 난 스카프와 코트와 오른손의 그 커다란 포도주색 모반을 알아본다. 바로 그녀, 가정부 뤼시다. 나는 감히 도움을 주겠다고 말하지는 못하지만, 그녀는 필요할 경우 내게 도움을 청할 수도 있을 것이다. 난 그녀를 쳐다보면서 천천히 옆을 지나간다. 그녀의 눈은 나를 응시하는데, 나를 보는 것 같지는 않다. 마치 고통 속에서 자신이 누구인지조차 모르는 듯한 모습이다. 난 몇 걸음을 옮긴다. 그리고 다시 몸을 돌려보는데……

맞다, 바로 그녀, 뤼시다. 하지만 완전히 다른 존재로 변화된 뤼시, 넋이 나가버린 뤼시, 그 어마어마한 고통을 아낌없이 맛보는 뤼시다. 나는 그녀가 부럽다. 그녀는 마치 성흔聖痕이 새겨지기를 기다리듯 똑바로 서서 두 팔을 활짝 벌리고 거기에 있다. 그녀는 입을 벌리지만, 숨을 제대로 쉬지 못하고 컥컥댄다. 거리의 양옆에서 벽들이 커져 가까이 다가오는 것 같은, 그녀가 우물 속에 있는 것 같은 느낌이 든다. 나는 잠시 기다린다. 그녀가 그대로 쓰러질까 봐 겁이 난다. 그녀는 이런 기이한 고통을 견뎌내기에는 너무나 허약하다. 하지만 그녀는 움직이지 않는다. 마치 그녀를 둘러싼 것들과 마찬가지로 광물화되어버린 것 같다. 한순간 나는 내가 지금까지 그녀에 대해 착각하고 있지는 않았는가, 지금 갑자기 드러난 것이야말로 그녀의 진정한 본성이 아닌가, 하는 생각에 사로잡힌다.

뤼시는 조그맣게 신음한다. 놀란 눈을 동그랗게 뜨고 손을 목에 가져간다. 아니, 그녀가 그 큰 고통을 견뎌낼 힘을 길어낼 수 있는 곳은 그녀 안이 아니다. 그것은 바깥에서…… 이 대로에서 온다. 그녀의 어깨를 붙잡아 밝은 곳으로 데려가야 한다. 사람들 가운데로, 부드러운 분홍빛 거리로 데려가야 한다. 거기에서는 이렇게 거세게 고통받을 수 없다. 그녀는 누그러질 것이다. 다시 그 긍정적인 모습을, 평소의 고통의 수준을 되찾을 것이다.

나는 그녀에게 등을 돌린다. 결국 그녀는 운이 좋다고 할 수 있다. 나는 3년 전부터 너무 평온하기만 하다. 이런 비극적인 고독들로부터 약간의 텅 빈 순수함 외에는 더 이상 아무것도 얻지 못한다. 나는 그곳을 떠난다.

목요일, 11시 반

열람실에서 두 시간을 작업했다. 그러고는 파이프 한 대를 피우려고 쿠르 데 지포테크로 내려왔다. 붉은 벽돌이 깔린 광장이다. 부빌 시민들은 18세기에 지어진 이 광장을 자랑스러워한다. 샤마드가街와 쉬스페다르가街로 들어가는 입구에는 자동차 통행을 제한하는 낡은 쇠사슬이쳐져 있다. 개를 산책시키러 나온 검은 옷차림의 부인들이 벽을 따라 아치형 통로를 미끄러지듯 지나간다. 그들은 환한 곳까지 나오는 일이 거의 없지만, 마치 소녀들처럼 귀스타브 앵페트라즈의 동상을 흡족한 시선으로 슬쩍곁눈질한다. 그들은 이 청동 거인의 이름을 알 턱이 없지만, 그의 프록코트와 실크해트를 통해 그가 상류사회의누군가였다는 사실은 알고 있다. 그의 왼손은 모자를 들고 있고, 오른손은 한 무더기의 쌓아 올린 2절판 책들 위에 놓여 있다. 어찌 보면 그들의 할아버지가 여기, 동상대위에, 청동으로 만들어져서 서 있다고 할 수 있다. 그들은동상을 그렇게 오래 쳐다보지 않아도 그가 모든 문제에서 자신들처럼, 자신들과 똑같이 생각했다는 것을 이해할수 있다. 그는 그들의 편협하고도 확고한 생각들을 위하여, 그의 권위와 그의 묵직한 손이 누르고 있는 2절판 책들에서 길어 온 엄청난 지식을 동원하고 있는 것이다. 검은 옷차림의 부인들은 그 청동 동상 덕분에 마음이 놓여 가벼운 마음으로 가사를 돌보고, 개들을 산책시킬 수 있다. 그들은 아버지로부터 물려받은 신성하고, 좋은 생각들을 방어해야 할 책임이 없다. 대신 저 청동 인간이 그것들을 지켜주고 있는 것이다.

《대백과사전》은 이 인물에 대해 몇 줄을 할애하여 설명하고 있다. 나는 이 내용을 지난해에 읽었다. 나는 그 책을 창문턱에 올려놓았는데, 창문 너머로 앵페트라즈의 녹색 머리통을 볼 수 있었다. 난 그가 1890년경에 전성기를 누렸음을 알게 되었다. 그는 장학관이었다. 그는 멋진 스케치들을 남겼고, 세 권의 책(《고대 그리스인에게 있어서의 인기에 대하여》(1887), 《롤랭의 교육학》(1891), 《시적인 유언》(1899))을 썼다. 그는 후손들과 양식 있는 사람들의 애도 속에 1902년에 사망했다.

나는 도서관 전면의 벽에 등을 기대고 선다. 가물가물 꺼지려 하는 파이프를 깊이 빨아들인다. 한 노부인이 아치형 통로에서 겁먹은 듯이 나와서는 꾀바르면서도 집요한 시선으로 앵페트라즈를 자꾸만 쳐다보는 모습이 보인다. 그녀는 갑자기 용기를 내어 그 짧은 다리를 놀려 전속력으로 광장을 가로지르더니만, 아래턱을 우물거리며 동상 앞에 한동안 서 있다. 그런 뒤에, 분홍색 보도 위에 검은 점이 움직이듯 줄행랑을 쳐서는 벽에 난 틈 속으로 사라진다.

어쩌면 이 광장은 1800년경에는 이 분홍빛 벽돌과 집들로 인해 유쾌한 곳이었는지도 모른다. 그러나 지금 이곳에는 삭막하고 기분 나쁜, 아주 미묘하게 공포감을 자아내는 무언가가 있다. 그것은 저 동상대 위에 있는 동상으로부터 비롯된다. 사람들은 이 학자를 청동상으로 주조함으로써, 일종의 마법사로 만들어버린 것이다.

나는 앵페트라즈를 정면으로 바라본다. 그는 눈이 없고, 코도 거의 없으며, 수염은 이따금 역병처럼 한 구역의 모든 동상들을 덮쳐버리는 기이한 나병에 갉아 먹혔다. 그는 인사를 한다. 그의 조끼는 심장이 있는 부근이 커다란 연두색 얼룩으로 덮여 있다. 그는 병약하고도 사악해 보인다. 그는 살아 있지 않지만, 그렇다고 해서 생기가 없는 것도 아니다. 어떤 은밀한 힘이 그에게서 발산되고 있다. 마치 어떤 바람이 나를 미는 것 같다. 앵페트라즈는 이 쿠르 데 지포테크 광장에서 나를 쫓아내고 싶은 모양이지만, 나는 이 파이프를 다 피우기 전에는 떠나지 않으리라.

바짝 마르고 홀쭉한 그림자 하나가 갑자기 내 뒤에서 튀어나온다. 나는 소스라친다.

"미안합니다, 선생님. 방해하고 싶지는 않았습니다. 그런데 선생님의 입술이 움직이는 걸 봤습니다. 선생님의 책의 구절들을 되뇌어보셨던 모양이죠?" 그는 웃는다.

"12율격으로 된 문장들을 찾고 계시더군요."

나는 어안이 벙벙하여 독학자를 쳐다본다. 하지만 그는 내가 놀라는 게 더 놀라운 모양이다.

"선생님, 산문에서는 12율격 문장을 어떤 일이 있더라도 피해야 하지 않겠습니까?"

나에 대한 그의 존경심이 조금 낮아진 모양이다. 난 그에게 이 시간에 여기에서 뭘 하느냐고 묻는다. 그는 사장이 휴가를 주어서 곧바로 도서관으로 왔노라고 설명한다. 점심도 안 먹고, 폐관 시간까지 계속 책만 읽을 거란다. 난 더 이상 그의 말에 귀를 기울이지 않았지만, 그는 처음 화제에서 다른 화제로 넘어간 모양이었으니, 갑자기 이런 소리가 들렸기 때문이다.

"…… 선생님처럼 책을 쓸 수 있는 행운을 가질 수 있다면 말입니다."

"글쎄요, 행운이라……" 내가 회의적인 어조로 말한다.

그는 내 대답의 뜻을 착각한 모양으로, 재빨리 표현을 고친다.

"선생님, 제가 말을 잘못했습니다. 행운이 아니라, '자질'입니다."

우리는 층계를 올라간다. 작업할 기분이 나지 않는다. 누군가가 책상 위에 《외제니 그랑데》를 놓고 떠났고, 책은 27쪽이 펼쳐져 있다. 나는 기계적으로 집어 들어,

27쪽을 읽기 시작하고, 또 28쪽을 읽는다. 처음부터 읽을 엄두가 나지 않았기 때문이다. 독학자는 재빨리 벽을 따라 늘어선 서가로 달려가 책 두 권을 가지고 돌아와서는, 뼈다귀를 찾아낸 개 같은 표정으로 책상 위에 올려놓는다.

"무엇을 읽나요?"

그는 별로 대답하고 싶지 않은 모양이다. 얼빠진 것 같은 커다란 두 눈을 굴리며 조금 머뭇거리더니, 마지못한 듯이 책들을 내민다. 하나는 라르발레트리에의 《이탄과 이탄층》이고, 다른 하나는 라스텍스의 《이토파데사, 유익한 가르침》이다. 그래서 뭐가 어쨌다는 건가? 나는 그가 거북해하는 이유를 알 수 없다. 이 책들은 아주 괜찮아 보이는데 말이다. 난 예의상 《이토파데사, 유익한 가르침》을 조금 뒤적여보는데, 거기에는 아주 고상한 얘기들밖에 없다.

오후 3시

나는 《외제니 그랑데》를 읽는 것을 포기했다. 다시 작업을 시작했지만, 도무지 흥이 나지 않는다. 내가 글을 쓰는 것을 보고 있는 독학자는 탐욕과 존경이 뒤섞인 눈으로 나를 관찰한다. 가끔 고개를 살짝 들어보면, 커다랗고 뻣뻣한 칼라에서 그의 닭 모가지가 삐죽 솟아 있는 게 보인다. 그의 옷은 닳아빠졌지만, 셔츠는 눈부실 정도로 새하얗다. 방금 그가 같은 서가에서 다른 책 한 권을 가지고 왔다. 제목이 뒤집혀졌지만 난 읽을 수 있다. 쥘리 라베르뉴 양이 쓴 《코드벡의 화살》이라는 책으로, 노르망디 연대기다. 독학자가 읽는 책들은 항상 나를 당혹스럽게 만든다.

최근에 그가 참고한 책들의 저자명이 갑자기 떠오른다. 랑베르, 랑글루아, 라르발레트리에, 라스텍스, 라베르뉴. 퍼뜩 깨달아진다. 이제 독학자의 독서 방식을 알 것 같다. 그는 알파벳순으로 지식을 쌓아가고 있는 것이다.

나는 일종의 경이감을 느끼며 그를 바라본다. 이런 방대한 규모의 계획을 천천히, 집요하게 실현하기 위해서는 대체 어떤 의지가 필요한 걸까? 7년 전 어느 날(그는 7년 전부터 공부해왔다고 내게 말했다), 그는 아주 엄숙하게 이 열람실에 들어왔다. 그리고 벽을 뒤덮은 헤아릴 수 없는 책들을 둘러보았고, 조금은 라스티냐크처럼 이렇게 말했을 것이다. "자, 인문과학아, 우리 한번 붙어보자!" 그러고는 오른쪽 끝의 첫 번째 서가의 첫 번째 책을 뽑아 들고 와서는, 존경심과 두려움을 동시에 느끼며 굳은 결의 속에 첫 번째 페이지를 펼쳤을 것이다. 지금 그는 L까지 왔다. J 다음에 K, K 다음에 L이다. 그는 갑충목甲蟲目 연구에서 갑자기 양자이론 연구로 넘어갔고, 티무르에 대한 어떤 저서에서 다윈의 이론을 공격하는 가톨릭의 소책자로 옮겨왔지만, 한순간도 당황하지 않았다. 그는 모든 것을 읽었다. 단성생식에 대해 사람들이 알고 있는 것의 절반을 머릿속에 쌓아놓았고, 인체해부를 반대하는 주장들의 절반을 주워 담았다. 그의 앞과 그의 뒤에 하나의 우주가 펼쳐져 있다. 그가 왼쪽 끝의 마지막 서가의 마지막 책을 덮으면서 "자, 이젠 뭐하지?"라고 중얼거릴 날이 다가오고 있다.

지금은 간식 시간. 그는 아주 천진한 얼굴로 빵 한 조각과 갈라 피터 태블릿 초콜릿 한 조각을 먹는다. 그의 속눈썹은 아래로 내리깔아져 있어, 난 살짝 구부러진 그의 아름다운 속눈썹 —— 여자 속눈썹이다 —— 을 마음껏 감상할 수 있다. 그에게선 옛날 담배 냄새가 나는데, 숨을 쉴 때마다 거기에 달콤한 초콜릿 향이 섞여든다.

금요일, 오후 3시

하마터면 거울의 덫에 걸려들 뻔했다. 나는 거울의 덫은 피했지만, 결국에는 유리창의 덫에 걸려들었다. 아무것도 하고 싶지 않아 두 팔을 축 늘어뜨리고서 창문으로 다가간다. 공사장, 나무울타리, 구역舊驛 —— 구역, 나무울타리, 공사장. 얼마나 늘어지게 하품을 했는지 눈물이 다 나온다. 나의 오른손에는 파이프가, 왼손에는 담배쌈지가 들려 있다. 이 파이프에 담배를 다져 넣어야 하겠지만, 엄두가 나지 않는다. 두 팔을 축 늘어뜨리고 이마를 창문 유리에 가져다 댄다. 저기 저 노파가 내 신경을 긁는다. 그녀는 멍한 눈을 하고서 고집스럽게 타박타박 걷는다. 이따금 어떤 보이지 않는 위험이 그녀를 스친 듯, 겁먹은 눈을 하고 멈춰 선다. 그녀는 바람에 치마가 펄럭이며 무릎에 찰싹 들러붙은 모습으로 내가 서 있는 창문 아래에 이르렀다. 그녀는 멈춰 서서는 스카프를 매만진다. 그녀의 손들이 떨린다. 그녀는 다시 출발하고, 이제 그녀의 등이 보인다. 늙은 쥐며느리! 난 그녀가 오른쪽으로 돌아 누아르 대로로 들어가리라고 생각한다. 그러려면 100여 미터를 가야 하고, 지금 걷는 속도로는 10분은 족히 걸릴 터이고, 그 10분 동안 나는 이렇게 유리창에 이마를 딱 붙이고서 그녀를 지켜보고 있어야 하리라. 그녀는 이렇게 스무 번은 걸음을 멈췄다가 다시 출발하고, 또 멈췄다가……

미래가 보인다. 그것은 여기, 이 거리에 놓여 있고, 현재보다 더 흐릿하다고 할 수 없다. 그것이 왜 실현되어야 한단 말인가? 실현되어서 무슨 유익이 있단 말인가? 노파는 비척거리며 멀어져가다가 멈춰 서서는 스카프에서 빠져나온 회색 머리타래를 쓸어 올린다. 그녀는 걷고 있고, 저기에 있었는데, 지금은 여기에 있고…… 내가 어디에 있는지 더 이상 알 수 없다. 내가 그녀의 움직임을 보고 있는 걸까, 아니면 **미리 보고 있는 걸까?** 현재와 미래가 더 이상 구별이 안 되지만, 그것은 지속되고 있고, 조금씩 실현되고 있다. 노파는 인적 없는 거리를 나아가고 있다. 그 묵직한 남자 구두를 옮기며 가고 있다. 이게 바로 시간이다. 있는 그대로의 시간이다. 이것은 서서히 모습을 드러내고, 우리를 기다리게 하지만, 정작 나타나면 우리는 역겨워지는데, 그 까닭은 이것이 오래전부터 여기 있었다는 것을 깨닫기 때문이다. 노파는 거리의 모퉁이에 이르렀고, 이제는 검은색의 조그만 헝겊 뭉치일 뿐이다. 그래, 맞다. 이것은 새로운 것이다. 조금 아까 그녀는 저기에 있지 않았다. 하지만 이것은 우리를 놀라게 하지 못하는 퇴색한 새로움, 시들어버린 새로움일 뿐이다. 그녀는 거리 모퉁이를 돌 것이고,──영원 같은 순간 속에서──돌고 있다.

나는 창문에서 간신히 몸을 떼고, 휘청거리며 방을 가로지른다. 거울에 얼굴을 딱 붙이고서 나를 쳐다보고,──이번에도 영원 같은 순간 속에서──역겨움을 느낀다. 영원히 말이다. 결국 내 모습을 피해 침대에 가서 쓰러진다. 천장을 올려다본다. 자고 싶다.

조용하다. 조용하다. 더 이상 시간이 흘러가는 것도, 스쳐 지나가는 것도 느껴지지 않는다. 천장에 형상들이 보인다. 먼저 빛의 고리들이 보이고, 다음에는 십자가들이 보인다. 그것들이 나비처럼 팔락거린다. 그러고 나서 또 다른 이미지가 모습을 드러낸다. 이것은 내 눈 속에서 만들어진다. 무릎을 꿇은 커다란 동물이다. 녀석의 앞다리와 짐 싣는 안장이 보인다. 나머지 부분은 흐릿하다. 하지만 난 그게 뭔지 잘 안다. 내가 마라케시에서 봤던, 돌에 매여 있던 낙타다. 녀석은 무릎을 꿇고 앉았다가 일어나기를 여섯 번 반복한다. 아이들은 웃으며, 소리쳐 녀석을 흥분시킨다.

2년 전에는 굉장했다. 눈을 감기만 하면 머릿속이 벌집처럼 윙윙거리면서 얼굴들, 나무들, 집들, 나무 욕조에서 벌거벗고 몸을 씻는 가마이시의 일본 여자, 커다랗게 벌어진 상처로 죄다 흘러나온 피가 이룬 웅덩이 옆에 죽어 있는 러시아 남자가 보였다. 또 쿠스쿠스[12]의 맛과 정오 무렵에 부르고스[13]의 거리들을 가득 채우는 기름 냄새와 테투안[14]의 거리들에 떠다니던 회향풀 냄새와 그리스

---

12 아프리카 요리의 일종.

13 스페인의 도시.

14 모로코의 도시.

목동들의 휘파람 소리를 다시 느끼며 가슴이 뭉클해졌다. 하지만 이런 기쁨은 오래전에 닳아 없어져버렸다. 오늘 그게 다시 생겨날 것인가?

내 머릿속에서 작열하는 태양이 마술 환등기의 영상처럼 뻣뻣하게 지나간다. 파란 하늘 한 조각이 그 뒤를 잇는다. 그것은 조금 흔들리다가 움직임을 멈추고, 내 안은 온통 금빛으로 물든다. 모로코(아니면 알제리? 시리아?)에서 보낸 나날 중, 그 어느 날에서 이 빛이 갑자기 떨어져 나왔을까? 나는 과거에 잠겨본다.

메크네스[15]. 베다인 회교 사원과 뽕나무 그늘이 드리운 그 아름다운 광장 사이에서 우리를 겁나게 했던 그 산사나이는 어떻게 생겼었던가? 그는 우리에게 다가왔고, 안니는 내 오른쪽에 있었다. 아니, 왼쪽이었던가?

그 태양과 파란 하늘은 속임수일 뿐이다. 그것들에 백 번은 넘게 걸려들었다. 내 추억들은 악마의 지갑 속에 든 금화와도 같다. 지갑을 열어보면 낙엽밖에 들어 있지 않다.

그 산사나이에 대해 생각나는 것은 실명하여 뿌예진 그 커다란 눈알 하나밖에 없다. 그런데 그 눈조차도 그의

---

15 모로코의 도시.

것이었던가? 바쿠[16]에서 내게 국립 낙태원의 원칙을 설명해주던 의사도 애꾸였고, 그의 얼굴을 떠올려보려 할 때 나타나는 것도 그 희뿌연 눈알이다. 이 두 사내는 마치 노르넨[17]들처럼 눈알이 하나밖에 없어서 서로 번갈아가며 사용한다.

내가 매일 가곤 했던 메크네스 광장의 경우는 더욱 단순한데, 그것은 전혀 보이지 않는다. 이제 남은 것은 그곳이 매력적이었다는 막연한 느낌, 그리고 '메크네스에서 보았던 어느 매력적인 광장'이라는 서로 분리할 수 없이 연결된 다섯 단어뿐이다. 아마 눈을 감거나 천장을 멍하니 바라보고 있으면 그 장면을 재구성할 수도 있을 것이다. 멀리에 나무 한 그루가 있고, 어떤 다부진 검은 형체가 내게 달려든다. 하지만 이 모든 것은 내가 장면을 상상해보기 위해 꾸며내는 내용일 뿐이다. 그 모로코 사내는 키가 크고 바짝 말랐었다. 더욱이 난 그가 내게 손을 대었을 때에야 그를 보았다. 그래서 난 아직도 그가 키가 크고 바짝 말랐다고 알고 있다. 요약된 지식 몇 개가 내 기억 속에 남아 있는 것이다. 하지만 내겐 더 이상 아무것도 보이지 않는다. 아무리 과거를 뒤져보아도 단편적인 이미지

---

16 아제르바이잔의 도시.

17 북구 신화의 세 여신.

몇 조각만을 찾아낼 수 있을 뿐이고, 그것이 무엇을 나타내는지도, 추억인지 허구인지도 알지 못한다.

그리고 이 조각들마저 사라져버린 경우도 많다. 오직 말들만 남아 있을 뿐이다. 이야기는 아직도 잘할 수 있을 것이다. 해도 너무 잘할 수 있겠지만(일화를 들려주는 일이라면 난 선원이나 프로 이야기꾼들과는 견줄 수 없겠지만, 누구에게도 뒤지지 않는다), 내 이야기들은 해골에 불과할 뿐이다. 거기에는 이런 것을 하고, 저런 것을 하는 어떤 남자가 등장하지만, 그것은 내가 아니고, 난 그와 아무런 공통점이 없다. 그는 내가 한 번도 가본 적이 없는 것처럼 아는 것이 전혀 없는 나라들을 돌아다닌다. 이따금 나는 이야기를 하다가 세계지도에 나오는 아란후에스나 캔터베리 같은 멋진 지명들을 발음하기도 한다. 그것들은 내 안에 한 번도 여행해보지 않은 사람들이 책을 읽고 품는 것과 같은, 아주 새로운 이미지들을 떠오르게 한다. 나는 단지 말들에 대해 몽상할 뿐이다.

죽어 있는 이야기가 백 개라면, 살아 있는 이야기가 그래도 한두 가지는 있다. 나는 이런 이야기들을 너무 자주 하면 닳아버릴까 봐 가끔씩만, 조심스레 떠올린다. 그중 하나를 끄집어내면, 그 배경이, 인물들이, 자세들이 눈앞에 생생히 나타난다. 그러면 갑자기 나는 이야기를 멈춘다. 뭔가가 무뎌지는 것을, 감각들의 그물 아래로 단어 하나가 삐쭉 고개를 드는 것을 느낀 것이다. 나는 곧 이 단어가 내가 좋아하는 이미지 여러 개의 자리를 차지해버릴 것을 안다. 난 곧바로 이야기를 중단하고, 재빨리 다른 것으로 생각을 돌린다. 내 추억들을 피곤하게 만들고 싶지 않기 때문이다. 그래 봐야 헛수고니, 다음번에 내가 이 추억들을 떠올리면, 상당 부분이 굳어져버릴 것이다.

나는 일어서서 내가 책상 밑에 밀어 넣은 궤짝 속에 있는, 내가 메크네스에서 찍은 사진들을 가져와보려고, 몸을 움찔 움직인다. 하지만 이게 무슨 소용이 있는가? 이런 최음제들은 내 기억에 아무런 효력이 없다. 일전에 나는 압지 밑에서 빛바랜 조그만 사진 한 장을 발견했다. 어떤 여자가 분숫가에서 미소 짓고 있었다. 나는 잠시 그 인물을 들여다보았지만, 누군지 알 수 없었다. 그런데 뒷면에 이렇게 쓰여 있었다. '안니. 포츠머스, 1927년 4월 7일.'

나에게는 은밀한 차원들이 없다는, 나는 내 몸에 그리고 내 몸으로부터 마치 물방울처럼 올라오는 가벼운 생각들에 한정되었다는 느낌을 오늘만큼 강하게 느낀 적이 없었다. 나는 나의 현재를 가지고 추억들을 만든다. 나는 현재 속에 내던져져 있고, 버려져 있다. 과거로 돌아가려고 해보지만 헛수고다. 나는 달아날 수가 없다.

누군가가 노크한다. 독학자다. 그러고 보니 잊고 있었다. 그에게 나의 여행 사진들을 보여주겠다고 약속했었다. 아, 귀찮은 인간!

그는 의자에 앉는다. 그의 엉덩이가 뭉개지며 등받이에 닿고, 상체는 뻣뻣하게 앞으로 기울어진다. 나는 침대에서 뛰어 내려와 불을 켜준다.

"왜 그러십니까, 선생님? 불을 안 켜도 괜찮은데요."

"사진 보기엔 좋지 않아요."

나는 그가 어디다 두어야 할지 모르는 모자를 받아 든다.

"정말이십니까, 선생님? 정말 그걸 보여주시겠다고요?"

"아, 그럼요."

나에겐 다 계산이 있다. 그가 사진을 보며 입을 다물고 있기를 바라는 것이다. 나는 책상 밑으로 기어 들어가, 궤짝을 그의 에나멜 구두 앞에 밀어놓고는, 엽서와 사진을 한 아름 꺼내어 그의 무릎에 올려놓는다. 스페인과 스페인령 모로코의 엽서와 사진들이다.

하지만 그의 헤벌쭉해진 표정을 보니 그가 조용해지기를 바란 내 생각이 큰 착각이었음을 깨닫는다. 그는 이겔도 산에서 포착한 산세바스티안의 전경을 힐끗 보고는, 사진을 탁자 위에 조심스럽게 내려놓은 다음, 한동안 침묵을 지킨다. 그러더니 한숨을 푹 내쉰다.

"아, 선생님! 선생님은 참 복도 많으십니다. 사람들의 말이 맞는다면, 여행이야말로 최고의 학교죠. 선생님도 그렇게 생각하십니까?"

나는 막연한 제스처를 해 보인다. 다행히도 그는 아직 말을 끝맺지 않았다.

"엄청난 변화를 겪게 되겠죠. 만일 제가 여행을 하게 된다면, 전 떠나기 전에 제 성격의 특징들을 세세하게 적어놓을 것 같아요. 돌아와서 과거의 나와 변한 나를 비교해볼 수 있게끔요. 어디서 읽은 얘기인데, 어떤 여행가들은 정신뿐 아니라 겉모습도 너무나 변해버려서, 돌아왔을 때 가까운 친척들도 알아보지 못했답니다."

그는 두툼한 사진 뭉치를 건성으로 만지작거린다. 그러다가 사진 한 장을 집어 들고서는 보지도 않고 탁자에 내려놓는다. 그러고는 다음 사진을 뚫어지게 들여다보는데, 그것은 부르고스 성당의 설교단에 조각된 성 히에로니무스의 사진이다.

"부르고스에 있는 이 짐승 가죽으로 만든 그리스도를 구경하셨나요? 짐승 가죽, 심지어는 사람 가죽으로 만든 이 조각상들에 대한 아주 이상한 책이 한 권 있답니다. 그리고 검은 성모는요? 그것은 부르고스가 아니라, 사라고사에 있나요? 하지만 부르고스에도 하나 있지 않나요? 순례자들이 그것에 입을 맞추지 않습니까? 그러니까 사라고사의 검은 성모에다 말입니다. 그리고 포석에 성모의 발자국이 찍혀 있나요? 어머니들이 자기 아이들을 밀어

넣는다는 구멍 안에는 누가 있나요?"

그는 아주 뻣뻣한 동작으로 두 손으로 아이를 밀어 넣는 시늉을 한다. 마치 아르타크세르크세스의 선물을 거부하는 것 같다.[18]

"아, 선생님, 관습이라는 것은…… 정말로 희한한 거예요!"

그는 약간 헐떡이며 그 당나귀 같은 커다란 아래턱을 내게 불쑥 내민다. 그에게서는 담배와 고인 물의 냄새가 난다. 그의 맛이 간 예쁜 눈은 불덩이처럼 번득이고, 그의 성긴 머리카락은 머리통 주변에 뿌연 후광을 두르고 있다. 이 두개골 아래에서 사모예드족, 니암니암족, 마다가스카르인, 푸에고 섬의 원주민들이 이상하기 짝이 없는 의식들을 거행하고, 그들의 늙은 아비들과 아이들을 잡아먹고, 탐탐 소리에 맞춰 기절할 때까지 제자리에서 뱅뱅 돌고, 아모크[19]의 광기에 빠져들고, 죽은 이들을 불태우고, 그들을 지붕 위에 널어놓고, 그들을 횃불로 밝힌

---

18 프랑스 화가 지로데 트리오종(1767~1824)의 작품 〈아르타크세르크세스의 선물을 거부하는 히포크라테스〉에 그려진 장면을 암시한다. 아르타크세르크세스는 기원전 3세기 페르시아의 왕으로, 그의 진영에 역병이 창궐하자, 그리스의 명의 히포크라테스에게 금은보화를 제공하며 치료를 부탁했지만, 히포크라테스는 조국의 적인 페르시아 왕의 부탁과 선물을 거부했다고 한다.

19 말레이어에서 온 말로, 맹렬한 폭행 및 살인 욕구를 일으키는 정신착란 상태를 뜻한다.

조각배에 실어 강물에 띄워 보내고, 어미와 아들이, 아비와 딸이, 오라비와 누이가 닥치는 대로 교미하고, 자해하고, 스스로를 거세하고, 원반으로 입술을 늘이고, 허리에 흉측한 동물들을 새겨 넣는다.

"파스칼의 말처럼, 습관은 제2의 천성이라고 말할 수 있을까요?"

그는 그 검은 눈으로 내 눈을 뚫어지게 쳐다보며 답변을 기다린다.

"경우에 따라 다르겠지요." 내가 대답한다.

그는 숨을 길게 내쉰다.

"실은 저도 그렇게 생각했습니다, 선생님. 하지만 전 너무 저 자신을 못 믿어요. 모든 걸 다 읽어야 할 텐데 말입니다."

하지만 다음 사진을 보자 완전히 신이 났다. 그는 환성을 발한다.

"세고비아! 세고비아! 전 세고비아에 대한 책을 한 권 읽었어요!"

그러고는 조금 거들먹거리며 이렇게 덧붙인다.

"선생님, 그 저자 이름이 생각이 잘 안 나네요. 가끔 건망증이 도져서 말입니다. 노… 노… 노드……"

"아, 당연히 생각이 안 나겠죠!" 내가 냉큼 말한다. "아직 라베르뉴까지밖에 못 읽었잖아요."

나는 곧바로 내가 한 말을 후회한다. 어쨌든 그는 이러한 독서 방식을 한 번도 내게 얘기한 적이 없었고, 이것은 그의 은밀한 망상일 터였다. 아닌 게 아니라 그는 당황하며, 두툼한 입술을 우는 것처럼 앞으로 쭉 내민다. 그러고는 고개를 푹 숙이고 아무 말 없이 여남은 장의 그림엽서를 들여다본다.

하지만 30초 정도가 지나자, 갑자기 엄청나게 열광하며, 말을 하지 않으면 금방이라도 터져버릴 것 같은 얼굴이 된다.

"제가 이 공부를 다 마치면(아직 6년 정도 더 잡고 있어요), 가능하면 학생들과 교수들이 매년 하는 근동지방 크루즈 여행에 참가할 생각입니다. 제가 가진 어떤 지식들을 보다 정확하게 다듬고 싶고," 그는 자못 진지하게 말을 이었다. "뜻밖의 것들과 새로운 것들을, 한마디로 모험을 맛보았으면 해요."

그는 목소리를 낮추었고, 장난스러운 표정이 되었다.

"어떤 종류의 모험 말인가요?" 나는 놀라며 반문했다.

"모든 종류의 모험 말이에요, 선생님. 기차를 잘못 타고, 어느 모르는 도시에서 내리고, 지갑을 잃어버리고, 실수로 체포되고, 감옥에서 밤을 보내는 거죠. 선생님, 전 모험을 이렇게 정의할 수 있다고 생각해요. 일상에서 벗어나는, 그렇다고 해서 반드시 엄청난 것일 필요는 없는 사건이라고요. 사람들은 모험의 마법에 대해 얘기하곤 하죠. 이런 표현이 적절하다고 생각하세요? 그런데 선생님, 제가 질문 하나 해도 될까요?"

"그게 뭐죠?"

그는 얼굴을 붉히며 미소를 짓는다.

"조금 실례가 될 수도 있는 질문인데요……"

"얘기해보세요."

그는 내게 몸을 기울이면서 눈을 반쯤 뜨고서 묻는다.

"선생님은 모험을 많이 해보셨나요?"

나는 "네, 몇 번이요"라고 기계적으로 대답하며, 그의 지독한 입 냄새를 피하려고 몸을 뒤로 젖힌다. 그렇다, 나는 아무 생각 없이 기계적으로 이렇게 말했다. 사실 평소에 나는 모험을 많이 한 것에 대해 자부심을 느끼는 편이다. 하지만 오늘은 이 말을 하자마자 나 자신에 대한 격렬한 분노에 사로잡혔다. 내가 거짓말하는 것 같고, 살아오면서 한 번도 모험을 해보지 않은 것처럼 느껴진다. 아니, 이 모험이라는 말이 무엇을 의미하는지조차도 모르겠는 기분이다. 이와 동시에 4년 전 하노이에서, 메르시에가 자신에게 합류하라고 권하고, 나는 대답 없이 크메르 조각상만 뚫어지게 쳐다보고 있었을 때, 나를 사로잡았던 것과 똑같은 우울함이 내 어깨를 짓누른다. 그 '관념'이, 그때 나를 그렇게나 역겹게 했던, 그리고 4년 동안 다시 보지 못했던 그 희고도 커다란 덩어리가 여기에 있는 것이다.

"한 가지 부탁을 드려도……" 독학자가 말한다.

그렇겠지! 그 대단한 모험들 중의 하나를 얘기해달라는 말이겠지! 하지만 난 그 주제에 대해선 한마디도 하고 싶지 않다.

"여기가 말입니다." 나는 그의 좁다란 어깨 위로 몸을 굽히고 사진 한 장을 손가락으로 짚는다. "여기가 산틸라나예요. 스페인에서 가장 예쁜 마을이죠."

"질 블라스의 산틸라나[20] 말인가요? 전 그게 실제로 존재하는지 몰랐어요. 아, 선생님과의 대화는 얼마나 유익한지 모르겠어요! 선생님께서는 정말 여행을 많이 하셨군요."

나는 독학자의 호주머니에 그림엽서, 판화, 사진 등을 잔뜩 쑤셔 넣어준 다음에 그를 쫓아냈다. 그는 황홀해하며 돌아갔고, 나는 전등을 껐다. 이제 나는 혼자다. 하지만 완전히 혼자는 아니다. 내 앞에서 기다리는 이 '관념'이 있다. 그것은 커다란 고양이처럼 몸을 둥글게 말고서 여기에 남아 있다. 그것은 아무것도 설명하지 않고, 움직

---

20 《질 블라스 드 산틸라나 *Gil Blas de Santillane*》는 프랑스 작가 르사주의 소설이다.

이지도 않으면서 다만 아니라고만 말한다. 아니, 나는 모험을 한 적이 없단다.

나는 파이프에 담배를 채워 넣고 불을 붙이고, 두 다리를 외투로 덮은 다음 침대에 드러눕는다. 놀라운 것은 내가 너무나 슬프고 피곤하다는 사실이다. 설령 내가 한 번도 모험을 해본 적이 없는 게 사실이라고 해도, 그게 뭐가 어쨌단 말인가? 우선 이것은 순전히 표현의 문제에 불과한 것처럼 느껴진다. 예를 들어 조금 전에 생각났던 메크네스에서의 일이 그렇다. 당시에 한 모로코인이 내게로 달려들어 커다란 단검으로 나를 찌르려 했다. 하지만 난 주먹을 날렸고, 그것은 그의 관자놀이 아래에 꽂혔다…… 그러자 그는 아랍어로 소리 지르기 시작했고, 한 무리의 지저분한 작자들이 아타린 시장까지 우릴 쫓아왔다. 그것을 뭐라고 불러도 상관없겠지만, 어쨌든 그것은 **내게 일어났던** 사건이었다.

주변은 완전히 캄캄해졌고, 지금 파이프에 불이 붙어 있는지도 잘 모르겠다. 전차가 지나간다. 천장에 붉은빛이 비친다. 그리고 육중한 차 한 대가 지나가며 집을 흔든다. 오후 6시인 모양이다.

나는 모험을 해본 적이 없다. 내게는 사건, 자잘한 일 등 온갖 것들이 다 일어났지만, 모험은 해보지 않았다. 나는 이것이 단순히 표현의 문제만은 아니라는 것을 이해하기 시작한다. 내게는 잘 의식하지 못한 채로 다른 무엇보다도 집착했던 어떤 것이 있었다. 그것은 사랑이 아니고 — 천만에, 그것은 결코 아니다 —, 영광도 아니요, 부도 아니다. 그것은…… 그러니까 나는 어떤 순간들에 나의 삶은 희귀하고도 귀중한 특질을 지닐 수 있다고 상상했었다. 그러기 위해서는 어떤 굉장한 상황이 필요한 것이 아니었다. 나는 그저 약간의 엄밀함을 요구했을 뿐이다. 나의 현재의 삶에는 대단한 것이라곤 전혀 없다. 하지만 이따금, 예를 들어 카페에서 음악이 연주될 때, 나는 과거를 되돌아보며 예전에 런던에서, 메크네스에서, 도쿄에서 나도 멋진 순간들을 맛보았다고, 나도 몇 가지 모험을 겪었다고 중얼거리곤 했다. 그런데 지금은 더 이상 그렇게 생각하지 않는다. 나는 내가 10년 동안 스스로에게 거짓말을 해왔음을 방금 명확한 이유 없이 불현듯 깨달았다. 모험들은 책 안에 있다. 물론 책에서 얘기하는 모든 것들이 실제로 일어날 수도 있지만, 책과 같은 방식으로 일어나지는 않는다. 내가 그토록 강하게 집착했던 것, 그것은 바로 이 사건이 일어나는 방식이었다.

먼저 시작은 진짜 시작이어야 했다. 아! 나는 내가 무엇을 원했는지 이제 너무나도 분명히 깨닫는다. 그것은 울리는 트럼펫 소리처럼, 어떤 재즈곡의 첫 번째 음처럼 갑자기 나타나면서 권태를 멈추게 하고, 시간을 단단하게 만드는 진짜 시작이었다. 나중에 "5월의 어느 저녁, 나는 산책하고 있었다"라고 말하게 되는 그런 저녁에 속하는 저녁이었다. 산책을 하고, 조금 전에 달이 떴고, 별다른 할 일이 없고, 한가하고, 약간 멍한 상태다. 그런데 갑자기 '뭔가가 일어났어'라는 생각이 든다. 그것이 무엇이라도 좋다. 어둠 속에서 뭔가 딱 부러지는 소리, 거리를 건너는 어떤 흐릿한 실루엣. 하지만 이 사소한 사건은 다른 사건들과 같지 않다. 즉시 우리는 이것은 그 전모가 안개 속에 잠겨 있는 어떤 커다란 형태의 전조임을 깨닫고는, "뭔가가 시작되고 있어"라고 말하게 되는 것이다.

무언가가 시작되는 것은 끝나기 위해서다. 모험은 한정 없이 늘어나지 않는다. 그것은 죽어야만 의미를 갖는다. 이 죽음을 향해—그것은 어쩌면 나 자신의 죽음일수도 있는데—나는 돌이킬 수 없이 이끌려간다. 각 순간은 이어지는 다른 순간들을 불러내기 위해서만 나타난다. 나는 이 각각의 순간에 얼마나 집착하는지 모른다. 그것들은 유일무이한 것, 대체 불가능한 것이다. 하지만 나는 그것들이 없어지는 것을 막으려는 짓은 결코 하지 않을 것이다. 내가—베를린, 혹은 런던에서—그저께 만난 이 여자와의 품에서 보내는 이 마지막 순간, 내가 열렬히 사랑하는 이 순간, 내가 사랑한다고까지 말할 수 있는 이 여자와는 곧 끝난다는 것을 난 알고 있다. 잠시 후에 나는 다른 나라를 향해 떠날 것이다. 나는 이 여자와 이 밤을 영원히 되찾지 못할 것이다. 나는 각 순간에 몸을 기울이고, 그것을 완전히 빨아들여 고갈시키려 애쓴다. 나는 모든 것을 붙잡고, 모든 것을 내 안에 고착시키려 애쓴다. 이 아름다운 눈에서 언뜻 느껴지는 다정함도, 거리에서 들리는 소리도, 새벽의 희미한 빛도. 하지만 이 순간은 흘러가버리고, 나는 붙잡지 않는다. 나는 그것이 지나가는 게 좋다.

그러다가 갑자기 뭔가가 딱 하고 부러져버린다. 모험이 끝나고, 시간은 그 일상적인 느슨함을 되찾는다. 고개를 돌려보면, 내 뒤에서 선율 같은 저 아름다운 형태가 온통 과거에 잠겨 들고 있다. 그것은 줄어들고, 힘을 잃으며 쪼그라들고, 이제 끝은 시작과 하나가 된다. 그 황금처럼 빛나는 점을 눈으로 좇으며 나는 저 모든 것을, 동일한 상황들로 처음부터 끝까지 — 비록 하마터면 죽고, 재산을 잃고, 친구를 잃게 될 뻔했었지만 — 다시 사는 것을 받아들일 수 있다고 생각한다. 하지만 모험은 다시 시작되지도, 연장되지도 않는다.

그렇다, 그게 내가 원한 것이었다. 아! 그리고 아직도 원하는 것이기도 하다. 나는 흑인 여자가 노래할 때 너무나 행복하다. 만일 나 자신의 삶이 저 선율의 소재가 될 수 있다면 얼마나 황홀할 것인가?

그 어떤 이름도 붙일 수 없는 '관념'이, 여전히 여기에 있다. 그것은 평온하게 기다리고 있다. 이제 그것은 이렇게 말하는 것 같다.

"그래? 그게 네가 원했던 그거야? 그렇다면 그것은 바로 네가 한 번도 체험해보지 못한 것이고(생각해봐, 넌 겉만 요란하게 번쩍이는 여행을, 여자들에 대한 사랑을, 싸움박질을, 그 너저분한 일들을 모험이라고 불렀어), 앞으로도——너뿐 아니라 다른 누구도——결코 체험하지 못할 것이야."

하지만 왜? 왜?

토요일 정오

독학자는 내가 열람실에 들어오는 것을 보지 못했다. 그는 안쪽 테이블의 맨 끝에 앉아 있었다. 책을 한 권 앞에 펴놓았지만 읽지는 않았다. 그는 미소를 지으며 오른쪽에 앉은 이웃, 도서관에 자주 오는 어느 지저분한 중학생을 쳐다보고 있었다. 그 중학생은 잠시 그렇게 시선을 받고 있다가, 갑자기 얼굴을 끔찍하게 찡그리며 혀를 쑥 내미는 것이었다. 독학자는 얼굴을 붉히고 황급히 자신의 책 안으로 코를 들이밀고는 독서에 빠져들었다.

나는 어제의 생각들로 돌아온다. 어제 나는 감정이 아

주 메말라 있었기 때문에, 모험이 있든 없든 별 상관이 없었다. 단지 모험이라는 것이 있을 수 없는 것인지 궁금했을 뿐이다.

나는 가장 평범한 사건이 하나의 모험이 되기 위해서는, 그것을 **이야기하기 시작해야** 하고, 또 그것만으로도 충분하다고 생각했다. 그런데 바로 이것이 사람들이 속고 있는 지점이다. 한 인간은 언제나 이야기꾼이며, 자신의 이야기와 타인의 이야기에 둘러싸여 살며, 그에게 일어나는 모든 일을 이야기를 통해 본다. 그리고 그는 자신의 삶을 마치 이야기하듯이 살려고 한다.

하지만 살든지, 아니면 이야기하든지, 하나를 선택해야 한다. 예를 들어 함부르크에서 내가 경계했고, 또 상대편에서도 나를 두려워했던 에르나라는 여자와 동거했을 때, 나는 기묘한 삶을 살고 있었다. 하지만 그때 나는 그 안에 있었기 때문에 거기에 대해 생각하지 않았다. 그러다가 어느 날 저녁, 상 파울리의 어느 조그만 카페에서 그녀가 잠시 화장실에 가려고 내 곁을 떠났다. 난 혼자 남아 있었고, 축음기에서는 〈블루 스카이〉라는 노래가 흘러나오고 있었다. 나는 내가 여기 오고 나서 무슨 일이 있었는지 자신에게 이야기하기 시작했다. 난 이렇게 중얼거렸다. "사흘째 되는 저녁, **그로테 블로이어**라는 댄스홀에 들어갔을 때, 술 취한 키 큰 여자 하나가 내 눈에 들어왔다.

그리고 그 여자는 지금 내가 〈블루 스카이〉를 들으며 기다리고 있고, 조금 있으면 돌아와 내 오른쪽에 앉아서는 두 팔로 내 목을 그러안을 여자다." 그러자 나는 스스로 모험을 하고 있다는 강렬한 느낌이 들었다. 하지만 에르나가 돌아와 옆에 앉아서는 두 팔로 내 목을 그러안았을 때, 이유는 잘 알 수 없지만 이러는 그녀가 너무나 싫었다. 이제는 그 이유를 알 것 같으니, 나는 다시 살기 시작해야 했고, 모험의 느낌이 물거품처럼 사라져버렸기 때문이었다.

우리가 살 때에는 아무 일도 일어나지 않는다. 그저 배경이 계속 바뀌고, 사람들이 들어오고 나갈 뿐이다. 여기에 시작은 결코 없다. 날들이 아무 이유 없이 날들에 덧붙여지는데, 이것은 끝나지 않는 단조로운 덧셈이다. 우리는 가끔씩 부분적인 합계를 내면서 "내가 여행을 시작한 지 3년이 되었군, 3년 동안 부빌에 있었어"라고 말한다. 여기에는 끝도 없다. 어떤 여자, 어떤 친구, 어떤 도시를 단번에 떠나는 법은 절대로 없다. 그리고 모든 게 비슷비슷하다. 상하이도, 모스크바도, 알제도, 보름만 지나면 똑같아진다. 이따금 ── 아주 드물게 ── 자신의 위치를 가늠해보는데, 이때 자기가 어떤 여자와 같이 살고 있다든지, 어떤 고약한 일에 빠져들었다는 사실을 깨닫는다. 아주 잠깐 동안 깨닫는다. 그러고 나서는 행렬이 다시 시작되고, 시간과 날들의 덧셈이 다시 시작된다. 월요일, 화요일, 수요일. 4월, 5월, 6월. 1924년, 1925년, 1926년.

이게 바로 사는 것이다. 하지만 삶을 이야기할 때에는 모든 것이 바뀐다. 다만 이 변화를 아무도 알아채지 못할 뿐이다. 하나의 증거로, 사람들은 **진짜** 이야기를 들려주곤 한다. 마치 진짜 이야기라는 것이 실제로 존재하는 것처럼 말이다. 사건들은 한 방향으로 일어나는데, 우리는 이 사건들을 그 반대 방향으로 이야기한다. 우리는 처음부터 이야기하는 것처럼 보인다. '1922년 가을, 어느 아름다운 저녁의 일이었다. 나는 마롬에서 공증인 서기로 일하고 있었다'라는 식으로 말이다. 하지만 사실 우리는 끝에서부터 이야기하고 있는 것이다. 결말은 보이지 않지만 분명히 거기에 존재하며, 그것이 이 몇 마디의 말에 시작의 위엄과 가치를 부여한다. '나는 산책하고 있었다. 나는 모르는 사이에 마을을 벗어났으며, 골치 아픈 돈 문제를 생각하고 있었다.' 이 문장을 있는 그대로 받아들이면, 이 남자는 모험 같은 것과는 아무 상관없이, 무슨 일들이 일어나도 아무 관심도 없는 그런 상태에서 우울한 기분에 잠겨 있음을 의미한다. 하지만 여기에 결말이 존재하고, 이것은 모든 것을 바꿔놓는다. 우리에게 이 남자는 벌써 이야기의 주인공인 것이다. 그의 우울함, 돈에 대한 그의 고민은 우리의 그것들보다 훨씬 귀중하며, 미래의 열정의

빛으로 아름답게 물들어 있었다. 그리고 이야기는 역방향으로 이어진다. 순간들은 우연하게 차곡차곡 쌓이기를 멈추고, 그것들을 끌어당기는 이야기의 결말에게 붙잡히며, 또 그것들 각각은 앞선 순간을 끌어당긴다. '사방이 어두웠고, 거리에는 인적이 없었다.' 이 문장은 무심코 던져지고, 불필요한 것처럼 느껴진다. 하지만 우리는 속아 넘어가지 않고, 이 문장을 옆에 따로 놓아둔다. 이것은 나중에 그 가치가 이해되는 정보인 것이다. 그리고 우리는 주인공이 이 밤의 모든 세부사항들을 예고나 약속으로 경험했다고, 심지어는 그가 오직 약속인 것들만을 경험하고, 모험을 예고하지 않는 모든 것들은 보지도 듣지도 못했다고 느낀다. 우리는 미래가 아직 오지 않았다는 사실을 잊는다. 사실 사내는 아무런 전조도 경험하지 않았으며, 그는 자신에게 단조로운 세부사항들을 뒤죽박죽으로 제공하는 밤에 산책을 하고 있었을 뿐이고, 아무것도 선택하지 않았는데 말이다.

나는 내 삶의 순간들이 회상되는 삶의 그것들처럼 이어지고 정돈되기를 원했다. 차라리 시간을 붙잡으려고 애쓰는 편이 나으리라.

일요일

오늘 아침, 오늘이 일요일이라는 사실을 잊었다. 나는 평소처럼 집을 나와 거리를 걸었다. 《외제니 그랑데》를 들고나왔다. 공원의 철책 문을 밀고 있는데, 뭔가가 내게 신호를 보내고 있다는 느낌이 갑자기 들었다. 공원은 사람이 없이 텅 비어 있었다. 하지만…… 어떻게 표현해야 할까? 그것은 평소의 모습이 아니었고, 내게 미소를 짓고 있었다. 나는 잠시 철책 문에 기대어 서 있다가, 오늘이 일요일이라는 사실을 불현듯 깨달았다. 그것은 나무들 위에, 잔디 위에 희미한 미소처럼 떠 있었다. 그것을 묘사할 수는 없었으니, '여기는 공원이고, 지금은 겨울이고, 어느 일요일 아침이다'라고 아주 빨리 지껄여야 할 것이기 때문이었다.

나는 철책 문을 놓았다. 그러고는 집들과 부르주아의 거리들이 있는 쪽으로 몸을 돌리고는 "일요일이군"이라고 나지막이 중얼거렸다.

일요일이었다. 부두 뒤쪽에도, 바닷가에도, 화물역 부근에도, 도시의 어디에나 빈 창고들과 어둠 속에 꼼짝하지 않는 기계들이 서 있다. 집집마다 남자들이 창문 뒤에서 면도를 하고 있다. 그들은 고개를 뒤로 젖히기도 하고, 거울을 들여다보기도 하고, 또 차가운 하늘을 올려다보며 날씨가 좋은지 살피기도 한다. 창가娼家들은 촌사람이나 군인 같은 첫 번째 고객을 맞으려고 문을 연다. 성당 안에서는 촛불이 비치는 가운데 한 남자가 무릎 꿇은 여자들 앞에서 포도주를 마신다. 변두리 동네에서는 끝없이 이어지는 공장 벽들 사이로 검고 긴 행렬들이 움직이기 시작하여, 지금은 시내 중심가에서 천천히 나아가고 있다. 그들을 맞이하기 위해 거리는 마치 폭동이 일어난 날 같은 모습이 되었다. 투른브리드가街를 제외하고 상점들은 죄다 철제 셔터를 내렸다. 조금 있으면 검은 행렬들은 죽어버린 듯한 이 거리로 밀려들 것이다. 먼저 투르빌의 철도원들과 생생포랭 비누 공장에서 일하는 그들의 아내들, 그다음에는 죽스트부빌의 소시민들, 그리고 피노 방직공장의 직공들, 그리고 생막상스 구區의 가게 주인들이 올 것이다. 티에라슈의 남자들은 11시 전차를 타고 맨 나중에 도착할 것이다. 빗장을 건 상점들과 닫힌 문들 사이에서 곧 일요일의 군중이 나타날 것이다.

어딘가에서 커다란 시계가 10시 30분을 알리는 종을 울리고, 나는 걷기 시작한다. 일요일 이 시간이면, 부빌에서 괜찮은 구경거리를 볼 수 있지만, 대미사가 끝난 후에 너무 늦게 도착하지 말아야 한다.

조그만 조세핀 술라리 거리는 죽어 있고, 지하실의 냄새를 풍긴다. 하지만 일요일에는 늘 그렇듯, 밀물의 그것과도 같은 풍부한 소음으로 가득하다. 나는 기다란 흰색의 덧창이 달린 4층 건물들이 늘어선 프레지덩 샤마르 가로 돌아 들어간다. 이 공증인들의 거리는 온통 일요일 의 커다란 소음으로 채워져 있다. 질레 골목에서 그 소리 는 더욱 커지고, 나는 비로소 이 소음의 정체가 뭔지 알 게 된다. 바로 사람들이 내는 소리다. 그리고 갑자기 왼쪽 에서 빛과 음향이 폭발하는 것 같은 현상이 일어난다. 마 침내 투른브리드가에 이른 것인데, 나는 이제 나와 같은 사람들 틈에 끼기만 하면 되고, 이 신사들이 모자를 벗어 서로 인사하는 모습을 보게 될 것이다.

이 투른브리드가는 오늘날 부빌 주민들이 '작은 프라 도[21]'라고 부르는데, 불과 60년 전만 해도 이 거리의 기적 과도 같은 운명을 아무도 예측하지 못했을 것이다. 나는 이 거리가 아예 나타나 있지도 않은, 1847년에 제작된 지 도를 본 적이 있다. 그때 이곳은 포석들 사이로 흐르는 도 랑으로, 생선 대가리와 내장들이 둥둥 떠내려가는, 어둡 고 악취 풍기는 통로였을 것이다. 하지만 1873년 말에 국 회는 공익을 위해 파리의 몽마르트르 언덕 위에 성당을 짓겠다고 선언했다. 그로부터 얼마 후, 부빌 시장의 아내 는 환영을 보았다. 그녀의 수호성녀인 성聖 세실이 나타나

---

21 스페인의 수도 마드리드를 남북으로 가로지르는 대로로, 이 도시의 문화와 관광 의 중심지다.

그녀를 꾸짖었단다. 일요일마다 진흙으로 몸을 더럽혀가며 가게 주인들과 함께 생르네 성당이나 생클로디엥 성당으로 미사를 드리러 가는 것이 엘리트로서 과연 참을 수 있는 일인가? 국회가 모범을 보여주지 않았는가? 지금 부빌은 하늘의 가호 덕분에 최고의 호황을 누리고 있는바, 성당을 한 채 지어 주님께 감사를 드리는 게 옳지 않겠는가?

이 환상은 진정한 것으로 인정되었다. 부빌 시의회는 역사적인 회의를 개최했고, 주교는 기부금 모금을 승인했다. 남은 것은 장소를 선택하는 문제였다. 오래된 사업가 가문, 선주船主 가문들은 '예수의 성스러운 마음[22]이 파리를 돌보듯, 성 세실이 부빌을 돌볼 수 있게끔' 그들이 사는 코토 베르 언덕의 꼭대기에 성당을 세워야 한다는 의견이었다. 아직은 수가 많지 않았지만 돈이 매우 많은 마리팀 대로의 신흥 부호들은 여기에 반론을 제기했다. 자신들이 성당 건축에 필요한 것을 내놓겠지만, 그 대신 성당을 마리냥 광장에 세워야 한다는 것이었다. 그들은 성당 건축을 위해 돈을 내겠지만, 동시에 그것을 사용할 수 있기를 원했다. 그들은 자신들을 졸부로 취급하는 이 콧대 높은 부르주아들에게 자신들의 힘을 느끼게 해주고

---

22 파리를 굽어보는 몽마르트르 언덕 위의 사크레 쾨르(성심聖心) 성당을 뜻한다.

싶었다. 주교는 타협안을 생각해냈다. 성당은 코토 베르 언덕과 마리팀 대로의 중간 지점인 생트 세실 드 라 메르 광장으로 개명된 알 로 모뤼 광장에 지어졌다. 1887년에 완공된 이 거대한 건축물은 완성되는 데 무려 1,400만 프랑이 소요되었다.

널찍하지만 지저분하고 평판이 좋지 않았던 투른브리드가는 완전히 개축되었고, 그곳에 살았던 주민들은 생트 세실 광장 뒤쪽으로 쫓겨났다. '작은 프라도'는 신사들과──특히 일요일 아침에는──유지들의 만남의 장소가 된 것이다. 엘리트들이 오가는 길에는 멋진 상점들이 하나둘 문을 열었다. 그 상점들은 부활절 월요일에도 영업을 하고, 성탄절 이브에는 밤새도록, 일요일에는 자정까지 열려 있다. 따뜻한 고기파이로 유명한 돼지고기 전문점 쥘리앵 옆에는 풀롱 제과점이 이곳의 유명한 특제품인, 연보라색 버터로 만들어 자줏빛 설탕을 뿌린 원뿔 모양 과자들을 진열해놓았다. 뒤파티 서점의 진열창에서는 플롱 출판사의 신간들이며, 선박이론이나 범선론 같은 기술서 몇 권, 부빌의 역사를 삽화를 곁들여 기술한 두툼한 역사서, 파란 가죽으로 장정한 《쾨니히스마르크》, 자줏색 꽃들이 새겨진 베이지색 가죽으로 장정한 폴 두메르의 《내 아들의 책》 같은 호화 양장본 등을 볼 수 있다. 꽃집 피에주아와 골동품 가게 드 파켕 사이에는 '파리 스타일의 고급 패션'을 선보이는 길렌 양장점이 있고, 손톱관리사를 네 명이나 둔 귀스타브 미용실은 노란색으로 칠한 신축 건물의 2층 전체를 차지하고 있다.

2년 전만 해도 물랭 제모 골목과 투른브리드가가 만나는 모퉁이에 뻔뻔스러운 조그만 상점 하나가 '튀퓌네'라는 살충제 광고를 척 걸어놓고 있었다. 생트 세실 광장에서 '대구 사려!'가 울려 퍼지던 시절에 번창했던 이 가게는, 그 역사가 100년이나 되었다. 진열창의 유리는 닦는 법이 거의 없어서, 먼지며 거기에 서린 입김 너머로 새빨간 푸르푸앵 재킷 차림의 쥐와 생쥐 따위를 재현한 한 무리의 밀랍 인형들을 분간하기 위해서는 상당한 노력이 필요했다. 이 동물들은 지팡이를 짚고서 높직한 선박에서 내려오고 있는데, 발이 땅에 닿기가 무섭게 아리땁게 차려입었지만 안색은 창백하고 새카맣게 때가 묻은 한 시골 여자가 튀퓌네를 뿌리며 녀석들을 도망치게 한다. 나는 이 가게를 아주 좋아했다. 냉소적이고도 고집스럽게 느껴지는 이 가게는 프랑스에서 가장 비싼 돈을 들여 지은 성당 바로 옆에서 당돌하게도 기생충과 때의 권리를 부르짖고 있었기 때문이다.

약초 가게의 늙은 사장은 작년에 죽었고, 그녀의 조카가 집을 팔아치웠다. 벽을 몇 개 허물어 지금은 '사탕상자'라는 조그만 강당이 되었다. 작년에 작가 앙리 보르도는 그곳에서 등산을 주제로 한 간담회를 열었다.

투른브리드가에서는 서두르면 안 된다. 이 거리에서는 가족들의 무리가 천천히 걷는다. 어느 가족 전체가 풀롱 제과점이나 꽃집 피에주아로 들어가면 이따금 길이 조금 트이기도 한다. 하지만 다른 때에는 걸음을 멈추고 제자리걸음을 해야 하는데, 손에 손을 꼭 잡고 오가는 두 가족이 길에서 마주치곤 하기 때문이다. 나는 잰걸음으로 나아간다. 나는 거리를 올라가고 내려가는 행렬들보다 머리통 하나만큼 키가 크기 때문에 이들이 쓰고 있는 모자들이 보인다. 거리에 바다를 이루고 있는 모자들은 대부분 검은색이고 딱딱하다. 이따금 모자 하나가 손에 잡혀 휙 올라가며 촉촉하게 젖은 머리통을 드러낸다. 그렇게 잠시 무겁게 공중을 떠돈 후 다시 제자리에 내려앉는다. 투른브리드가 16번지의 케피 모자를 전문으로 판매하는 위르뱅 모자점은 지상에서 2미터 되는 곳에서부터 금술이 늘어진 거대하고 빨간 대주교 모자를 가게의 상징처럼 매달아 놓았다.

사람들이 멈춰 선다. 금술 바로 아래에 사람들이 몰려 있다. 내 옆에 있는 이는 두 팔을 늘어뜨리고서 차분하게 기다린다. 이 도자기처럼 약해 보이는 하얗고 작은 노인은 아마도 상공회의소 소장 코피에일 것이다. 그가 너무나 무섭게 느껴지는 이유는 아무 말도 하지 않기 때문일 것이다. 그는 창문이 늘 활짝 열려 있는, 코토 베르 언덕 꼭대기의 커다란 벽돌집에 산다. 자, 이제 끝났다. 사람들은 흩어지고, 다시 출발한다. 또 다른 무리가 형성되지만, 이번에는 자리를 덜 차지한다. 무리가 만들어지자마자 길렌 양장점의 진열창에 달라붙었기 때문이다. 행렬은 걸음을 멈추지도 않는다. 단지 조금 옆으로 비켜갈 뿐이다. 우리는 서로 손을 잡은 여섯 사람 앞을 지난다.

"안녕하십니까, 선생님. 안녕하십니까, 선생, 어떻게 지내십니까? 아, 빨리 모자를 쓰세요, 감기 걸리시겠어요. 고맙습니다, 부인, 날씨가 그렇게 따뜻하지 않네요. 여보, 이분이 르프랑수아 의원님이셔. 의원님, 이렇게 뵙게 되어 반가워요, 제 남편은 항상 말한답니다, 르프랑수아 의원님께서 자기를 너무나 잘 치료해주셨다고요. 하지만 의원님, 어서 모자를 쓰세요, 추워서 병이 날 수도 있어요. 하지만 의원님은 금방 나으시겠죠. 아, 부인, 제일 치료를 못 받는 사람들이 바로 의사들이랍니다! 의원님께선 뛰어난 음악가셔. 세상에, 의원님! 전 모르고 있었네요! 바이올린을 연주할 줄 아세요? 의원님께선 재능이 많으셔."

내 옆에 있는 조그만 노인네는 코피에임이 분명하다. 무리 중의 하나인 갈색 머리 여자는 의사에게 활짝 미소를 지으면서 눈으로는 노인을 뚫어지게 쳐다본다. 그녀는 이렇게 생각하고 있는 것처럼 보인다. '아, 이 사람이 바로 상공회의소 소장 코피에구나. 정말 무섭게 생겼네! 아주 차가운 사람인가 봐.' 하지만 코피에 씨는 누구에게도 눈길을 주지 않는다. 이들은 마리팀 대로의 사람들이지, 상류사회 사람들이 아닌 것이다. 일요일마다 이곳에 와서 모자들의 의식을 보기 시작한 이후로 나는 대로의 사람들과 언덕의 사람들을 구별하는 법을 배웠다. 어떤 남자가 방금 산 새 외투와 유연한 펠트 모자와 눈부신 셔츠 차림으로 공기를 휘젓고 다니면, 의심의 여지없이 그는 마리팀 대로의 사람이다. 코토 베르 언덕 사람들은 뭔가 너저분하고도 뚱해 보이는 분위기로 구별된다. 그들은 어깨가 좁으며, 피곤한 듯한 얼굴에서는 거만한 인상이 느껴진다. 한 아이의 손을 잡고 있는 이 뚱뚱한 신사는 언덕의 사람이라고 장담할 수 있다. 얼굴은 온통 잿빛이고, 넥타이는 마치 노끈처럼 꼬여 있다.

뚱뚱한 신사가 우리 쪽으로 다가온다. 그는 코피에 씨를 뚫어지게 쳐다본다. 하지만 우리와 마주치기 조금 전에 고개를 돌리고는 조그만 사내아이에게 다정하게 농담을 건네기 시작한다. 그는 아들에게 몸을 기울이고 아이의 눈을 지그시 들여다보는, 너무나 아버지다운 모습으로 몇 걸음을 더 옮긴다. 그러다가 갑자기 우리 쪽으로 몸을 홱 돌리며 조그만 노인네를 힐끗 바라보며, 팔을 둥글게 그리며 큼직하면서도 짤막한 인사를 던진다. 당황한 꼬마 아이는 모자를 벗지 않는다. 이것은 어른들 간의 일인 것이다.

바스 드 비에유가街의 모퉁이에서 우리 행렬은 미사를 끝내고 나오는 신도들의 행렬과 마주친다. 10여 명의 사람들이 서로 부딪히며 소용돌이치듯 돌며 인사를 나누는데, 모자를 벗고 쓰는 동작들이 하도 빨라 자세히 볼 수가 없다. 이 기름지면서도 창백한 군중 위로 생트 세실 성당이 그 어마어마한 흰 덩어리를 세우고 있다. 어두운 하늘을 배경으로 백묵처럼 하얀 건물이 우뚝 서 있는 것이다. 저 눈부신 벽들 뒤에 약간의 밤의 어둠이 담겨 있다. 우리는 다시 출발하는데, 순서가 조금 바뀌어 있다. 코피에 씨는 내 뒤로 밀려났다. 블루마린 색상의 옷을 입은 한 부인이 내 왼쪽 옆구리에 바짝 붙어 있다. 미사를 끝내고 나온 그녀는 다시 보는 아침 햇빛에 조금 눈이 부신 듯 눈을 깜박인다. 그녀 앞에서 걷고 있고, 바짝 마른 목덜미를 가진 이 신사는 그녀의 남편이다.

맞은편 보도에서는 아내의 팔을 잡은 한 신사가 그녀의 귀에다 몇 마디를 속삭이고는 미소를 짓는다. 그녀는 신속하고도 세심하게 그 크림빛 얼굴에서 모든 표정을 거두고는 정신없이 몇 걸음을 내딛는다. 안 봐도 뻔한 일이니, 그들은 누군가와 인사를 나누게 될 것이다. 아닌 게 아니라 잠시 후에 신사는 한 손을 획 쳐든다. 펠트 모자 근처에 다다른 손가락들은 잠깐 머뭇거리다가 결국 모자에 살포시 내려앉는다. 그렇게 머리를 약간 숙이며 모자를 살며시 들어 올리고 있는 동안, 그의 아내는 얼굴에 젊은 미소를 새기며 살짝 인사를 한다. 어떤 실루엣이 고개를 숙이며 그들을 지나친다. 하지만 그들의 쌍둥이 미소는 곧바로 지워지지 않고, 일종의 잔류현상에 의해 잠시 입술 위에 머문다. 신사와 숙녀는 나와 마주칠 때에는 다시 무표정한 얼굴을 회복하지만, 입가에는 아직 명랑한 기운이 남아 있다.

이제 끝났다. 군중은 덜 빽빽하고, 모자 인사는 점점 드물어지며, 상점 진열창에서 뭔가 감미롭게 느껴지던 것도 덜하다. 나는 투른브리드가의 끝에 와 있다. 차도를 건너서 다른 보도로 거리를 거슬러 올라갈까? 아니, 이것으로 충분한 것 같다. 저 분홍빛 머리통들, 저 조그맣고, 근엄하고, 지루한 얼굴들은 이제 충분히 본 것 같다. 그냥 마리냥 광장이나 가로질러야겠다. 내가 조심스럽게 행렬에서 빠져나오고 있는데, 진짜배기 신사처럼 생긴 얼굴 하나가 나로부터 가까운 검정 모자에서 툭 튀어나온다. 블루마린 색 옷을 입은 부인의 남편이다. 아, 짧고도 빽빽한 머리털로 뒤덮인 그 잘생기고 길쭉한 머리통이며, 군데군데 은색 털이 섞인 멋진 미국식 콧수염! 그리고 무엇보다도 그 미소! 교양이 넘치는 그 기가 막힌 미소! 콧등 어딘가에는 코안경도 얹혀 있다.

그는 자기 아내에게 고개를 돌리고 말했다.

"저이가 이번에 새로 온 공장 제도사야. 여기서 뭘 하고 있는지 모르겠군. 괜찮은 친구지만 숫기가 없거든. 아주 재미있는 친구야."

돼지고기 전문점 쥘리앵의 진열창 유리를 보며 모자를 고쳐 쓴 젊은 제도사는 아직도 얼굴을 발갛게 물들이고, 눈을 아래로 내리깔고, 고집스럽게 얼쩡대고 있는 것이 어느 모로 보나 강렬한 쾌감을 느끼고 있는 듯하다. 그가 용기를 내어 투른브리드가를 거닐기로 작정한 첫 번째 일요일임이 분명하다. 마치 첫영성체를 받는 아이 같다. 뒷짐을 지고서 진열창 쪽으로 수줍은 얼굴을 돌리고 있는 모습이 너무나 흥미롭다. 그는 파슬리 장식 위에 활짝 피어 있는 네 개의 번들거리는 순대를 건성으로 들여다보고 있다.

돼지고기 전문점에서 한 여자가 나와 그의 팔을 잡는다. 그의 아내로, 얼굴이 좀 상하긴 했지만 너무나 젊다. 그녀가 투른브리드가 일대를 아무리 돌아다녀도, 아무도 그녀를 귀부인으로 여기지 않을 것이다. 그 냉소적인 눈빛과 영악한 표정을 보고서 말이다. 진짜 귀부인들은 물건값을 모르고, 그저 예쁜 것들을 좋아할 뿐이다. 그들의 눈은 아름답고도 순진한 꽃, 온실의 꽃이다.

1시 종이 울릴 때, 나는 베즐리즈 맥줏집에 도착한다. 거기에는 여느 때처럼 노인들이 있다. 그들 중 두 사람은 벌써 식사를 시작했다. 네 사람은 식전주를 마시며 카드를 친다. 다른 이들은 그들의 상이 차려지는 동안 서서 카드 게임을 구경한다. 가장 키가 크고 구불구불하니 긴 턱수염을 단 남자는 주식중개인이다. 다른 이는 퇴역한 해군 등록소 임원이다. 그들은 스무 살 청년들처럼 먹고 마신다. 그들은 일요일마다 슈크루트[23]를 먹는다. 나중에 도착한 이들이 벌써 먹고 있는 다른 이들을 부른다.

"그래, 또 일요일 슈크루트인가?"

그들은 자리에 앉으며 후우 하고 한숨을 내쉰다.

"마리에트, 거품 뺀 맥주 한 잔하고 슈크루트!"

이 마리에트는 만만한 아가씨가 아니다. 내가 안쪽의 테이블에 앉고 있는데, 얼굴이 새빨간 노인 하나가 베르무트를 따라주는 그녀에게 얼마나 화가 났던지 기침까지 콜록댄다.

"이봐, 조금 더 따라달라고!" 그가 기침을 하며 말한다.

하지만 이번에는 그녀가 벌컥 화를 낸다. 아직 술을 다 따르지도 않았지 않은가 말이다!

---

23 가늘게 썬 양배추 절임에 소시지 같은 육류를 곁들인 요리.

"좀 다 따르고 나서 말씀하세요! 누가 뭐라고 했어요? 꼭 말도 하지 않았는데 화부터 내는 사람 같네요?"

다른 이들이 웃음을 터뜨린다.

"한 방 먹였군!"

주식중개인은 자리에 앉으러 가면서 마리에트의 어깨를 잡는다.

"마리에트, 오늘 일요일이야. 오후에 애인하고 영화관 안 가?"

"아, 그럼요! 오늘은 앙투아네트가 비번이에요. 애인이고 뭐고 하루 종일 일해야 해요."

주식중개인은 말끔히 면도한, 뭔가 불행해 보이는 한 노인의 맞은편에 앉는다. 면도한 노인은 곧바로 열띤 어조로 이야기를 시작한다. 주식중개인은 노인의 얘기에 귀를 기울이지 않고, 얼굴을 찡그리며 수염을 잡아당긴다. 그들은 절대로 서로의 말을 듣는 법이 없다.

나는 옆에 있는 사람들을 알아본다. 인근의 소상인들이다. 일요일에는 그들의 하녀들이 일하지 않는다. 그래서 그들은 여기에 와서 항상 같은 테이블에 앉는다. 남편은 두툼한 선홍색 소갈비를 먹는다. 그는 그것을 가까이에서 들여다보고, 이따금 킁킁대며 냄새를 맡기도 한다. 아내는 접시에 담긴 요리를 깨작거린다. 볼이 빨갛고 포동포동한, 마흔 살의 건장한 금발 여자다. 새틴 블라우스 아래에 탱탱하니 멋진 젖가슴을 가지고 있다. 그녀는 남자처럼 식사 때마다 보르도 포도주 한 병을 비운다.

나는 《외제니 그랑데》를 읽을 참이다. 그 책이 즐거워서가 아니라, 뭐라도 해야 하기 때문이다. 나는 아무 데나 펼친다. 외제니의 움트기 시작하는 사랑에 대해 모녀가 얘기를 나누고 있다.

외제니는 그녀의 손을 잡으며 말했다.

"어머니는 정말 좋은 분이세요!"

이 말은 오랜 고통으로 시들어버린 어머니의 늙은 얼굴을 환하게 만들었다.

"어머니는 그이를 좋게 생각하세요?" 외제니가 물었다.

그랑데 부인은 대답 대신 미소만 지었다. 그렇게 잠시 침묵을 지킨 후에 나지막이 말했다.

"그를 벌써 사랑하는 거니? 그것은 잘못된 일이야."

"잘못되었다고요?" 외제니가 반문했다. "왜요? 어머니도 그이를 좋아하고, 나농도 그이를 좋아하는데, 왜 내가 좋아하면 안 되나요? 자, 어머니, 그이가 점심을 드시게끔 상을 차려요."

그녀는 일감을 집어던졌고, 그녀의 어머니도 마찬가지로 집어던지면서 이렇게 말했다.

"얘가 단단히 미쳤구나!"

하지만 그녀는 딸의 바보짓을 정당화하기 위해 같이 바보짓을 하는 게 즐거웠다.

외제니는 나농을 불렀다.

"왜요? 또 무슨 일이에요, 아가씨?"

"나농, 오늘 점심에 쓸 크림 없어요?"

"아, 점심때 쓸 것은 있죠!" 늙은 하녀가 대답했다.

"그럼, 그이에게 아주 진한 커피를 만들어드려요. 데그라생 씨가 그러는데, 요즘 파리에서는 커피가 유행이래요. 커피를 듬뿍 넣어드려요."

"그런데 커피는 어디에 있죠?"

"가서 사와요."

"그러다가 나리를 만나면요?"

"아빠는 지금 들판에 계셔요……"

옆에 있는 사람들은 내가 온 이후로 말이 없었는데, 갑자기 남편의 목소리가 나를 책 밖으로 끌어냈다.

남편은 재미있다는 듯한 표정으로 아리송한 질문을 한다.

"아, 참, 세상에…… 당신 봤어?"

상념에 잠겨 있던 여자는 소스라치며 그를 쳐다본다. 그는 먹고 마시고, 아까와 똑같은 장난스러운 표정으로 다시 말한다.

"하, 하!"

잠시 침묵이 흐르고, 여자는 다시 몽상에 잠긴다. 갑자기 그녀는 부르르 떨면서 묻는다.

"지금 뭐라고 했어?"

"어제 쉬잔 말이야."

"아, 그래!" 여자가 말한다. "그녀는 빅토르를 보러 갔어."

"내가 뭐라고 했지?"

여자는 짜증 난다는 표정으로 접시를 밀어버린다.

"이건 정말 맛이 없어!"

접시 가장자리에는 그녀가 씹다가 뱉어낸 회색 고깃덩어리들이 얹혀 있다. 남편은 계속해서 자신의 생각을 말한다.

"그 여편네가 말이야⋯⋯"

그는 입을 다물고 희미한 미소를 머금는다. 우리의 맞은편에서는 늙은 주식중개인이 약간 헐떡거리면서 마리에트의 팔을 쓰다듬고 있다. 잠시 후,

"내가 요전에 말했잖아."

"뭐라고 말했는데?"

"그녀가 빅토르를 찾아갈 거라고. 아니, 그런데 왜 그래?" 그가 갑자기 화들짝 놀라며 묻는다. "이게 별로야?"

"정말로 맛이 없어."

"이젠 더 이상 옛날 같지 않아." 그는 무게를 잡으며 말

한다. "더 이상 에카르가 일하던 시절 같지 않아. 에카르가 지금 어디 있는지 알아?"

"동레미에 가 있지 않아?"

"맞아, 맞아. 누구에게서 들었어?"

"당신이 일요일에 말했잖아."

그녀는 종이 테이블보 위에 굴러다니는 식빵 쪼가리 하나를 주워 먹는다. 그러더니 테이블 언저리의 종이를 손으로 펴면서 머뭇거리며 말한다.

"그런데 말이야, 당신이 잘못 생각하고 있어. 쉬잔은 보다……"

"그럴 수 있어, 여보, 그럴 수 있어." 그는 건성으로 대답한다. 그는 눈으로 마리에트를 찾더니만 그녀에게 신호를 보낸다.

"여기 너무 더워!"

마리에트는 테이블 가장자리에 무람없이 몸을 기댄다.

"아, 맞아, 너무 더워." 여자도 신음하며 맞장구친다. "숨이 막힐 지경이야. 게다가 쇠고기도 맛이 없고. 여기 사장에게 말해야겠어. 음식이 예전 같지 않다고. 마리에트, 창문 좀 열어줘요."

남편은 다시 짓궂은 표정으로 돌아온다.

"세상에, 당신 그 여자 눈 봤어?"

"언제 말이야, 자기?"

그는 기다렸다는 듯이 그녀의 말을 흉내 낸다.

"언제 말이야, 자기? 누가 당신 아니랄까 봐. 언제냐고? 여름에 눈 올 때라고 해두지."

"아, 어제 말하는 거야? 아, 그래?"

그는 웃는다. 그러고는 먼 곳을 바라보며 꽤나 몰입한 어조로 아주 빠르게 얘기한다.

"몸이 바짝 달아오른 고양이의 눈 같더군."

그는 자신의 표현에 너무나도 만족한 나머지, 다음에 말하려던 것까지 잊어버린 것 같다. 그녀도 아무 생각 없이 시시덕거린다.

"하하, 못된 사람 같으니!"

그녀는 그의 어깨를 탁탁 때린다.

"못된 사람! 못된 사람!"

그는 좀 더 자신 있게 반복한다.

"몸이 바짝 달아오른 고양이."

하지만 그녀는 더 이상 웃지 않는다.

"아니, 내가 진지하게 얘기하는데, 그녀는 심각해."

그는 몸을 기울이고는 그녀의 귀에 대고 어떤 이야기를 길게 들려준다. 그녀는 잠시 입을 벌리고 있다. 마치 곧 폭소를 터뜨릴 사람처럼 약간 긴장되고도 웃음기 머금은 얼굴이다. 그러다가 갑자기 몸을 뒤로 젖히면서 그의 손을 할퀸다.

"말도 안 돼! 말도 안 돼!"

그는 차분하고도 침착한 어조로 말한다.

"이봐, 그가 그렇게 말했다니까. 사실이 아니라면 왜 그렇게 말했겠어?"

"아냐, 아냐."

"하지만 그가 그렇게 말했다니까? 한번 생각해봐. 만일……"

그녀는 웃기 시작한다.

"지금 르네 생각하면서 웃는 거야."

"그래."

그도 웃는다. 그녀는 낮고도 진지한 어조로 말을 잇는다.

"그래서, 그가 화요일에 그걸 눈치챘단 말이지?"

"목요일에."

"아니, 화요일이야. 당신도 알잖아? 그……"

그녀는 허공에 일종의 타원 같은 것을 그린다.

긴 침묵. 남편은 소스에 식빵을 담근다. 마리에트는 접시를 바꾸고 그들에게 타르트를 가져다준다. 잠시 후면 나도 타르트 하나를 먹을 것이다. 입가에 거만하면서도 분개한 것 같은 미소를 머금고 약간 몽상에 잠긴 듯한 표정을 짓고 있던 여자가 갑자기 느릿느릿 말한다.

"아, 세상에! 당신이 그걸 알고 있었다니!"

너무나도 관능적인 그녀의 목소리에 그는 흥분하여 그 기름진 손으로 그녀의 목덜미를 애무한다.

"샤를, 그만해! 흥분된단 말이야, 자기!" 그녀는 입안에 음식을 가득 담은 채로 미소 지으며 웅얼댄다.

나는 책으로 돌아와보려 애쓴다.

"그런데 커피는 어디에 있죠?"

"가서 사와요."

"그러다가 나리를 만나면요?"

하지만 아직도 여자가 말하는 소리가 들린다.

"아, 그래, 마르트! 내가 마르트를 웃겨줄 거야. 내가 마르트에게 얘기해줘야지."

옆에 있는 두 사람은 입을 다물었다. 타르트 다음에 마리에트는 그들에게 말린 자두를 가져다주고, 여자는 자두씨를 숟가락에 우아하게 뱉어내느라 정신이 없다. 남편은 천장에 눈을 두며 어떤 행진곡을 치는지 손가락으로 테이블을 톡톡 두드린다. 그들의 정상적인 상태는 침묵이고, 말은 이따금 그들을 사로잡는 열병처럼 느껴진다.

"그런데 커피는 어디에 있죠?"

"가서 사와요."

나는 책을 덮는다. 산책이나 해야겠다.

베즐리즈 맥줏집에서 나왔을 때, 3시가 다 되어 있었다. 무거워진 내 몸 전체를 통해 오후가 느껴졌다. 나의 오후가 아니라, 그들의 오후, 10만의 부빌 사람들이 공통적으로 보내게 될 오후 말이다. 바로 이 시간에 그들은 일요일의 푸짐하고도 긴 식사를 마치고 자리에서 일어나는데, 그들에겐 뭔가가 죽어버렸다. 일요일이 그것이 가진 젊음을 써버린 것이다. 이제 닭고기와 타르트를 소화시켜야 하고, 외출을 위해 옷을 차려입어야 한다.

맑은 공기 속에서 시내 엘도라도 영화관의 벨소리가 울린다. 대낮에 울리는 이 벨소리는 친숙한 일요일의 소리다. 100명이 넘는 사람들이 초록색 벽을 따라 줄을 서 있다. 그들은 감미로운 어둠과 이완과 방임의 시간을, 물속의 하얀 조약돌처럼 반짝이는 스크린이 자신을 위해 말하고 꿈꿔줄 시간을 애타게 기다리고 있다. 헛된 바람이었으니, 그들 속의 뭔가가 바짝 긴장되어 있을 터였다. 그들은 그들의 멋진 일요일을 망칠까 봐 두려워하고 있었다. 일요일이면 늘 그렇듯 잠시 후면 그들은 실망하게 될 터였다. 영화는 바보 같고, 옆에 앉은 남자는 파이프를 피워대며 두 무릎 사이로 침을 뱉을 것이고, 아니면 뤼시앵이 너무 못되게 굴 것이리라. 그는 친절한 말을 한마디도 하지 않을 것이고, 또 바로 오늘처럼 모처럼 영화관에

오면 마치 일부러 그러듯이 또 늑간신경통이 도질 것이었다. 일요일이면 늘 그렇듯 조금 후면 어두컴컴한 영화관 안에서 은은한 분노들이 점차로 커져갈 터였다.

나는 조용한 브레상 거리를 따라 걸었다. 해가 구름을 흩트려버렸고, 날씨는 화창했다. 어느 가족이 방금 '파도'라는 이름의 전원주택에서 밖으로 나왔다. 딸은 보도에서 장갑의 단추를 잠그고 있었다. 서른 살은 되어 보였다. 어머니는 현관 층계의 첫 번째 계단에 서서는 숨을 크게 들이마시며 단호한 표정으로 똑바로 앞을 쳐다봤다. 아버지는 내 쪽에서 거대한 등만 보였다. 자물쇠 위로 몸을 구부정하게 굽히고 열쇠로 문을 잠그고 있었다. 그들이 돌아올 때까지 집은 텅 비고 어두컴컴한 상태로 있으리라. 이미 문이 잠긴, 사람이 없는 이웃집들에서 가구와 마루판이 조그맣게 삐걱거리고 있었다. 사람들은 나가기 전에 주방 벽난로의 불을 꺼놓았다. 아버지는 두 여자에게 합류했고, 가족은 말없이 걷기 시작했다. 어디로 가는 걸까? 일요일이면 사람들은 공동묘지에 가거나 친지들을 방문한다. 또 아무 할 일이 없을 때에는 방파제 쪽으로 산책을 가기도 한다. 나는 아무 할 일이 없었으므로, 방파제 산책로 쪽으로 통하는 브레상 거리를 따라 걸었다.

하늘은 흐릿한 청색이었다. 연기 몇 줄기가 피어나고, 왜가리 몇 마리가 보였다. 이따금 흘러가는 한 조각 구름이 해를 가렸다. 멀리에 방파제 산책로를 따라 이어지는 하얀 시멘트 난간이 보였고, 그 틈새들로 바다가 반짝였다. 가족은 오른쪽으로 돌아 코토 베르 언덕으로 올라가는 로모니에 일레르가街로 들어갔다. 그들이 느린 걸음으로 올라가서는, 빛나는 아스팔트 위에 세 개의 검은 점이 되는 모습이 보였다. 나는 왼쪽으로 돌아서 해변을 따라 걷는 군중 속에 파묻혔다.

군중 속에는 아침보다 다양한 사람들이 섞여 있었다. 군중 속의 모든 남자들은 점심 식사 전까지 그들이 그렇게나 자랑스러워했던 그 멋진 사회적 위계를 더 이상 지탱할 힘이 없는 것 같았다. 사업가들과 공무원들이 나란히 걷고 있었다. 궁상스러운 몰골의 말단 직원들과 어깨를 맞대고, 부딪쳐 옆으로 밀려나도 상관없는 것 같았다. 귀족들, 엘리트들, 전문가 그룹들도 이 미지근한 군중 속에 녹아들었다. 그들은 더 이상 아무것도 대표하지 않는, 거의 고독하기까지 한 개인들로 있었다.

저 멀리 보이는 빛의 웅덩이는 썰물의 바다였다. 물 위에 떠 있는 암초 몇 개가 이 밝은 표면의 여기저기에 구멍을 내고 있었다. 모래 위에는 어선들이 누워 있고, 거기에서 멀지 않는 방파제 아래에는 파도를 막기 위해 뒤죽박죽으로 던져놓은, 그 사이로 바닷물이 부글대어 끈적거리는 큐브 모양의 돌덩이들이 보였다. 외항外港의 입구에는 햇빛으로 허예진 하늘을 배경으로 준설선 한 척이 그림자처럼 떠 있었다. 저녁마다 그것은 자정까지 울부짖고 신음하면서, 엄청난 소란을 피운다. 하지만 일요일에는 인부들이 뭍에서 산책하고 배에는 경비원 한 사람만 남기 때문에 녀석은 입을 다문다.

태양은 밝으면서도 파리했다. 옅은 백포도주 같다고나 할까. 햇빛은 사람들의 몸에 거의 닿지도 않아, 그것에 음영도, 입체감도 주지 않았다. 사람들의 얼굴과 손은 흐릿한 금색 얼룩일 뿐이었다. 외투 차림의 모든 남자들이 지면 몇 치 위를 둥둥 떠다니는 것 같았다. 이따금 부는 바람에 물처럼 흔들리는 그림자들이 우리 쪽으로 밀려오고, 얼굴들이 깜빡 사라졌다가는 백묵처럼 하얀색이 되곤 했다.

일요일이었다. 군중은 부두의 난간과 별장 문들 사이로 뻗은 길로 느린 물결처럼 흘러가서는, 콩파니 트랑자틀랑티크 그랜드 호텔 뒤로 수십 갈래의 실개천이 되어 흩어졌다. 아이들은 또 얼마나 많은지! 차에 탄 아이들, 안겨 있는 아이들, 손을 잡은 아이들, 혹은 부모 앞에서 제법 점잔을 빼면서 둘이서, 셋이서 걷는 아이들. 나는 조금 전에 이 모든 얼굴들이 일요일 오전의 젊음 속에서 의기양양해 있는 것을 보았다. 그런데 이제 그들은 햇볕에 녹아 줄줄 흘러내리는 것처럼, 그저 평온함과 느슨함, 그리고 일종의 끄덕짐만을 보여줄 뿐이다.

움직임도 거의 없었다. 여전히 모자 인사는 나누지만, 아침처럼 동작이 크지도 않고, 긴장된 쾌활함도 없었다. 사람들은 모두 고개를 쳐들고 먼 곳을 바라보면서, 외투를 부풀리며 미는 바람에 몸을 맡기고 조금씩 뒷걸음질 치곤 했다. 이따금 짤막한 웃음소리가 솟았다가 이내 사그라들었다. 어머니가 외치는 소리. 자노, 자노, 빨리 안 올래? 그러고는 침묵. 연한 담배 냄새가 조금 느껴진다. 점원들이 피우는 것이다. 살람보, 아이샤, 일요일의 담배들. 좀 더 풀어진 어떤 얼굴들에서는 약간의 슬픔이 느껴지는 것도 같았다. 하지만 아니었다. 이 사람들은 슬프지도, 명랑하지도 않고, 다만 쉬고 있을 따름이었다. 커다랗게 열려 고정된 그들의 눈은 바다와 하늘을 수동적으로 반영하고 있었다. 조금 있으면 그들은 집으로 돌아가, 가족들과 주방 테이블에 앉아서 차를 마실 것이다. 지금으로선 최소한의 비용으로 살고 싶을 뿐이었다. 동작과 말과 생각을 절약하고, 배영背泳을 하며 시간을 보내고 싶을 뿐이었다. 그들의 주름살과 눈가의 잔주름을, 한 주간의 작업이 남긴 그 쓰디쓴 주름을 지울 수 있는 시간은 단 하루밖에 없는 것이다. 단 하루. 그들은 분分이 손가락 사이로 새어나가는 것처럼 느꼈다. 월요일 아침을 다시 산 뜻한 기분으로 출발할 수 있게 해줄 젊음을 충분히 모을 수 있는 시간이 될까? 그들은 새로운 활력을 주는 바다 공기를 허파 가득히 들이마셨다. 잠자는 사람의 그것처럼 규칙적이고도 깊은 숨만이 그들이 아직 살아 있음을 증명하고 있었다. 나는 살금살금 걸었다. 쉬고 있는 이 비극적인 군중 가운데에서 나의 단단하고도 싱싱한 몸으로 대체 무얼 해야 할지 알 수 없었다.

이제 바다는 청회색이 되었다. 수면은 천천히 올라오고 있었다. 밤에 만조가 될 모양이었다. 오늘 밤 방파제 산책로는 빅토르 누아르 대로보다도 한산하리라. 전방 좌측에서는 빨간 불빛 하나가 수로에서 반짝이리라.

해가 서서히 바다 위로 저물어갔다. 그러면서 어느 노르망디식 별장의 창문을 붉게 물들였다. 눈이 부신 어떤 여자가 지친 듯한 기색으로 손을 눈에다 가져다 대며 고개를 흔든다.

"가스통, 아유 눈부셔!" 그녀는 작게 웃으며 말한다.

"어이, 해가 이 정도면 괜찮다고!" 그녀의 남편이 말한다. "몸을 따뜻하게 데워주진 못하지만, 그래도 쬐면 기분이 좋잖아!"

그녀는 바다 쪽으로 고개를 돌리며 다시 말한다.

"그걸 볼 수 있을 줄 알았는데……"

"에이, 안 돼." 남자가 말한다. "역광을 받고 있어."

그들은 준설선과 외항 부두 사이로 남쪽 곶이 보였어

야 했을 카유보트 섬에 대해 얘기하는 것이리라.

빛이 좀 더 연해졌다. 이 불안정한 시간에 뭔가가 저녁을 예고하고 있었다. 이 일요일에 벌써 어떤 과거가 생겼다. 별장들과 회색 난간이 최근에 생긴 추억들처럼 느껴졌다. 여유를 잃은 얼굴들이 하나둘 생겨났고, 어떤 이들은 표정이 거의 애틋하기까지 했다.

한 임신한 여자가 거칠어 보이는 금발의 젊은 사내에게 몸을 기대었다.

"저기 봐, 저기!" 그녀가 말했다.

"뭐?"

"저기, 저기, 갈매기들."

그는 어깨를 으쓱해 보였다. 갈매기는 없었다. 하늘은 거의 구름 한 점 없이 깨끗해져 있었고, 수평선 쪽은 약간 분홍빛이었다.

"내가 들었어. 자, 들어봐! 갈매기가 울고 있잖아."

그가 대답했다.

"이건 뭔가가 삐걱거리는 소리야."

가스등 하나가 빛을 발했다. 나는 가로등 켜는 사람이 지나갔다고 생각했다. 아이들은 그가 언제 오나 지켜보고 있는데, 그가 오면 모두 돌아가야 하기 때문이었다. 하지만 그것은 태양의 마지막 반사광이었다. 하늘은 아직 밝았지만, 대지는 어스름에 잠겨 있었다. 군중은 흩어지기 시작했고, 바다의 헐떡이는 소리가 또렷하게 들렸다. 두 손으로 난간을 짚고 선 한 젊은 여자가 립스틱 바른 입술이 긴 검은 줄처럼 보이는 푸르스름한 얼굴을 들어 올렸다. 한순간, 내가 인간을 사랑하게 되지 않을까, 하는 생각이 들었다. 하지만 결국 이것은 그들의 일요일이지, 나의 일요일은 아니었다.

첫 번째로 밝혀진 불빛은 카유보트 등대의 그것이었다. 내 옆에 멈춰 선 한 사내아이가 황홀한 듯이 중얼거렸다. "아, 등대!"

그러자 나는 강렬한 모험의 감정으로 가슴이 벅차올랐다.

*

나는 왼쪽으로 방향을 틀고, 부알리에 거리를 통해 '작은 프라도'에 이른다. 진열창들은 철제 셔터가 내려졌다. 투른브리드가는 밝지만 인적이 없다. 오전에 잠시 누렸던 영광을 상실한 거리는 이 시간이 되면 주위의 다른 거리들과 다를 바가 없다. 제법 강한 바람이 일었다. 양철로 만든 대주교 모자가 삐걱대는 소리가 들린다.

여기에 나 혼자만 있고, 대부분의 사람들은 집에 들어가 라디오를 들으며 석간신문을 읽고 있다. 끝나가는 일요일은 그들에게 재의 맛을 남겼고, 그들의 생각은 벌써 월요일로 향해 있다. 하지만 내게는 월요일도 일요일도 없다. 다만 무질서하게 밀려오는 날들이 있을 뿐이고, 그러다가 불현듯 오늘 같은 섬광이 번쩍 나타나곤 할 뿐이다.

변한 것은 아무것도 없지만, 모든 것이 다른 방식으로 존재한다. 이것을 정확히는 설명하지 못하겠다. 이것은 **구토**와도 같지만, 또 그와는 정반대되는 것이다. 드디어 모험의 순간이 찾아왔고, 이게 무엇인지를 생각해보니, 지금 **나는 나고, 나는 여기에 있다.** 밤을 쪼개버리는 것은 나고, 나는 소설의 주인공처럼 행복하다.

뭔가가 일어나려 하고 있다. 바스 드 비에유가의 어둠 속에서 뭔가가 나를 기다리고 있고, 바로 저기, 이 조용한 거리의 모퉁이에서 내 삶이 시작되려 하고 있다. 나는 운명에 이끌리는 느낌으로 앞으로 나아간다. 거리 모퉁이에 하얀 표지석 같은 것이 하나 서 있다. 멀리서 보면 새카매 보이지만, 내가 한 걸음씩 내딛을 때마다 조금씩 희게 변한다. 조금씩 밝아지는 저 어두운 물체는 내게 굉장한 느낌을 준다. 그것이 완전히 밝아졌을 때, 완전히 하얘졌을 때, 나는 그것 바로 옆에 멈춰 설 것이고, 그때 모험이 시작되리라. 이제 그것은, 어둠 속에서 나오는 이 흰 등대는 너무나 가까워서 겁이 날 지경이다. 그냥 돌아갈까 하는 생각까지 잠시 스쳤지만, 나를 사로잡은 이 마법을 멈추기란 불가능하다. 나는 나아가 손을 내밀어 표지석을 만진다.

자, 여기가 바스 드 비에유 거리다. 스테인드글라스가 부드러운 빛을 발하는 생트 세실 성당의 거대한 덩어리가 어둠 속에 웅크리고 있다. 양철 모자가 삐걱거린다. 세상이 갑자기 정신을 바짝 차린 것인지, 아니면 내가 소리와 형태 간에 어떤 강한 통일성을 부여한 것인지 알 수 없다. 심지어는 나를 둘러싼 모든 것들이 그 자체가 아니라고 생각할 수도 없다.

나는 잠시 걸음을 멈추고 기다린다. 가슴이 뛰는 게 느껴진다. 인적 없는 광장을 눈으로 훑는다. 아무것도 보이지 않는다. 아주 강한 바람이 인다. 내가 잘못 생각했다. 바스 드 비에유 거리는 중간역일 뿐이었다. 그것은 뒤코통 광장 안쪽에서 나를 기다리고 있다.

나는 다시 걸음을 옮기려고 서두르지 않는다. 행복의 정점에 도달한 것 같은 기분이다. 마르세유, 상하이, 메크네스에서 이렇게 충일한 감정을 느끼기 위해 얼마나 애를 썼던가? 오늘 나는 공허한 일요일의 끝자락에서 더 이상 아무것도 기대하지 않고 집에 돌아가고 있었는데, 그게 여기 있는 것이다.

나는 다시 출발한다. 뱃고동 소리가 바람에 실려 온다.

나는 혼자지만, 마치 어느 도시에 쳐들어가는 군대처럼 행진한다. 지금 이 순간, 배들이 바다 위로 음악 소리를 울리고, 유럽의 모든 도시에서는 불이 켜지고 있다. 베를린의 거리에서는 공산주의자들과 나치 당원들이 총격전을 벌이고, 실업자들이 뉴욕의 거리를 배회하고, 여인들은 어느 따스한 방, 화장대 앞에서 속눈썹에 마스카라를 바르고 있다. 그리고 나는 여기, 이 황량한 거리에 있는데, 내가 한 걸음 내디딜 때마다, 내 심장이 한 번 뛸 때마다, 노이쾰른의 어느 창문에서 발사되는 총격이, 실려 가는 부상자들의 피 어린 신음이, 치장하는 여인들의 정확하고도 섬세한 손짓이 화답한다.

지예 골목 앞에서 나는 어찌할 바를 모른다. 만일 이 골목 끝에서 날 기다리는 게 없다면? 하지만 투른브리드가의 끝, 뒤코통 광장에서 뭔가가 태어나기 위해 날 기다리고 있다. 난 심각한 고민에 사로잡힌다. 조금만 움직여도 돌이킬 수 없는 결과가 따르리라. 무엇이 날 기다리고 있을지 도무지 알 수 없다. 하지만 선택해야 한다. 만일 지예 골목을 포기한다면, 그것이 나를 위해 예비한 바를 영영 모르게 되리라.

뒤코통 광장은 텅 비어 있다. 내가 잘못 생각한 것일까? 그렇다면 견딜 수 없을 것 같다. 정말로 아무 일도 일어나지 않을까? 나는 카페 마블리의 불빛에 다가간다. 어

떻게 해야 할지 모르겠다. 들어가야 할지 알 수 없다. 나
는 김이 서린 커다란 유리창을 통해 안을 한번 들여다
본다.

　홀 안에는 사람들이 가득하다. 카페의 공기는 담배 연
기, 축축한 옷들에서 발산되는 김으로 푸르스름하다. 수
납원이 카운터에 앉아 있다. 난 그녀를 잘 안다. 나처럼
빨간 머리고, 복부에 질환이 있다. 그녀는 분해되는 시체
에서 이따금 느껴지는 제비꽃 냄새와도 같은 우울한 미
소와 함께 치마 아래로 천천히 썩어가고 있다. 한 줄기 전
율이 온몸을 훑는다. 나를 기다리고 있던 것은 바로……
바로 그녀였다. 그녀는 거기 있었다. 카운터 위로 움직임
없는 상체를 곧게 세우고 미소 짓고 있었다. 이 카페 안,
저쪽에서 무언가가 이 일요일의 흩어진 순간들로 돌아와,
그것들을 서로 접합시켜 어떤 의미를 부여하고 있다. 나
는 바로 여기에, 이 유리에 이마를 붙이고 검붉은 커튼 위
에 활짝 피어 있는 저 섬세한 얼굴을 응시하고 있는 바로
이 순간에 도달하기 위해 오늘 하루를 지나온 것이다. 모
든 것이 정지했다. 내 삶도 정지했다. 이 커다란 유리창,
물처럼 푸르스름한 저 무거운 공기, 물 밑바닥에 보이는
저 피둥피둥하고 하얀 식물, 그리고 나 자신을 포함한 우
리 모두는 움직이지 않는 충일한 하나를 이루고 있다. 나
는 행복하다.

르두트 거리로 돌아왔을 때에는 어떤 씁쓸한 후회만이 남아 있었다. 나는 속으로 중얼거렸다. '내가 세상에서 이 모험의 느낌만큼 소중히 여기는 것은 없을 거야. 하지만 이것은 너무 제멋대로야. 갑자기 나타났다가 너무 빨리 사라져버리고, 그게 사라져버리면 얼마나 마음이 메말라 버리는지! 사람을 조롱하는 듯한 이 짧은 순간들은 내가 삶을 망쳤다는 것을 보여주려고 찾아오는 걸까?'

내 뒤의 도시에서는, 차가운 가로등 불빛에 잠겨 있는 저 반듯반듯한 대로들에서는 굉장한 사회적 행사가 숨을 거두고 있었다. '일요일'이 끝나가고 있었다.

월요일

어제, 어떻게 나는 이렇게 어처구니없고도 우쭐대는 문장을 쓸 수 있었을까?

'나는 혼자지만, 마치 어느 도시에 쳐들어가는 군대처럼 행진한다.'

나는 멋진 문장들을 꾸며낼 필요가 없다. 내가 글을 쓰는 것은 어떤 상황들을 명확히 규명하기 위해서다. 문학을 경계해야 한다. 멋진 말을 찾아내려 하지 말고, 펜 가는 대로 써야 한다.

내가 어제저녁, 마치 지고의 경지에 달한 듯이 굴었다

는 사실이 지금은 역겹게 느껴진다. 스무 살 때 나는 술에
취하곤 했고, 그러고 나서는 내가 데카르트 같은 유형의
인간이라고 설명하곤 했다. 나는 내가 영웅주의로 가득
차 있었다는 것을 알았지만, 그게 즐거웠기 때문에 그냥
그렇게 행동했다. 그러고 난 다음 날이면, 토사물로 뒤덮
인 침대에서 깨어난 것보다도 자신이 역겨웠다. 나는 취
했을 때 토하지 않는 사람이지만, 차라리 토하는 편이 훨
씬 나을 것이다. 어제 나는 술에 취했다는 핑계조차도 없
었다. 나는 천치처럼 혼자서 한껏 흥분해 있었던 것이다.
물처럼 투명한 추상적인 생각들로 나를 씻어낼 필요가
있다.

　정말이지 이 모험의 느낌은 어떤 사건들로부터 오는
것이 아니다. 이것은 증명되었다. 그보다는 순간들이 서
로 이어지는 방식이라고 할 수 있다. 자, 나는 다음과 같
은 일이 일어난다고 생각한다. 우리는 시간이 흐르는 것
을 갑자기 느낀다. 각 순간은 다른 순간으로 이어지고, 또
이 다른 순간은 또 다른 순간으로, 계속 이렇게 이어지면
서 각 순간은 소멸되고, 그것을 붙들려고 애쓸 필요가 없
다는 느낌이 갑자기 찾아오는 것이다. 그러고 나서 우리
는 각 순간들 **가운데**에서 나타나는 사건들에 이 속성을
부여한다. 형태에 속한 것을 내용에도 부여한다. 요컨대
'시간의 흐름'이라는 이 유명한 현상은 사람들이 수없이

애기하지만, 누구도 결코 볼 수 없는 것이다. 우리는 어떤 여자를 보고, 그녀가 장차 늙을 것이라고 생각하지만, 그녀가 늙는 것을 보지는 못한다. 하지만 가끔 그녀가 늙는 게 **보이는** 것 같이 느껴지고, 자신도 그녀와 함께 늙고 있다고 느껴질 때가 있는데, 이것이 바로 모험의 느낌이다.

내 기억이 정확하다면, 사람들은 이것을 '시간의 불가역성'이라고 부른다. 모험의 느낌은 간단히 말해서 시간의 불가역성에 대한 느낌인 것이다. 하지만 왜 이 느낌은 항상 찾아오지 않는가? 시간이 항상 불가역적이지는 않은 걸까? 어떤 순간들에는 우리가 마음대로 해도 괜찮다고, 앞으로 가든, 뒤로 가든, 어떻게 하든 상관없다고 느껴진다. 그런데 연결고리들이 더 팽팽하게 연결되는 것 같이 느껴지는 순간들도 있고, 이런 경우에는 다시 시작할 수가 없기 때문에 한번 할 때 확실하게 해야 한다.

안니는 시간에 그것의 최대한의 가능성을 돌려주곤 했다. 그녀가 지부티에 있고 나는 아덴에 있던 시절, 나는 24시간의 재회를 위해 그녀를 찾아가곤 했다. 그럴 때면 그녀는 온갖 꾀를 짜내어 우리 사이에 갖가지 문제를 일으켰는데, 이것은 내가 떠나기 정확히 60분 전까지 계속되었다. 이 60분은 일 초 일 초가 지나가는 것을 느끼기에 필요한, 딱 그만큼의 시간이었다. 그 끔찍한 저녁 시간들 중의 하나가 생각난다. 나는 자정에 출발하기로 되어 있었다. 우리는 노천 영화관에 갔다. 우리는 절망적인 기분이었고, 나나 그녀나 똑같이 불행했다. 다만 게임을 이끄는 것은 그녀였다. 11시, 어떤 장편영화가 시작되자 그녀는 내 손을 잡더니 말없이 꽉 쥐었다. 나는 어떤 쓰라린 쾌감에 사로잡혔고, 손목시계를 들여다볼 필요도 없이 지금이 11시라는 것을 깨달았다. 그 순간부터 우리는 일 분 일 분, 시간이 흐르는 것을 느끼기 시작했다. 이번에 헤어지면 석 달 동안 못 볼 터였다. 어느 순간, 스크린에 어떤 하얀 영상이 뜨면서 어둠이 연해졌고, 나는 안니가 우는 것을 보았다. 그리고 자정에 그녀는 내 손을 격렬하게 한 번 꼭 쥔 다음에 놓았다. 나는 일어섰고, 그녀에게 한마디 말도 하지 않고 떠났다. 아주 멋진 작업이었다.

저녁 7시

작업을 하며 보낸 하루. 괜찮게 일을 했다. 제법 즐거움을 느끼며 여섯 페이지를 썼다. 파벨 1세의 치세에 대한 추상적 고찰을 하는 내용이었기에 더욱 그랬다. 어제 완전히 풀어져 지냈기 때문에, 오늘은 하루 종일 단추를 바짝 채우고 지냈다. 쓸데없이 감정에 호소하지 말았어야 했다! 하지만 러시아 전제정치를 분석하고 있으니 마음이 아주 편해진다.

다만 이 롤르봉이 나를 짜증 나게 한다. 그는 별것도 아닌 것들을 가지고 신비스럽게 군다. 그는 1804년 8월에 우크라이나에서 대체 무엇을 했을까? 그는 자신의 여행에 대해 이렇게 애매하게 말한다.

비록 내 노력이 성공으로 보상을 받지는 못했지만, 그렇게나 노골적인 무시와 모욕을 받을 만한 일이었는지는 후세가 판단할 것이다. 나는 날 비웃는 자들을 입 닥치게 하고, 두렵게 할 만한 것들을 속에 품고 있었지만, 아무 말 없이 이 모든 굴욕을 견뎌야 했다.

한번은 그에게 완전히 걸려들었다. 그는 자신이 1790년에 부빌을 잠시 여행한 일에 대해 거들먹대면서 말을 아끼는 척했다. 나는 그의 행적을 조사하느라 한 달을 보냈다. 결국 드러난 것이 그가 자신의 소작농 중 한 명의 딸을 임신시켰다는 사실이었다. 그는 그저 허세나 부리는 엉터리 광대에 불과한 걸까?

나는 입만 열면 거짓말인 이 자존심 강한 사내에 대해 부아가 치민다. 어쩌면 내가 속이 상해서 그런지도 모른다. 난 그가 다른 이들에게 거짓말을 할 때에는 너무나 즐거웠지만, 나에게만은 예외로 해주기를 바랐던 모양이다.

나는 우리가 이 모든 죽은 이들을 가지고 노는 두 야바위꾼처럼 죽이 잘 맞으며, 그가 나에게만큼은 결국 진실을 말해주리라고 믿었던 것이다! 그는 아무것도 말해주지 않았다. 그가 자신이 속여먹은 알렉산드르 황제나 루이 18세에게 아무것도 말해주지 않았듯, 내게도 아무것도 말해주지 않았다. 내게는 롤르봉이 괜찮은 친구였다는 사실이 매우 중요하다. 악당이라고 할 수도 있지만, 사실 악당이 아닌 사람이 있는가? 하지만 위대한 악당인가, 아니면 치사한 악당인가? 나는 만일 살아 있었다면 손도 잡고 싶지 않은 그런 사람에게 내 귀한 시간을 허비하고 싶을 만큼 역사 연구를 대단한 것으로 여기지는 않는다. 내가 그에 대해 대체 무얼 알고 있단 말인가? 그가 산 삶처럼 멋진 삶은 상상하기 힘들다. 하지만 과연 그가 실제로 그렇게 살았을까? 그의 서신들이 이렇게 어색하게 느껴지지만 않는다면…… 아, 그의 시선을 한번 보았어야 하는데! 어쩌면 그는 아주 매력적인 자세로 고개를 어깨 위로 살짝 기울이거나, 코 옆으로 긴 검지를 세우며 꾀바른 표정을 지었을지도 모른다. 또 어쩌면 계속 거짓말을 하다가 어느 순간 격한 모습을 언뜻 비추고는 곧바로 거둬들였을지도…… 하지만 이제 그는 죽었고, 다만 《전략론》과 《미덕에 대한 고찰》, 두 권의 책이 남아 있을 뿐이다.

　내가 한번 마음대로 해본다면, 그를 아주 잘 상상할 수 있을 것 같다. 숱한 사람들을 신랄하게 비꼰 그 화려한 반어법의 이면에는 소박한, 아니 거의 순진하기까지 한 남자가 숨어 있다. 그는 거의 생각하지 않지만, 모든 경우에 있어서, 어떤 깊은 영감에 따라 해야 할 일을 정확하게 한다. 그의 짓궂음은 천진하고, 자연스럽고, 아주 시원시원하며, 그의 미덕에 대한 사랑만큼이나 진지하다. 그리고 은인들과 친구들을 배신하기도 하지만, 그럴 때는 그 일을 심각하게 되돌아보며 어떤 교훈을 이끌어낸다. 그는 자신이 타인들에 대해, 또 타인들이 자신에 대해 어떤 권한이 있다고 전혀 생각하지 않는다. 삶이 자신에게 준 선물들을 정당화될 수 없는 것, 근거 없는 것으로 여긴다. 그는 모든 것에 강한 애착을 느끼지만, 또 쉽게 애착에서 벗어난다. 그리고 그의 서신들, 저작들은 그 자신이 쓰지 않고, 대필 작가를 시켜 만든 것이다.

이런 결론에 도달할 것이었다면, 차라리 롤르봉에 대한 소설이나 쓰는 편이 나았다.

저녁 11시

카페 랑데부 데 슈미노에서 저녁을 먹었다. 여사장이 있어서 그녀와 동침했는데, 그저 예의상 그랬을 뿐이다. 나는 그녀가 좀 역겨운데, 몸이 너무 허연 데다. 갓난애처럼 젖비린내가 나기 때문이다. 그녀는 열정이 끓어오른 나머지 내 머리통을 자기 가슴에 대고 짓뭉갰다. 제 딴에는 그게 잘하는 짓이라고 생각하는 모양이다. 나는 이불 밑에서 그녀의 음부를 건성으로 주무르는데, 결국 팔에 힘이 빠진다. 나는 롤르봉 씨를 생각한다. 솔직히 그의 삶에 대해 소설을 써서 안 된다는 법이 있는가? 여사장의 옆구리 옆에 팔을 툭 내려뜨리는데, 갑자기 나지막하니 옆으로 퍼졌고, 털이 부숭부숭한 거대한 잎사귀들이 늘어진 나무들이 서 있는 조그만 공원이 보였다. 사방에 개미와 지네, 나방들이 기어 다녔다. 더 소름 끼치는 짐승들도 있는데, 녀석들의 몸뚱이는 비둘기구이 밑에다 넣는 넓적한 모양의 구운 빵 조각으로 만들어졌고, 게 다리 같은 발로 옆으로 걸었다. 이 짐승들이 널찍한 잎사귀들에 새카맣게 달라붙어 있었다. 선인장과 바르바리아 무화과나무들 뒤로 공원의 벨레다 조각상의 손가락이 자신의 성기를 가리키고 있었다. 나는 비명을 질렀다. "이 공원에서 토사물 냄새가 나!"

"깨우고 싶지 않았어요." 여사장이 말했다. "하지만 시트가 주름져서 엉덩이가 배기는 데다, 파리발 기차에서 내리는 손님들을 맞으러 아래로 내려가봐야 해요."

사육제의 화요일

나는 모리스 바레스의 볼기를 쳤다. 우리는 세 명의 병사였는데, 그중 하나는 얼굴 한복판에 구멍이 뻥 뚫려 있었다. 모리스 바레스가 다가와서 우리에게 "잘했어!"라고 말하고는, 우리에게 조그만 제비꽃 다발을 하나씩 주는 것이었다. "이걸 어디다 둬야 할지 모르겠는데?"라고 구멍 뚫린 병사가 말했다. 그러자 모리스 바레스가 말했다. "제군의 머리에 난 구멍 가운데에 두게." 병사는 대답했다. "아니, 이걸 당신 후장에다 꽂아버리겠어!" 그리고 우리는 모리스 바레스를 돌려세우고는 바지를 벗겼다. 바지 밑에는 새빨간 추기경 가운이 있었다. 우리가 가운을 들어 올리자 모리스 바레스는 소리 지르기 시작했다. "조심해! 난 발밑에 거는 끈이 달린 바지를 입고 있어!" 우리는 피가 나도록 그의 볼기를 때렸고, 그의 엉덩짝에다 제비꽃 꽃잎으로 데룰레드[24]의 면상을 그려놓았다.

얼마 전부터 꿈을 기억하는 일이 너무 잦아졌다. 그리고 아침마다 이불이 바닥에 떨어져 있는 것을 보면 자다가 몸을 심하게 뒤척이는 모양이다. 오늘은 사육제의 화요일이지만 부빌에서는 큰 의미가 없다. 시 전체를 통틀어 가장행렬에 참여하는 사람이 채 100명도 되지 않는 것

---

24 폴 데룰레드(1846~1914). 프랑스의 작가이자 정치가.

이다.

층계를 내려오니 호텔 여사장이 나를 부른다. "선생에게 편지가 한 통 왔어요."

편지 한 통이라. 내가 마지막으로 받은 편지는 지난 5월에 루앙 도서관 관장으로부터 받은 편지였다. 여사장은 나를 자기 사무실로 데려가서는, 길쭉하고 두툼한 누런 봉투를 내민다. 안니가 보낸 편지였다. 그녀와 소식이 끊긴 지 5년째였다. 편지는 파리에 있는 나의 옛 주소로 갔던 모양이고, 2월 1일자 소인이 찍혀 있다.

나는 밖으로 나간다. 손가락 사이에 봉투를 들고 있지만, 열어볼 용기가 나지 않는다. 안니는 늘 쓰던 편지지를 바꾸지 않았다. 여전히 그 조그만 피커딜리 문구점에서 사는 것일까? 내 생각에는, 안니는 그 헤어스타일을, 그러니까 그녀가 자르기 싫어하는 그 풍성한 금발 머리를 간직하고 있을 것 같다. 아마도 자신의 얼굴을 보존하기 위해 거울 앞에서 참을성 있게 애쓰고 있으리라. 남자들에게 예쁘게 보이고 싶다거나, 늙는 게 두려워서가 아니다. 그녀는 자신의 모습으로, 그저 자신의 모습으로 남아 있고 싶을 뿐이다. 내가 그녀에게서 가장 좋아하는 점은 바로 이것, 자신의 이미지의 아주 작은 특징도 철저하고 엄격하게 지키려 하는 점인지도 모른다.

보라색 잉크(그녀는 잉크도 바꾸지 않았다)로 단단한 필체로 써 내려간 주소는 아직도 약간 반짝이고 있다.

'앙투안 로캉탱 씨'

이 봉투에 쓰인 내 이름을 읽는 일이 얼마나 즐거운지 모른다. 그녀가 지어보인 미소 중의 하나가 어렴풋이 떠올랐다. 나는 그녀의 눈과 살짝 옆으로 기울인 머리를 떠올렸다. 내가 앉아 있으면 그녀는 미소를 지으며 내 앞에 와서 딱 버티고 서곤 했다. 그리고 나보다 몸통 길이만큼 높은 곳에서 내려다보면서 쭉 뻗은 두 팔로 내 어깨를 잡고는 흔들었다.

봉투가 묵직한 것을 보니, 적어도 여섯 장은 들어 있는 모양이다. 내가 전에 살던 집의 수위가 이 아름다운 글씨 위에 글자들을 마구 휘갈겨놓았다.

'부빌 ── 프랭타니아 호텔'

이 조그만 글자들은 빛나지 않는다.

봉투를 뜯자, 실망감이 나를 6년은 젊게 만든다.

"난 안니가 무슨 수로 이렇게 봉투를 부풀려놓는지 정말 모르겠어. 항상 보면 안에는 아무것도 없는데 말이야."

나는 이 문장을 1924년 봄에, 오늘처럼 봉투의 속지로부터 모눈종이로 된 쪽지 한 장을 꺼내려 진땀을 흘리면서 적어도 백 번은 중얼거렸을 것이다. 속지는 기가 막힌다. 어두운 녹색 바탕 위에 금색 별들이 새겨져 있다. 마치 빳빳이 풀 먹인 두툼한 직물 같다. 속지 하나가 봉투 전체 무게의 4분의 3은 되지 않을까 싶다.

안니는 연필로 이렇게 써놓았다.

> 난 며칠 후에 파리에 들를 예정이야. 2월 20일에 에스파뉴 호텔에 있을 테니까, 날 보러 와줘. 부탁이야(그녀는 이 '부탁이야'를 행 위에 추가하고, 그것을 '보러 와줘'에다 기묘한 나선으로 연결해놓았다). 자기를 꼭 봐야겠어. 안니.

메크네스에서, 그리고 탕헤르에서 저녁에 호텔로 들어갔을 때, 이따금 침대 위에서 이런 글을 발견하곤 했다. '당장 자기를 만나야겠어.' 내가 달려가면, 안니는 문을 열어주고는, 놀란 듯이 눈썹을 치켜뜨곤 했다. 그 사이에 할 말이 없어진 것이다. 심지어는 내가 찾아와서 조금 기분이 상했는지도 모른다. 어쨌든 난 파리에 갈 터인데. 어쩌면 안니는 날 맞지 않으려 할지도 모른다. 또 어쩌면 호텔 사무실에서 이런 말을 들을지도. "우리 호텔에 이런 이름을 가진 분은 없는데요." 난 그녀가 이렇게까지 하리라고는 생각하지 않는다. 다만 8일 후에 자기가 생각을 바꿨으니, 다음에 만나자는 편지를 보낼 수는 있다.

사람들은 일을 한다. 아주 무미건조한 사육제의 화요일이 예상된다. 뮈틸레 거리에서는 비가 오려고 할 때면 늘 그렇듯이 축축한 목재 냄새가 강하게 풍긴다. 나는 이런 이상한 날들이 싫다. 영화관은 주간 상영을 하고, 아이들은 학교를 가지 않는다. 거리에는 축제 분위기가 어렴풋이 떠돌며 끊임없이 주의를 끌지만, 거기에 정신을 집중하면 곧바로 사라져버린다.

아마도 나는 안니를 다시 보게 되겠지만, 이런 생각이 나를 정말로 즐겁게 한다고는 말할 수 없다. 그녀의 편지를 받고 난 이후로 일이 손에 잡히지 않는다. 다행히도 정오다. 배는 고프지 않지만 시간을 보내기 위해 뭐라도 먹어야겠다. 나는 오를로제 거리에 있는 카페 '셰 카미유'에 들어간다.

아주 조용한 곳이다. 거기에서는 슈크루트나 카술레를 밤새도록 주문할 수 있다. 사람들은 연극을 보고 나와 이곳에 와서 밤참을 들고, 순경들은 밤늦게 도착하는 배고픈 여행객들을 이곳으로 보낸다. 대리석 테이블 여덟 개가 있다. 가죽으로 된 좌석이 벽을 따라 길게 놓여 있다. 적갈색 얼룩들로 뒤덮인 거울이 두 개. 창문 두 개와 문에는 불투명 유리가 끼워져 있다. 카운터는 움푹 들어간 곳에 있다. 또 옆쪽에 방도 하나 있지만, 나는 한 번도 거기에 들어간 적이 없다. 그 방은 커플들을 위한 것이다.

"햄 오믈렛 하나 주세요."

웨이트리스는 볼이 빨갛고 덩치가 산만 한 처녀인데 남자에게 말할 때 웃음을 참지 못한다.

"전 권한이 없어요. 감자 오믈렛 드시는 게 어때요? 햄은 찬장 안에 들어 있고, 사장님만 그걸 자를 수 있어요."

나는 카술레를 주문한다. 사장은 이름이 카미유고, 거친 사내다.

웨이트리스는 가버린다. 이 낡고 어두운 홀에 나만 혼자 있다. 지갑 안에 안니의 편지가 있다. 나는 어떤 알 수 없는 부끄러움 때문에 그것을 다시 읽지 못한다. 나는 문장들을 하나하나 떠올려본다.

'친애하는 앙투안.'

나는 미소 짓는다. 이 문장은 분명히 아니다. 안니는 '친애하는 앙투안'이라고 쓰는 법이 없었다.

6년 전—그때 우리는 합의하에 헤어졌다—나는 도쿄로 떠나기로 결정했다. 나는 그녀에게 몇 줄을 적었는데, 그녀를 더 이상 '내 사랑'이라고 부를 수가 없었다. 난 별생각 없이 그녀를 '친애하는 안니'라고 부르기 시작했다.

"참 속 편한 사람이네! 난 다만 경탄할 뿐이야." 그녀는 답장을 보내어 이렇게 말했다.

나는 자기의 '친애하는 안니'였던 적이 한 번도 없었고, 지금
도 아니야. 그리고 자기도 나의 친애하는 앙투안이 아니니까,
제발 좀 알아줘. 만일 날 어떻게 불러야 할지 모르겠으면, 그
냥 부르지 마, 그게 차라리 나아.

나는 지갑에서 그녀의 편지를 꺼낸다. 그녀는 '친애하
는 앙투안'이라고 쓰지 않았다. 편지 하단에도 예의상의
표현 같은 것은 없었다. '자기를 꼭 봐야겠어. 안니.' 그녀
의 감정을 알려줄 만한 문장은 아무것도 없었다. 하지만
나는 불평할 수가 없다. 이런 것에서도 완벽함에 대한 그
녀의 사랑을 엿볼 수 있기 때문이다. 그녀는 항상 '완벽한
순간'을 실현하고 싶어 했다. 만일 여의치 않으면, 그녀는
더 이상 아무것에도 관심을 갖지 않았다. 눈은 생기를 잃
고, 흐느적대는 사춘기 소녀 같은 모습으로 게으름을 부
리곤 했다. 아니면 내게 싸움을 걸었다.
  "자기는 마치 부르주아처럼 엄숙하게 코를 풀어! 그
리고 기침할 때도 손수건에 대고 콜록대면서 잘난 체를
하지."
  이런 말에는 대꾸를 하면 안 되었고, 그냥 기다려야 했
다. 나는 포착 못 하는 어떤 신호라도 감지될라치면, 그녀
는 갑자기 소스라치면서, 그 예쁜 얼굴을 바짝 굳히며 그
개미 같은 부지런한 작업을 시작하는 것이었다. 그녀는

강력하고도 매혹적인 마법의 소유자였다. 사방을 둘러보며 잇새로 노래를 흥얼대다가, 미소를 지으며 벌떡 일어나서는 내게 다가와 어깨를 붙잡고 흔들었다. 그리고 얼마 동안 그녀를 둘러싼 사물들에 명령을 내리는 것 같이 보였다. 그녀는 나지막하고도 빠른 목소리로 나에게 무엇을 원하는지 설명해주었다.

"자, 자기도 노력을 좀 해볼 수 있겠지? 지난번에는 자기가 너무 바보 같았어. 이 순간이 얼마나 아름다울 수 있는지 알아? 저 하늘을 좀 봐! 저 양탄자에 비친 햇빛의 색깔을 보라고! 마침 오늘 나는 녹색 원피스를 입었고, 분도 바르지 않아서 얼굴이 새하얘. 자, 뒤로 물러서서, 저기 그늘에게 가서 앉아봐. 자기가 어떻게 해야 하는지 알겠어? 아이, 참! 왜 이렇게 바보 같아? 나한테 말을 하란 말이야!"

나는 성공의 여부가 내게 달렸다는 것을 느꼈다. 그 순간에는 내가 다듬고 완성해야 하는 어떤 모호한 의미가 있었다. 이를 위해 어떤 몸짓을 하고, 어떤 말을 해야 했다. 나는 책임감의 무게에 짓눌렸고, 눈을 부릅떴지만 아무것도 보이지 않았다. 그렇게 안니가 어느 순간을 위해 고안해내는 갖가지 의식儀式들 가운데에서 몸부림을 치다가, 굼뜬 두 팔로 의식들을 거미줄처럼 찢어버렸다. 이럴 때면 그녀는 나를 증오했다.

나는 분명히 그녀를 보러 갈 것이다. 난 그녀를 높이 평가하고, 아직도 그녀를 진심으로 사랑한다. 보다 운 좋고 능숙한 어느 다른 남자가 그 완벽한 순간의 게임을 성공시켜주기만을 바랄 뿐이다.

"자기의 빌어먹을 머리칼이 모든 걸 망쳐버린다고!" 그녀는 투덜거렸다. "하긴, 빨간 머리 남자하고 뭘 할 수 있겠어?"

이렇게 말하고 그녀는 미소를 지었다. 나는 먼저 그녀의 눈에 대한 추억을 잃었고, 그다음에는 그녀의 늘씬한 몸에 대한 추억을 잃었다. 그녀의 미소는 최대한 오랫동안 간직하고 있었는데, 그마저도 3년 전에 잃어버렸다. 조금 전에 호텔 여사장으로부터 편지를 건네받을 때, 갑자기 그 미소가 다시 떠올랐다. 미소 짓는 안니가 눈에 보이는 것 같았다. 나는 그 모습을 다시 한번 떠올리려 해본다. 안니를 볼 때 느껴지던 애정을 온전히 느끼고 싶다. 그 애정은 여기에 있다. 아주 가까이에, 태어나기만을 기다리고 있다. 하지만 미소는 전혀 떠오르지 않는다. 그것은 끝났다. 난 공허하고 메마르다.

한 남자가 추운 듯 몸을 으스스 떨며 안으로 들어왔다.

"안녕하시오, 여러분!"

그는 초록빛이 감도는 외투를 벗지 않은 채로 자리에 앉는다. 그러고는 손가락 깍지를 껴가며 긴 두 손을 마주

비빈다.

"뭘 갖다 드릴까요?"

그는 불안한 눈을 하고 소스라친다.

"응? 아, 물 탄 비르[25] 한 잔 주시게."

웨이트리스는 움직이지 않는다. 거울에 비친 그녀의 얼굴은 자고 있는 것 같다. 사실 그녀의 눈은 열려 있지만, 그것은 두 개의 쪼개진 틈에 불과하다. 그녀는 이런 사람이다. 그녀는 손님에게 서빙하느라 서두르지 않고, 늘 잠시 시간을 들여 그들이 주문한 것들을 몽상해본다. 지금 그녀는 카운터 위에서 집어낼 병, 빨간 글자들이 새겨진 하얀 상표, 그리고 자기가 따르게 될 걸쭉한 검은 시럽을 생각하고 있을 것이다. 조금은 그녀 자신이 마시는 것 같다.

나는 안니의 편지를 지갑에 넣는다. 이 편지가 내게 줄 수 있는 것은 다 주었다. 나는 그것을 집어 들고, 접어서 봉투 속에 넣었던 여자에게로까지 거슬러 올라갈 수 없다. 과거의 어떤 사람을 생각하는 게 가능하기나 할까? 서로 사랑하고 있었을 때, 우리는 가장 작은 순간 하나도, 가장 가벼운 고통 하나도 우리에게서 떨어져 나가 뒷전에 머무는 것을 허용하지 않았다. 소리와 냄새와 빛의

---

25 키니네가 첨가된 적포도주의 일종.

뉘앙스들, 그리고 심지어는 우리가 서로에게 말하지 않은 생각들, 이 모든 것들을 우리는 지고 갔고, 모든 것이 생생하게 살아 있었다. 우리는 쉬지 않고 그것들을 즐기고, 그 고통을 현재형으로 겪었다. 추억 하나 남아 있지 않다. 그늘도, 물러섬도, 피신처도 없는 가차 없고도 뜨거운 사랑이 있었을 뿐이다. 동시에 현재로 존재하는 3년. 우리가 헤어진 것은 바로 이 때문이었다. 그 무게를 견딜 만한 힘이 없었던 것이다. 그러고 나서 안니가 불쑥, 그리고 영원히 나를 떠났을 때, 이 3년은 과거 속으로 허물어져버렸다. 나는 고통조차 느끼지 못했고, 그저 텅 빈 느낌이 들었을 뿐이다. 그러고 나서 시간이 흘렀고, 텅 빈 공간은 더 커졌다. 그러고 나서 사이공에서 프랑스로 귀국하기로 결심했을 때, 아직 남아 있던 모든 것들 — 외국인들의 얼굴, 광장들, 장강長江 기슭의 부두들 — 이 그대로 없어져버렸다. 자, 이렇게 해서 나의 과거는 하나의 거대한 구멍에 불과한 것이다. 나의 현재? 그것은 카운터 옆에서 몽상에 잠겨 있는 이 검은 블라우스의 웨이트리스와 이 작달막한 사내다. 내 삶에 대해 내가 아는 모든 것들은 마치 책에서 배운 것들처럼 느껴진다. 베나레스의 궁전들, 문둥이 왕의 테라스, 그리고 부서진 커다란 층계들이 있는 자바의 사원들이 한순간 나의 망막에 비치지만, 그것들은 거기에, 현지에 머물러 있다. 프랭타니아 호텔 앞을 지나가는 전차電車는 저녁에 그것의 유리창에 비치는 네온간판의 불빛을 가져가지 못한다. 그 불빛은 한순간 불타오르다가 검은 유리창들과 함께 멀어져간다.

이 남자는 연신 나를 힐긋거린다. 그가 거북스럽다. 콩알만 한 사람이 무게를 잡는다. 웨이트리스는 마침내 그에게 서빙하기로 마음먹었다. 그녀는 그 커다란 검은 팔을 느릿느릿 들어서는 병을 집어 들어, 잔과 함께 가져온다.

"여기 있어요, 아저씨."

"오, 아저씨가 아니라 아실 씨." 그가 제법 세련되게 바로잡는다.

그녀는 대꾸하지 않고 술을 따른다. 그는 갑자기 코에서 재빨리 손가락을 빼더니 두 손바닥을 펴 테이블에 내려놓는다. 그러고는 고개를 뒤로 벌떡 젖히고는 눈을 반짝인다. 그는 차가운 목소리로 말한다.

"불쌍한 것."

웨이트리스는 소스라치고, 나도 소스라친다. 그는 뭐라 말할 수 없는 기묘한 표정을 짓는다. 어쩌면 다른 사람이 말한 것처럼 스스로도 깜짝 놀란 것인지도 모른다. 셋 다 어색하기 짝이 없다.

맨 처음 정신을 차린 것은 비대한 웨이트리스다. 상상력이 별로 없는 것이다. 그녀는 위엄 있게 아실 씨를 노려본다. 자기가 한 손만으로도 그를 자리에서 끌어내어 밖으로 쫓아버릴 수 있음을 잘 알고 있다.

"왜 내가 '불쌍한 것'이죠?"

그는 머뭇거린다. 당황하여 그녀를 쳐다보다가, 웃기 시작한다. 그는 얼굴을 무수한 주름으로 찌그러뜨리면서, 손목을 돌려 가벼운 제스처를 해 보인다.

"아, 화가 나셨구먼! 뭐, 사람들은 그런 식으로 얘기해요. 불쌍한 것이라고. 별뜻 없는 말이지."

하지만 그녀는 그에게 등을 돌리고는 카운터 뒤로 가버린다. 정말로 화가 난 것이다. 그는 아직도 웃고 있다.

"하! 하! 아이고, 이런 나도 모르게 말이 나왔네. 화났소? 오, 저 아가씨 화난 모양이오." 그는 슬쩍 내 쪽을 돌아보며 말한다.

나는 고개를 돌려버린다. 그는 잔을 조금 들어 올리지만, 마실 생각은 없어 보인다. 마치 놀라고 겁을 먹은 것처럼 두 눈을 깜빡인다. 뭔가를 떠올려보려고 애를 쓰는 듯한 모습이다. 웨이트리스는 카운터에 앉아 일감을 손에 잡았다. 모든 게 다시 조용해졌지만, 더 이상 아까와 같은 정적이 아니다. 비가 내리기 시작한다. 빗방울이 불투명한 유리창을 두드리는 소리가 들린다. 거리에 아직도 가장假裝한 아이들이 남아 있다면, 그들의 종이 가면은 축축해지고, 더러워질 것이다.

웨이트리스는 전등을 켠다. 아직 2시도 되지 않았지만, 하늘이 새카매져 바느질하는 게 잘 보이지 않는다. 아늑한 불빛. 사람들은 집 안에 있고, 그들 역시 불을 켰으리라. 그들은 책을 읽고, 창문을 통해 하늘을 내다본다. 그들은…… 그들은 사정이 다르다. 그들은 다른 식으로 나이를 먹었다. 그들은 물려받은 것들, 선물 받은 것들 가운데에 살며, 그들의 가구는 하나하나가 추억이다. 작은 추시계, 메달, 초상화, 조개껍질, 서진書鎭, 병풍, 숄…… 그들의 장에는 병들과 천들과 오래된 옷들과 신문이 가득하다. 그들은 모든 것을 간직한 것이다. 과거는 뭔가를 소유한 사람이 누리는 사치다.

그렇다면 나는 내 과거를 어디에다 보존할 수 있겠는가? 과거를 호주머니에 넣을 수는 없는 노릇이고, 그것을 정리해놓을 수 있는 집이 한 채는 있어야 한다. 나에게는 몸뚱어리 하나밖에 없다. 몸뚱이 하나만 가진 고독한 사람은 추억들을 멈춰 세울 수 없다. 추억들은 그를 통과해 지나갈 뿐이다. 하지만 불평해서는 안 될 것이다. 나는 오직 자유만을 원하지 않았던가?

작달막한 사내는 몸을 꼼지락거리며 가끔씩 후우 하고 한숨을 내쉰다. 그는 외투 속에 몸을 웅크리고 있지만, 이따금 상체를 세우고 오만한 표정을 짓기도 한다. 그에게도 과거가 없다. 잘 찾아본다면, 그와 더 이상 왕래하지 않는 사촌의 집에서 어느 결혼식 때 찍은 그의 사진을 발견할 수도 있을 것이다. 윙칼라[26]에 가슴바대가 있는 셔츠를 입고, 청년 특유의 거친 콧수염을 기른 모습으로 찍힌 사진을 말이다. 나는 분명히 그런 사진조차 남아 있지 않을 것이다.

그는 아직도 나를 흘금거린다. 이번에는 그가 말을 걸 것 같아 나는 바짝 긴장이 된다. 우린 피차 호감을 느끼는 것이 아니라, 단지 서로 비슷할 뿐이다. 그는 나처럼 혼자지만, 나보다도 깊은 고독 속에 들어가 있다. 그도 그의 **구토**나 그것과 유사한 어떤 것을 기다리고 있음이 분명하다. 그러니까 지금 나를 **알아보고**, 나를 한 번 쳐다보고 나서는 '저 친구는 우리 같은 부류야'라고 생각하는 사람들이 있다는 얘기다. 자, 그래서? 그는 무얼 원한단 말인가? 분명히 그는 우리가 서로에게 아무것도 해줄 수 없다는 사실을 잘 알 것이다. 가족들은 그들의 집에서, 추억에 둘러싸여 있다. 하지만 여기 있는 우리는 기억 없는 두 표류물일 뿐이다. 만일 그가 갑자기 일어서서 내게 말을 건다면, 나는 화들짝 놀랄 것이다.

문이 요란하게 열린다. 의사 로제다.

"모두들 안녕하시오?"

---

26 야회복에 받쳐 입는 셔츠의 뻣뻣하고 높직한 칼라.

어둡고도 의심이 가득한 얼굴을 한 그는 몸통을 제대로 지탱하지 못하는 긴 다리 위에서 약간 휘청거리며 들어온다. 난 일요일에 베즐리즈 맥줏집에서 종종 그를 보지만, 그는 나를 모른다. 그는 옛적 주앵빌의 체육 교사들처럼 생겼다. 팔뚝은 허벅지만큼 굵고, 가슴둘레는 110센티미터여서, 제대로 서 있기가 힘들다.

"잔! 어이, 우리 잔 어디 있나!"

그는 잰걸음으로 외투걸이까지 가서 못에다 그의 커다란 펠트 모자를 건다. 웨이트리스는 바느질감을 개어놓고는, 잠이 덜 깬 얼굴로 서두르지 않고 와서 의사의 레인코트를 벗겨준다.

"무얼 원하세요, 의원님?"

그는 그녀를 심각하게 쳐다본다. 저게 바로 내가 멋진 남자의 얼굴이라고 부르는 것이다. 삶과 갖가지 열정에 의해 닳고, 골이 팬 얼굴이다. 하지만 의사는 삶을 이해했고, 열정을 다스렸다.

"글쎄, 내가 원하는 게 뭔지 전혀 모르겠어." 그는 깊숙한 목소리로 대답한다.

그는 내 앞에 있는 벤치에 털썩 주저앉고는 손수건으로 이마의 땀을 훔친다. 더 이상 두 다리로 서 있지 않게 되자, 그 즉시 편안함을 느낀다. 그의 시커멓고 부리부리한 눈은 사람을 주눅 들게 한다.

"그러니까…… 그러니까, 그러니까, 그러니까…… 그
래, 오래된 칼바[27] 한 잔 가져오게."

웨이트리스는 조금도 움직이지 않고 깊은 골들이 팬
거대한 얼굴을 들여다본다. 몽상에 잠긴 표정으로. 자달
막한 사내는 드디어 해방되었다는 듯이 미소를 지으며
고개를 쳐든다. 그리고 그것은 사실이었다. 이 거인이 우
릴 해방시킨 것이다. 무언가 소름 끼치는 것이 우릴 사로
잡으려 하고 있었다. 나는 크게 숨을 들이마셨다. 이제는
인간들 틈에 있는 것이다.

"자, 내 칼바도스 안 가져와?"

웨이트리스는 소스라치며 카운터 쪽으로 간다. 그는 굵
은 두 팔을 뻗어 테이블 언저리를 꽉 잡는다. 아실 씨는
아주 즐거운 표정으로 의사의 주의를 끌려고 한다. 하지
만 두 다리를 휘젓고 의자 위에서 통통 튀어도 몸이 너무
작아 소리가 나지 않는다.

웨이트리스가 칼바도스를 가져온다. 그녀는 머릿짓으
로 의사에게 옆에 앉은 남자를 가리킨다. 의사 로제는 천
천히 상체를 돌린다. 고개는 움직일 수 없는 모양이다.

"어라, 자넨가? 더러운 늙은이 같으니!" 그가 소리친
다. "그래, 아직도 안 죽었어?"

---

27 사과로 만든 브랜디인 칼바도스의 준말.

그는 웨이트리스에게 말한다.

"이런 놈을 여기에 받아들여?"

그는 사나운 눈으로 작달막한 사내를 쳐다본다. 모든 것을 제자리로 돌려놓는 직설적인 시선이다. 그는 설명한다.

"이자는 돌아버린 늙은이야. 그래, 바로 그거지."

그는 구태여 이 말이 농담이라는 표시도 하지 않는다. 그는 돌아버린 늙은이가 화내지 않는다는 걸, 오히려 미소 지으리라는 것을 알고 있다. 아니나 다를까, 당사자는 비굴하게 미소 짓는다. 돌아버린 늙은이…… 그는 긴장이 풀리고, 자기 자신으로부터 보호받는 느낌을 받는다. 그래, 오늘 아무 일도 일어나지 않을 거야. 가장 웃기는 것은 나 역시 안심이 되었다는 사실이다. 돌아버린 늙은이. 그래, 바로 그거였다. 단지 그것일 뿐이었다.

의사는 웃는다. 그러면서 내게 상냥하면서도 공모 의식이 깃든 눈짓을 보낸다. 아마도 내 체격 때문에 — 게다가 나는 깨끗한 셔츠를 입었다 — 날 자신의 농담에 합류시키고 싶은 모양이다.

나는 웃지 않고, 그의 수작에 화답하지 않는다. 그러자 웃음을 멈추지 않으면서 눈동자에서 뿜어져 나오는 끔찍한 불길로 내게 화력 공세를 시도한다. 우리는 몇 초 동안 말없이 서로를 응시한다. 그는 근시안처럼 눈을 찌푸리며 나를 노려보며, 나를 분류해본다. 이자는 머리가 돈 인간의 범주인가? 아니면 불량배의 범주인가?

그래도 먼저 고개를 돌리는 쪽은 그다. 외톨이고, 사회적으로 별 볼 일 없는 친구 앞에서 꼬리를 조금 내린 것을 가지고 심각하게 생각할 필요는 없다. 금방 잊힐 일이다. 그는 담배 한 대를 말아서 불을 붙이고는, 늙은이들이 보이는 그 고정되고 딱딱한 눈을 하고서 꼼짝하지 않는다.

정말이지 그는 멋진 주름살을 죄다 가지고 있다. 이마를 가로지르는 주름, 부챗살 같은 눈가의 주름, 양 입가에 심술궂게 팬 주름, 그리고 턱 밑으로 누런 끈처럼 늘어진 힘줄들까지. 그는 행운을 가져다주는 사람이다. 멀리서 척 봐도 그가 고생깨나 했다는 것을, 산전수전 다 겪은 사람이라는 것을 알 수 있다. 게다가 그는 이런 얼굴을 가질 만한 자격이 있는 것이, 자신의 과거를 간직하고 사용하는 법에 대해 한 번도 틀린 적이 없기 때문이다. 그는 자신의 과거를 그냥 박제로 만들어버렸고, 그것으로 여자와 청년들이 사용할 수 있는 경험을 만들어냈다.

아실 씨는 너무나 행복하다. 아마도 살아오면서 이만큼 행복했던 적은 한 번도 없을 것이다. 그는 경탄에 겨워 입을 헤벌쭉 벌린다. 그러면서 볼때기를 부풀려가며 비르를 홀짝거린다. 정말이지 의사는 그를 어떻게 다뤄야 하는지 안다. 이 의사는 발작 직전에 있는 돌아버린 늙은이에게 매혹될 사람이 아니다. 신랄하게 한마디 쏘아주는 것, 거칠게 한마디 때려주는 것, 저런 인간들에게는 그게 필요하다. 의사는 경험이 풍부하다. 노련한 전문 직업인이다. 의사들, 사제들, 관리들, 그리고 장교들은 마치 자신이 직접 만들어낸 것처럼 인간을 잘 안다.

아실 씨 때문에 내가 다 부끄럽다. 우리는 같은 부류고, 저들에 대해 하나로 뭉쳐야 옳다. 하지만 그는 나를 저버리고, 저편으로 가버렸다. 그는 진심으로 '경험'이라는 것을 믿는다. 자신의 경험도 아니고, 나의 경험도 아니고, 의사 로제의 경험을 믿는다. 조금 전에 아실 씨는 자기가 이상하다고, 자기가 외톨이라고 느꼈다. 이제 그는 자기 같은 부류가 세상에 많다는 것을, 아주 많다는 것을 알게 되었다. 의사 로제는 그들을 만났고, 아실 씨에게 그들 각각의 이야기를 들려주고, 그 이야기가 어떻게 끝났는지를 말해줄 것이다. 아실 씨는 단지 그중의 한 케이스, 어떤 공통적인 개념들로 쉽사리 설명될 수 있는 하나의 케이스에 불과하다.

아, 이 아실 씨에게 얼마나 말해주고 싶은지! 지금 그는 속고 있다고, 저 의사는 자기가 대단한 존재라도 되는 양 한껏 무게를 잡으며 사람을 현혹하고 있다고. 뭐, 경험 많은 전문 직업인? 그들은 정신이 마비된 채로, 반쯤 잠든 상태로 어영부영 살아왔을 뿐이다. 참을성이 없어 급하게 결혼하고, 어쩌다가 자식을 낳았을 뿐이다. 그들은 카페에서, 결혼식에서, 장례식에서 다른 사람들을 만났다. 이따금 삶의 격랑에 휩쓸려 자기에게 무슨 일이 일어나는지도 모르는 채로 몸부림쳤다. 그들 주위에서 벌어지는 모든 것들은 그들의 시야 밖에서 시작되고 또 끝났다. 어둡고도 기다란 형체 같은 사건들은 멀리에서부터 다가와서 그들을 재빨리 스쳐가고, 그들이 쳐다보려고 하면 벌써 모든 일은 끝나 있다. 그러고는 나이가 마흔 줄에 접어들면 그들은 그들의 고집스러운 생각들과 몇 개의 격언에 '경험'이라는 이름을 붙인 다음, 자동판매기 장사를 시작한다. 왼쪽에 있는 구멍에 동전 두 개를 넣으면 은종이로 감싼 일화들이 나오고, 오른쪽 구멍에 동전 두 개를 넣으면 말랑말랑한 캐러멜처럼 이빨에 착착 감기는 귀중한 조언들을 받을 수 있다. 이 점에 있어서는 나도 사람들의 집에 초대될 만하고, 그들은 내가 영원한 진리를 탐색하는 위대한 여행가라고 자기네끼리 수군댈 것이다. 네, 이슬람교도들은 쭈그리고 앉아 소변을 봅니다. 힌두교도 산파들은 빻은 유리 가루를 소똥에 섞어 지혈제로 사용합니다. 보르네오에서는 소녀가 생리를 시작하면 자신의 집 지붕 위에서 사흘 낮 사흘 밤을 보내야 합니다. 나는 베네치아에서 곤돌라에서 행하는 장례식을 보았고,

세비야에서는 성주간 축제를 보았으며, 오버라머가우의 수난극도 보았습니다. 물론 이 모든 것은 내가 지닌 지식의 몇 가지 샘플에 지나지 않지요. 나는 의자 위에서 몸을 뒤로 젖히고 재미있다는 듯한 표정을 지으며 이렇게 이야기를 시작할 수도 있을 것이다.

"부인, 이흘라바를 아세요? 제가 1924년에 체류한 모라비아의 작고 기묘한 도시인데……"

그리고 수많은 사례를 접해본 재판장은 나의 이야기를 다 듣고서 이렇게 발언할 것이다.

"오, 선생, 선생 말이 정말로 맞아요. 네, 정말로 인간적인 얘기예요. 나도 경력 초기에 비슷한 사례를 봤어요. 1902년의 일이죠. 그때 난 리모주에서 대리 판사로 있었는데……"

문제는 내가 젊었을 때 이런 말들을 물리도록 들었다는 점이다. 나는 어떤 전문 직업인 집안 출신이 아니었다. 하지만 이런 얘기를 좋아하는 애호가들이 있다. 비서, 사무원, 상인, 그리고 카페에서 남의 얘기에 귀를 기울이는 사람들이다. 그들은 나이가 마흔에 가까워지면 밖으로 내보낼 수 없는 경험으로 자신이 한껏 팽창하는 것을 느낀다. 다행히도 그들에겐 아이들이 있어서, 아이들로 하여금 그것을 즉석에서 소비하게 만든다. 그들은 사람들로 하여금 그들의 과거는 사라지지 않았으며, 그들의 추억들은 압축되어 부드럽고도 달콤한 '지혜'로 바뀌었다고 믿게 하고 싶을 것이다. 얼마나 편리한 과거인가! 문고판 책, 멋진 격언들이 가득한 금빛 장정의 소책자가 된 과거다. "이건 정말인데, 지금 난 경험에서 말하는 겁니다. 내가 아는 모든 것은 삶에서 얻은 거예요." 삶이 그들을 위해 생각하는 일을 떠맡기라도 했단 말인가? 그들은 옛것을 가지고 새것을 설명한다(그리고 옛것 ── 레닌을 러시아의 로베스피에르로, 로베스피에르를 프랑스의 크롬웰로 만드는 역사가들처럼 ── 더 옛것을 가지고 설명했는데, 결국 이들은 아무것도 이해하지 못했던 것이다). 그들은 한껏 무게를 잡지만, 그 이면에는 침울한 게으름이 숨어 있다. 그들은 줄지어 지나가는 외관만을 보며, 하품하면서 태양 아래 새로운 것은 아무것도 없다고 생각한다. "돌아버린 늙은 이……" 이렇게 말하며 의사 로제는 다른 돌아버린 늙은 이들을 어렴풋이 생각했지만, 특별히 떠올린 사람은 아무도 없었다. 이제 아실 씨가 어떤 짓을 하더라도 조금도 놀랍지 않을 것이니, 그는 돌아버린 늙은이이기 때문이다!

그는 돌아버린 늙은이가 아니다. 그는 두려울 뿐이다. 무엇이 두려운가? 우리는 무엇인가를 이해하려 할 때, 그것 앞에, 누구의 도움도 받지 못하고 혼자 선다. 세상의 모든 과거는 아무 소용도 되지 못한다. 그러다가 그것은 사라져버리고, 우리가 이해한 것도 그것과 함께 사라져버린다.

보편적인 생각들은 우리를 더 기분 좋게 해준다. 그리고 전문가들의 의견은, 심지어는 애호가들의 의견도 결국에는 언제나 옳은 것으로 여겨진다. 그들의 지혜는 최대한 소리 내지 말 것을, 최소한으로 살 것을, 자신의 존재를 드러내지 않을 것을 권고한다. 그들이 들려주는 최고의 이야기는 징벌을 받은 경솔한 자들, 독창적인 자들의 이야기다. 아무렴, 인생은 이런 것이고, 이에 대해 아무도 반론을 제기할 수 없을 거야…… 어쩌면 지금 아실 씨는 양심의 가책을 받고 있을 것이다. 자기 아버지와 누님의 충고를 들었더라면 이 지경까지 되지 않았으리라고 생각하고 있을지도 모른다. 이 의사는 말할 권리가 있다. 자신은 인생을 실패하지 않았으며, 쓸모 있는 존재가 되었노라고. 그는 이 보잘것없는 낙오자 위로 차분하고도 강력한 모습으로 우뚝 서 있다. 그는 바위다.

의사 로제는 칼바 잔을 들이켰다. 그의 커다란 몸은 오그라지고, 눈꺼풀은 무겁게 내려간다. 처음으로 눈이 없는 그의 얼굴이 보인다. 흡사 오늘 상점들에서 파는 종이 가면 같다. 그의 두 뺨은 소름 끼치는 분홍빛이다…… 갑자기 내게 진실이 나타난다. 이 사내는 곧 죽는다…… 그도 분명히 이 사실을 알 것이다. 그가 거울로 자신의 모습을 한 번 봤다면 충분히 알 수 있다. 그는 그가 이르게 될 시체의 모습을 매일 조금씩 닮아간다. 이게 바로 그들이 말하는 경험이라는 것이며, 이 때문에 나는 그로부터 죽음의 냄새가 난다고 그토록 자주 뇌까렸던 것이다. 그것은 그들의 마지막 방어막인 것이다. 의사는 그것을 믿고 싶을 것이다. 자신의 견딜 수 없는 현실을 가리고 싶었을 것이다. 자신은 혼자고, 얻은 것도 없고, 과거도 없으며, 무뎌져가는 지성과 해체되어가는 몸뚱이만을 가진 존재라는 사실을 숨기고 싶었을 것이다. 그래서 그는 보상을 위해 그의 조그만 망상의 집을 짓고, 꾸미고, 쿠션을 댔고, 그러면서 자기가 발전하고 있다고 생각한다. 생각할 때 중간중간 구멍이 생기고, 머리가 헛바퀴를 도는 순간들이 찾아온다고? 그것은 그의 판단력이 더 이상 젊은 시절처럼 빠르게 움직이지 않기 때문이다. 책에서 읽는 것을 더 이상 이해하지 못한다고? 그것은 이제 그가 책들과 너무 멀리 떨어져 있기 때문이다. 더 이상 섹스를 하지 않는다고? 하지만 전에는 했다. 과거에 섹스를 한 것은 아직도 하는 것보다 훨씬 나은 것이다. 사람은 한 걸음 뒤로 물러서야 제대로 판단할 수 있는 법이다. 그래야 비교해보고, 성찰해볼 수 있으니까. 그리고 거울에 비친 이 소름 끼치는 시체의 얼굴을 견뎌낼 수 있기 위해, 그는 경험이 준 교훈들이 거기에 새겨져 있다고 믿으려고 애를 쓴다.

의사는 고개를 조금 돌린다. 그의 눈꺼풀이 반쯤 열리고, 그는 잠에 취한 충혈된 눈으로 나를 쳐다본다. 나는 그에게 미소를 짓는다. 이 미소가 그가 감추려 하는 모든 것을 드러냈으면 한다. 그러면 그는 잠이 확 달아나 속으로 이렇게 중얼거리리라. "이런, 내가 뒈질 거라는 걸 아는 놈이 하나 있군!" 하지만 그의 눈은 다시 감기고, 그는 잠이 든다. 나는 잠자는 그를 아실 씨가 지키도록 놔두고 밖으로 나간다.

비가 그쳤다. 공기는 부드럽고, 하늘은 아름다운 검은 형상들을 천천히 밀고 간다. 완벽한 순간의 배경으로 더 이상 바랄 게 없다. 이 형상들을 반영하기 위해 안니는 우리 마음속에 어두운 파도들을 일으키리라. 나는 이런 기회를 이용할 줄 모른다. 그저 이 사용되지 않은 하늘 아래, 텅 비고 평온한 마음으로 되는 대로 나아갈 뿐이다.

수요일

두려워하면 안 된다.

목요일

네 페이지를 썼다. 그리고 나서 긴 행복의 순간이 있었다. 역사의 가치에 대해 너무 깊이 생각하지 말 것. 자칫 그것에 흥미를 잃을 위험이 있다. 지금 롤르봉 씨는 내 존재를 정당화해주는 유일한 이유라는 사실을 잊지 말 것.

오늘부터 따져서 8일 후에 나는 안니를 보러 갈 것이다.

금요일

르두트 대로에서 안개가 너무 짙어 나는 병영의 벽을 바짝 따라 걷는 편이 신중하다고 생각했다. 오른쪽으로 자동차들이 앞으로 뻗은 축축한 전조등 빛줄기들을 쫓아가는 게 보일 뿐, 보도가 어디에서 끝나는지 알 수 없었다. 내 주위에 사람들이 있었다. 그들의 발소리가 들렸고, 이따금 그들이 수런대는 소리도 들렸지만, 내게는 한 사람도 보이지 않았다. 한 번은 어떤 여자 얼굴이 내 어깨 부근에서 떠올랐지만, 안개가 곧바로 삼켜버렸다. 또 한 번은 어떤 이가 숨을 크게 몰아쉬며 나를 스치고 지나갔다. 나는 너무 생각에 잠겨 있어 내가 어디로 가는지도 몰랐다. 발끝으로 땅을 더듬어가며, 심지어 때로는 손을 앞으로 뻗어가며 조심조심 나아가야 했다. 이런 짓을 하는 게 조금도 즐겁지 않았다. 하지만 돌아갈 엄두를 내지 못했으니, 꼼짝없이 갇혀버린 것이다. 결국 30분이 지나서야 멀리에서 푸르스름한 김이 보였다. 그것에 의지하여 걷다 보니, 곧 훤하게 비치는 어느 곳에 이르렀다. 그 가운데, 뿌연 불빛에 감싸여 있는 것은 카페 마블리였다.

카페 마블리는 전등이 열두 개지만, 지금은 두 개만 켜져 있는데, 하나는 카운터 위의 것이고, 다른 하나는 천장 등이었다. 딱 한 명 있는 웨이터는 나를 어두운 한쪽 구석으로 밀고 갔다.

"여기는 청소 중이니까 이쪽으로 오지 마세요."

그는 조끼도, 탈착식 칼라도 없는 재킷 차림이었고, 그 안에 보라색 줄무늬가 있는 흰 셔츠를 입고 있었다. 그는 하품을 하고는, 손가락으로 머리칼을 쓸며 뚱한 표정으로 나를 쳐다보았다.

"블랙커피와 크루아상이요."

그는 대답 없이 눈을 비빈 다음, 멀어져 갔다. 나는 눈 높이까지 그늘에 잠겨 있었다. 얼음같이 차가운 고약한 그늘이었다. 분명히 보일러를 가동하지 않은 모양이었다.

카페에는 나 혼자만 있는 게 아니었다. 밀랍 같은 안색의 여자가 내 앞에 앉아 있었다. 두 손은 블라우스를 매만지기도 하고, 검은 모자를 똑바로 고쳐 쓰기도 하면서 쉴 새 없이 움직였다. 그녀는 한마디 없이 브리오슈를 먹고 있는 키 큰 금발의 사내와 함께 있었다. 나는 침묵이 무겁게 느껴졌다. 파이프에 불을 붙이고 싶었지만, 성냥 긋는 소리로 그들의 주의를 끈다면 기분이 안 좋을 것 같았다.

전화벨 소리가 울렸다. 손들이 움직임을 멈췄다. 그것들은 블라우스에 걸려 있었다. 웨이터는 느긋했다. 침착하게 빗질을 끝낸 다음, 가서 수화기를 들었다. "여보세요? 조르주 씨? 안녕하세요, 조르주 씨…… 네, 조르주 씨…… 사장님은 안 계세요…… 네, 지금쯤 내려오셔야 하는데…… 아, 이렇게 안개가 낀 날씨에는…… 보통 8시경에 내려오세요…… 네, 조르주 씨, 그렇게 전할게요…… 안녕히 계세요, 조르주 씨."

안개는 마치 회색 벨벳으로 만든 무거운 커튼처럼 유리창들을 짓누르고 있었다. 얼굴 하나가 한쪽 유리창에 언뜻 나타났다가 사라져버렸다.

여자가 하소연하듯 말했다.

"내 구두끈 좀 다시 매줘."

"구두끈 안 풀어졌어." 남자는 쳐다보지도 않고 대답했다.

그녀는 신경이 예민해졌다. 두 손이 블라우스와 목 위로 커다란 거미들처럼 움직였다.

"아냐, 아냐, 풀어졌단 말이야. 구두끈 좀 다시 매달라고."

그는 넌더리가 난다는 듯 몸을 굽히고는, 테이블 밑에 있는 그녀의 발을 한 번 툭 쳤다.

"됐어."

그녀는 만족한 듯 미소를 지었다. 남자는 웨이터를 불렀다.

"웨이터, 여기 얼마요?"

"브리오슈 몇 개 드셨죠?" 웨이터가 묻는다.

나는 그들을 빤히 쳐다보고 있는 것처럼 보이지 않으려고 시선을 내린다. 잠시 후에 의자가 삐걱거리는 소리가 들리더니, 치맛자락과 마른 진흙으로 더럽혀진 여자 반장화 두 개가 나타났다. 반들반들하고 뾰족한 남자의 구두가 뒤따라 나타났다. 그 남자 구두는 내게로 다가오더니 잠시 멈추었다가 다시 되돌아갔다. 그가 외투를 걸친 것이다. 이때, 뻣뻣한 팔 끝에 달린 손 하나가 치마를 따라 내려왔다. 그리고 잠시 머뭇대다가 치마를 긁었다.

"자, 준비됐어?" 남자가 묻는다.

손바닥이 펼쳐지며 오른쪽 반장화에 별 모양으로 튄 커다란 진흙 얼룩을 만지더니, 다시 사라졌다.

"으휴!" 남자가 한숨을 내쉬었다.

그는 외투걸이 근처에서 가방을 집어 들었다. 그들은 밖으로 나갔고, 나는 그들이 안개 속에 파묻히는 것을 보았다.

"저이들은 연예인이에요." 웨이터가 커피를 가져다주면서 내게 말했다. "시네 팔라스 극장에서 막간에 공연하는 사람들이죠. 여자는 눈을 가리고 관객의 이름과 나이를 알아내죠. 오늘 떠난대요. 오늘은 금요일이고, 극장 측에서 프로그램을 바꿨기 때문이에요."

그는 크루아상이 담긴 접시를 가지러 연예인들이 떠난 테이블로 갔다.

"그럴 필요 없어요."

그 크루아상은 먹고 싶지가 않았다.

"전등을 꺼야겠어요. 오전 9시에 손님 하나 있는데 등을 두 개나 켜놓으면, 사장님이 뭐라고 할 거예요."

카페 안이 어둑해졌다. 이제 여기저기 회색과 갈색으로 더럽혀진 희미한 빛이 높은 유리창에서 흘러내렸다.

"파스켈 씨는 어디 계시우?"

나는 노파가 들어오는 것을 보지 못했다. 얼음처럼 차가운 한 줄기 바람이 나를 소스라치게 했다.

"파스켈 씨는 아직 안 내려왔어요."

"플로랑 부인이 보내서 왔어." 노파가 설명했다. "몸이 좋지 않아서 오늘 못 나온대요."

플로랑 부인은 카운터를 보는 그 빨간 머리 여자다.

"날씨가 이러면," 노파가 말을 이었다. "속이 안 좋나 봐."

웨이터는 무게를 잡으며 대답했다.

"이건 안개죠. 파스켈 씨도 똑같아요. 아직 안 내려오는 게 이상하네요. 그를 찾는 전화도 왔는데. 보통은 여

174

넓 시면 내려와요."

노파는 기계적으로 천장을 쳐다보았다.

"위에 있소?"

"네, 자기 방에요."

노파는 마치 혼잣말을 하듯이 느릿느릿 말했다.

"혹시 죽은 건 아닐까……"

"어이구 참!" 웨이터의 얼굴에 격분하는 빛이 떠올랐다. "어이구 참, 고맙기도 해라!"

혹시 죽은 것은 아닐까…… 내 머릿속에도 이 생각이 스쳤었다. 이렇게 안개가 끼는 날이면 이런 종류의 생각들이 떠오르는 법이다.

노파는 떠났다. 나도 그렇게 해야 했다. 카페 안은 춥고 컴컴했다. 문 아래 틈으로 스며들어와 서서히 올라온 안개에 모든 것이 잠겨 들고 있었다. 시립도서관에 가면 빛과 불을 찾을 수 있으리라.

또다시 나타난 얼굴 하나가 유리창에 딱 들이대고는 놀리듯이 오만상을 찌푸렸다.

"야, 너 거기 기다려!" 화난 웨이터가 소리치고는, 밖으로 달려 나갔다.

얼굴은 스러졌고, 나 혼자만 남았다. 나는 내 방을 나온 것을 뼈저리게 후회했다. 지금쯤 거기에도 안개가 밀려들었으리라. 그래서 들어가기를 겁내고 있었던 것인지도 모른다.

카운터 뒤 그늘에서 무언가가 삐걱거린다. 내실로 통하
는 층계에서 나는 소리다. 마침내 사장이 내려오는 걸까?
아니, 아무도 모습을 보이지 않았다. 계단 혼자 삐걱거린
것이다. 파스켈 씨는 아직 자고 있었다. 아니면 내 머리
위에서 죽어 있는지도 몰랐다. 안개 낀 아침에 자기 침대
에서 죽은 모습으로 발견되…… 그리고 부제로는, 카
페에서 손님들은 이 사실을 꿈에도 모르고 음료를 마시
고 있었다……

하지만 정말로 그는 아직 침대에 있는 걸까? 이불을 덮
은 채로 침대에서 굴러떨어져 머리를 마룻바닥에 부딪친
것은 아닐까? 나는 파스켈 씨를 아주 잘 알았다. 그는 이
따금 내 건강 상태를 묻곤 했다. 그는 정성스레 가꾼 턱수
염을 기른 뚱뚱하고 쾌활한 사내였다. 만일 뇌출혈로 죽
었다면 얼굴이 가지 색깔이 되고, 혀를 쭉 빼물고 있으리
라. 턱수염은 허공에 떠 있고, 보슬보슬한 털에 싸인 목덜
미는 자줏빛이 되어 있으리라.

내실로 통하는 층계는 어둠 속에 잠겨 있었다. 층계 난
간의 둥근 장식이 보일락 말락 할 정도였다. 저 어둠을 지
나야 하리라. 계단이 삐걱거리리라. 위에서 나는 그의 방
앞에 이르게 되리라……

내 머리 위에 시체가 있다. 나는 스위치를 켜리라. 그

리고 그가 어떤지 보려고 그 미지근한 피부를 만져보리라…… 난 더 이상 견디지 못하고 벌떡 일어선다. 만일 층계를 올라가는데 웨이터가 보게 되면, 위에서 무슨 소리를 들었다고 설명하리라.

웨이터가 숨을 헐떡이며 불쑥 들어왔다.

"네, 선생님!" 그가 외쳤다.

바보 같은 녀석! 그는 내게로 왔다.

"2프랑입니다."

"위에서 무슨 소리가 났어요." 내가 말했다.

"참 일찍도 일어나는군!"

"네, 하지만 뭔가 잘못된 것 같아요. 신음 소리 같기도 하고, 그다음에 어떤 둔탁한 소리도 들렸어요."

창밖에 안개가 잔뜩 껴 있는 이런 어두운 방에서, 이 말은 너무나 자연스럽게 느껴졌다. 이때 그가 보인 눈빛은 결코 잊지 못할 것이다.

"한번 올라가봐야 하지 않겠어요?" 나는 음험하게 덧붙였다.

"아, 싫어요!" 그는 이렇게 대답하고는, "그 양반 때문에 내가 붙잡혀 있으면 어떡해요? 지금이 몇 시죠?"

"10시."

"2시 반에 올라가볼 거예요. 그가 내려오지 않으면요."

나는 문 쪽으로 한 걸음을 내디뎠다.

"가세요? 여기 계시지 않을 거예요?"

"아뇨, 갈 거예요."

"정말로 신음 소리였나요?"

"잘 모르겠어요." 나는 나가면서 대답했다. "어쩌면 내가 그런 생각을 하고 있어서 그렇게 들렸는지도 몰라요."

안개는 조금 걷혀 있었다. 나는 서둘러 투른브리드가로 갔다. 내게는 그곳의 빛이 필요했던 것이다. 하지만 실망스러웠다. 그곳에 분명히 빛은 있었다. 상점의 진열창들에 넘쳐흐르고 있었다. 하지만 그것은 명랑한 빛이 아니었다. 그것은 안개 때문에 새하앴고, 샤워기의 물처럼 사람들의 어깨 위로 떨어지고 있었다.

거리에는 사람이 많았다. 특히 여자들이 많았다. 하녀들과 가정부들이 있었고, 안주인들, 그러니까 "내가 가서 직접 살 거야, 그게 더 확실해"라고 말하는 여자들도 있었다. 그들은 쇼윈도 앞에서 조금 기웃대다가 결국 안으로 들어가곤 했다.

나는 돼지고기 전문점 쥘리앵 앞에서 걸음을 멈췄다. 이따금 누군가의 손이 송로를 넣은 돼지족발이나 순대 등을 가리키는 것이 유리창 너머로 보였다. 그러면 뚱뚱한 금발의 처녀가 가슴을 드러내며 몸을 굽혀서는, 손가락으로 죽은 살덩이를 집어 들었다. 거기에서부터 5분 정도 걸리는 그의 방에서 파스켈 씨는 죽어 있었다.

나는 주위에서 뭔가 나를 지탱해줄 만한 것, 내 망상으로부터 나를 지켜줄 만한 것을 찾아보았다. 그런 것은 없었다. 안개가 조금씩 흩어졌지만, 뭔가 불안한 것이 거리에 남아 꾸물거리고 있었다. 어쩌면 진정한 위협이 아닐지도 몰랐다. 흐릿하고 투명한 것이었으니까. 하지만 바로 그 점 때문에 결국 공포를 느끼게 하는 것이었다. 나는 돼지고기 전문점 진열창 유리에 이마를 대었다. 소를 채운 달걀의 마요네즈 위에 어두운 붉은색 방울 하나가 보였다. 피였다. 노란 것 위의 이 빨간 것은 내 속을 뒤집어 놓았다.

갑자기 어떤 환영이 보였다. 누군가가 머리를 앞으로 하여 고꾸라져 있고, 음식이 담긴 접시들에 피를 철철 흘리고 있었다. 달걀은 굴러떨어져 피 속에 잠겨 있었다. 장식용 토마토 조각도 달걀에서 떨어져 나왔다. 마요네즈는 약간 흘러내렸다. 그렇게 늪을 이룬 노란 크림이 피의 개울을 두 갈래로 나누고 있었다.

"이게 무슨 바보 같은 생각이지? 자, 정신 차리자! 도서관에 가서 일이나 하자!"

일을 한다고? 나는 단 한 줄도 쓰지 못하리라는 걸 잘 알고 있었다. 오늘도 망쳐버린 것이다. 공원을 가로지르면서 내가 평소에 앉는 벤치 위에 큼직한 청색 망토를 걸친 남자가 꼼짝 않고 앉아 있는 게 보였다. 저 사람은 춤지도 않은 모양이군.

도서관 열람실에 들어서자, 독학자가 막 나가려 하고 있었다. 그는 부리나케 내게로 달려왔다.

"선생님, 정말 감사하다고 말씀드리고 싶습니다! 선생님이 주신 사진들 덕분에 잊을 수 없는 시간들을 보냈어요."

그를 보니 잠시 시간이 느껴졌다. 둘이 있으면 오늘 하루를 보내는 게 좀 더 쉬울 수 있으리라. 하지만 독학자와 같이 있으면, 보기에만 '둘'일 뿐이다.

그는 손에 든 4절판 책을 탁탁 두드렸다. 어떤 종교사 책이었다.

"선생님, 이 방대한 종합 연구를 시도할 만한 사람으로 누사피에[28]만큼 자격을 갖춘 사람이 없다는데, 그게 정말인가요?"

그는 지쳐 보였고, 손은 떨리고 있었다.

"안색이 안 좋군요." 내가 말했다.

"아, 선생님, 그럴 겁니다! 제게 어떤 고약한 일이 일어났거든요!"

경비원이 우리 쪽으로 오고 있었다. 코르시카 출신인 그는 고적대장 같은 콧수염을 기른, 키가 작달막하고 성

---

[28] 사르트르가 창조한 가공의 인물.

마른 사내다. 그는 온종일 구두 뒷굽으로 딱딱거리며 책
상들 사이를 왔다 갔다 한다. 겨울에는 손수건에 가래침
을 뱉은 다음, 난로에 대고 말린다.

독학자는 숨결이 내 얼굴에 닿을 정도로 바짝 다가
왔다.

"저 사람 앞에서는 아무 얘기도 하지 않을래요." 그는 속
내 이야기를 하듯이 속삭였다. "선생님, 저 말입니다……"

"뭐죠?"

그는 얼굴을 붉히며 엉덩이를 우아하게 일렁였다.

"선생님…… 아, 선생님! 에이, 그냥 눈 딱 감고 말씀드
리겠습니다! 수요일에 저와 함께 점심 식사를 하시는 영
광을 베풀어주시겠습니까?"

"아, 물론이죠."

사실은 그와 점심을 먹느니 차라리 목매달고 싶은 심
정이었다.

"그렇게 말씀해주시니 얼마나 기쁜지 모르겠습니다!"
독학자는 말했다.

그러고는 "괜찮으시다면 제가 선생님 계신 곳으로 모
시러 가겠습니다"라고 덧붙이고는 곧바로 사라져버렸다.
아마도 꾸물거리고 있으면 내가 생각을 바꿀지도 모른다
고 생각한 모양이었다.

11시 반이었다. 나는 2시 15분 전까지 작업했다. 형편

없는 작업이었다. 책이 눈 밑에 있었지만, 생각은 끊임없이 카페 마블리로 향했다. 이제 파스켈 씨가 홀에 내려왔을까? 사실 그가 죽었다고는 별로 믿지 않았지만, 바로 그게 내 신경을 긁어댔다! 그것은 내가 확신할 수도, 떨쳐버릴 수도 없는 막연한 생각이었다. 코르시카인의 구두가 마루 위에서 딱딱거렸다. 그는 여러 차례 내 앞에 와서 뭔가 얘기할 게 있는 듯한 얼굴로 우두커니 서 있었다. 하지만 생각을 바꾸어 다시 멀어지곤 했다.

1시경에 마지막 열람자들이 가버렸다. 나는 배가 고프지 않았다. 무엇보다도 얘기하고 싶지 않았다. 나는 조금 더 작업을 하다가 갑자기 소스라쳤다. 정적 속에 매몰되는 느낌이 든 것이다.

고개를 들어보니, 나 혼자밖에 없었다. 코르시카인은 도서관 수위인 아내에게로 내려간 모양이었다. 그의 발소리가 듣고 싶었다. 하지만 들리는 것이라고는 난로 안에서 석탄이 툭툭 떨어지는 소리뿐이었다. 안개가 홀 안에 밀려들어와 있었다. 진짜 안개가 아니었다. 진짜 안개는 오래전에 흩어져버렸다. 그것은 다른 안개, 벽들과 포석들에서 새어 나와 아직 거리에 가득 차 있는 또 다른 안개였다. 일종의 사물의 불안정성 같은 것이었다. 물론 책들은 여전히 여기에 있었다. 책등들은 검은색, 혹은 갈색이며 UP 1f. 7996(일반서Usage public - 불문학Littérature française)

혹은 UP sn(일반서Usage public -자연과학Sciences naturelles) 같은 라벨을 내보이며 서가에 알파벳순으로 정리되어 있었다. 하지만…… 이걸 어떻게 말해야 할까? 보통 그것들은 난로, 책상용 녹색 갓등, 커다란 창문, 서가용 사다리 등과 함께 그 강력하고도 다부진 힘으로 미래가 범람하는 것을 막아준다. 이 벽들 사이에 앉아 있는 한, 일어나야 할 것은 반드시 난로의 오른쪽이나 왼쪽에서 일어나야 한다. 심지어 성聖 드니[29]가 자기 머리를 두 손으로 들고 들어온다 해도, 반드시 이 오른쪽으로 들어와서 불문학에 할당된 서가들과 여성 열람자 전용 책상 사이로 걸어야 한다. 그리고 만일 그가 땅을 밟지 않고 지면 20센티미터 위를 떠간다 하더라도, 그의 피투성이 목은 딱 서가의 세 번째 칸 높이에 있을 것이다. 이렇게 이 물체들은 적어도 개연성의 한계는 고정해주고 있는 것이다.

그런데 오늘 그것들은 더 이상 아무것도 고정해주지 못하고 있었다. 그것들은 존재 자체가 의심스럽게 느껴졌고, 한 순간에서 다른 순간으로 건너가는 것이 너무나도 힘들어 보였다. 나는 읽고 있는 책을 두 손으로 꽉 잡아보았지만, 가장 강한 감각들조차 무뎌져 있었다. 아무것도

---

29 3세기경의 성인으로, 파리 최초의 주교다. 전설에 의하면 로마인들에게 체포되어 몽마르트르에서 참수되었는데, 처형된 후 잘린 자신의 머리를 들고 지금의 생드니 성당이 있는 파리 북쪽까지 걸어갔다고 한다.

현실로 느껴지지 않았다. 나는 느닷없이 없애버릴 수 있는 판지로 만든 무대 장식에 둘러싸인 것처럼 느껴졌다. 세상은 숨을 죽이고서, 또 몸을 바짝 웅크리고서 일전에 아실 씨가 그랬듯이 그것의 발작을, 그것의 **구토**를 기다리고 있었다.

나는 일어섰다. 이 약해져버린 사물들 가운데에 더 이상 자리 잡고 있을 수 없었다. 나는 창가로 걸어가 앵페트라즈의 머리통에 눈길을 던졌다. 나는 중얼거렸다. **어떤 일이든** 발생할 수 있다. 그 **어떤 일이든** 일어날 수 있다. 하지만 사람들이 꾸며낸 그런 끔찍한 것들은 아니었다. 앵페트라즈가 동상대 위에서 춤을 추기 시작하지는 않으리라. 그것은 뭔가 다른 일일 터였다.

나는 어쩌면 한 시간 후에, 아니 일 분 후에 무너져버릴지도 모를 이 불안정한 존재들을 오싹한 기분으로 쳐다보았다. 그렇다, 나는 여기 있었고, 지식으로 가득한 이 책들 가운데에 살고 있었다. 어떤 것들은 동물 종들의 불변의 형태들을 묘사하고, 또 다른 것들은 우주 안에서 에너지의 양은 온전히 보존된다고 설명하는 이 책들 가운데에 말이다. 나는 여기, 각각의 창유리가 굴절 현상의 확실한 증거를 이루는 창문 앞에 서 있었다. 하지만 이 모든 것들은 얼마나 허술한 장벽인가! 나는 게으름에 사로잡혀 세상은 오늘도 내일도 서로 비슷하다고 생각한다. 하지만 오늘 세상은 변하고 싶어 하는 것 같았다. 그러면 어떤 일이라도, 그 어떤 일이라도 일어날 수 있었다.

허비할 시간이 없다. 이 불안감의 근원은 카페 마블리에서 일어난 일이다. 그곳으로 돌아가야 한다. 파스켈 씨가 살아 있는 것을 봐야 한다. 필요하다면 그의 수염이나 손을 만져봐야 한다. 그러면 이 불안감에서 해방될 수도 있으리라.

나는 급히 외투를 집어 들고, 그것을 입지도 않고 그냥 어깨에다 걸친 채로 달려 나갔다. 공원을 가로지르는데, 망토를 걸친 남자가 아까 그 자리에 그대로 앉아 있었다. 두 귀는 추위로 새빨개졌고, 엄청나게 커다란 얼굴은 창백해져 있었다.

카페 마블리가 멀리서 반짝거렸다. 이번에는 전등 열두 개가 죄다 켜져 있었다. 나는 걸음을 재촉했다. 이런 상태를 이제는 끝내야 했다. 난 먼저 카페 전면의 대형 유리 안을 힐긋 들여다보았다. 카운터 보는 여자는 없었고, 웨이터도 없었다. 파스켈 씨도 보이지 않았다.

안으로 들어가는 데에는 큰 용기가 필요했다. 나는 자리에 앉지 않았다. "웨이터!"라고 소리쳤다. 아무도 대답하지 않았다. 어느 탁자 위에 빈 잔 하나가 보였다. 잔 받침 접시에는 각설탕 한 조각이 있었다.

"여기 아무도 없어요?"

옷걸이에 외투 하나가 걸려 있었다. 조그만 원탁 위에는 검은 마분지 상자들 속에 잡지가 쌓여 있었다. 나는 무슨 소리가 들리나 하여 귀를 쫑긋 세우고, 숨을 죽였다. 내실로 올라가는 계단이 조금 삐걱거렸다. 밖에서는 배 한 척이 뱃고동을 울렸다. 나는 계단을 눈에서 떼지 않으며 뒷걸음쳐 카페를 나왔다.

나는 오후 2시에는 손님이 드물다는 것을 알고 있었다. 파스켈 씨는 독감에 걸려 있었다. 그는 분명히 웨이터를 심부름 보냈으리라. 어쩌면 의사를 부르러 보냈을지도 몰랐다. 맞다. 하지만 나는 파스켈 씨를 볼 **필요**가 있었다. 투른브리드가의 어귀에서 몸을 돌린 나는, 불빛이 반짝이지만 사람이 없는 카페를 역겨운 기분으로 바라봤다. 2층의 덧창은 닫혀 있었다.

나는 극도의 공황감에 사로잡혔다. 내가 어디로 가는지도 몰랐다. 부두를 따라서 무작정 뛰었다. 그러다가 방향을 틀어 보부아지 구역의 황량한 거리들로 들어갔다. 집들은 도망가는 나를 음산한 눈으로 지켜보았다. 나는 공포에 사로잡혀 되풀이했다. 어디로 가지? 어디로 가지? **어떤 일이든** 일어날 수 있었다. 이따금 나는 가슴을 두근거리며 갑자기 뒤로 돌아서곤 했다. 내 뒤에서 무슨 일이 일어나고 있지? 그것은 어쩌면 뒤에서 시작될 수도 있고, 내가 갑자기 돌아섰을 때에는 너무 늦어버릴 수도 있었다. 하지만 내가 물체들을 계속 응시하고 있는 한, 아무 일도 일어나지 않을 터였다. 그래서 나는 포석, 집, 가스등 등 최대한 많은 것을 쳐다보았다. 내 시선은 이 물체에서 저 물체로 신속하게 옮겨졌다. 그것들이 변하고 있다가 내 눈에 들키면, 변신을 멈출 것이기 때문이었다. 그것들은 그리 자연스럽게 느껴지지 않았지만, 나는 속으로 힘주어 이렇게 말했다. 이것은 가스등이고, 이것은 분수전이야. 그러면서 내 시선의 힘에 의해 그것들을 그들의 일상적인 모습으로 되돌리려고 애를 썼다. 가다가 여러 차례 술집들과 마주쳤다. 카페 브르통, 항구 술집 같은 곳들이었다. 나는 걸음을 멈추고, 분홍색 망사 커튼 앞에서 망설이곤 했다. 어쩌면 이 아늑한 술집들은 화를 면했을지도 몰랐다. 어제의 세계의 한 조각이 고립되고 잊힌 채로 여기에 숨겨져 있을지도 몰랐다. 하지만 문을 열고 들어가야 했다. 나는 감히 그러지는 못하고 다시 걸음을 옮겼다. 무엇보다도 집의 문들이 나를 두렵게 했다. 그것들이 저절로 열리지 않을까 봐 겁이 났다. 나는 결국 보도 한가운데로 걸어갔다.

그러다가 갑자기 북쪽 독 부두로 나오게 되었다. 어선들, 소형 요트들이 있었다. 나는 돌에다 박아놓은 정박용 쇠고리에 발을 올려놓았다. 이곳에서는 집들과 문들이 멀리에 있었다. 잠시 숨을 돌릴 수 있을 터였다. 검은 얼룩

들이 점점이 박힌 잔잔한 수면 위에 코르크 마개 하나가
떠 있었다.

"그렇다면 물 아래에는? 물 아래에 뭐가 있을지 생각해
봤어?"

어떤 동물? 진흙 속에 반쯤 처박혀 있는 커다란 갑각
류? 열두 쌍의 다리가 개흙을 천천히 파헤치고 있다. 이
따금 동물은 몸을 조금 들어 올린다. 물 밑바닥에서. 나는
다가가서 소용돌이가 보이는지, 물이 약하게 일렁이는지
살폈다. 코르크 마개는 검은 얼룩들 사이에 꼼짝 않고 있
었다.

바로 그 순간, 사람들의 목소리가 들렸다. 자, 이제 그
만. 나는 몸을 돌려 다시 걷기 시작했다.

카스틸리오네가街에 이르니, 얘기를 나누며 걷고 있는
두 남자가 앞에 보였다. 내 발소리를 들은 그들은 화들짝
놀라며 함께 몸을 돌렸다. 그들의 불안한 눈들이 먼저 나
를 향했고, 또 뭔가 다른 게 오는지 보려고 내 뒤를 살폈
다. 그렇다면 이들도 나와 같단 말인가? 이들도 나처럼
두려워하고 있단 말인가? 나는 그들을 앞질렀고, 우리는
서로 시선을 나눴다. 하마터면 말까지 건넬 뻔했다. 하지
만 시선들이 갑자기 경계심을 드러냈다. 오늘 같은 날에
는 아무에게나 말을 하면 안 되는 법이다.

나는 숨을 몰아쉬며 불리베가街에 오게 되었다. 자, 주

사위는 던져졌다. 이제 도서관에 돌아가 소설이나 한 권 읽으리라. 공원 철책을 따라 걷고 있는데 망토를 걸친 남자가 눈에 들어왔다. 그는 여전히 거기, 인적 없는 공원에 있었다. 코가 귀만큼이나 새빨개져 있었다.

철책 문을 열려고 하는데, 그의 얼굴 표정이 나를 얼어붙게 했다. 그는 눈을 가늘게 뜨고서, 바보 같으면서도 부드러운 표정으로 조그맣게 킬킬대고 있었다. 하지만 이와 동시에 앞쪽을 똑바로 응시하고 있었다. 내게는 보이지 않는 무언가를 응시하고 있는 그의 시선이 얼마나 무섭고도 강렬했는지 나는 고개를 홱 돌리지 않을 수 없었다.

그의 앞쪽에 한 발을 공중에 들어 올리고, 입을 헤 벌린 열 살 정도 된 계집애 하나가 불안하게 솔을 잡아당기고, 그 뾰족한 얼굴을 앞으로 쭉 내밀면서 홀린 듯이 그를 쳐다보고 있었다.

사내는 어떤 웃기는 짓을 하려는 사람처럼 혼자서 씩 웃었다. 그는 발까지 내려오는 망토의 호주머니에 두 손을 찌른 채로 갑자기 벌떡 일어섰다. 그러고는 앞으로 두 걸음을 내딛으며 눈을 희번덕거렸다. 난 그가 넘어지는 줄 알았다. 하지만 그는 졸린 듯한 얼굴을 하고서 계속 미소를 지었다.

나는 문득 깨달았다. 아, 망토! 나는 그의 행동을 막고 싶었다. 헛기침을 하거나, 철책 문을 밀기만 하면 됐다. 하지만 이번에는 계집애의 얼굴에 나 자신이 홀려버렸다. 그녀는 공포로 일그러진 표정을 하고 있었고, 심장은 끔찍하게 고동쳤을 것이다. 다만 나는 그 주둥이가 뾰죽한 쥐 같은 얼굴에서 뭔가 강력하고도 사악한 것을 읽었다. 그것은 호기심이라기보다는, 일종의 확고한 기대감 같은 것이었다. 나는 무력감을 느꼈다. 나는 바깥에 있었다. 공원의 언저리에, 이 작은 드라마의 언저리에 머물러 있었다. 하지만 그들은 그들 욕망의 어두운 힘에 이끌려 서로에게 못 박혀 있었고, 한 쌍의 커플을 이루고 있었다. 나는 숨을 죽였다. 내 등 뒤에 있는 사내가 망토 자락을 펼쳤을 때, 저 노티 나는 얼굴에 무엇이 그려질지 보고 싶었다.

하지만 갑자기 풀려난 계집애는 머리를 부르르 흔들더니 뛰어가기 시작했다. 망토의 사내가 나를 보고는 동작을 멈춘 것이다. 한순간 그는 산책로 한가운데에서 꼼짝않고 서 있다가, 등을 둥글게 구부리고 떠나버렸다. 망토 자락을 발목 부근에 펄럭이면서.

나는 철책 문을 밀고는 한걸음에 그에게로 달려갔다.

"어이, 이봐요!" 내가 소리쳤다.

그는 떨기 시작했다.

"이 도시에 큰 위험이 닥치려 하고 있어요." 나는 그의 옆을 지나면서 정중하게 말했다.

나는 열람실에 들어가 한 책상 위에 놓여 있는《파르마의 수도원》을 집어 들었다. 나는 독서에 빠져보려, 스탕달의 밝은 이탈리아에 도피해보려 했다. 나는 잠깐잠깐 행복한 환상에 빠지기는 했지만, 결국에는 이 위협적인 날 가운데, 목을 긁고 있는 이 조그만 노인네와 의자 위에 몸을 뒤로 젖힌 채로 몽상에 잠겨 있는 이 청년 앞으로 다시 떨어져 내렸다.

시간이 흘렀고, 유리창들이 검어졌다. 열람실에는 자기 책상에 앉아 새로 구입한 서적들에 스탬프를 찍고 있는 코르시카인 말고도 모두 네 명이 있었다. 이 조그만 노인네와 금발의 청년, 그리고 학사 논문을 준비 중인 젊은 여자, 그리고 내가 있었다. 이따금 우리들 중 하나가 고개를 쳐들고, 다른 이들이 두려운 것처럼 경계하는 눈으로 힐긋 쳐다보곤 했다. 어느 순간, 조그만 노인네가 웃기 시작했다. 나는 젊은 여자가 머리끝에서 발끝까지 바르르 떠는 것을 보았다. 하지만 난 이미 노인이 읽고 있는 책의 제목을 거꾸로 해독해낸 터였다. 그것은 어떤 유머 소설이었다.

7시 10분 전. 도서관이 7시에 닫힌다는 사실이 갑자기 생각났다. 나는 또다시 저 도시에 던져질 터였다. 이제 어디로 가야 하나? 무얼 해야 하나?

노인은 소설 읽기를 다 끝냈다. 하지만 그는 떠나지 않았다. 손가락으로 책상을 딱딱 치고 있었다.

"선생님," 코르시카인이 말했다. "문 닫을 시간입니다."

청년은 소스라치며 나를 힐긋 쳐다보았다. 젊은 여자도 코르시카인에게로 고개를 돌리더니, 다시 책을 붙잡고는 그 속에 빠져드는 것처럼 보였다.

"자, 문 닫습니다." 5분 후에 코르시카인이 말했다.

노인은 망설이는 듯한 표정으로 고개를 끄덕였다. 젊은 여자는 책을 밀어놓았지만, 일어날 생각을 하지 않았다.

코르시카인은 어이가 없는 듯했다. 그는 머뭇거리며 몇 걸음 옮기더니, 스위치 하나를 돌렸다. 열람실 책상의 갓 등들이 꺼졌다. 중앙 전등 하나만 켜져 있었다.

"그래, 가야 하나요?" 노인이 부드럽게 물었다.

청년은 마지못한 듯 천천히 일어섰다. 누가 외투 입는 데 가장 뜸을 들이는지 시합을 하고 있는 것 같았다. 내가 나왔을 때, 여자는 책 위에 손을 올려놓은 채로 아직 앉아 있었다.

아래층의 출입구는 밤의 어둠을 향해 빼꼼 열려 있었다. 맨 앞에 걷는 청년은 한 번 뒤를 돌아본 뒤, 천천히 층계를 내려가서는 현관홀을 가로질렀다. 그리고 문턱에서 잠시 꾸물대다가 밤의 어둠 속에 몸을 던져 사라졌다.

층계 아래에 이른 나는 고개를 쳐들었다. 잠시 후에 조그만 노인네가 외투 단추를 채우며 열람실을 나왔다. 그가 처음 세 계단을 내려왔을 때, 나는 후다닥 달려가 눈을 꽉 감고 어둠 속으로 뛰어들었다.

뭔가가 얼굴을 시원하게 어루만지는 게 느껴졌다. 멀리서 누군가가 휘파람을 불고 있었다. 나는 다시 눈을 떴다. 비가 오고 있었다. 부드럽고 조용하게 내리는 비였다. 네 개의 가로등이 광장을 평화롭게 비추고 있었다. 비가 내리는 어느 지방의 광장. 청년이 성큼성큼 멀어져 갔다. 그가 휘파람의 주인공이었다. 나는 아직 모르고 있는 다른 두 사람에게 외치고 싶었다. 이제 걱정하지 않고 내려와도 된다고, 위험은 지나갔다고.

조그만 노인이 문턱에 나타났다. 그는 당황한 듯 잠시 볼을 붉히더니만, 활짝 미소 지으며 우산을 펼쳤다.

토요일 오전

옅은 안개 위에 떠오른 유쾌한 태양은 화창한 하루를 약속하고 있다. 나는 카페 마블리에서 점심을 먹었다.

카운터를 보는 플로랑 부인은 내게 상냥하게 미소 지었다. 나는 테이블에 앉은 채로 소리쳤다.

"파스켈 씨는 아파요?"

"네, 선생님. 독감이 심하게 걸렸어요. 며칠은 누워 있어야 할 거예요. 그 양반 딸내미가 오늘 아침에 덩케르크에서 왔어요. 여기서 지내면서 그를 보살필 거예요."

안니의 편지를 받고 나서 처음으로, 나는 그녀를 다시 본다는 게 정말로 기분 좋게 느껴졌다. 6년 동안 그녀는 어떻게 지냈을까? 다시 만나게 되면 어색하지는 않을까? 안니는 어색함이란 게 뭔지 모르는 사람이었다. 그녀는 마치 어제 헤어진 것처럼 나를 맞으리라. 내가 바보 같은 짓을 하지 말아야 할 텐데. 처음부터 그녀를 기분 나쁘게 하지 말아야 할 텐데. 도착하자마자 그녀에게 손을 내밀면 안 된다는 것을 명심할 것. 그녀는 그 행동을 아주 싫어한다.

우리는 며칠 동안이나 함께 지낼 수 있을까? 어쩌면 그녀를 부빌에 데려올 수도 있으리라. 그녀가 여기에서 몇 시간만 있어주면 된다. 프랭타니아 호텔에서 하룻밤만 자주면 된다. 그러고 나면 더 이상 전과 같지 않으리라. 나는 더 이상 무섭지 않으리라.

오후

지난해, 부빌 미술관을 처음 방문했을 때, 올리비에 블레비뉴의 초상화가 내 눈을 끌었다. 비율이 맞지 않아서일까? 아니면 원근법에 문제가 있어서? 정확히는 설명할 수 없었지만, 무언가가 나를 거북하게 했다. 그림 속의 이

국회의원은 왠지 모르게 불안정해 보였다.

그 후로 나는 그를 보러 여러 차례 미술관을 다시 찾았다. 하지만 거북한 느낌은 사라지지 않았다. 나는 로마대상 수상자이며 훈장을 여섯 번이나 받은 보르뒤랭이 그림을 잘못 그렸다고 생각하고 싶지 않았다.

그런데 오늘 오후, 사주社主가 전쟁 중에 국가반역혐의로 기소된 바 있는 지라시 잡지 《부빌의 풍자가》의 오래된 묶음을 뒤적거리다가 진실을 알게 되었다. 곧바로 도서관을 나와 미술관을 한번 둘러보려고 갔다.

나는 어둑한 현관홀을 신속히 가로질렀다. 흰색과 검은색의 타일들 위를 걸었지만 아무 소리도 나지 않았다. 내주위에는 석고로 만든 사람들이 팔을 비틀고 있었다. 지나가면서 커다랗게 열린 두 개의 입구 사이로 금이 간 항아리며 접시들, 그리고 초석 위에 세워진 푸르고 노란 사티로스 상을 언뜻 보았다. 도예 작품을 비롯한 공예품들이 전시된 베르나르 팔리시[30] 방이었다. 하지만 나는 도예를 별로 좋아하지 않는다. 상복 차림의 한 신사와 한 부인이 불에 구운 그 물체들을 경건하게 들여다보고 있었다.

중앙전시실—— 혹은 보르뒤랭 르노다 전시실—— 입구위에는 아마 최근에 걸어놓은 것인 듯, 내가 알지 못하는

---

30 프랑스의 도공(1510~1589).

커다란 그림 한 점이 걸려 있었다. 〈독신자의 죽음〉이라는 제목이 붙은 그 그림에는 리샤르 세브랑의 서명이 있었는데, 국가가 기증한 작품이었다.

독신자는 허리께까지 벌거벗었고, 죽은 이에게 걸맞은 푸르스름한 몸통으로 침대 위에 뻗어 있었다. 어지러이 널린 침대 시트와 이불은 그의 긴 단말마를 증언하고 있었다. 나는 파스켈 씨를 생각하며 미소를 지었다. 간호하는 딸이 옆에 있으니 그는 이제 혼자가 아니었다. 그림에서는 얼굴에서 사악함이 느껴지는 정부 겸 하녀가 벌써 장롱 서랍을 열고 금화를 세고 있었다. 열린 문을 통해서는 카스케트를 쓴 어떤 사내가 아랫입술에 담배를 붙이고서 어스름 속에 기다리는 게 보였다. 벽 근처에서는 고양이 한 마리가 무심히 우유를 핥아먹고 있었다.

이 남자는 오직 자신만을 위해 살았다. 이에 대한 준엄하고도 당연한 벌로써, 그가 죽음을 맞이한 침상에는 아무도 없었다. 이 그림은 내게 마지막 경고를 하고 있었다. 아직 시간이 있고, 이제라도 돌이킬 수 있다. 하지만 경고를 무시하고 계속 나아간다면, 분명히 알아야 할 것이 있다. 즉 내가 들어갈 중앙전시실에는 150점이 넘는 초상화가 벽에 걸려 있는데, 너무 이른 나이에 가족을 떠난 젊은이 몇 사람과 고아원 원장수녀를 제외하면, 거기에 그려진 사람들 중에서 아무도 독신자로 죽지 않았고, 아무도 자식도 유언도 없이 죽지 않았으며, 아무도 종부성사를 받지 않고 죽지 않았다는 사실을 알아야 하는 것이다. 그들은 규칙에 따라 다른 날들과 마찬가지로 그날에도, 그들에게 권리가 있는 영원한 생명을 요구하기 위해, 신과 세상과 함께 죽음 안으로 부드럽게 미끄러져 들어간 것이다.

왜냐하면 그들은 모든 것에 대한 권리가 있기 때문이다. 생명에 대해, 일에 대해, 부富에 대해, 사람들을 지휘하는 것에 대해, 존경에 대해, 그리고 마지막으로 불멸의 삶에 대해.

나는 잠시 생각에 잠겼다가, 안으로 들어갔다. 경비원 한 명이 창가에서 자고 있었다. 유리창으로 들어오는 옅은 금색의 광선이 그림들에 얼룩덜룩하게 비쳤다. 이 커다란 직사각형의 홀에 내가 들어오자 겁을 먹고 도망친 고양이 외에는 살아 있는 것은 아무것도 없었다. 하지만 150쌍의 눈이 나를 내려다보는 것 같은 느낌이 들었다.

1875년에서 1910년 사이에 부빌의 엘리트층에 속했던 모든 이들이, 그 모든 남자와 여자들이 르노다와 보르뒤랭에 의해 세심하게 그려져 여기에 있었다.

남자들은 생트 세실 드 라 메르 성당을 지었다. 그들은 1882년에 '모든 선의를 하나의 강력한 다발로 묶고, 국가재건사업에 협력하고, 질서를 어지럽히는 세력들을 꼼짝

못 하게 하기 위해' 부빌 선주 및 도매상 연맹을 창설했다. 그들은 부빌을 프랑스 최고 수준의 석탄 및 목재 하역설비를 갖춘 상업항으로 만들었다. 연장되고 넓혀진 부두는 그들의 작품이었다. 선박터미널을 필요한 만큼 확장했고, 끈기 있는 준설작업을 통해 썰물 시 정박지 수심을 10.7미터로 높여놓았다. 1869년에는 5천 톤이었던 어선 총중량이 그들 덕분에 1만 8천 톤으로 올라갔다. 노동계급의 최고 대표자들에게 발전의 길을 터주기 위해 어떤 희생도 마다하지 않았고, 그들 자신의 발의로 각종 기술 및 직업 훈련 센터들을 창설하여 그들의 보호 아래 융성하게 해주었다. 1898년의 그 유명한 항만파업을 분쇄했고, 1914년에는 아들들을 국가에 바쳤다.

이 투쟁가들에게 걸맞은 반려자였던 여자들은 대부분의 청소년선도회, 탁아소, 취로사업소를 창설했다. 하지만 그들은 무엇보다도 아내이자 어머니였다. 그들은 아이들을 훌륭하게 양육했고, 그들에게 그들의 의무와 권리, 종교, 그리고 프랑스를 만든 전통들에 대한 존중을 가르쳤다.

초상화들의 일반적인 색조는 어두운 갈색 쪽이었다. 점잖은 분위기를 위해 화려한 색채들은 배제되었다. 하지만 보다 노인들을 즐겨 그린 르노다의 그림들에서 눈처럼 새하얀 머리칼과 구레나룻은 검은 바탕과 선명한 대조를 이뤘다. 그는 손 묘사에 뛰어났다. 그보다는 기교가 덜한 보르뒤랭은 손을 조금은 대충 그렸지만, 그가 그린 부착식 칼라는 흰 대리석처럼 환하게 빛났다.

실내는 매우 더웠고, 경비원은 조용히 코를 골았다. 나는 벽들을 죽 둘러보았다. 손들과 눈들이 보였고, 여기저기에 얼굴이 빛의 얼룩에 가려져 있었다. 올리비에 블레비뉴의 초상화에 다가가는데, 뭔가가 나를 사로잡았다. 기준선에 맞춰 반듯하게 걸린 액자 속에서 도매상 파콤이 그 맑은 눈으로 나를 주시하고 있었다.

그는 머리를 약간 뒤로 젖히고, 손에 든 실크해트와 장갑을 담회색 바지에 댄 자세로 서 있었다. 나는 감탄을 금할 수 없었다. 그에게서는 하잘것없는 것, 비판을 받을 만한 것이라고는 전혀 찾아볼 수 없었다. 조그만 발, 섬세한 손, 씨름꾼처럼 딱 벌어진 어깨, 은근한 우아함, 여기에 미세하게 느껴지는 어떤 '끼'까지, 그야말로 모든 게 완벽했다. 그는 주름살 하나 없는 매끈한 얼굴로 정중하게 관람객들을 맞고 있었다. 입술에는 엷은 미소마저 감돌았다. 하지만 그의 회색 눈은 미소 짓지 않았다. 쉰 살은 되어 보였지만, 서른 살 청년처럼 젊고도 싱싱했다. 그는 미남자였다.

나는 그에게서 어떤 결점을 찾아내는 것을 포기했다. 하지만 그는 나를 놓아주지 않았다. 그의 눈에서 사람을 차분하고도 가차 없이 판단하는 기운이 느껴졌다.

이때 나는 무엇이 우리를 나누고 있는지 깨달았다. 내가 그에 대해 생각하는 것은 그에게 아무런 영향을 줄 수 없었다. 그것은 기껏해야 소설들에서나 지껄이는 심리학 나부랭이일 뿐이었다. 하지만 그의 판단은 날카로운 검처럼 나를 꿰뚫고, 내가 존재할 수 있는 권리에까지 이의를 제기했다. 그리고 이 이의 제기는 틀린 게 아니었다. 나는 늘 그것을 알고 있었다. 나에게는 살 권리가 없다는 것을 알고 있었다. 나는 우연히 나타났고, 나는 돌이나, 식물이나, 미생물처럼 존재하고 있었다. 나의 삶은 아무렇게나, 아무 방향으로나 마구 자라나고 있었다. 그것은 이따금 내게 흐릿한 신호를 보내긴 했지만, 그 외에는 아무 의미 없는 윙윙거림밖에 느끼지 못했다.

하지만 지금은 죽고 없는 이 흠 없는 미남자, 국방군 파콤의 아들인 장 파콤은 전혀 달랐다. 그의 심장박동, 그리고 그의 장기臟器들이 발하는 희미한 소리들은 즉각적이고도 순수한 권리들의 형태로 그에게 도달했다. 그는 삶의 권리를 60년 동안 완전무결하게 사용한 것이다. 너무나도 멋진 저 회색 눈! 거기에는 티끌만 한 의혹도 스친 적이 없었다. 파콤은 한 번도 틀린 적이 없었다.

그는 항상 자신의 의무를 다했다. 아들의 의무, 배우자의 의무, 아버지의 의무, 리더의 의무. 또 그는 자신의 권리들을 굳세게 주장했다. 아이로서는 화목한 가정에서 잘 교육될 권리와 부끄럽지 않은 성姓과 번성하는 가업을 물려받을 권리, 남편으로서는 보살핌을 받고 따스한 애정을 받을 권리, 아비로서는 존경받을 권리, 리더로서는 사람들로부터 군소리 없이 복종 받을 권리를 말이다. 왜냐하면 권리란 의무의 또 다른 면일 뿐이기 때문이었다. 그는 엄청난 성공을 거뒀음에도(오늘날 파롱가家는 부빌에서 가장 부유한 가문이다) 조금도 놀라지 않았을 것이다. 그는 결코 자신이 행복하다고 말하지 않았고, 무언가에서 즐거움을 느낄 때에도 "조금 쉬는 거야"라고 말하며 절제하며 즐겼을 것이다. 이렇게 그에게 있어서는 쾌락도 권리들 중의 하나가 되면서 그 위험한 무용성無用性을 상실했다. 그림 왼쪽, 그의 푸른빛이 감도는 회색 머리 약간 위쪽에 책들이 꽂힌 서가가 보였다. 멋지게 장정된 그 책들은 분명히 고전일 터였다. 아마도 파롱은 밤마다 잠들기 전에 '그의 오랜 벗 몽테뉴'의 몇 쪽, 혹은 호라티우스의 라틴어 시 한 편을 읽곤 했으리라. 그는 이런 식으로 바레스와 부르제도 알게 되었다. 조금 읽다가 그는 책을 내려놓는다. 그리고 미소 짓는다. 그의 시선은 그 경탄스러운 주도면밀함을 잃고, 거의 몽상에 잠긴 것처럼 된다. 그는 "자신의 의무를 다한다는 것은 얼마나 간단하면서도 어려운 일인지!"라고 중얼거린다.

벽에는 다른 리더들의 초상화도 걸려 있었다. 아니, 사실은 그것들밖에 없었다. 안락의자에 앉아 있는 저 거구의 녹청색 노인도 리더였다. 그의 하얀 조끼는 은빛 머리칼과 조화롭게 어울렀다(무엇보다도 도덕적 교화를 목적으로 그려졌고, 지나칠 정도로 정확하게 묘사된 이 초상화들에서 예술적 고려 또한 배제되지 않았다). 그는 조그만 사내아이의 머리에 길고 섬세한 손을 얹고 있었다. 모포로 덮인 그의 무릎에는 책 한 권이 놓여 있었다. 하지만 그의 시선은 먼 곳을 떠돌았다. 그는 젊은이들에게는 보이지 않는 그 모든 것들을 보고 있는 것이다. 초상화 밑에 걸린 마름모꼴 금빛 나무판에 그의 이름이 새겨져 있었다. 아마도 파콤이나 파로탱이나 셰뇨 같은 이름이리라. 나는 가서 확인해보고 싶은 생각이 없었다. 그와 가까운 이들에게, 이 아이에게, 그리고 그 자신에게 그는 그냥 '할아버지'인 것이다. 잠시 후, 손자에게 앞으로 어떤 의무들이 기다리고 있는지 조금이나마 알게 해줘야 할 시간이 왔다고 판단이 되면, 자신에 대해 3인칭으로 이렇게 말할 것이다.

"얘야, 내년에는 열심히 공부하겠다고 네 지혜로운 할아버지에게 약속해주렴. 어쩌면 내년에는 이 할아버지가 이 세상에 없을지도 모른단다."

인생의 황혼에 이르러 그는 모두에게 너그럽고 선한 마음을 베풀었다. 만일 그가 나를 보았다면 —— 하지만 난 그에게 투명인간이나 다름없다──, 나조차도 그의 눈빛에서 호의를 느꼈을 것이다. 저 친구에게도 전에는 조부모가 있었겠지, 라고 그는 생각했을 것이다. 그는 아무것도 요구하지 않았다. 그 나이에 이르면 더 이상 욕망을 느끼지 않는 법이다. 그가 방에 들어설 때 사람들이 조금만 목소리를 낮춰주고, 그가 지나갈 때 따스함과 존경심이 살짝 비치는 미소를 보여주는 것 외에는 아무것도 필요하지 않았다. 가끔 며느리가 "아버님은 정말 대단하세요! 우리 모두보다 더 젊으시니 말이에요!"라고 말해주는 걸로 충분했다. 자기 혼자만이 골이 난 손자의 머리를 쓰다듬으며 달래주고 나서, "얘가 뭐가 그리 서운한지 이 할아비는 알지"라고 말할 수 있는 것으로, 아들이 한 해에도 수차례 찾아와서 미묘한 문제들에 대해 자문을 구하는 것으로 충분했다. 요컨대 스스로를 차분하고, 평온하고, 무한히 지혜로운 존재로 느낄 수 있으면 되었다. 손자의 곱슬머리 위에 얹힌 노신사의 손은 거의 무게가 나가지 않았다. 그것은 축복에 가까운 것이었다. 그는 무엇을 생각했을까? 모든 것에 대해 말하고, 모든 것에 대해 최종적인 결론을 내릴 수 있는 권리를 부여하는 자신의 명예로운 과거를 생각했으리라. 나는 일전에는 여기까지 생각이 미치지는 못했다. 경험은 죽음에 대한 방어물 이상이라는 것을, 하나의 권리, 늙은이들의 권리라는 것을 미처 생각하지 못했었다.

커다란 검을 차고, 기준선에 맞춰져 똑바로 걸려 있는 오브리 장군은 리더였다. 세련된 문필가이며, 앵페트라즈의 친구이기도 한 에베르 회장 역시 리더였다. 그의 긴 얼굴은 좌우대칭이 완벽했고, 한없이 뻗은 턱은 입술 바로 아래에서부터 뻗은 염소수염으로 장식되었다. 그는 재미있다는 듯한 표정으로 아래턱을 살짝 내밀고 있었는데, 어떤 문제에 대해 논리적으로 따져보고 있는 듯한, 원칙에 따른 반론을 마치 가볍게 트림을 하듯 생각해보고 있는 듯한 얼굴이었다. 그는 손에 깃털 펜을 들고서 상념에 젖어 있었다. 물론 그 역시 좀 쉬고 있을 뿐이었고, 그것도 시를 지으며 쉬고 있을 뿐이었다. 하지만 그 역시 리더들의 독수리눈을 하고 있었다.

그렇다면 병사들은 어디 있지? 난 홀 중앙에, 모든 시선들이 한데 꽂히는 지점에 와 있었다. 나는 할아버지도 아버지도 아니었고, 심지어는 남편도 아니었다. 나는 투표도 하지 않았고, 세금도 거의 내지 않았다. 나는 납세자의 권리도, 유권자의 권리도 내세울 수 없었고, 심지어는 20년 동안 충성을 바친 직원에게 주어지는 최소한의 사회적 신망을 받을 권리조차 없었다. 나는 나의 존재에 대해 심각하게 놀라기 시작했다. 나는 허깨비에 불과한 것은 아닐까?

"어이!" 나는 불쑥 자신에게 말했다. "병사는 바로 나야, 나!" 이렇게 말하고 바보처럼 웃었다.

통통한 몸집의 오십 대 사내가 내 말에 화답하듯 부드럽고 점잖은 미소를 보냈다. 르노다는 애정을 가지고 그를 그렸는데, 살집이 좋고 잘생긴 귀, 그리고 특히 섬세한 손가락이 달린 길고도 신경질적인 손, 그야말로 학자와 예술가의 손이라 할 수 있는 그의 손에 너무나도 따스한 터치를 가했다. 그의 얼굴은 내게 낯설었다. 여러 번 그림 앞을 지나면서도 주목하지 않은 모양이었다. 나는 다가가서 읽어보았다.

'레미 파로탱. 1849년 부빌에서 출생. 파리 의과대학 교수.'

이 파로탱에 대해서는 웨이크필드 의사에게서 얘기를 들은 적이 있었다. "난 지금까지 살아오면서 큰 인물을 한 번 만난 적이 있어요. 바로 레미 파로탱이죠. 난 1904년 겨울 동안 그분의 강의를 들었어요(난 산과학産科學을 공부하기 위해 파리에서 2년을 보냈답니다). 그분은 내게 리더란 게 무엇인지를 깨닫게 해주었어요. 맹세컨대, 그분에게는 어떤 자력磁力 같은 게 있었어요. 사람을 전율하게 만들고, 이 세상 끝까지라도 데려갈 수 있었죠. 게다가 그분은 신사였어요. 또 재산도 엄청났는데, 그것의 상당 부분을 고학생들을 돕는 데 사용했죠."

이렇게 처음 얘기를 들었을 때부터 이 과학의 제왕은 내게 강렬한 인상을 남겼었다. 이제 나는 그 앞에 섰고, 그는 내게 미소 짓고 있었다. 그의 미소에서 얼마나 깊은 지성과 상냥함이 느껴지는지! 그의 통통한 몸은 커다란 가죽 안락의자에 나른하게 묻혀 있었다. 그 소탈한 학자는 곧바로 사람의 마음을 편하게 해주었다. 재기로 반짝이는 그 시선만 아니었다면 평범한 호인으로 여길 수도 있었으리라.

내가 그의 명성의 이유를 알아내는 데는 그리 오랜 시간이 걸리지 않았다. 그가 사람들의 사랑을 받는 것은 모든 것을 이해하고 있기 때문이었다. 그에게는 무엇이라도 얘기할 수 있는 것이다. 그는 조금은 르낭과도 비슷했다. 르낭보다는 좀 더 세련되었지만 말이다. 그는 이런 식으로 얘기하는 사람들 중의 하나였다. "사회주의자들? 나는 그들보다 멀리 나가는 사람이에요." 그를 따라 위험천만한 길을 가다 보면, 이내 몸을 떨며 가족과 조국과 소유권과 가장 소중한 가치들을 버려야 했다. 어느 순간에는 부르주아 엘리트의 지휘권까지 의심하게 되었다. 그런데 여기에서 한 걸음 더 나아가면 갑자기 모든 게 회복되고, 옛날식의 견고한 이성 위에 기가 막히게 자리 잡았다. 고개를 돌려보면, 벌써 저 멀리 뒤에 처져 조그맣게 보이는 사회주의자들이 손수건을 흔들며 "좀 기다려요!"라고 외치는 게 보였다.

나는 이 스승이 미소를 지으며 자신은 '영혼의 산파' 노릇 하기를 좋아한다고 직접 밝혔다는 것을 웨이크필드를 통해 알고 있었다. 그 자신이 젊음을 잃지 않았던 그는 종종 의학에 뜻을 둔 훌륭한 가문의 청년들을 자기 집에 초대하는 등, 젊은이들에 둘러싸여 살았다. 웨이크필드도 그의 집에서 여러 번 점심 식사를 했다. 식사 후에는 끽연실로 자리를 옮겼다. 스승은 담배를 배운 지 얼마 되지 않는 이 대학생들에게 시가를 제공했다. 등걸이가 없는 소파에 몸을 눕힌 그는 한마디도 놓치려 하지 않는 제자들에 둘러싸여 눈을 반쯤 뜨고서 오랫동안 얘기했다. 그는 추억들을 떠올리고, 일화들을 들려주며, 거기에서 흥미롭고도 깊은 교훈을 이끌어냈다. 그리고 그 훌륭하게 교육받은 청년들 가운데에 조금 반항적인 기질을 보이는 녀석이 있으면, 파로탱은 특별히 그에게 관심을 보였다. 그는 청년으로 하여금 의견을 말하게 하고, 주의 깊게 귀를 기울이면서, 여러 가지 생각이며 성찰의 주제들을 제시하곤 했다. 머릿속이 관대한 생각들로 가득한 청년은 가족이 보이는 적의에 흥분하고, 세상 모두와 맞서 홀로 생각해야 하는 상황에 지쳐 어느 날 스승에게 독대를 요청하고는, 수줍음으로 더듬거리며 자신의 가장 내밀한 생각들이며, 자신이 분노하는 것들과 바라는 바들을 털어놓았다. 파로탱은 그를 품에 꼭 안아주면서 이렇게 말했다. "난 자네를 이해하네! 첫날부터 자네를 이해했어!" 그들은 애기를 나누는데, 파로탱은 멀리, 전보다도 훨씬 멀리 나갔다. 얼마나 멀리 나가는지 청년이 따라가기 힘들 정도였다. 이런 종류의 대화를 몇 차례 나눈 끝에, 젊은 반항아의 상태가 눈에 띄게 좋아진 것을 확인할 수 있었다. 그는 자신을 명확히 보게 되었고, 자신을 가족과 주위에 묶고 있는 깊은 끈들을 인식하게 되었으며, 엘리트의 놀라운 역할을 마침내 이해하게 되었다. 그리하여 결국, 이 길 잃은 어린 양은 파로탱의 가르침을 한 발 한 발 따른 끝에 마치 마법에 의한 것처럼 깊이 깨닫고 후회하면서 양의 우리에 돌아오게 된다. 웨이크필드는 이렇게 결론지었다. "그는 내가 치료한 육체들보다 많은 수의 영혼들을 치료했다."

레미 파로탱은 내게 상냥하게 미소 짓고 있었다. 그는 머뭇거리며 내가 취한 입장을 파악하려 했으니, 그것을 천천히 돌려서 나를 양의 우리로 도로 데려가기 위함이었다. 하지만 나는 그가 두렵지 않았는데, 나는 그의 양이 아니기 때문이었다. 나는 그의 평정하고도 주름살 없는 멋진 이마와 볼록 나온 배, 그리고 무릎 위에 놓인 손을 보았다. 나는 그의 미소를 사양하고는 그를 떠났다.

그의 동생이자 부빌 해운회사 회장인 장 파로탱은 서

류가 산더미처럼 쌓인 책상 모서리를 두 손으로 짚고 있었다. 그는 그의 자세 전체를 통해 방문객에게 이제 접견이 끝났음을 알리고 있었다. 그의 시선은 굉장했으니, 뭔가 추상적인 느낌을 주면서도, 순수한 권리로 빛나고 있었다. 그 형형한 두 눈은 얼굴 전체를 가리다시피 하고 있었다. 그 불덩이 아래에는 얇고도 꽉 다문 신비주의자의 입술이 보였다. 나는 속으로 중얼거렸다. "정말 희한하네? 레미 파로탱과 꼭 닮았어!" 나는 위대한 스승 쪽으로 고개를 돌렸다. 둘이 닮았다는 것을 알고서 살펴보니, 그의 온화한 얼굴에서 아마도 이 가족의 특징인 듯, 메마르고도 황량한 뭔가가 불쑥 솟아나는 것이었다. 난 다시 장 파로탱에게로 눈길을 돌렸다.

이 남자에게서는 어떤 관념 같은 단순함이 느껴졌다. 그에게 남은 것이라고는 뼈와 죽은 살과 순수한 권리뿐이었다. 이 사람이야말로 '소유'의 진정한 사례라는 생각이 들었다. 권리가 한 사람을 사로잡으면, 그것을 몰아낼 수 있는 구마 의식은 없다. 장 파로탱은 오직 그의 권리만을 생각하는 데 온 삶을 바쳤다. 내가 미술관을 방문할 때마다 느끼곤 하는 그런 가벼운 두통 대신에, 그는 치료받을 권리를 양쪽 관자놀이에 고통스레 느낄 터였다. 그에게 절대로 너무 많은 생각을 하게 하면 안 되었다. 또 불쾌한 현실이나, 그 자신의 죽음이나, 타인의 고통 같은 것에 주의를 쏠리게 해서도 안 되었다. 아마도 그는 임종을 맞이하는 침상에서, 그러니까 소크라테스 이후로 뭔가 고귀한 말을 몇 마디 하기로 되어 있는 바로 그 순간에, 12일 전부터 밤을 새우며 자기를 간호해 온 자기 아내에게, 나의 숙부 중의 하나가 그의 아내에게 말한 것처럼 이렇게 말했을 것이다. "이봐 테레즈, 자네에게 고맙다는 말은 하지 않겠네. 자넨 자네의 의무를 다했을 뿐이야." 한 인간이 이 정도 경지에까지 이르면, 우리는 다만 경의를 표할 뿐이다.

내가 입을 딱 벌리고 쳐다보고 있는 그의 두 눈은 나에게 이제 그만 가보라고 말하고 있었다. 하지만 나는 떠나지 않았으니, 호기심을 위해 무례함을 무릅쓰기로 마음먹은 것이다. 나는 엘에스코리알 궁 도서관에서 펠리페 2세의 초상화 한 점을 오랫동안 보고 난 끝에, 권리로 빛나는 어떤 얼굴을 얼마간 쳐다보고 있으면, 이 빛은 꺼지고 재 같은 찌꺼기만 남는다는 사실을 알게 되었다.

파로탱은 아주 잘 버텼다. 하지만 갑자기 그의 눈에서 빛이 사라지고, 그림은 칙칙해졌다. 그에게 무엇이 남았는가? 맹인의 두 눈, 죽은 뱀처럼 얄팍한 입, 그리고 두 뺨이 남았다. 어린아이의 창백하고 동그란 뺨이 화폭에 펼쳐져 있었다. 부빌 해운회사 직원들은 이런 뺨이 있으리라고는 상상도 못 했으니, 파로탱의 사무실에 오랫동안 머문 적이 없기 때문이었다. 그들이 방에 들어서면 그 무시무시한 시선이 벽처럼 기다리고 있었고, 그 뒤에 허옇고 물렁물렁한 뺨이 숨어 있었다. 그의 아내는 몇 해나 지나서야 이 뺨을 보게 되었을까? 2년? 5년? 내가 상상하기로는, 어느 날 남편이 옆에서 자고 있고, 한 줄기 달빛이 그의 콧등을 어루만졌을 때, 혹은 어느 무더운 때에 안락의자에 파묻은 몸을 뒤로 젖히고서, 눈은 반쯤 감고 턱에 햇살을 받으며 먹은 것을 힘들게 소화시키고 있을 때, 그녀는 용기를 내어 그를 똑바로 쳐다봤고, 이 모든 살덩이가 무방비 상태로 드러났을 것이다. 퉁퉁하고, 침을 질질 흘리고, 왠지 음란하게 느껴지는 살덩이가 말이다. 아마도 그날 이후로 파로탱 부인이 주도권을 거머쥐었으리라.

나는 몇 걸음 뒤로 물러섰다. 그리고 이 모든 위대한 인물들을 한눈에 바라보았다. 파콩, 에베르 회장, 파로탱 형제, 오브리 장군…… 하나같이 실크해트를 쓴 이들은 일요일이면 투른브리드 거리에서 꿈속에서 성 세실을 봤다는 시장의 부인인 그라시엥 부인과 마주치곤 했다. 그리고 그녀에게 큰 동작으로 정중한 인사를 보내곤 했다. 이제는 그 의미가 소실된 그 신비스러운 인사를 말이다.

그들을 매우 정확하게 그려져 있었다. 하지만 화가들의 붓은 그들의 얼굴에서 인간 얼굴의 신비스러운 약점을 제거해버렸다. 그들의 얼굴은, 심지어는 가장 푸석푸석한 얼굴들까지도, 마치 도자기처럼 깨끗했다. 나는 거기에서 나무와 짐승들과의 유사성을, 흙이나 물을 생각나게 할 만한 것을 찾아보았지만 허사였다. 그들은 생전에 그런 것을 찾아야 할 필요성이 없었으리라는 생각이 들었다. 하지만 자신을 후세에 넘겨야 할 때가 되자, 그들은 명성 높은 화가에게 자신을 맡겨, 자신의 얼굴에 준설작업과 굴착작업과 관개작업을 은밀히 행하게 했다. 그들 자신이 부빌 주변의 바다와 벌판을 완전히 바꾸어놓고자 시행했던 그 작업들을 말이다. 이렇게 그들은 르노다와 보르뒤랭의 협력하에 자연 전체를, 그들 외부의 자연과 그들 내부의 자연을 복속시킨 것이다. 이 어두운 그림들은 내 눈앞에 인간에 의해 다시 인식된 자연을 보여주었다. 그것의 유일한 장식물은 인간의 가장 멋진 정복물, 즉 '인간과 시민의 권리'라는 꽃다발이었다.

신사 한 명과 부인 한 명이 들어왔다. 그들은 검은색 옷 차림이었고, 너무 튀지 않으려고 한껏 몸을 낮추고 있었다. 그들은 문턱에서 황홀한 듯이 걸음을 딱 멈추었다. 남자는 기계적으로 모자를 벗었다.

"아, 세상에!" 부인이 깊이 감동한 어조로 말했다.

신사는 그녀보다 빨리 침착함을 되찾았다. 그는 존경 어린 어조로 말했다.

"여기에 한 시대 전체가 모여 있군!"

"맞아." 부인이 말했다. "내 할머니의 시대지."

그들은 몇 걸음을 옮겼고, 그러다가 장 파로탱의 시선과 마주쳤다. 부인은 놀라 입을 딱 벌렸지만, 신사는 그다지 오만하지 않았다. 그는 겸손한 표정을 지었는데, 아마도 이런 위압감을 주는 시선들과 빨리 끝내버리는 접견들에 대해 잘 알고 있는 모양이었다. 그는 아내의 팔을 살짝 잡아당겼다.

"저 사람 좀 봐." 그가 말했다.

레미 파로탱의 미소는 언제나 보잘것없는 사람들을 편하게 해주는 힘이 있었다. 여자는 다가가서는 또박또박 읽었다.

"레미 파로탱의 초상. 1849년 부빌 출생. 파리 의과대학 교수. 르노다 작作."

"과학 아카데미의 파로탱이야." 그녀의 남편이 설명했다. "이런 분을 학사원의 르노다 화백이 그린 거지. 이게 바로 역사라는 거야!"

부인은 고개를 끄덕였다. 그러고는 위대한 스승을 쳐다봤다.

"정말 괜찮은 분이야." 그녀가 말했다. "정말 똑똑해 보이네!"

남편이 어깨를 크게 으쓱해 보였다.

"뭐, 이 모든 분들이 부빌을 만든 거야." 그는 아주 간단히 말했다.

"이분들을 모두 여기다 모아놓다니, 정말 잘한 일이야!" 여자가 감동한 얼굴로 말했다.

이 거대한 홀에서 돌아다니고 있는 병사는 우리 셋뿐이었다. 남편은 존경 어린 표정으로 조용히 웃고 있다가, 나에게 불안한 눈길을 힐긋 한번 던지더니, 갑자기 웃음을 멈췄다. 나는 몸을 돌려 올리비에 블레비뉴의 초상화 앞에 가 섰다. 어떤 은밀한 희열이 나를 사로잡았다. 아, 그래, 내 생각이 맞았어! 정말이지 이건 너무 재미있군!

여자가 내게로 다가왔다.

"가스통!" 그녀가 별안간 대담해지면서 소리쳤다. "이리 와봐!"

남편이 우리 쪽으로 왔다.

"세상에!" 그녀가 말을 이었다. "이 사람은 자기 이름을 딴 거리도 있어. 올리비에 블레비뉴가衡. 당신 몰라? 죽스트부빌에 이르기 바로 전에 코토 베르 언덕으로 올라가는 그 좁은 길 말이야."

그녀는 조금 있다가 다시 덧붙였다.

"그런데 이분 마음이 그렇게 편해 보이지가 않아."

"당연하지! 불평꾼들이 온갖 험담을 늘어놓았을 테니까."

나를 겨냥한 말이었다. 신사는 곁눈으로 나를 보면서 조금 소리를 내면서 웃기 시작했다. 이번에는 올리비에 블레비뉴 자신의 웃음인 양 거만하면서도 옹졸하게 느껴지는 웃음이었다.

올리비에 블레비뉴는 웃지 않았다. 그는 우리 쪽으로 경직된 턱을 치켜들고 있었고, 울대뼈가 뾰족하게 튀어나와 있었다.

침묵과 도취의 순간이 이어졌다.

"금방이라도 살아 움직일 것 같아." 여자가 말했다.

남편은 친절하게 설명해주었다.

"이분은 목화를 취급하는 큰 도매상이었어. 그러고 나서 정계에 투신하여 국회의원이 되셨지."

그건 나도 알고 있었다. 2년 전, 모렐레 사제가 쓴 《부빌 출신 위인 소사전》에서 그에 대해 알아봤던 것이다. 그리고 그 항목도 필사해놓았다.

블레비뉴 올리비에 마르시알. 전 항項의 인물의 아들. 부빌에서 태어나고 사망함(1849~1908). 파리에서 법학공부를 하고, 1872년 학사학위 취득. 시민 반란이 일어나 다른 많은 파리 시민들과 마찬가지로 국회의 보호하에 베르사유로 피신할 수밖에 없었던 코뮌 반란 사태 때 깊은 인상을 받은 그는 젊은이들이 오직 쾌락만을 생각하고 있을 나이에 "질서의 회복을 위해 자신의 삶을 바칠" 것을 맹세했다. 그는 약속을 지켰다. 우리 도시에 돌아오자마자, 오랜 세월 동안 저녁마다 부빌의 주요 도매상들과 선주들이 모여드는 그 유명한 '질서' 클럽을 창설한 것이다. 농담조로 조키 클럽만큼이나 폐쇄적이라고 말할 수 있는 이 귀족적인 동아리는 1908년에 이르기까지 우리의 대★상업항의 운명에 건전한 영향력을 행사해왔다. 올리비에 블레비뉴는 1880년에 도매상 샤를 파콤(그의 항목을 참조할 것)의 막내딸 마리 루이즈 파콤과 결혼하고, 장인이 사망하자 파콤 블레비뉴 사를 창설했다. 그러고 나서 얼마 후에 정계로 진출하여, 국회의원에 출마했다.

"이 나라는" 그는 한 유명한 연설 중에 이렇게 말했다. "가장 심각한 병을 앓고 있으니, 그것은 바로 지도층이 더 이상 지휘하려 하지 않는다는 사실입니다. 신사 여러분, 만일 세습과 교육과 경험으로 말미암아 권력 행사에 가장 적합한 사람들이 체념과 싫증에 사로잡혀 그것에 등을 돌린다면 과연 누가 지휘하겠습니까? 내가 여러 번 말했거니와, 지휘하는 것은 엘리트의 권리 중의 하나가 아니라, 엘리트의 주요한 의무인 것입니다. 신사 여러분, 제발 부탁입니다, 권위의 원칙을 회복합시다!"

1885년 10월 4일, 제1차 투표에서 당선된 이후로, 그는 계속 재선되었다. 정력적이면서 거친 웅변의 소유자인 그는 눈부신 연설을 수없이 행했다. 그는 1898년, 끔찍한 파업이 일어났을 때 파리에 있었다. 그는 급히 부빌로 내려가서는 저항운

동을 추진했다. 그는 주도권을 쥐고 파업자들과 협상에 임했다. 대타협의 정신에 입각한 이런 협상들은 죽스트부빌에서 발생한 무력 충돌 사태에 의해 중단되었다. 이때 군대의 은밀한 개입 덕분에 도시가 평온함을 되찾았다는 것을 우리는 알고 있다.

어린 나이에 명문 파리 공대에 입학하고, 그가 '리더로 만들고' 싶어 했던 아들 옥타브의 이른 죽음은 올리비에 블레비뉴에게 큰 타격을 주었다. 그는 이 충격에서 회복하지 못한 듯, 2년 후인 1908년 2월에 사망한다.

《연설집》,《도덕적 힘》(1894, 절판됨),《처벌해야 할 의무》(1900, 이 모음집에 수록된 연설문들은 모두가 드레퓌스 사건 때 행해진 것이다. 절판됨),《의지》(1902, 절판됨) 등의 저서가 있다. 그의 사후에 그의 마지막 연설들과 가까운 이들에게 보낸 서한들을 모아《고된 노고》(플롱 출판사, 1910)라는 제목으로 출간했다. 보르뒤랭이 그린 그의 훌륭한 초상화가 부빌 미술관에 소장되어 있다.

그래, 멋진 소개 글임이 분명했다. 올리비에 블레비뉴는 조그만 검은 콧수염을 기르고 있었고, 그의 가무스름한 얼굴은 모리스 바레스와 약간 닮았다. 분명히 두 사람은 서로 아는 사이였을 것이다. 국회에서 같은 열에 앉았으니 말이다. 하지만 애국자연맹 의장의 여유 있는 모습이 부빌 국회의원에게는 없었다. 그는 막대기처럼 뻣뻣했고, 마치 상자 속의 악마처럼 그림에서 튀어나오고 있었다. 두 눈은 번쩍거렸고, 동공은 새카맸으며, 각막은 불그스름했다. 통통한 입술을 꽉 다물고서 오른손으로 가슴팍을 꽉 누르고 있었다.

초상이 얼마나 나를 귀찮게 따라다녔는지 모른다. 블레비뉴는 어떤 때에는 너무 크게 보였다가, 어떤 때에는 너무 작게 보이기도 했다. 하지만 오늘, 모든 게 분명해졌다.

나는 《부빌의 풍자가》를 뒤적이다가 진실을 알게 되었다. 1905년 11월 6일자 호號는 블레비뉴 특집호였다. 표지에 나온 그는 콩브 신부의 갈기털에 매달린 아주 조그만 모습으로 묘사되었고, 그 밑에는 〈사자의 벼룩〉이라는 설명문이 붙어 있었다. 그리고 첫 번째 페이지에서 모든 게 설명되었다. 올리비에 블레비뉴는 키가 153센티미터밖에 되지 않았던 것이다. 칼럼니스트는 그의 작은 키와, 여러 차례 의회 전체를 포복절도하게 했던 그 청개구리 울음 같은 목소리를 비웃었다. 또 그가 구두 속에 키높이 고무 깔창을 넣는다고 흉을 봤다. 반면, 블레비뉴 부인은 덩치가 말만 하다는 것이었다. 칼럼니스트는 이렇게 썼다. "이거야말로 두 배 되는 여자를 자신의 '반쪽'으로 삼은 경우가 아닐 수 없다."

153센티미터! 맞다, 153센티미터다. 보르뒤랭은 아주 세심한 주의를 기울여, 팔걸이 없는 쿠션 의자, 나지막한 안락의자, 12절판 책이 몇 권 꽂힌 서가, 페르시아풍의 조그만 원탁 등 그를 작아 보이게 할 위험이 없는 것들을 주위에 배치했다. 문제는 보르뒤랭이 블레비뉴를 옆에 걸린 그림의 주인공 장 파로탱과 같은 키로 그렸고, 두 그림은 크기가 같다는 점이었다. 결과적으로 한쪽 그림에서 원탁은 다른 쪽 그림에서의 책상만큼이나 커졌고, 쿠션 의자는 거의 파로탱의 어깨높이까지 올라오게 되었다. 두 초상화 사이에서 눈은 본능적으로 비교를 하게 되었던바, 나의 거북한 느낌의 원인은 바로 여기에 있었던 것이다.

이제 나는 웃고 싶어졌다. 153센티미터! 만일 내가 블레비뉴에게 말을 건네고 싶다면, 고개를 숙이거나 무릎을 굽혀야 할 터였다. 이제는 그가 코를 바짝 치켜올린다 해도 더 이상 놀라지 않을 것이었다. 이런 체격을 가진 사내들의 운명은 항상 그들 머리 몇 인치 위에서 결정되는 것이다.

예술의 놀라운 힘이여! 이 조그만 사내로부터, 이 날카로운 목소리로부터, 위협적인 얼굴과 멋들어진 제스처, 그리고 황소의 그것 같은 핏발 선 눈 이외에는 아무것도 후세로 전해지지 않을 것이다. 코뮌에 겁을 잔뜩 집어먹은 대학생, 땅콩만 한 몸집의 따분한 국회의원, 죽음은 바로 이것을 앗아갔다. 하지만 보르뒤랭 덕분에 질서 클럽의 회장은, '도덕적 힘'을 부르짖은 웅변가는 불멸의 존재가 된 것이다.

"아, 이 파리 공대생! 불쌍하기도 해라!"

여자는 숨죽인 비명을 발했다. '앞 인물의 자제'인 옥타브 블레비뉴의 초상화 아래 경건한 글씨체로 다음과 같이 쓰여 있었다.

'1904년에 파리 공대에서 사망.'

"이 총각이 죽었구나! 아롱델네 아들내미처럼 말이야. 참 똑똑해 보이는데! 엄마가 얼마나 힘들었을까! 이런 명문 대학에서는 공부를 너무 많이 시켜. 끊임없이 머리를 써야 하지. 심지어는 잘 때도 말이야. 난 이 이각모二角帽가 너무 멋있는 것 같아. 이 깃털 장식을 '카조아르'라고 하지 않아?"

"아냐, 카조아르는 육군사관생도들이 다는 거야."

이번에는 내가 이른 나이에 죽은 파리 공대생을 들여다보았다. 그의 밀랍 같은 안색과 정성껏 다듬은 콧수염은 그가 곧 죽을 수도 있겠다는 생각이 떠오르게 하기에 충분했다. 그리고 그는 자신의 운명을 예감했다. 먼 곳을 보고 있는 그의 맑은 눈에서는 체념의 빛이 느껴졌다. 하지만 동시에 그는 고개를 높이 쳐들고 있었다. 그는 이 제복 차림으로 프랑스군을 대표하고 있었던 것이다.

Tu Marcellus eris! Manibus date lilia plenis……

그대는 마르켈루스가 되리라! 이 손 가득히 백합을 다오……[31]

꺾인 장미 한 송이, 죽은 파리 공대생…… 세상에 이보다 더 슬픈 게 어디 있겠는가?

나는 천천히 긴 회랑을 따라가면서, 어둑한 곳에서 하나씩 나타나는 그 고고한 얼굴들에 걸음을 멈추지 않은 채로 인사를 하곤 했다. 상업재판소 소장 보수아르 씨, 부빌 자율 항(港) 관리위원회 의장 파비 씨, 가족과 함께 포즈를 취한 도매상 불랑주 씨, 부빌 시장 란느캥 씨, 부빌 출신이며 주미 프랑스 대사를 지냈으며 시인이기도 한 뤼시앵 씨, 경찰청장 옷차림을 한 어떤 모르는 남자, 중앙고아원 원장인 생트 마리 루이즈 수녀, 테레종 씨 부처, 티부스트 구롱 씨, 선원등록소 주무관 보보 씨, 브리옹 씨, 미네트 씨, 그를로 씨, 르페브르 씨…… 또 닥터 팽과 팽부인, 그리고 아들 피에르 보르뒤랭에 의해 그려진 보르뒤랭 자신. 그 맑고 차가운 눈들과 세련된 용모들과 얇은 입술들. 불랑주 씨는 검소하고 인내심이 강했으며, 생트 마리 루이즈 수녀는 근면한 종교인이었다. 티부스트 테레

---

31 고대 로마의 시인 베르길리우스의 《아이네이스》에서 인용된 구절.

종 부인은 중병에 맞서 흔들림 없이 싸웠다. 한없이 피곤해 보이는 그녀의 입은 그녀의 고통을 충분히 증언하고 있었다. 하지만 이 신앙심 깊은 여자는 한 번도 '아파'라고 말한 적이 없었다. 그녀는 이겨냈다. 그녀는 가족의 식단을 짰고, 자선단체를 이끌었다. 이따금 말하는 도중에 눈이 천천히 감기고, 얼굴에서 생기가 사라졌다. 하지만 이런 상태는 일 초도 지속되지 않았고, 테레종 부인은 이내 다시 말을 잇곤 했다. 그러면 작업실에서 사람들은 속삭였다. "불쌍한 테레종 부인! 저분은 절대 불평하는 법이 없어!"

나는 보르뒤랭 르노다 전시실을 죽 가로질렀다. 그리고 몸을 돌렸다. 안녕, 그림들로 만든 작은 성소여, 당신들의 성소 안에 우아하게 자리 잡은 멋진 백합들이여, 안녕, 우리의 긍지이자, 우리의 존재 이유인 멋진 백합들이여. 안녕, 이 개자식들아.

월요일

나는 더 이상 롤르봉에 대한 책을 쓰지 않는다. 끝났다. 더 이상 그걸 쓸 수가 없다. 이제 내 삶을 어떻게 할 것인가?

3시였다. 나는 책상에 앉아 있었다. 옆에는 내가 모스크바에서 훔쳐온 편지 다발들이 놓여 있었다. 나는 이렇게 썼다.

누군가가 의도적으로 더없이 불길한 소문들을 퍼뜨렸다. 롤르봉 씨는 9월 13일에 조카에게 보낸 편지에서 자신이 지금 유언장을 작성했다고 쓴 것을 보면, 이 계략에 걸려든 것 같다.

후작은 존재하고 있었다. 그를 역사적인 존재로 완전히 정착시킬 수 있을 때까지, 나는 그에게 내 삶을 빌려주고 있었다. 난 위장 한구석에 느껴지는 미세한 열기처럼 그를 느끼고 있었다.

그런데 필연적으로 반론이 제기될 수 있다는 생각이 문득 들었다. 즉 롤르봉은 암살 계획이 실패하고 자기가 파벨 1세 앞에 서게 되었을 때, 자신의 주장을 뒷받침할 증인으로 조카를 이용할 생각이었고, 따라서 조카에게 백퍼센트 솔직하지는 않았다는 반론이었다. 자신은 아무것도 몰랐다는 것을 보여주기 위해 이 유서를 썼을 가능성이 분명히 있었다.

아주 사소한 반론이었다. 전혀 신경 쓰지 않아도 될 얘기였다. 하지만 그것만으로도 나는 우울한 상념에 빠져버렸다. 카페 **셰 카미유**의 뚱뚱한 웨이트리스가, 아실 씨의 퀭한 얼굴이, 내가 잊혔다는 게, 현재 가운데에 버려졌다는 게 분명히 느껴졌던 홀이 갑자기 떠올랐다. 나는 피곤한 심정으로 이렇게 중얼거렸다.

"나 자신의 과거를 붙잡을 힘도 없었던 주제에, 어떻게 다른 사람의 과거를 구해내기를 바란단 말인가?"

나는 펜을 집어 들었고, 다시 일을 시작하려 해보았다. 과거니, 현재니, 세계니 하는 것들에 대한 생각들이 이제는 지긋지긋했다. 내가 바라는 것은 딱 하나, 이 책을 순조롭게 끝낼 수 있도록 제발 좀 이런 생각들에 시달리지 않는 것이었다.

하지만 쌓여 있는 하얀 종이 더미 위에 눈길에 머물렀을 때, 그것의 모습에 갑자기 사로잡혀버렸고, 펜을 허공에 들어 올린 채로 그 눈부신 종이를 꼼짝 않고 들여다보았다. 그게 얼마나 단단하고도 강렬한 모습으로 다가오는지, 얼마나 큰 존재감을 보이는지 몰랐다. 그것에는 현존하는 것 말고는 아무것도 없었다. 내가 방금 썼던 글자들은 채 마르지도 않았는데, 이미 내게 속한 게 아니었다.

누군가가 의도적으로 더없이 불길한 소문들을 퍼뜨렸다……

내가 생각해낸 이 문장은 처음에는 나 자신의 일부분이라고 할 수 있었다. 그런데 지금 이 문장은 종이에 새겨져 나와 맞서고 있었다. 난 더 이상 그것을 알아볼 수 없었다. 심지어는 그것을 다시 생각해볼 수도 없었다. 그것은 여기, 내 앞에 있었다. 거기에서 그것의 근원을 알려주는 표시를 찾아보는 것은 헛수고일 터였다. 나 아닌 다른 누구도 쓸 수 있는 문장일 터였다. 하지만 내가, **내가** 그걸 썼다는 것은 확실치 않았다. 이제 글자들은 더 이상 빛나지 않고, 말라붙어 있었다. 이것 역시 사라져버린 것이다. 그들의 덧없는 광채에서 더 이상 아무것도 남아 있지 않았다.

나는 불안한 눈으로 주위를 둘러보았다. 오직 현재, 현재 외에는 아무것도 없었다. 그것들의 현재 속에 갇혀 있는 가볍고도 견고한 가구들, 탁자 하나, 침대 하나, 거울 달린 옷장 하나, 그리고 나 자신. 현재의 진정한 본성이 모습을 드러내고 있었다. 현재는 존재하는 것이었고, 현재가 아닌 모든 것은 존재하지 않았다. 과거는 존재하지 않았다. 전혀 존재하지 않았다. 사물들 속에도 존재하지 않았고, 심지어는 내 생각 속에도 존재하지 않았다. 물론 나는 과거는 내게서 멀리 달아나버렸다는 사실을 오래전부터 알고 있었다. 하지만 그것은 단지 내가 닿을 수 없는 거리에 물러나 있을 뿐이라고 생각했다. 내게 있어서 과거란 일종의 은퇴를 의미했다. 그것은 또 다른 존재 방식, 휴가의 상태, 활동을 멈춘 상태일 뿐이었다. 각각의 사건은 그것의 역할이 끝나면 얌전히 스스로 상자 속에 들어가, '명예직 사건'이 된다고 말이다. 無를 상상하는 것은 이렇게나 힘든 것이다. 이제 나는 알게 되었다. 사물들은 그것들의 외양, 그 자체일 뿐이며, **이 외양 뒤에는**…… 아무것도 없다는 사실을.

나는 몇 분 더 이런 생각에 빠져 있었다. 그러다가 이런 생각을 떨쳐버리려 어깨를 세차게 흔들고는 종이 더미를 내게로 당겼다.

……자신이 지금 유언장을 작성했다고 쓴 것을 보면……

난 갑자기 어떤 지독한 욕지기에 사로잡혔고, 펜이 잉크 방울을 튀기며 손에서 떨어졌다. 무슨 일인가? 구토가 찾아온 것일까? 아니, 그게 아니었다. 방은 매일 보이는 아버지 같은 그 믿음직한 모습을 보이고 있었다. 탁자는 별로 무겁거나 두껍게 느껴지지 않았고, 만년필도 그렇게 딴딴하게 느껴지지 않았다. 다만 지금 롤르봉 씨가 두 번째로 죽은 것이다.

조금 전까지만 해도 그는 아무 문제없이, 따뜻한 상태로 여기에, 내 안에 있었고, 이따금 그가 움직이는 것도 느껴졌다. 그는 분명히 살아 있었다. 내게는 독학자나 카페 랑데부 데 슈미노의 여사장보다도 더 생생하게 살아

있었다. 아마도 그는 나름의 변덕이 있는 듯, 여러 날 동
안 모습을 보이지 않기도 했다. 하지만 이유는 알 수 없지
만 어떤 날에는 마치 습도계 인형처럼 얼굴을 밖으로 내
밀었고, 그럴 때면 그의 창백한 얼굴과 파리한 뺨이 보이
곤 했다. 그리고 나타나지 않을 때에도 난 묵직하게 느껴
지는 그의 존재로 속이 온통 채워지는 것 같았다.

이제는 아무것도 남아 있지 않았다. 이 메마른 잉크의
흔적들 위에 거의 사라져버린 신선한 광채의 추억만큼도
남아 있지 않았다. 그것은 내 잘못이었다. 절대로 말하면
안 되는 딱 한 가지를 나는 말해버렸던 것이다. 나는 과거
가 존재하지 않는다고 말했다. 그러자 갑자기, 그리고 아
무런 소리도 없이 롤르봉 씨는 무無로 돌아가버렸다.

나는 그의 편지를 손에 들고 모종의 절망감에 사로잡
혀 어루만졌다.

"하지만 이건 그 사람이야." 나는 중얼거렸다. "이 기호
들을 한 자 한 자 적은 사람은 바로 그 사람이라고. 그는
이 종이 위에 몸을 굽히고, 종이가 움직이는 것을 막기
위해 종이 위에 손가락을 올려놓았어."

너무 늦었다. 이 단어들에는 더 이상 아무런 의미가 없
었다. 내 손이 누르고 있는 이 누런 종이 뭉치 외에는 더
이상 아무것도 존재하지 않았다. 물론 여기에는 복잡한
이야기가 얽혀 있었다. 롤르봉의 조카가 1810년 차르의

비밀경찰에 의해 암살되자 그의 서류들은 압수되어 비밀문헌고로 옮겨졌고, 그로부터 110년 후에는 정권을 장악한 소련 사람들에 의해 국립도서관에 보관되었고, 그것을 1923년 내가 훔쳐왔던 것이다. 하지만 이 모든 일은 사실처럼 느껴지지 않았고, 나 자신이 저지른 절도 행위에 대해서도 아무런 기억이 나지 않았다. 내 방에 있는 이 종이 뭉치의 존재를 설명하기 위해서는, 더 그럴듯한 이야기를 백 가지라도 어렵지 않게 찾아낼 수 있을 터였다. 하지만 그것들은 모두 이 꺼끌꺼끌한 종이들 앞에서는 거품보다도 공허하고 가볍게 느껴졌다. 롤르봉과 교신하기 위해서는 그것들에 기대하는 것보다는 차라리 곧바로 심령술 원탁에 힘을 빌리는 편이 나았다. 롤르봉은 더이상 없었다. 전혀 존재하지 않았다. 만일 그의 뼈가 아직 조금 남아 있다 하더라도, 그것은 그것 자체로, 독립적으로 존재할 뿐이었다. 그것들은 염분과 수분을 포함한 약간의 인산염과 탄산석회일 뿐이었다.

나는 마지막 시도를 해보았다. 내가 평소에 후작을 떠올릴 때 사용하곤 하는 장리스 부인이 쓴 그 구절을 되뇌어보았다.

'깨끗하고도 반듯하며, 천연두 자국으로 덮여 있고, 그가 아무리 감추려 애써도 눈에 띄고 마는 모종의 특이한 장난기가 느껴지는 그 주름진 작은 얼굴.'

그의 얼굴이 순순히 나타났다. 그의 뾰족한 코와 파리한 뺨과 미소가 보이는 것 같았다. 나는 원하면 언제든 그의 모습을 떠올릴 수 있었다. 어쩌면 전보다도 쉽게 그럴 수 있었다. 문제는 이 모습이 내 안에 존재하는 하나의 이미지, 하나의 허구에 불과하다는 사실이었다. 나는 한숨을 내쉬었고, 견딜 수 없는 공허감을 느끼며 의자 등받이에 털썩 몸을 기댔다.

4시 종이 울린다. 두 팔을 축 늘어뜨리고서 벌써 한 시간이나 의자에 앉아 있다. 어두워지기 시작한다. 그것 외에는 이 방에서 변한 것은 아무것도 없다. 책상 위에는 여전히 백지가 만년필과 잉크병 옆에 있다…… 하지만 나는 쓰기 시작한 종이 위에 더 이상 아무것도 쓸 수 없다. 문헌을 참고하러 뮈틸레가街와 르두트로路를 따라 도서관에 가는 일은 더 이상 절대로 없을 것이다.

벌떡 몸을 일으켜 밖으로 나가고 싶다. 나가서 뭐라도 하여 모든 걸 잊어버리고 싶다. 하지만 여기에서 손가락 하나라도 들어 올리면, 이렇게 꼼짝 않고 가만히 있지 않으면, 무슨 일이 일어날지 나는 알고 있다. 아직은 그 일이 일어나기를 **원치 않는다**. 언제나 그렇듯 그것은 너무 빨리 일어날 것이다. 나는 움직이지 않는다. 그리고 내가 끝맺지 않은 채로 남겨놓은 단락을, 종이 더미 위에 보이는 그 단락을 기계적으로 읽어본다.

누군가가 의도적으로 더없이 불길한 소문들을 퍼뜨렸다. 롤르봉 씨는 9월 13일에 조카에게 보낸 편지에서 자신이 지금 유언장을 작성했다고 쓴 것을 보면, 이 계략에 걸려든 것 같다.

이렇게 너무나도 흥미진진했던 롤르봉 사건은 뜨거운 열정처럼 끝나버렸다. 또 다른 열정을 찾아야 하리라. 몇 해 전, 상하이에 있는 메르시에의 사무실에서, 나는 갑자기 꿈에서 빠져나왔고, 잠에서 깨어났다. 그러고 나서 또 다른 꿈을 꾸었다. 나는 차르의 궁정에서, 너무나도 추워서 겨울이면 문 위에 고드름이 달리는 그 오래된 궁전에서 살았다. 오늘 나는 이 하얀 종이 더미를 마주한 채로 다시 깨어난다. 횃불들, 파티들, 제복들, 여인의 파르르 떠는 어깨들은 사라져버렸다. 그 대신 이 미지근한 방에 **무언가**가, 내가 보고 싶지 않은 무언가가 남았다.

롤르봉 씨는 나의 동업자였다. 그는 존재하기 위해 내가 필요했고, 나는 내 존재를 느끼지 않기 위해 그가 필요했다. 나는 원료를 제공했다. 내가 되팔아야만 하는, 어찌해야 할지 알 수 없는 원료, 바로 존재, **나의** 존재를 제공했다. 그의 역할은 연기하는 것이었다. 그는 내 앞에 있었고, 그의 멋진 삶을 **연기하여 내게 보여주기** 위해 내 삶

230

을 빼앗았다. 난 더 이상 내 안에서 존재하지 못했고, 그
의 안에서 존재했다. 내가 먹고, 숨 쉬는 것은 그를 위해
서였고, 나의 동작 하나하나의 의미는 바깥에, 저기에, 내
앞에, 그에게 있었다. 내게는 더 이상 종이 위에 글자를
쓰는 내 손도, 심지어는 내가 쓴 문장도 보이지 않았고,
그 뒤편, 종이 너머에 있는 후작이, 자신의 존재를 연장하
고, 공고히 해주는 이 동작을 요구하는 후작이 보였다. 나
는 그를 살게 하는 수단일 뿐이었으며, 그는 나의 존재 이
유였고, 나를 나 자신으로부터 해방시켜주었다. 그렇다면
이제 어떻게 해야 하나?

무엇보다도 움직이지 말아야 한다. **움직이지 말아야**
…… 아!

나도 모르게 어깨를 움찔하고 말았다.

그러자 기다리고 있던 무언가가 정신을 번쩍 차리며
내게로 달려들었다. 그것은 내 안에 흘러들었고, 난 그것
으로 가득 채워졌다. 그것은 결코 하찮은 것이 아니다. 그
것은 바로 나 자신이다. 해방되고, 풀려난 '존재'가 내게
로 밀려든다. 나는 존재한다.

나는 존재한다. 그것은 부드럽다. 너무나도 부드럽고,
너무나도 느릿하다. 그리고 가볍다. 저 혼자 공중에 떠 있
는 것 같다. 그리고 조금씩 움직인다. 그것은 사방에서 스
치듯 느껴지다가 이내 녹아내리고, 사라져버린다. 부드럽

다. 아주 부드럽다. 내 입안에 거품 같은 물이 있다. 그것을 삼키면, 목을 타고 내려가며 날 부드럽게 어루만진다. 그런데 그것은 다시 입안에 생겨나고, 내 입안에는 그 허연 물의 조그맣고 조용한 연못이 항상 고여 있어 내 혀를 간질인다. 그리고 이 연못도 나다. 그리고 혀도. 그리고 목구멍도 나다.

책상 위에 활짝 피어오르는 내 손이 보인다. 그것은 살아 있고, 그것은 나다. 그것이 열린다. 손가락들이 펼쳐지고, 길게 뻗는다. 그것은 손등을 아래로 하고 있어, 그 통통한 배가 보인다. 마치 자빠진 짐승처럼 보인다. 손가락들은 짐승의 다리다. 나는 재미 삼아 그것들을 움직여본다. 뒤집어져 등딱지를 땅에 댄 게처럼 다리들을 아주 빨리 움직인다. 게는 죽었다. 다리들은 다시 오므려져 손바닥 쪽으로 돌아온다. 손톱들이 보인다. 내게 속한 것 중 유일하게 살아 있지 않은 것들이다. 그러나 이조차 확실한 것이 아니다. 내 손은 뒤집혀 배를 바닥에 깔고 펼쳐지며, 이제 그것의 등을 보여준다. 은빛이 감돌고 약간 반질거리는 손등이다. 지골指骨들이 시작되는 곳에 붉은 터럭이 나 있긴 하지만 마치 물고기처럼 느껴진다. 내 손이 느껴진다. 팔의 끄트머리에서 꼬무락대고 있는 두 마리의 짐승, 이것들은 나다. 거기에 달린 다리들 중 하나를 다른 손이 손톱으로 긁는다. 내가 아닌 탁자 위에 놓인 손의 무게가 느껴진다. 이 무게감은 오래, 아주 오래 계속되며 사라지지 않는다. 이게 사라져야 할 이유가 없다. 결국 견딜 수가 없다…… 나는 손을 빼어 호주머니에 집어넣는다. 하지만 곧바로 천을 통해 내 허벅지의 열기가 느껴진다. 나는 즉시 호주머니에서 손을 빼어 의자 팔걸이 위에 늘어뜨린다. 이제는 팔 끝에 매달려 있는 그것의 무게가 느껴진다. 약간 당겨지는 느낌이 있다. 살살, 부드럽게 아래로 당겨지는 게 조금 느껴진다. 손이 존재한다. 나는 무리하지 않는다. 그것을 어디에다 두든, 손은 계속 존재할 테고, 난 그게 존재하는 것을 느낄 것이다. 그 느낌을 없애버릴 수 없다. 내 몸의 나머지 부분들도, 내 셔츠를 더럽히는 축축한 열기도, 누군가가 수저로 휘젓는 것처럼 게으르게 돌고 있는 이 모든 따스한 기름덩이도, 내 안에 돌아다니는 감각들, 이리저리 오가기도 하고, 옆구리에서 겨드랑이로 올라오기도 하고, 아니면 아침부터 저녁까지 나른하게 숨 쉬며 평소의 자리에 머물러 있기도 하는 이 모든 감각들도 없애버릴 수 없다.

나는 소스라치며 벌떡 일어선다. 생각을 멈출 수만 있어도 좋겠다. 세상에 생각만큼 밍밍한 게 없다. 살보다도 밍밍하다. 그것은 끝없이 늘어나고, 아주 이상한 맛을 남긴다. 또 생각들 안에는 말들이 있다. 끝맺지 않은 말들, 대충 스케치한 것 같은 문장들이 계속 나타난다. "나는 끝내야…… 나는 존재한…… 죽음…… 롤르봉 씨는 죽었다…… 나는 그게…… 나는 존재한……" 이렇게 계속 이어지고, 여기에는 끝이 없다. 이게 다른 무엇보다도 고약한 것은, 내게 책임이 있고, 내가 공범자라고 느껴지기 때문이다. 예를 들어 **나는 존재한**다라는 일종의 고통스러운 강박관념을 유지하는 것은 나다. 바로 나다. 몸은 일단 한번 시작되면 저 혼자 살아간다. 하지만 생각을 계속 유지하고, 생각을 전개해가는 것은 나다. 나는 존재한다. 나는 내가 존재한다고 생각한다. 아, 구불구불 길게 이어지는 이 존재한다는 느낌! 이것을 나는 아주 천천히 길게, 길게 늘여나간다…… 아, 제발 내가 생각하지 않을 수만 있다면! 나는 시도해보고, 또 성공한다. 머릿속이 뿌연 연기로 차는 느낌이 드는 듯하더니…… 그게 다시 시작된다. "연기…… 생각하지 않기…… 생각하고 싶지 않아…… 나는 생각하고 싶지 않다고 생각해. 생각하고 싶지 않다고 생각하지 말아야 해. 왜냐하면 그것도 생각이기 때문이야." 아, 이건 영원히 끝나지 않는 건가?

나의 생각, 그것은 나다. 그래서 멈출 수가 없는 것이다. 나는 생각하기 때문에 존재한다…… 그러니 나는 생각하는 것을 그만둘 수가 없다. 바로 이 순간에도 — 끔찍한 일이다 — 내가 존재한다면, 그것은 내가 존재하는 게 끔찍하다고 생각하고 있기 **때문이다**. 내가 갈망하는 무無로부터 나를 끌어내고 있는 게 바로 나다. 존재하는 것에 대한 증오와 혐오감, 이것들이 나를 존재하게 하는, 나를 존재 가운데로 밀어 넣는 방식들이다. 생각들은 내 뒤에서 어떤 현기증처럼 피어난다. 난 그것들이 머리 뒤에서 피어나는 것을 느끼고…… 그냥 그대로 놔두면 그것들은 앞으로, 두 눈 사이로 나아올 것이다. 그리고 또 계속 그대로 놔두면 생각은 부풀고 부풀어, 엄청난 크기가 되어 나를 온통 채우고, 나의 존재를 새롭게 한다.

침이 달착지근하고, 몸이 미지근하다. 나 자신이 밍밍하게 느껴진다. 탁자 위에 나이프가 있다. 칼날을 펼쳐본다. 뭐, 나쁠 것 없지 않은가? 어쨌든 조금은 바뀌지 않겠는가? 왼손을 메모지 위에 올려놓고, 손바닥에 칼을 내리친다. 손이 너무 떨렸는지 칼날이 미끄러져 살이 살짝만 베인다. 피가 흐른다. 자, 그래서? 무엇이 바뀌었단 말인가? 그래도 나는 흰 종이 위에 내가 조금 전에 써놓은 행들 위로, 마침내 나이기를 멈춘 이 작은 피의 연못이 괴는 것을 만족스레 쳐다본다. 백지에 써진 세 줄의 글, 그리고 피 얼룩, 이것들이 한데 모여 아름다운 추억을 이룬다. 그 밑에다 이렇게 써야 하리라. '이날 나는 롤르봉 후작에 대한 책을 쓰는 것을 포기했다.'

손을 치료할까? 나는 망설인다. 단조롭게 조금씩 흘러내리는 피를 들여다본다. 이제는 응고하고 있다. 끝났다.

베인 곳 주변의 살이 녹슨 것처럼 보인다. 피부 아래에는 다른 것들과 비슷한, 어쩌면 더 밍밍할 수도 있는 어떤 가벼운 감각만이 남아 있다.

5시 반 종이 울린다. 나는 일어서고, 차가운 셔츠가 살에 달라붙는다. 나는 밖으로 나간다. 왜? 뭐, 그러니까 그리하면 안 된다는 이유도 없기 때문이다. 여기에 남아 있는다 해도, 한쪽 구석에 조용히 웅크리고 있는다 해도, 나를 잊어버릴 수 없을 것이다. 나는 여기 있을 것이고, 마룻바닥에 무겁게 얹혀 있을 것이다. 나는 있다.

지나는 길에 신문 한 부를 산다. 센세이셔널한 뉴스가 떴다. 어린 뤼시엔의 시체가 발견되었단다! 잉크 냄새가 나고, 손가락 사이로 종이가 구겨진다. 흉측한 자는 달아났단다. 여자아이는 성폭행당했단다. 진흙 속에서 손을 꼭 오므린 시신이 발견되었단다. 나는 신문을 공처럼 꽉꽉 구긴다. 잉크 냄새가 난다. 맙소사, 오늘은 왜 이리 모든 게 강하게 존재하는지! 어린 뤼시엔은 성폭행당했다. 교살되었다. 그녀의 몸은, 무참히 짓밟힌 육체는 아직 존재한다. 하지만 **그녀는** 더 이상 존재하지 않는다. 그녀의 두 손. 그녀는 더 이상 존재하지 않는다. 집들. 나는 집들 사이로 걷는다. 나는 집들 사이에 있고, 똑바로 서서 걷는다. 발밑에 보도가 존재하고, 집들이 나를 삼키듯 다가온다. 물이 내 위로, 백조 모양의 종이 위로 삼키듯 다가

오고, 나는 있다. 나는 있고, 나는 존재한다. 나는 생각한다, 고로 나는 있다. 나는 생각하기 때문에 있는데, 왜 나는 생각할까? 난 더 이상 생각하고 싶지 않다. 나는 더 이상 존재하고 싶지 않다고 생각하기 때문에 존재한다. 나는 더 이상 존재하고 싶지 않다고 생각한…… 왜냐하면…… 에잇! 나는 달아난다. 흉측한 자는 달아났다. 성폭행당한 아이의 몸. 그녀는 그 다른 몸이 몸 안으로 파고드는 것을 느꼈다. 나는…… 그러니까 나는…… 성폭행당한 아이. 피비린내 나는 강간의 달콤한 욕구가 뒤에서 나를 붙잡는다. 귀 뒤쪽에서 아주 부드럽게 붙잡는다. 귀들이 뒤쪽으로 날아간다. 붉은 머리칼, 그것들은 내 머리 위에서 붉은색을 띠고 있다. 이 축축한 풀, 이 붉은 풀도 나일까? 그리고 이 신문도 나일까? 신문을 쥔다. 존재와 존재. 사물들이 서로 맞닿아 존재하고 있다. 나는 신문을 손에서 놓는다. 집이 불쑥 튀어나온다. 그것은 존재한다. 앞으로 이어지는 벽을 따라 나는 걷는다. 긴 벽을 따라 걸으며 나는 존재한다. 벽 앞에서 한 걸음을 내딛는다. 내 앞에 벽이 존재한다. 하나, 둘, 내 뒤에 있다. 벽이 내 뒤에 있다. 손가락 하나가 내 바지 속을 긁는다. 긁고, 긁고, 진흙 묻은 여자아이의 손가락을 잡아당긴다. 내 손가락에도 진흙이 묻어 있다. 질척이는 개울에서 빠져나온 그 손가락은 천천히, 천천히 다시 떨어져 내리고, 축 늘어

237

지면서 그 추악한 자에게 목이 졸린 여자아이의 손가락 들보다도, 진흙을, 더 무른 흙을 긁었던 그 손가락들보다 도 약하게 긁는다. 손가락은 천천히 미끄러져 머리를 아래로 하여 떨어져 내리고, 내 허벅지를 구르듯이 따스하게 애무한다. 존재는 부드럽고, 굴러가며 이리저리 흔들린다. 나는 집들 사이에서 이리저리 흔들린다. 나는 있다. 나는 존재한다. 나는 생각한다, 고로 나는 흔들린다. 나는 있다. 존재는 고꾸라진 추락이다. 고꾸라지지 않을 것이다. 고꾸라질 것이다. 손가락은 천창天窓을 긁는다. 존재는 불완전함이다. 저 신사. 저 멋진 신사는 존재한다. 신사는 자신이 존재하는 것을 느낀다. 저 멋진 신사는 존재한다. 아니, 저 지나가는 신사, 메꽃처럼 오만하고도 부드러운 멋진 신사는 자신이 존재하는 것을 느끼지 못한다. 활짝 피어난다. 칼에 벤 손이 아프다. 난 존재한다, 존재한다, 존재한다. 멋진 신사는 레종 도뇌르 훈장으로 존재하고, 저 콧수염으로 존재한다. 다만 그뿐이다. 레종 도뇌르 훈장과 콧수염만으로 존재한다면 얼마나 행복할 것인가? 나머지는 아무도 보지 못한다. 그에게는 코 양쪽으로 끝이 뾰족하게 뻗은 콧수염만 보일 뿐이다. 나는 생각하지 않는다, 고로 나는 콧수염이다. 그는 자신의 비쩍 마른 몸도, 커다란 발도 보지 못한다. 바지 속을 뒤지면 분명히 조그만 회색 지우개 두 개가 나오리라. 그에게는 레종 도뇌르 훈장이 있고, 개자식들에게는 존재할 권리가 있다. "나는 존재한다, 왜냐하면 그것은 내 권리이기 때문이다." 나는 존재할 권리가 있다, 고로 나는 생각하지 않을 권리가 있다. 손가락이 일어선다. 해볼까……? 활짝 핀 새하얀 시트 속에서 천천히 떨어지는 피어오른 하얀 살을 애무해본다? 겨드랑이의 그 축축한 꽃밭을, 그 묘약들을, 술들을, 활짝 만개한 살을 만지고, 타인의 존재 속으로, 붉은 점막들 속으로 묵직이 들어가본다? 감미로운, 감미로운 존재의 냄새여! 축축이 젖은 달콤한 입술들, 분홍빛 피로 붉게 물든 입술들, 존재로 흠뻑 젖어, 맑은 고름에 젖어 하품하는 그 맥동하는 입술들 사이로, 마치 눈처럼 눈물을 글썽거리는 다디단 젖은 입술들 사이에서 내 존재를 느껴본다? 살아 있는 살로 된 내 몸, 우글대며 체액들을 천천히 돌리는, 크림을 돌리는 살, 돌고, 돌고, 도는 살, 내 살의 부드럽고도 달콤한 물, 돌아가는 상처 입은 내 살을 부드럽게 어루만지는 내 손의 피, 아프다, 그 살이 걷는다, 나는 걷는다, 나는 도망간다, 나는 상처 입은 살을 가진, 이 벽들에서 존재로 상처 입은 살을 가진 흉측한 자다. 춥다. 나는 한 걸음 내딛는다. 춥다. 다시 한 걸음. 왼쪽으로 돈다. 그는 왼쪽으로 돈다. 그는 자기가 왼쪽으로 돈다고 생각한다. 미쳤다. 내가 미친 걸까? 그는 자기가 미쳤을까 봐 무섭다고 말한다. 존재. 어이, 존재 속의 꼬마, 알겠어? 그는 멈춰 선다. 몸이 멈춰 선다.
그는 자기가 멈춰 선다고 생각한다. 그는 어디에서 왔는
가? 무얼 하고 있는가? 그는 다시 출발한다. 그는 무섭
다. 아주 무섭다. 흉측한 자. 안개 같은 욕망. 욕망, 혐오
감. 그는 존재하는 게 역겹다고 말한다. 그가 역겨움을 느
낀다고? 그는 존재하는 것에 역겨움을 느끼는 것에 지쳤
다고 말한다. 그는 달린다. 그는 무엇을 바라는가? 그는
달려 도망치는 걸까? 호수에 몸을 던지려는 걸까? 그는
달린다. 심장, 심장이 뛴다. 축제다. 심장이 존재한다, 다
리가 존재한다. 숨결이 존재한다, 그것들은 달리면서 존
재한다, 헐떡이며, 아주 나른하게, 아주 부드럽게 펄떡이
며 헐떡인다. 나는 헐떡인다, 그는 자기가 헐떡인다고 말
한다. 존재는 뒤에서 내 생각들을 사로잡고, 살그머니 **뒤
에서** 살그머니 내 생각들을 피어나게 한다. 나는 뒤에서
붙잡히고, 생각하도록, 따라서 무언가 되도록 뒤에서 강
요당하고, 존재의 가벼운 방울들에 갇혀 헐떡이도록 뒤
에서 강요당한다. 그는 안개 같은 욕망의 방울이고, 거울
속의 그는 죽은 사람처럼 창백하다. 롤르봉은 죽었다. 앙
투안 로캉탱은 죽지 않았다. 정신을 잃고 싶다. 그는 정신
을 잃고 싶다고 말한다. 그는 달린다. 그는 족제비처럼 달
린다(뒤에서). 뒤에서, **뒤에서**. 뒤에서 습격당한, 존재가
뒤에서 강간한 어린 뤼시엔. 그는 용서를 빈다, 그는 용

서를 비는 게 부끄럽다. 제발, 사람 살려. 사람 살려, 고로 나는 존재한다. 그는 **바 드 라 마린**으로 들어간다. 조그만 갈보집의 조그만 거울들, 이 조그만 갈보집의 조그만 거울들 속에서 그는 얼굴이 창백하다. 키 크고 물렁한 빨간 머리 사내는 의자에 털썩 주저앉는다. 축음기가 돌아간다. 존재한다. 모든 게 돌아간다. 축음기가 존재한다. 심장이 뛴다. 돌아라, 돌아라, 인생의 술들아, 돌아라, 젤리야, 내 살의 시럽들아, 단것들아…… 축음기여.

When the mellow moon begins to beam
Every night I dream a little dream.
부드러운 달이 비치기 시작하면
난 매일 밤 작은 꿈을 꾸어요.

낮고 허스키한 목소리가 나타나자, 세상은, 존재들의 세상은 일순 꺼져버린다. 살로 이루어진 어떤 여자가 이 노래를 불렀다. 그녀는 더없이 아름답게 꾸미고 음반 앞에서 목소리를 녹음했다. 여자…… 쳇! 그녀도 나처럼, 롤르봉처럼 존재했었다. 나는 그녀에 대해 알고 싶지 않다. 하지만 여기에 이게 있다. 이게 존재한다고는 말할 수 없다. 돌고 있는 음반은 존재하고, 목소리에 부딪혀 진동하는 공기도 존재하고, 음반에 새겨진 목소리도 존재했었다. 듣고 있는 나도 존재한다. 모든 게 가득 채워져 있다. 존재가, 빽빽하고 무겁고 부드러운 존재가 어디에나 있다. 하지만 이 모든 부드러움 너머에 아주 가까우면서도 도달할 수 없는, 아! 너무나도 먼, 젊고, 냉엄하고, 그리고 평온한 이…… 엄밀함이 있다.

화요일

아무것도 없다. 존재했다.

수요일

종이 테이블보 위에 햇빛이 둥글게 비친다. 그 밝은 동그라미 안에 파리 한 마리가 어정거린다. 볕에 멍해진 녀석은 몸을 덥히며 앞다리를 마주 비빈다. 나는 녀석을 위해 짓눌러주려 한다. 녀석은 금빛 터럭이 햇빛에 반짝이는 이 거대한 검지가 불쑥 나타나는 것을 보지 못한다.

"선생님, 죽이지 마세요!" 독학자가 소리친다.

녀석은 터져버리고, 작고 허연 내장이 배에서 튀어나온다. 난 녀석에게서 존재를 덜어준 것이다. 나는 독학자에게 차갑게 말한다.

"녀석을 위해 그런 거예요."

내가 왜 여기 있지? 그리고 내가 여기 있지 말아야 할 이유는 또 뭐지? 때는 정오고, 나는 낮잠 잘 시간을 기다리고 있다(다행히도 잠은 나를 피하지 않는다). 나흘 후, 나는 안니를 만날 것이다. 지금으로써는 이것이 나의 유일한 존재 이유다. 그러고 나서는? 안니가 나를 떠나고 나면? 난 내가 무엇을 음험하게 바라고 있는지 안다. 나는 그녀가 더 이상 나를 떠나지 않기를 바라고 있다. 하지만 나는 안니가 내 앞에서 늙어가는 모습을 절대로 보이려 하지 않으리라는 사실을 잘 안다. 나는 약하고 고독하며, 그녀가 필요하다. 나는 힘이 있을 때 그녀를 만나고 싶다. 안니는 낙오자를 동정하지 않는다.

"선생님, 괜찮으세요? 어디 문제라도 있는 것은 아니시죠?"

독학자는 웃는 눈으로 나를 곁눈질한다. 그는 숨이 찬 개처럼 입을 벌리고 조금 헐떡거린다. 솔직히 말해서, 오늘 아침 그를 보는 게 기쁘기까지 했다. 누군가와 얘기를 나누는 게 필요했다.

"이렇게 같은 테이블에 앉아 있으니 얼마나 기쁜지 모르겠습니다." 그가 말했다. "추우시면 보일러 옆으로 자리를 옮겨도 됩니다. 저분들은 곧 나가실 거예요. 계산서를 가져오라고 했거든요."

누군가가 나를 염려해주고, 내가 추운지 궁금해한다.

나는 지금 다른 사람과 얘기하고 있는데, 이는 실로 몇 년 만의 일이다.

"아, 저분들 가시네요. 우리 자리를 바꿀까요?"

두 신사는 담배에 불을 붙였다. 그들은 나가서 햇빛을 받으며 맑은 공기 속으로 걸어간다. 그들은 두 손으로 모자챙을 잡고서 커다란 유리창들 옆을 지나간다. 그들은 웃고, 바람이 그들의 외투를 부풀린다. 아니, 난 자리를 옮기고 싶지 않다. 뭐 하겠다고? 게다가 여기에서도 유리창 너머로, 하얀 해수욕장 탈의실 지붕들 사이로 단단한 녹색 바다가 보인다.

독학자는 지갑에서 보라색의 네모난 딱지 두 장을 꺼냈다. 그는 조금 있다가 그것을 카운터에 줄 것이다. 나는 그중 하나에 쓰인 글을 거꾸로 읽는다.

보타네 식당, 가정식 요리.

점심 고정 가격, 8프랑.

전채 요리 선택 가능.

야채를 곁들인 고기 요리.

치즈 혹은 디저트.

식권 20매에 140프랑.

출입구 근처의 원탁에서 식사 중인 저 사내가 누구인

지 이제 알겠다. 프랭타니아 호텔에 종종 투숙하는 사람
으로, 외판원이다. 그는 이따금 주의 깊고도 웃음 띤 시선
으로 내 쪽을 힐긋거리지만, 나를 보는 것은 아니다. 지금
먹고 있는 것에 너무 열중해 있기 때문이다. 카운터 저편
에는 얼굴이 벌겋고 땅딸막한 두 남자가 백포도주를 곁
들여 홍합을 먹고 있다. 노란 콧수염을 조그맣게 달고 있
는 더 작은 남자는 어떤 이야기를 하면서 자기가 더 재미
있어한다. 그는 잠시 이야기를 멈추곤 하는데, 그때마다
눈부신 치아를 드러내며 껄껄댄다. 다른 남자는 웃지 않
고, 딱딱한 눈빛을 하고 있다. 하지만 그는 종종 '맞아' 하
듯이 고개를 주억거린다. 창가에는 마른 체구에 피부색
이 어두운 남자 하나가 앉아 있다. 품위가 느껴지는 용모
에 멋진 은발을 뒤로 넘긴 그는 생각에 잠긴 표정으로 신
문을 읽고 있다. 그는 기다란 좌석 옆쪽에 가죽 서류 가방
을 내려놓았다. 그는 비시 광천수를 마신다. 잠시 후면 이
모든 사람들이 밖으로 나갈 것이다. 음식으로 몸이 무거
워진 이들은 외투 자락을 활짝 펼치고, 살랑거리는 미풍
을 맞으며, 그리고 머리가 약간 뜨겁고 몽롱한 것을 느끼
며, 해변에서 노는 아이들과 바다에 떠 있는 배들을 바라
보며 부두의 난간을 따라 걸을 것이다. 그들은 각자의 일
터로 갈 것이다. 나는 아무 데도 가지 않는다. 내게는 일
이 없다.

독학자는 순진하게 웃는데, 그의 성긴 머리칼에 햇빛이
까불어댄다.

"메뉴를 고르시겠어요?"

그가 내게 메뉴판을 내민다. 전채 요리는 내가 선택할
수 있다. 동그랗게 썬 소시지, 래디시 샐러드, 회색 새우,
혹은 소스에 버무린 셀러리 한 접시 중에서. 부르고뉴 달
팽이 요리에는 추가 요금이 붙는다.

"소시지 주실래요?" 나는 웨이트리스에게 주문한다.

그는 내 손에서 메뉴판을 낚아챈다.

"더 나은 것은 없나요? 아, 부르고뉴 달팽이 요리도 있
네요."

"난 달팽이를 별로 좋아하지 않아서요."

"아! 그렇다면 굴은 어때요?"

"그것은 4프랑을 더 내야 해요." 웨이트리스가 말한다.

"아, 그럼 굴로 가져와요, 아가씨. 그리고 나는 래디시
샐러드를 주시고요."

그는 얼굴을 붉히며 설명한다.

"저는 래디시를 무척 좋아하거든요."

나도 마찬가지다.

"자, 그러고요?" 그가 묻는다.

나는 고기 요리 리스트를 훑어본다. 비프스튜가 괜찮아
보인다. 하지만 나는 내가 닭찜 요리를 시키리라는 걸 미

리 알고 있다. 추가 요금이 붙은 고기 요리는 그것뿐이다.

"자, 아가씨," 그가 말한다. "이분에게 닭찜 요리를 가져와요. 나는 비프스튜고요."

그는 메뉴판을 뒤집는다. 와인 리스트는 뒷면에 있다.

"우리, 와인도 한잔하죠." 그는 약간 엄숙한 표정으로 말한다.

"아니, 웬일이세요?" 웨이트리스가 놀란다. "술은 입에 대지도 않는 양반이!"

"하지만 나도 경우에 따라서는 술 한잔할 수 있어요. 자, 아가씨, 우리에게 앙주 로제와인 한 병 가져다줄래요?"

독학자는 메뉴판을 내려놓고, 빵은 짝짝 조각들로 찢어놓고, 냅킨으로 포크 등을 닦는다. 그는 신문을 읽고 있는 은발의 사내 쪽을 힐긋 한 번 쳐다본 후, 내게 미소를 짓는다.

"저는 평소에는 여기에 책을 한 권 가지고 온답니다. 그러지 말라는 의사의 권고에도 불구하고요. 안 그러면 너무 빨리 먹거든요. 씹지를 않아요. 하지만 제 위장은 강철 같아서 무엇이든 소화해내죠. 1917년 겨우내, 제가 포로였을 때, 음식이 너무 형편없어서 모두가 병에 걸렸어요. 물론 저는 다른 사람들처럼 병이 든 척했지만, 사실은 아무 일도 없었죠."

그는 전쟁 포로였단다…… 그에게서 처음 듣는 소리고, 나는 깜짝 놀란다. 그를 독학자가 아닌 다른 모습으로는 상상조차 할 수 없다.

"포로 생활을 어디서 했나요?"

그는 대답하지 않는다. 그는 포크를 내려놓고는, 나를 뚫어지게 쳐다본다. 무슨 고민거리를 얘기하려는 모양이다. 그가 도서관에서 뭔가 문제가 있어 보였던 것이 이제 기억난다. 나는 귀를 바짝 기울인다. 다른 사람의 고민거리를 동정하며 듣다 보면 내가 좀 바뀌지 않을까, 하는 생각이 든다. 나는 고민거리가 없다. 난 연금생활자만큼이나 돈이 있고, 섬겨야 할 상관도 없으며, 아내도, 자식도 없다. 그저 존재할 뿐이다. 그리고 이 존재한다는 고민은 너무나 애매하고 형이상학적인 것이라서 부끄러울 정도다.

독학자는 별로 얘기하고 싶은 것 같지도 않다. 얼마나 이상한 눈으로 나를 쳐다보는지! 그것은 무엇을 보기 위한 시선이라기보다는 영혼의 교감을 위한 시선이다. 독학자의 영혼은 그 기가 막힌 장님의 눈에까지 올라와 모습을 드러낸다. 내 영혼도 그렇게 한다면, 내 영혼도 유리창 위로 코를 삐죽 내민다면, 두 영혼이 서로 인사를 나눌 수 있으리라.

나는 그와 영혼의 교감을 원치 않는다. 그 정도까지 형편없이 타락하지는 않았다. 나는 몸을 뒤로 뺀다. 하지만 독학자는 내게서 눈을 떼지 않은 채로 테이블 위로 상체를 쭉 내민다. 다행히도 웨이트리스가 그의 래디시 샐러드를 가지고 왔다. 그는 다시 의자 위로 몸을 빼고, 눈에서는 영혼이 사라진다. 그는 얌전하게 먹기 시작한다.

"그래, 고민거리는 해결되셨나요?"

그는 소스라친다.

"무슨 고민거리 말입니까, 선생님?" 그는 깜짝 놀란 얼굴로 되묻는다.

"일전에 내게 말씀하셨잖아요?"

그의 얼굴이 새빨개진다.

"아!" 그는 딱딱한 목소리로 말한다. "아, 네, 일전에 그랬죠. 그러니까 선생님, 그 코르시카 사람 말이에요, 도서관에 있는 그 코르시카 사람."

그는 양처럼 고집스러운 얼굴을 하고 또다시 머뭇거린다.

"아, 뭐, 별일 아닙니다. 그런 걸로 선생님을 귀찮게 하고 싶지 않네요."

나는 더 이상 강요하지 않는다. 그는 그렇게 보이지는 않는데 엄청난 속도로 먹어치운다. 굴 요리를 가져왔을 때는 벌써 래디시 샐러드를 끝냈다. 그의 접시에는 녹색 줄거리 한 무더기와 젖은 소금이 조금 남았을 뿐이다.

바깥에서 두 젊은이가 두꺼운 판지로 만든 요리사 인형이 왼손으로 내밀고 있는(오른손으로는 프라이팬을 들고 있다) 메뉴판 앞에 멈춰 서 있다. 그들은 망설인다. 여자는 추운지, 모피 칼라 속으로 턱을 끌어당긴다. 청년이 먼저 결정하여 문을 열고는, 여자가 들어올 수 있게끔 비켜서준다.

그녀는 들어온다. 그녀는 상냥한 표정으로 주위를 둘러보며 몸을 바르르 떤다.

"여기 따뜻하네!" 그녀가 나지막이 말한다.

청년은 다시 문을 닫는다.

"안녕하세요?" 그가 인사한다.

독학자는 고개를 돌리고는 친절하게 화답한다.

"안녕하세요?"

다른 손님들은 대답하지 않지만, 품위 있는 신사는 신문을 조금 아래로 내리고는 깊숙한 시선으로 새로 들어온 손님들을 유심히 살핀다.

"고맙지만 됐어요."

그를 도우러 달려온 웨이트리스가 뭔가를 하기도 전에 청년은 유연한 동작으로 트렌치코트를 벗는다. 그는 코트 안에 재킷 대신 지퍼 달린 가죽점퍼를 입었다. 약간 실망한 웨이트리스는 젊은 여자 쪽으로 몸을 돌린다. 하지만 이번에도 청년은 그녀를 앞질러서 부드럽고도 정확한 동작으로 여자가 외투를 벗는 것을 돕는다. 그들은 우리 테이블 근처에 서로를 마주 보고 앉는다. 오래 사귄 사이는 아닌 것 같다. 청년은 얼굴이 피곤해 보이면서도 순수하게 느껴지고, 조금은 샐쭉해 보인다. 여자는 갑자기 모자를 벗고는, 미소 지으며 검은 머리칼을 흔든다.

독학자는 따뜻한 눈으로 그들을 오랫동안 쳐다본다. 그러다 내게로 고개를 돌리고는, 마치 "젊은이들이 참 예쁘지 않아요?"라고 말하듯이 애틋한 표정으로 눈을 찡긋한다.

그들은 추하지 않다. 그들은 말이 없지만, 둘이 같이 있어서, 같이 있는 모습을 보일 수 있어서 행복하다. 안니와 내가 피커딜리 레스토랑에 들어갈 때면, 우리가 사람들의 애틋한 관심의 대상이 되는 것을 느끼곤 했었다. 안니는 짜증스러워했지만, 나는 솔직히 말해서 약간 자랑스러웠다. 무엇보다도 놀랐다. 나는 이 청년에게 잘 어울리는 말끔한 용모가 아니었고, 추했지만 그 추함도 사람들의 마음을 짠하게 하는 추함이 아니었다. 단지 우리는 젊었을 뿐이고, 지금 나는 다른 이들의 젊음에 애틋해하는 나이다. 하지만 나는 애틋해하지 않는다. 여자는 어둡고도 부드러운 눈을 가지고 있다. 청년은 약간 얽은 황갈색 피부, 그리고 강한 의지가 느껴지는 매력적인 조그만 턱의 소유자다. 그들을 보면 마음이 뭉클한 것도 사실이지만,

조금 역겹기도 하다. 그들은 내게서 너무 멀게 느껴진다. 열기에 취해 나른해진 그들은 너무나도 달콤하면서 너무나도 미약한, 같은 꿈을 마음속으로 좇고 있다. 그들은 편안한 마음으로 노란 벽과 사람들을 신뢰 가득한 눈으로 바라본다. 그들은 세상이 지금 이대로 너무 좋다고, 지금 이대로 너무 올바르다고 생각하며, 그들 각자는 일시적으로 상대의 삶의 의미 가운데에서 자신의 삶의 의미를 길어낸다. 곧 그들은 둘이서 하나의 삶을, 아무 의미가 없는 느리고도 미지근한 삶을 살게 될 것이지만, 그들은 그 사실을 알아채지도 못할 것이다.

그들은 서로를 어려워하고 있는 것 같다. 결국 청년은 어색하면서도 결의에 찬 동작으로, 여자의 손가락 끝을 잡는다. 그녀는 숨을 크게 들이마시고, 둘은 함께 메뉴판 위로 몸을 굽힌다. 그렇다, 그들은 행복하다. 그래서? 그 다음엔?

독학자는 재미있다는 듯한, 약간 수수께끼 같은 표정을 짓는다.

"전 그저께 선생님을 봤어요."

"어디서요?"

"하! 하!" 그는 꾀바르면서도 나에 대한 존중심을 잃지 않은 표정을 지으며 웃는다.

그는 잠시 뜸을 들인 후 말한다.

"미술관에서 나오시더군요."

"아, 그래요! 그저께가 아니라, 토요일이었죠."

그저께는 정말이지 미술관 같은 데를 돌아다닐 기분이
아니었다.

"오르시니 테러 사건을 묘사한 그 유명한 목각 부조 작
품을 보셨나요?"

"그 작품은 몰라요."

"아니, 그게 말이 됩니까? 그 작품은 입구 오른쪽에 있
는 작은 전시실에 있어요. 파리 코뮌 사태 때 봉기했다
가, 대사면 때까지 부빌의 어느 다락방에 숨어서 지낸 사
람이 만든 작품이죠. 그는 미국으로 밀항하려 했는데, 이
곳의 항구경찰이 워낙 잘 조직되어 있어서요. 아주 멋
진 사람이었어요. 그는 강요된 여가 시간을 커다란 참나
무 판에다 조각을 하며 보냈어요. 나이프 하나와 손톱 다
듬는 줄 말고는 다른 도구가 없었죠. 아주 섬세한 부분
은 줄을 가지고 작업했어요. 다시 말해서 손과 눈으로 만
든 거죠. 목판은 가로가 150센티미터에 세로가 1미터였
어요. 작품 전체가 그 목판 하나로 이뤄져 있어요. 거기
에는 70명의 인물이 제 손만 한 크기로 새겨져 있고, 황
제의 마차를 끄는 말 두 마리도 들어가 있죠. 그런데 말
이죠, 선생님. 줄로 새긴 그 얼굴들이 진짜 사람 얼굴처
럼 생생해요. 제가 감히 말씀드리는데, 그건 정말 볼 만

한 가치가 있는 작품이랍니다."

나는 이 얘기에 깊이 들어가고 싶지 않다.

"난 보르뒤랭의 그림들을 보고 싶었을 뿐이에요."

독학자는 갑자기 슬픈 표정이 된다.

"아, 대전시실에 있는 그 초상화들 말인가요?" 그는 떨리는 미소를 지으며 말한다. "선생님, 전 회화는 전혀 이해하지 못한답니다. 물론 보르뒤랭이 위대한 화가라는 사실은 알고 있죠. 그에겐 '터치'가 있다고들 하죠. 터치, 필력…… 그걸 뭐라고 하죠? 하지만 선생님, 전 미적 쾌락에 대해선 전혀 문외한이랍니다."

나는 측은해하며 대답한다.

"나도 조각에 대해선 마찬가지예요."

"오, 선생님! 아아, 저 역시 그렇습니다. 그리고 음악에 대해서도요. 무용도 그렇고요. 하지만 어느 정도 지식은 가지고 있어요. 그런데 말이죠, 놀라운 일이 있어요. 젊은 애들 가운데, 제가 아는 것의 절반도 모르면서, 그림 앞에서 즐거워하는 친구들이 있더라고요."

"아마 그러는 척하는 거겠죠." 나는 맞장구쳐주었다.

"어쩌면요……"

독학자는 잠시 상념에 잠겼다.

"제가 유감스러운 것은 말이죠, 제가 모종의 즐거움을 느끼지 못한다는 사실이라기보다는, 인간 활동의 어떤 분야 전체가 낯설게 느껴진다는 사실이에요. 하지만 저도 인간이고, 그 그림들을 만든 것도 **인간들**인데……"

그는 목소리를 바꾸며 갑자기 말을 이었다.

"선생님, 제가 감히 이런 생각을 해본 적이 있답니다. 미美란 취향의 문제일 뿐이라고요. 각 시대마다 다른 규칙들이 있지 않나요? 잠깐만요, 선생님……"

나는 그가 호주머니에서 검은 가죽으로 장정된 수첩을 꺼내는 것을 놀라 바라본다. 그는 잠시 그것을 뒤적인다. 백지로 남겨진 쪽들이 많은데, 중간중간에 붉은 잉크로 몇 줄씩 써놓은 게 보인다. 그는 얼굴이 아주 창백해졌다. 그는 식탁보 위에 수첩을 올려놓고는, 펼친 페이지를 손바닥으로 꽉 누른다. 그러고는 어색하게 헛기침을 한다.

"제가 가끔씩 머릿속에 어떤 사유思惟가 일곤 해요…… 네, 감히 '사유'라고까지는 할 수 없지만요. 아주 이상해요. 제가 책을 읽고 있으면, 갑자기 말이에요, 도대체 어디서 오는지 알 수 없는데, 갑자기 꽉 하고 깨달아져요. 처음에는 이런 것에 별로 주의하지 않았는데, 결국 수첩을 한 권 사기로 마음먹었어요."

그는 말을 멈추고 나를 쳐다보며 대답을 기다린다.

"아, 아!" 나는 고개를 끄덕인다.

"선생님, 이 격언들은 물론 잠정적인 것들입니다. 아직 제가 학문이 짧거든요."

그는 떨리는 손으로 수첩을 든다. 아주 격동된 모습이다.

"여기에 마침 회화에 대한 얘기가 있네요. 제가 읽는 것을 한 번만 들어주시면 너무나 기쁘겠습니다."

"기꺼이 듣죠."

그는 읽는다.

"더 이상 아무도 18세기가 참되었다고 믿지 않는다. 한데 왜 18세기 사람들이 아름답게 여겼던 작품들을 보고 기쁨을 느끼기를 바란단 말인가?"

그는 애원하는 듯한 눈으로 나를 쳐다본다.

"선생님, 이걸 어떻게 생각해야 할까요? 어쩌면 제 말이 조금 역설적일 수도 있겠죠? 그러니까 저는 제 생각을 경구警句의 형식으로 표현해볼 수도 있겠다, 라고 생각했습니다."

"음, 그러니까 나는…… 난 아주 흥미로운 생각이라고 생각합니다."

"이런 말을 어딘가에서 읽으신 적이 있나요?"

"아뇨, 없어요."

"정말인가요? 아무 데서도 읽은 적이 없나요? 그렇다면 선생님," 그는 침울해지며 반문한다. "그렇다면 이 말이 진실이 아니기 때문이에요. 만일 이게 진실이라면, 누군가가 벌써 생각했을 거예요."

"아, 잠깐요." 내가 말한다. "지금 생각해보니까, 비슷한 말을 어딘가에서 읽은 것 같아요."

그의 눈이 반짝 빛난다. 그는 연필을 집어 든다.

"어떤 작가죠?" 그는 또박또박 묻는다.

"그러니까…… 르낭의 책에서요."

그는 행복해서 어쩔 줄을 모른다.

"혹시 그 구절을 정확하게 인용해주실 수 있으세요?" 그는 연필심을 혀로 적시면서 부탁한다.

"그게, 너무 오래전에 읽어서 말이죠……"

"오, 괜찮습니다, 괜찮아요."

그는 수첩에 쓴 자신의 격언 밑에다 르낭의 이름을 적는다.

"제가 르낭과 같은 생각을 한 거네요! 지금은 그분 이름을 연필로 적어놨지만," 그가 너무나도 기쁜 얼굴로 설명한다. "오늘 저녁에 빨간 잉크로 다시 쓸 겁니다!"

그는 얼마간 황홀하게 수첩을 들여다보고, 나는 그가 다른 격언들을 읽기를 기다린다. 하지만 그는 그것을 조심스럽게 다시 접어 호주머니에 넣는다. 아마도 한꺼번에 너무 많은 복을 받기가 두려운 모양이다.

"이 얼마나 유쾌한지 모르겠습니다!" 그가 친밀한 어조로 말한다. "이따금 이렇게 여유롭게 대화를 나눌 수 있다는 게 말이죠."

당연히 예상할 수 있는 일이었지만, 이 발언은 우리의 지루한 대화의 숨통을 끊어버린다. 긴 침묵이 뒤를 잇는다.

두 젊은이가 온 후로 레스토랑 분위기가 바뀌었다. 얼굴이 벌건 두 청년은 입을 다물었다. 그들은 젊은 여자의 매력적인 부분들을 거리낌 없이 뜯어본다. 품위 있는 신사는 신문을 내려놓고, 모종의 공모 의식마저 느껴지는 호의 어린 눈으로 커플을 쳐다본다. 그는 노년은 현명하고 청춘은 아름답다고 생각하면서, 나름 매력적으로 고개를 끄덕인다. 그는 자신이 여전히 잘생겼고, 기가 막히게 젊음을 유지하고 있으며, 자신의 그을린 피부와 날렵한 몸매로 아직도 여자들을 유혹할 수 있다는 걸 알고 있다. 그는 아버지가 된 듯한 느낌을 즐긴다. 웨이트리스의 감정은 보다 단순해 보인다. 그녀는 젊은이들 앞에 서서 입을 헤 벌리고 그들을 쳐다본다.

그들은 나지막이 얘기를 나눈다. 전채 요리가 나왔지만, 그들은 손도 대지 않는다. 귀를 기울이니 그들의 대화가 드문드문 들린다. 여자가 풍부하고도 허스키한 목소리로 하는 말이 보다 잘 이해된다.

"아네요, 장, 아니에요."

"왜 아니라는 거죠?" 청년은 열정에 사로잡혀 강하게 속삭인다.

"벌써 말했잖아요."

"그건 이유가 될 수 없어요."

몇 마디는 잘 들리지 않았는데, 그러고 나서 여자는 아주 매력적으로 지친 듯한 제스처를 해 보인다.

"난 너무 많이 시도해봤어요. 난 인생을 다시 시작할 수 있는 나이는 지났다고요. 난 너무 늙었어요."

청년이 묘한 웃음을 짓는다. 그녀는 다시 말을 잇는다.

"또 실망하게 되면…… 견딜 수 없을 거예요."

"확신을 가져야 해요." 청년이 말한다. "당신이 지금같이 사는 것은 사는 거라고 할 수 없어요."

그녀는 한숨을 내쉰다.

"나도 알아요!"

"자네트를 한번 봐요!"

"그래요." 그녀는 뾰로통하게 대답한다.

"난 그녀가 한 일은 아주 잘했다고 생각해요. 그녀는 용기가 있었어요."

"아세요?" 젊은 여자가 말한다. "사실 그녀는 기회가 오니까 잽싸게 잡았을 뿐이에요. 만일 나도 마음만 있었다면 그런 기회가 백 번은 있었을 거예요. 하지만 기다리는 편을 택했죠."

"맞아요." 그가 부드럽게 말한다. "당신이 나를 기다린 것은 정말 잘한 거예요."

이번에는 그녀가 웃는다.

"잘난 척하기는! 난 그렇게 말하지 않았어요."

나는 더 이상 그들의 말에 귀를 기울이지 않는다. 그들은 동침할 것이다. 그들은 그걸 알고 있다. 상대도 그걸 안다는 걸 피차 알고 있다. 하지만 그들은 젊고 순결하고 정결하기 때문에, 둘 다 자신에 대한 존중심과 상대에 대한 존중심을 간직하고 싶기 때문에, 사랑은 고이 다루지 않으면 안 되는 위대하고 시적인 어떤 것이기 때문에, 그들은 우선 한 주에도 여러 번 무도회와 레스토랑에 가서 그들의 의식儀式적이며 기계적인 작은 춤들을 보여줄 것이다.

결국은 시간을 보내야 하는 것이다. 그들은 젊고 건강하기 때문에 아직 시간이 30년은 더 있다. 따라서 그들은 서두르지 않고 꾸물대는데, 이것은 틀린 게 아니다. 일단 같이 자게 되면, 그들의 삶의 엄청난 부조리를 가릴 수 있는 무언가를 찾아내야 할 것이다. 하지만…… 꼭 자신에게 거짓말을 해야 할 필요가 있을까?

나는 홀을 둘러본다. 이 얼마나 웃기는 짓들인가! 모두가 심각한 얼굴로 앉아서 먹고 있다. 아니, 저들은 먹는 게 아니다. 저마다 맡은 임무를 제대로 수행하기 위해 원기를 회복하고 있는 중이다. 저들 각자는 자신이 존재한다는 사실을 알아채지 못하게 하는 소소한 개인적 집착

에 사로잡혀 있다. 저들 가운데에 자기가 누군가에게, 혹
은 무언가에 없어서는 안 될 존재라고 생각하지 않는 사
람은 하나도 없다. 독학자가 일전에 "이 방대한 종합 연구
를 시도할 만한 사람으로 누사피에만큼 자격을 갖춘 사
람이 없다는데"라고 말하지 않았던가? 저들 각자는 저
마다 작은 일을 하고 있고, 그것을 하기에 더 자격을 갖
춘 사람이 없다. 스완 치약을 파는 데 저기 있는 저 외판
원만큼 자격을 갖춘 사람이 없다. 옆에 앉은 아가씨의 치
마 밑을 뒤지기에 저 흥미로운 청년만큼 더 자격을 갖춘
사람이 없다. 지금 나도 저들 가운데에 있는데, 만일 저들
이 나를 본다면, 내가 하는 일을 하는 데 있어 나만큼 자
격을 갖춘 사람이 없다고 생각할 것이다. 하지만 나는 **알
고 있다.** 나는 대수롭지 않게 보이지만, 내가 존재하고 저
들이 존재한다는 것을 알고 있다. 만일 내가 잘 설득하는
법을 안다면, 저 은발의 멋진 신사 옆에 가서 앉아, 존재
란 무엇인지 설명할 텐데 말이다. 그가 어떤 표정을 지을
지 생각하면서 나는 웃음을 터뜨린다. 독학자는 놀라 나
를 쳐다본다. 나는 웃음을 멈추고 싶지만 멈춰지지가 않
는다. 나는 눈에서 눈물이 나도록 웃는다.

　"선생님, 기분이 아주 유쾌하신 모양이네요." 독학자가
조심스럽게 말한다.

　"왜 웃었냐면 말이죠……" 나는 웃으며 말한다. "우리

는 우리의 소중한 존재를 보전하기 위해 이렇게 먹고 마시고 있지만, 우리가 존재해야 할 이유는 전혀, 전혀 없다는 생각이 들어서요."

독학자는 심각한 표정이 되고, 나를 이해해보려고 노력한다. 내가 너무 크게 웃은 모양으로, 여러 명이 내 쪽으로 고개를 돌린다. 그리고 내가 너무 많은 말을 지껄인 게 후회가 된다. 결국 이것은 아무와도 상관없는 일인데 말이다.

그는 천천히 되풀이한다.

"존재해야 할 이유가 전혀 없다…… 선생님께서는 아마도 삶에 의미가 없다고 말씀하시고 싶으신 거겠죠? 그것은 이른바 염세주의란 것 아닌가요?"

그는 잠시 더 생각해보더니, 부드럽게 말한다.

"몇 해 전에 어떤 미국 작가의 책을 읽은 적이 있어요. 제목이 《삶은 살 만한 가치가 있는가?》였던가? 선생님께서는 스스로에게 이런 질문을 하고 계신 건가요?"

물론 아니다. 난 그런 질문을 해본 적이 없다. 하지만 난 아무것도 설명하고 싶지 않다.

"그의 결론은" 독학자는 위로하는 듯한 어조로 말한다. "의지적 낙관주의를 옹호하는 것이었습니다. 삶은 우리가 거기에 어떤 의미를 부여하고자 하면 의미가 있다는 거죠. 먼저 행동하고, 어떤 기도企圖에 뛰어들어야 한다. 그러고 나서 생각해보면, 주사위는 이미 던져졌고, 우리는 이미 그 안에 들어와 있다는 거죠. 선생님께서는 여기에 대해 어떻게 생각하실지 모르겠습니다."

"뭐, 아무 생각도 안 해요." 내가 대답한다.

아니, 그보다는 이 말은 바로 세일즈맨과 두 젊은이와 은발의 신사가 끊임없이 스스로에게 하는 거짓말이라고 생각한다.

독학자는 약간 꾀바르면서도 대단히 엄숙한 표정으로 미소를 짓는다.

"사실은 내 생각도 그렇지 않습니다. 난 우리 삶의 의미를 그렇게 멀리서 찾을 필요가 없다고 생각해요."

"아?"

"선생님, 우리에겐 목적이 하나 있습니다. 목적이 하나 있어요…… 사람들이 있다고요."

아, 그렇지, 나는 그가 휴머니스트라는 사실을 잊고 있었다. 그는 잠시 침묵을 지킨다. 그러면서 비프스튜와 빵 한 조각을 깨끗이, 그리고 가차 없이 먹어치운다. "사람들이 있다고요……" 지금 이 착한 사내는 자신의 모습을 온전히 그려낸 것이다. 맞다, 하지만 그는 이것을 잘 표현하지는 못한다. 그의 눈에서 영혼이 충분히 느껴진다는 것은 부인할 수 없는 사실이지만, 영혼만으로는 충분치 않다. 전에 나는 파리의 휴머니스트들을 사귀었고, 그들이 "사람들이 있다"라고 하는 말을 수백 번 들었는데, 그들은 완전히 달랐다! 비르강은 타의 추종을 불허했다. 그는 마치 자신의 벌거벗은 모습을, 인간으로서의 자신의 알몸을 보여주듯이 안경을 벗고는, 감동적인 눈으로, 나의 인간적 본질을 포착하기 위해 나를 벌거벗기는 것 같은 그 피곤하고도 침중한 시선으로 나를 응시한 다음, "여보게, 사람들이 있다네, 사람들이 있단 말이야"라고 노래하듯이 속삭이곤 했다. 그러면서 마치 자신의 인간에 대한 사랑이 끊임없이 새롭고도 놀랍게 느껴지고, 어떤 거추장스러운 날개처럼 당황스러운 듯 '있다네'에 힘을 주곤 했다.

독학자의 흉내에는 아직은 이런 매끄러움이 없었다. 그의 인간에 대한 사랑은 순진하고도 투박했다. 그는 이를테면 시골뜨기 휴머니스트라고 할 수 있었다.

"사람들……" 나는 그에게 말했다. "사람들이라…… 어쨌든 당신은 사람들에게 그렇게 신경 쓰는 것 같지는 않던데요. 항상 혼자 있고, 항상 책에 코를 박고 있잖아요."

독학자는 손뼉을 딱 치고는, 의미심장한 표정으로 웃기 시작한다.

"그건 잘못 생각하신 거예요. 아, 선생님, 제가 감히 말씀드리는데, 그건 선생님이 잘못 생각하신 거예요."

그는 잠시 생각에 잠기며, 남은 음식을 살그머니 마저 삼킨다. 그의 얼굴은 새벽빛처럼 환히 빛난다. 그의 뒤에서 젊은 여자가 가벼운 웃음을 터뜨린다. 청년은 그녀에게로 몸을 굽히고 귀에 대고 뭐라고 얘기한다.

"선생님이 잘못 생각하시는 것은 너무나 당연한 일이에요." 독학자가 말을 잇는다. "제가 오래전에 말씀드렸어야 했는데…… 하지만 선생님, 제가 너무 소심해서요…… 그럴 기회를 찾고 있었어요."

"지금이 바로 그 기회인 것 같군요." 내가 정중하게 말했다.

"네, 저도 그렇게 생각해요! 저도 그렇게 생각해요! 선생님, 그러니까 말이죠……" 그는 얼굴을 붉히며 말을 멈춘다. "하지만 혹시 제가 선생님을 귀찮게 하는 것은 아닐까요?"

나는 그를 안심시킨다. 그는 기쁨의 한숨을 내쉰다.

"선생님처럼 넓은 식견과 예리한 지성을 겸비한 분을 매일 만날 수 있는 것은 아닙니다. 사실은 벌써 몇 달 전부터 선생님께 말씀드리고 싶었습니다. 제가 어떤 사람이었으며, 어떤 사람이 되었는지……"

그의 접시는 마치 새로 가져온 접시처럼 깨끗하게 비워져 있다. 나는 내 접시 옆에 있는 조그만 주석 그릇의 갈색 소스에 닭다리 하나가 잠겨 있는 것을 발견한다. 이

걸 먹어야 한다.

"조금 아까 제가 독일에서 포로 생활을 했다고 말씀드렸죠. 거기서 모든 게 시작되었습니다. 전쟁 전에 저는 외톨이였는데, 그 사실을 모르고 있었습니다. 좋으신 분들이었던 부모님과 같이 살았지만, 그분들과 사이가 좋지 않았어요. 아, 그 시절만 생각하면…… 어떻게 그렇게 살 수 있었을까요? 선생님, 전 죽은 거나 다름없었지만, 그 사실을 꿈에도 몰랐어요. 전 우표 수집이나 하며 살았답니다."

그는 나를 쳐다보며 말을 멈춘다.

"…… 선생님, 그런데 안색이 창백하시네요. 피곤해 보이십니다. 제가 귀찮게 하는 것은 아니겠죠?"

"아뇨, 이야기가 아주 흥미롭습니다."

"전쟁이 일어났고, 저는 이유도 모르고서 참전했어요. 그렇게 아무것도 이해하지 못하는 채로 2년을 보냈죠. 왜냐하면 전선의 삶은 깊이 생각할 시간을 거의 주지 않았고, 병사들은 너무 거칠었기 때문이에요. 1917년 말에 전 포로가 되었어요. 나중에 들은 얘기인데, 많은 병사가 포로 생활을 하면서 어린 시절의 신앙을 되찾았답니다. 선생님!" 독학자는 이글거리는 눈동자 위로 눈꺼풀을 지그시 내리며 말한다. "저는 신을 믿지 않아요. 신의 존재는 과학에 의해 부정되고 있죠. 하지만 포로수용소에서 저는 사람들을 믿는 것을 배우게 되었습니다."

"그들은 자신의 운명을 용기 있게 견뎌냈나요?"

"네." 독학자는 엄숙하게 대답한다. "물론 그 점도 있습니다. 그리고 우리는 괜찮은 대우를 받기도 했고요. 하지만 저는 다른 것을 말하고 싶습니다. 전쟁이 끝나갈 무렵, 저들은 우리에게 전혀 일을 시키지 않았습니다. 비가 오면 우리를 목재로 된 커다란 헛간에 들어가게 했죠. 거기에 200명이나 되는 사람을 처넣었어요. 문을 닫으면, 우리는 거의 아무것도 보이지 않는 어둠 속에서 서로 몸을 딱 붙이고 있어야 했지요."

그는 잠시 머뭇거린다.

"선생님, 그걸 어떻게 설명해야 할지 모르겠습니다. 그 모든 사람들이 거기 있었어요. 거의 보이지도 않았지만, 자기에게 밀착된 그들의 몸이 느껴졌고, 그들이 숨 쉬는 소리가 들렸어요…… 그 헛간에 갇혔을 때 처음에는 너무나도 답답해 숨이 막힐 것 같았지만, 어느 순간 제 안에서 갑자기 기쁨이 솟아나는데, 그 기쁨이 얼마나 강렬했는지 전 정신을 잃을 뻔했어요. 그때 전 제가 이 사람들을 내 형제처럼 사랑한다는 것을 느꼈고, 그들을 모두 포옹하고 싶었어요. 그날 이후로, 거기에 돌아갈 때마다, 전 동일한 기쁨을 느꼈답니다."

이제 식어버렸을 내 닭고기를 먹어야 한다. 독학자는

진즉 먹어버렸고, 웨이트리스는 접시를 치우려고 기다리고 있다.

"저에게 그 헛간은 어떤 신성한 성격을 띠게 되었습니다. 이따금 저는 경비병들 몰래 혼자서 그 안에 들어가곤 했죠. 그리고 그곳의 어둠 속에서 제가 느낀 기쁨을 떠올리며 일종의 법열에 잠기곤 했어요. 그 안에 있으면 시간이 가는 줄도 몰랐죠. 심지어는 흐느낀 적도 있었답니다."

나는 어떤 병이 든 모양이다. 그것 말고는 지금 나를 사로잡은 이 엄청난 분노를 달리 설명할 길이 없다. 그렇다, 이것은 병적인 분노다. 두 손이 덜덜 떨리고, 피가 거꾸로 치솟고, 입술까지 푸들거리기 시작한다. 이 모든 것의 이유는 그저 닭고기가 차가웠기 때문이다. 사실은 나도 차가웠고, 그게 가장 힘들었다. 이게 무슨 말인가 하면, 지난 서른여섯 시간 동안 내 속은 똑같은 상태로, 얼음장처럼 아주 차가웠다는 뜻이다. 분노가 소용돌이치며 내 안을 관류했는데, 그것은 어떤 몸서리 같은 것, 이 체온저하에 대한 반작용, 그것에 맞서 싸우기 위한 의식의 노력 같은 것이었다. 그래봤자 소용없었다. 어쩌면 대수롭지 않은 것을 가지고 독학자나 웨이트리스에게 욕설을 퍼부으며 그들을 폭행할 수도 있었다. 하지만 그 짓에 전적으로 뛰어들진 않았다. 나의 분노는 표면에서만, 그리고 잠시 동안만 들끓었을 뿐이고, 나는 스스로가 마치 불에 감싸인 얼음덩어리, 혹은 오믈렛 쉬르프리즈[32]가 된 것 같은 괴로운 느낌에 사로잡혔다. 이 피상적인 동요는 곧 사라졌고, 독학자가 다음과 같이 말하는 소리가 들렸다.

"일요일마다 전 미사에 갔어요. 선생님, 전 신앙을 가진 적이 한 번도 없었습니다. 하지만 미사의 진정한 신비는 사람들 간의 교감이라고 말할 수 있지 않을까요? 팔이 하나밖에 없는 프랑스 신부가 미사를 집전했어요. 우리에겐 풍금이 하나 있었죠. 우리는 모자를 벗고 서 있었고, 풍금 소리가 황홀하게 울릴 때면, 저는 저를 둘러싼 모든 사람들과 하나라는 느낌이 들었어요. 아, 선생님! 제가 그 미사들을 얼마나 사랑했는지 모릅니다! 지금도 그 미사들을 기념해, 이따금 일요일 아침에 성당에 가곤 하지요. 이곳 생트 세실 성당에도 훌륭한 오르간 주자가 있답니다."

"종종 그때의 삶이 그리워졌던 모양이군요?"

"네, 선생님. 제가 석방된 해인 1919년의 일이었습니다. 전 몇 달을 아주 힘들게 보냈죠. 무엇을 해야 할지 알 수 없는 가운데 심신이 시들어 갔습니다. 어디서든 사람들이 모여 있는 곳만 보이면 슬그머니 그들 틈에 끼어들었죠.

---

32 디저트의 일종으로, 겉은 오믈렛처럼 생긴 구운 머랭이고, 속에는 아이스크림이 들었다.

심지어는……" 그는 미소를 지으며 덧붙인다. "어떤 모르는 사람의 장례식에 따라간 적도 있답니다. 어느 날은 절망감에 사로잡혀 수집한 우표들을 태워버린 적도 있고…… 하지만 전 제 길을 찾았어요."

"정말입니까?"

"어떤 분이 제게 조언해주시기를…… 선생님, 전 선생님께서 입이 무거운 분이라는 걸 알고 있습니다. 전—선생님은 저와 사상이 다르실 수도 있겠지만, 생각이 넓으신 분이시니 말씀드리겠습니다— 전 사회주의자입니다."

그는 눈을 아래로 내리깔았고, 긴 속눈썹이 파르르 떨린다.

"1921년 9월부터 저는 사회주의 정당인 S.F.I.O.[33]에 속해 있습니다. 자, 이게 제가 선생님께 말씀드리고 싶었던 겁니다."

그의 얼굴에 자부심이 넘쳐흐른다. 그는 머리를 뒤로 젖히고, 눈을 반쯤 감고, 입은 헤 벌리고서 나를 쳐다본다. 마치 어떤 순교자 같은 모습이다.

"네, 아주 좋네요." 내가 말했다. "아주 멋져요."

---

33 Section Française de l'Internationale Ouvirière(국제 노동자 동맹 프랑스 지부)의 약자.

"선생님, 전 선생님께서 절 인정해주실 줄 알았습니다. 그리고 일부러 찾아와서 난 지금까지 이러이러한 식으로 살아왔고, 지금은 너무 행복하다, 라고 말하는 사람을 어떻게 비난할 수 있겠습니까?"

그는 두 팔을 옆으로 벌리며, 손가락들을 아래로 하여 마치 성흔聖痕을 받으려는 것처럼 두 손바닥을 내게 펼쳐 보인다. 그의 눈은 흐릿하고, 입속에 어두운 분홍빛 덩어리가 굴러다니는 게 보인다.

"아," 나는 대답한다. "그렇게 행복하다고 하시니……"

"행복하다고요?" 그는 갑자기 눈빛이 거북스럽게 변하면서, 눈꺼풀을 올리며 나를 딱딱하게 노려본다. "선생님은 그걸 가지고 저를 판단할 수 있으시겠죠. 저는 이렇게 결정하기 전에 자살을 생각할 정도로 끔찍한 고독을 느끼며 살았습니다. 그때 저를 붙잡은 것은, 내가 죽어도 아무도, 정말로 아무도 가슴 아파하지 않을 거라는 생각, 난 살았을 때보다 죽었을 때 더 외로울 거라는 생각이었습니다."

그는 두 볼을 불룩하게 하며 벌떡 일어선다.

"나는 더 이상 혼자가 아닙니다. 더 이상은 결코 그렇지 않습니다."

"오, 아는 분이 많으십니까?" 내가 묻는다.

그는 미소를 지었고, 그 즉시 나는 내가 순진했음을 깨닫는다.

"그러니까 제 말은, 제가 더 이상 외롭다고 느끼지 않는다는 얘깁니다. 선생님, 꼭 누구와 같이 있어야 할 필요는 없습니다."

"하지만 S.F.I.O.에서는……"

"아, 그곳 사람들은 다 압니다. 하지만 대부분은 이름만 알지요." 그는 꾀바른 표정을 지으며 말한다. "친구를 꼭 그렇게 좁게 사귀어야 한다는 법이 있습니까? 세상 모든 사람이 제 친구입니다. 아침에 출근할 때, 제 앞에, 제 뒤에 저마다의 일터로 향하는 사람들이 있어요. 전 그들을 바라봅니다. 용기를 낸다면 미소도 지을 수 있겠죠. 그러면서 생각합니다. 나는 사회주의자다, 저들은 내 삶과 내 모든 노력의 목적이다, 저들은 아직 이걸 모르고 있을 뿐이다, 라고요. 선생님, 이것은 제게 축제입니다."

그는 어떠냐는 듯이 내게 눈으로 묻는다. 나는 고개를 끄덕여주지만, 그는 보다 열광적인 반응을 기대한 모양으로 약간 실망하는 기색이 느껴진다. 하지만 나보고 어쩌란 말인가? 그가 하는 모든 말에서 다른 사람의 말을 가져다 쓰는 것이, 인용하는 것이 느껴졌다면, 그게 어디 내 잘못인가? 아아, 난 너무나도 많은 휴머니스트들을 겪어봤다! 급진적 휴머니스트는 누구보다도 관리들의 친구이다. 이른바 '좌파' 휴머니스트의 주요 관심사는 인간적 가치들을 지키는 것이다. 그는 인간을 배신하고 싶지 않으므로 어느 당파에도 속하지 않으나, 그의 동정심은 주로 가난한 이들에게 향한다. 그는 멋진 고전적 교양을 이 가난한 이들을 위해 사용한다. 대부분의 경우 눈물로 촉촉이 젖은 아름다운 눈을 가진 독신자로, 그는 기념일마다 흐느낀다. 그는 고양이와 개 등 모든 상급의 포유류도 사랑한다. 공산주의 작가는 제2차 5개년 계획[34] 이후로 인간을 사랑한다. 그는 사랑하기 때문에 징벌한다. 강한 사람들이 모두 그렇듯 신중한 그는 자신의 감정을 감출 줄 알지만, 한 번의 시선, 한 번의 억양 변화만으로도 판관과도 같은 그의 준엄한 말들 뒤에 형제들에 대한 격렬하면서도 부드러운 열정이 숨어 있음을 느끼게 한다. 가장 늦게 나타난 자, 막내 베냐민이라고 할 수 있는 가톨릭 휴머니스트는 기가 막힌 분위기를 연출하며 인간에 대해 얘기한다. 그는 이렇게 말한다. 런던의 부두 노동자나 구두 공장 여직공 같은 가장 보잘것없는 이들의 삶은 얼마나 아름다운 동화인지요! 그는 천사들의 휴머니즘을 택한 것이다. 그는 천사들을 계도하기 위해 슬프고도 아름다운 장편소설들을 쓰며, 그것들로 종종 페미나상을 받곤

---

34 소련의 스탈린 체제에서 국가경제발전을 위해 1933년에서 1937년까지 추진된 대규모 사업을 말함.

한다.

이것이 휴머니스트의 주요한 유형들이다. 하지만 다른 유형도 무수히 많다. 마치 맏형처럼 형제들을 보살피고, 의무감으로 충만한 철학적 휴머니스트, 있는 그대로의 인간을 사랑하는 휴머니스트, 우리가 마땅히 되어야 하는 인간을 사랑하는 휴머니스트, 동의하에 인간을 구하려는 휴머니스트, 원치도 않는데 인간을 구하려는 휴머니스트, 새로운 신화를 만들려는 휴머니스트와 옛 신화들에 만족하는 휴머니스트, 인간의 죽음을 사랑하는 휴머니스트, 인간의 삶을 사랑하는 휴머니스트, 항상 사람들을 웃길 줄 아는 쾌활한 휴머니스트, 특히 장례식 전날 밤에 만나게 되는 어두운 휴머니스트. 그들은 모두가 서로를 증오한다. 물론 개인으로 미워하는 것이지, 인간으로 미워하는 것은 아니다. 하지만 독학자는 모른다. 자신이 고양이들을 하나의 가죽 자루에 가두듯이 그들을 자기 안에 가두었고, 자신도 모르는 사이에 그들이 서로를 찢어발기고 있다는 사실을.

그는 벌써 신뢰감이 줄어든 눈빛으로 나를 쳐다본다.

"선생님은 저처럼 이런 게 느껴지지 않으십니까?"

"아, 글쎄요······"

조금 원망하는 것 같은 그의 불안한 표정 앞에서, 나는 그를 실망시킨 것이 잠시 후회가 된다. 하지만 그는 상냥하게 말을 잇는다.

"그래요, 압니다. 선생님에겐 선생님의 연구와 선생님의 책이 있죠. 하지만 선생님 나름의 방식으로 같은 일을 하고 계시는 겁니다."

'내 책'과 '내 연구'라, 천치 같으니! 이렇게 멍청한 말이 또 있을까!

"나는 그것 때문에 글을 쓰는 게 아닙니다."

순간, 독학자의 낯빛이 변한다. 아마 적의 냄새를 맡은 모양으로, 그에게서 이런 표정을 본 적이 없다. 우리 사이에 무언가가 죽어버렸다.

그는 짐짓 놀란 척하면서 묻는다.

"하지만…… 이걸 물어봐도 될지 모르겠지만, 선생님께서는 왜 글을 쓰시죠?"

"글쎄요, 모르겠어요…… 그냥 쓰는 거예요."

그는 득의의 미소를 짓는다. 내 허점을 잡았다고 생각한다.

"그렇다면 선생님은 무인도에서도 글을 쓰시겠습니까? 우린 항상 누군가에게 읽히기 위해 글을 쓰는 것 아닙니까?"

그가 모든 문장을 의문형처럼 만드는 것은 그저 습관일 뿐이다. 사실 그는 단언한다. 그의 매끈한 표면을 이루고 있던 부드러움과 수줍음은 부스러져 떨어져 내리고,

난 더 이상 그를 알아볼 수가 없다. 그의 얼굴에는 묵직한 고집이 보이기 시작한다. 자만심의 벽 말이다. 내가 아직 놀람에서 헤어나지 못하고 있는데, 그가 말하는 소리가 들린다.

"누군가가 '나는 어떤 사회적 범주에 속하는 이들을 위해 쓴다' 혹은 '한 무리의 친구들을 위해 쓴다'라고 말한다면, 그럼 더 이상 바랄 게 없지요. 어쩌면 선생님은 후세를 위해 쓰시는 걸지도 모릅니다…… 선생님, 본인의 의도와는 상관없이 선생님도 누군가를 위해 쓰고 계시는 거예요."

그는 대답을 기다린다. 대답이 나오지 않자 그는 희미하게 미소 짓는다.

"혹시 선생님께선 인간 혐오주의자인가요?"

나는 이 허울 좋은 화해의 노력이 무엇을 숨기고 있는지 안다. 사실 그는 큰 것을 요구하지 않는다. 그저 라벨을 하나 받아들이라고 요구할 뿐이다. 하지만 이것은 함정이다. 만일 내가 동의하면 독학자는 승리한다. 나는 곧바로 포위되고, 붙잡히고, 추월될 것인바, 왜냐하면 휴머니즘이 모든 인간적 태도들을 싸잡아서는 한데 녹여버릴 것이기 때문이다. 만일 내가 정면으로 맞서면, 이는 그가 바라는 바다. 휴머니즘은 반대자들을 양분으로 살아간다. 고집스럽고 편협한 부류들, 강도 같은 사람들도 휴머니즘에는 번번이 깨진다. 그들이 어떤 짓을 하든, 휴머니즘은 여유 있게 소화하여 부글부글 거품이 이는 허연 림프액으로 만든다. 휴머니즘은 지금까지 반지성주의, 마니교, 신비주의, 염세주의, 무정부주의, 이기주의를 소화해냈다. 그것들은 각각의 단계, 휴머니즘 안에서 그 정당성을 찾게 되는 불완전한 사고였을 뿐이다. 이 콘서트에서 인간 혐오주의자도 한자리를 차지한다. 그것은 전체의 하모니에 필요한 하나의 불협화음일 뿐이다. 인간 혐오주의자도 인간이기 때문에 휴머니스트는 일종의 인간 혐오주의자가 되어야 한다. 하지만 그것은 증오를 적당히 조절할 줄 아는, 나중에 인간을 보다 많이 사랑하기 위해 인간을 증오하는 과학적 인간 혐오주의자다.

나는 그들 가운데로 통합되고 싶지도 않고, 내 아름다운 붉은 피가 이 림프질의 짐승을 살찌우는 것도 원치 않는다. 나는 '난 반反휴머니스트입니다'라고 말하는 멍청한 짓은 하지 않을 것이다. 그저 난 휴머니스트가 **아닙니다**, 라고만 말할 것이다.

"우리는" 나는 독학자에게 말한다. "인간을 사랑할 수도, 미워할 수도 없다고 생각합니다."

독학자는 마치 보호자 같은 오만한 표정으로 나를 쳐다본다. 그는 아무 생각 없이 말을 하는 것처럼 중얼거리듯 말한다.

"그들을 사랑해야 해요…… 그들을 사랑해야 합니다……"

"누구를 사랑해야 하죠? 여기 있는 사람들 말인가요?"

"네, 이들도 사랑해야죠. 모두를 사랑해야 합니다."

그는 젊음으로 환히 빛나는 커플에게로 눈길을 돌린다. 자, 우리가 사랑해야 할 대상이 저기 있습니다. 그는 잠시 은발의 신사를 응시한다. 그런 다음 내게로 눈을 돌리는데, 그의 얼굴에 말 없는 질문이 떠오르는 게 보인다. 나는 아니라고 고개를 젓는다. 그는 나를 동정하는 표정이 된다.

"당신도 아니잖아요." 나는 역정이 나서 말한다. "당신도 저들을 사랑하지 않잖아요."

"정말입니까, 선생님? 그렇다면 저는 선생님과 다른 의견을 가져도 되겠습니까?"

그는 다시 손톱 끝까지 공손해지지만, 속으로 엄청나게 재미있어하는 사람처럼 삐딱한 눈이 된다. 그는 나를 증오한다. 내가 만일 이 미치광이를 애틋하게 여겼다면 그것은 큰 실수였다. 이번에는 내가 묻는다.

"그렇다면 당신 뒤에 있는 두 젊은이도 사랑합니까?"

그는 그들을 한 번 더 쳐다본 다음, 잠시 생각해본다.

"지금 선생님은 저로 하여금" 그는 의심 가득한 표정으로 대답한다. "제가 저들을 알지도 못하면서 사랑한다, 라고 말하게 만들고 싶으신 거겠죠. 네, 그래요, 선생님, 솔직히 저는 저들을 모릅니다…… 하지만 사랑이 뭔가를 진정으로 아는 것을 의미하는 것은 아니잖습니까?" 그는 이렇게 덧붙이며 자만에 찬 웃음을 터뜨린다.

"그렇다면 당신은 무엇을 사랑합니까?"

"제가 볼 때 저들은 젊고, 나는 저들의 젊음을 사랑합니다. 물론 다른 것들도 있지만 말입니다, 선생님."

그는 말을 멈추고 귀를 기울인다.

"저들이 지금 무슨 얘기를 하는지 아세요?"

물론 알고말고! 여자의 호의적인 반응에 대담해진 청년은 작년에 그의 팀이 르아브르 팀을 이긴 축구 경기에 대해 큰 소리로 떠들어대고 있다.

"청년은 여자에게 어떤 이야기를 해주고 있소." 난 독학자에게 말한다.

"아, 전 잘 안 들립니다! 하지만 두 사람의 목소리는 들리네요. 부드러운 목소리와 굵은 목소리가 번갈아서 들려요. 아주…… 아주 호감 가는 목소리네요!"

"하지만 불행히도 난 그들이 하는 얘기도 들려요."

"그래서요?"

"그러니까 저들은 지금 연극을 하고 있어요."

"정말요? 아마도 젊음의 연극이겠죠?" 그는 비꼬듯이 반문한다. "죄송하지만 전 그게 아주 유익하다고 생각합니다. 우리도 연극을 하면 저들의 나이로 돌아갈 수 있을까요?"

나는 그가 비꼬는 것을 무시해버리고 말을 잇는다.

"지금 당신은 등을 돌리고 있어서 저들이 말하는 게 들리지 않죠…… 자, 저 아가씨의 머리칼 색깔이 뭔가요?"

그는 살짝 당황한다.

"에, 그러니까, 전……" 그녀는 젊은이들 쪽을 힐긋 본다음, 자신 있게 말한다. "네, 검은색이요!"

"자, 그럼 이제 보입니까?"

"뭐가요?"

"저 두 사람이 서로 사랑하지 않는다는 게 보이지 않느냔 말입니다. 당신은 저들을 거리에서 만나면 아마 못 알아볼 겁니다. 저들은 당신에게 하나의 상징일 뿐이니까요. 지금 당신이 애틋해하는 대상은 결코 저들이 아닙니다. 당신은 '인간'의 젊음, '남자'와 '여자'의 사랑, 그리고 '인간'의 목소리를 애틋하게 생각하고 있어요."

"그래서요? 그게 존재하지 않나요?"

"물론, 그런 것은 존재하지 않습니다. 젊음도, 성숙한 나이도, 늙음도, 죽음도……"

모과처럼 단단하고 노란 독학자의 얼굴은 못마땅한 듯이 경직되며 굳어버린다. 나는 개의치 않고 말을 잇는다.

"지금 당신 뒤에서 광천수를 마시고 있는 저 노신사도 마찬가지입니다. 당신이 그에게서 사랑하는 것은 '성숙한 인간' 아닙니까? 생의 황혼을 향해 용기 있게 걸어가며,

흐트러진 모습을 보이지 않으려고 옷차림을 단정히 하는 성숙한 인간 말입니다."

"네, 바로 그거예요." 그가 도전하듯 대답한다.

"그런데 저 양반이 못된 놈이라는 게 안 보이나요?"

독학자는 내가 농담을 한다고 생각하면서 웃음을 터 뜨리며, 은발로 둘러싸인 노인의 멋진 얼굴을 힐긋 돌아 본다.

"하지만 선생님, 설사 저 양반이 선생님이 말한 것처 럼 보인다 해도, 어떻게 용모를 가지고 저 사람을 판단할 수 있죠? 얼굴은 쉬고 있을 때는 아무것도 얘기해주지 않 아요."

눈이 먼 휴머니스트들! 저 얼굴은 너무나도 **확실히 말 해주고 있고**, 너무나도 명백하다. 하지만 휴머니스트들의 다정하고도 추상적인 영혼은 얼굴이 보여주는 의미에 영 향을 받으려 하지 않는다.

"어떻게 선생님은" 독학자가 말을 잇는다. "한 인간을 그런 식으로 **한정지을** 수 있나요? 그가 **이렇다**, 혹은 **저 렇다**, 라고 말할 수 있느냔 말입니다. 누가 한 인간의 의 미를 고갈시켜버릴 수 있나요? 그 누가 한 사람 속에 들 어 있는 모든 것을 다 알 수 있습니까?"

한 사람의 의미를 고갈시킨다고? 나는 독학자가 자신 도 모르는 사이에 이 표현을 차용해 온 가톨릭 휴머니즘에 지나가는 김에 인사하고 싶다.

"나도 압니다." 내가 말한다. "모든 인간이 놀라운 존재라는 걸 나도 알아요. 당신도 놀라운 존재고, 나도 놀라운 존재입니다. 물론 신의 피조물일 때 그렇죠."

그는 무슨 뜻인지 이해하지 못하고 나를 멍하니 쳐다보다가, 애매한 미소를 지으며 이렇게 말했다.

"아마 지금 선생님께서 농담하시는 거겠지만, 맞습니다, 모든 인간은 우리의 존경을 받을 권리가 있습니다. 선생님, 인간이 된다는 것은 너무나, 너무나 어려운 일입니다!"

그는 자신도 모르는 사이에 그리스도 안에서 인간을 사랑하라는 가르침을 저버린 것이다. 그는 고개를 끄덕이는데, 어떤 기묘한 모방 현상에 의해 저 불쌍한 게노[35]와 비슷해진다.

"미안하지만 말입니다," 내가 말했다. "난 내가 인간인지 확실하지가 않네요. 인간이 되는 게 그렇게 어렵다고 생각해본 적이 한 번도 없거든요. 그냥 되는대로 살면 되는 거라고 생각해왔어요."

독학자는 껄껄 웃음을 터뜨리지만, 눈빛은 여전히 곱지가 않다.

---

[35] 장 게노(1890~1978). 프랑스의 작가.

"선생님은 너무 겸손하십니다. 선생님의 조건, 즉 인간의 조건을 견뎌내기 위해서는 선생님께서도 모든 사람과 마찬가지로 큰 용기가 필요합니다. 선생님은 조금 있다가 자신이 죽을 수도 있다는 것을 잘 아시지만, 그럼에도 불구하고 미소 지을 수 있습니다. 자, 이게 존경스럽지 않습니까? 선생님의 가장 하찮은 행동 가운데에도" 그는 표독하게 덧붙인다. "무한히 영웅적인 것이 들어 있단 말입니다!"

"디저트는 뭘 드실래요?" 웨이트리스가 묻는다.

독학자는 얼굴이 백지장처럼 하얘졌고, 돌덩이 같은 눈 위로 눈꺼풀이 반쯤 내려와 있다. 그는 마치 나보고 선택하라는 듯이 손을 까딱 움직인다.

"치즈요." 나는 영웅적으로 주문한다.

"그리고 선생님은요?"

그는 소스라친다.

"엉? 아, 그래, 나는 아무것도 안 먹어요. 다 먹었어요."

"루이즈!"

두 뚱뚱한 남자가 계산을 하고 밖으로 나간다. 그중 하나는 다리를 절뚝거린다. 식당 주인은 그들을 문까지 안내한다. 중요한 손님들인 모양으로, 얼음 통에 든 와인 한 병을 서비스받았다.

나는 약간 후회하는 마음으로 독학자를 쳐다본다. 그는

일주일 내내 자신의 인간에 대한 사랑을 다른 사람에게 설명할 수 있는 이 점심시간을 상상하며 즐거워했으리라. 그는 남들과 대화할 기회가 별로 없는 사람이다. 그런데 나는 그의 기쁨을 망쳐버린 것이다. 사실 그는 나만큼이나 외로운 사람으로, 아무도 그에게 신경 쓰지 않는다. 다만 그는 자신이 고독하다는 사실을 알지 못한다. 그래, 맞다. 하지만 그의 눈을 뜨게 해줘야 할 사람은 내가 아니었다. 속이 아주 불편하다. 불같이 화가 치미는데, 이건 그에 대해서가 아니라, 비르강과 다른 자들, 이 불쌍한 정신을 중독시킨 모든 자들에 대해서다. 만일 이들이 내 앞에 있다면, 그들에게 할 말이 너무 많다. 독학자에게는 할 말이 없다. 그에겐 동정이 느껴질 뿐이다. 그는 아실 씨와 같은 부류의 사람이다. 무지 때문에, 선의 때문에 배반한 나와 같은 사람이다!

갑자기 터진 독학자의 웃음소리가 나를 이 우울한 상념에서 끌어낸다.

"죄송합니다, 하지만 인간들에 대한 저의 깊은 사랑과 절 그들에게로 향하게 하는 강렬한 충동을 생각해보니, 또 우리가 이렇게 함께 성찰하고, 토론하는 것을 보니…… 저도 모르게 웃음이 나왔습니다."

나는 아무 말도 하지 않고, 억지로 미소를 짓는다. 웨이트리스가 백묵 같은 카망베르 치즈 한 조각이 담긴 접시를 내 앞에 내려놓는다. 나는 홀을 한 바퀴 둘러보는데, 강한 역겨움이 치민다. 내가 여기에서 무얼 하고 있지? 대체 왜 휴머니즘에 대해 지껄이는 일에 끼어들었지? 저 사람들은 왜 여기에 있지? 저들은 왜 먹고 있지? 물론 저들은 자신이 존재한다는 것을 모르는 게 사실이다. 나는 떠나고 싶다. 진정한 **나의 자리**가 있는 곳으로 가고 싶다. 내가 딱 들어맞는 곳으로…… 하지만 내 자리는 아무 데도 없다. 나는 잉여적인 존재다.

독학자는 다시 부드러워진다. 그는 내가 더 맞설까 봐 염려했었다. 그는 내가 말하는 것들을 죄다 지워버리고 싶다. 그는 속내 이야기를 하려는 듯이 내게로 몸을 기울인다.

"사실은 선생님도 그들을 사랑합니다. 선생님도 저처럼 그들을 사랑하는 겁니다. 우리는 단지 표현이 다를 뿐이에요"

나는 더 이상 애기하고 싶지 않아서, 그냥 고개를 숙인다. 독학자의 얼굴이 내 얼굴에 바짝 붙어 있다. 그는 마치 악몽에서처럼 내 얼굴에 바짝 댄 채로 자만심 가득한 미소를 짓는다. 나는 좀처럼 삼킬 엄두를 못 내는 빵 조각을 힘겹게 씹고 있다. 사람들. 그들을, 사람들을 사랑해야 한다. 사람들은 놀라운 존재들이 아닌가? 속이 메슥거리는데…… 갑자기 그게, **구토**가 찾아온다.

이번에는 발작이 제대로 와서 머리끝에서 발끝까지 온
몸을 뒤흔든다. 사실은 한 시간 전에 그게 오는 것을 봤
지만, 인정하고 싶지 않았다. 입안에 느껴지는 이 치즈
맛…… 독학자는 계속 종알대고, 그의 목소리는 내 귓전
에서 부드럽게 윙윙거린다. 하지만 난 그가 무슨 말을 하
는지 전혀 알 수 없다. 내 손이 디저트용 나이프의 자루
위에 경직되어 있다. 검은 나무로 된 이 자루가 **느껴진다**.
그것을 잡고 있는 것은 내 손이다. 내 손. 개인적으로 나
는 이 칼을 귀찮게 하고 싶지 않다. 왜 항상 물체들을 만
져야 한단 말인가? 물체들은 만져지기 위해 만들어진 게
아니다. 가급적 그것들을 피해가며 그것들 사이를 조심스
럽게 빠져나가는 편이 낫다. 이따금 그것들 중 하나를 손
에 쥐게 되는데, 그때에는 최대한 빨리 그것을 손에서 놓
아야만 한다. 나이프가 접시 위로 떨어진다. 쨍그랑하는
소리에 은발의 신사가 소스라치며 나를 바라본다. 나는
다시 나이프를 집어 들고는 칼날을 테이블 위에 대고 휘
어지도록 꽉 누른다.

이 너무나도 자명한 느낌, 이게 바로 **구토**였던 말인가?
그동안 이것을 생각하며 얼마나 머리를 쥐어짰던가! 이
에 대해 얼마나 많은 것들을 썼던가! 이제 나는 안다. 나
는 존재하고 —— 세상은 존재하고 ——, 세상이 존재한다
는 것을 안다. 이게 전부다. 하지만 어찌 되었든 난 상관

없다. 내게 이 모든 게 상관없다는 게 이상하게 느껴진다. 나를 무섭게 한다. 내가 물수제비를 떴던 날부터 그랬다. 나는 돌멩이를 던지려 하다가 그것을 내려다보았는데, 이때 모든 게 시작되었다. 나는 그게 **존재하는** 것을 느꼈다. 그 일이 있은 후에 다른 **구토**들이 있었다. 이따금 손안에 든 물체들이 존재하기 시작했다. 카페 **랑데부 데 슈미노**에서 **구토**가 있었고, 그전에 내가 창밖을 바라보고 있을 때에도 **구토**가 있었다. 또 어느 일요일 공원에서도 있었고, 또 다른 때에도 있었다. 하지만 오늘처럼 강하게 찾아온 적은 한 번도 없었다.

　"……고대 로마의…… 선생님?"

　독학자가 내게 뭐라고 묻고 있는 것 같다. 나는 그에게 고개를 돌리고 미소 짓는다. 그래서? 이 사람은 뭐가 문제지? 왜 의자 위에 몸을 움츠리고 있지? 지금 내가 무섭게 느껴지나? 여기에서 이 정도로 끝내는 게 좋을 것 같다. 뭐, 나야 어찌 되든 상관없지만. 사람들이 나를 두려워하고 있는 것 같은데, 그건 완전히 틀린 생각은 아니다. 맞다, 난 지금 무슨 짓이라도 할 수 있을 것 같다. 예를 들어 이 치즈용 나이프를 독학자의 눈에 쑤셔 넣을 수 있다. 그러고 나면 이곳의 모든 사람들이 나를 짓밟고, 구둣발로 내 이를 부러뜨릴 것이다. 하지만 내가 가만히 있는 것은 그것 때문이 아니다. 입속에 치즈 맛이 느껴지든 피 맛이 느껴지든, 내게는 아무 차이가 없다. 다만 뭔가 행동을 해야 한다는 게, 어떤 쓸데없는 사건을 일으켜야 한다는 게 귀찮다. 독학자가 비명을 지를 터인데, 그러면 쓸데없는 일이 또 하나 늘 뿐이다. 그의 뺨에 흐르게 될 피와 이 모든 이들의 소스라침도 마찬가지고. 지금만 해도 존재하는 것들이 너무 많지 않은가?

모두가 나를 쳐다본다. 두 젊음의 대표자는 그들의 달콤한 대화를 중단했다. 여자는 닭 똥구멍처럼 동그랗게 입을 벌리고 있다. 하지만 내가 위험한 인물이 아니라는 것을 알아야 하리라.

나는 일어선다. 주위에 있는 모든 것들이 핑그르르 돈다. 독학자는 내가 찌르지 않을 눈을 커다랗게 뜨고 나를 올려다본다.

"벌써 가시려고요?" 그가 웅얼거리듯 묻는다.

"조금 피곤해요. 오늘 초대해주셔서 고맙습니다. 자, 안녕히."

나는 걸음을 떼다가, 왼손에 아직 디저트용 나이프가 들려 있는 것을 알아챈다. 난 그것을 접시에 던져 쨍그랑 소리를 낸다. 그러고는 정적 속에 홀을 가로지른다. 사람들은 더 이상 먹지 않는다. 그들은 식욕을 잃고 나를 쳐다보기만 한다. 만일 내가 젊은 여자에게 '왕!' 하면서 다가가면, 분명히 그녀는 비명을 지를 것이다. 그럴 필요는 없다.

하지만 나가기 전에 그들이 내 얼굴을 볼 수 있게끔 고개를 한 번 돌린다. 내 얼굴이 그들의 기억에 새겨질 수 있도록 말이다.

"자, 여러분, 안녕히."

그들은 대답이 없다. 나는 밖으로 나간다. 이제 그들은 뺨에 핏기를 되찾고, 다시 지껄이기 시작할 것이다.

이제 어디로 가야 할지 모르겠다. 나는 판지로 만든 요리사 옆에 우두커니 서 있는다. 고개를 돌리지 않아도 저들이 나를 지켜보고 있다는 것을 안다. 그들은 경악과 혐오에 찬 눈으로 내 등을 바라본다. 그들은 내가 자기들과 같다고 생각했다. 나도 인간이라고 생각했지만, 난 그들을 속인 것이다. 갑자기 난 인간의 모습을 잃었고, 그들은 이 너무나도 인간적인 홀에서 뒷걸음쳐 빠져나가는 게를 한 마리 보았다. 이제 정체가 발각된 침입자는 달아났고, 그들의 모임은 계속된다. 등에 쏟아지는 저 시선들과 겁에 질린 생각들이 짜증스럽다. 나는 차도를 가로지른다. 맞은편에는 해변과 해수욕장 탈의실들을 따라 보도가 뻗어 있다.

많은 사람들이 봄빛 가득한 얼굴을 바다 쪽으로 돌리고 해변을 산책하고 있다. 햇빛에 취해 모두가 축제 분위기다. 지난해 봄의 밝은 옷을 꺼내 입고 나온 여자들도 눈

에 띈다. 키드 가죽 장갑처럼 길쭉하고 하얀 그들이 지나
간다. 또 고등학교로, 상업학교로 향하는 소년들과 훈장
을 단 노인들도 보인다. 그들은 서로 아는 사이가 아니지
만, 날씨가 너무 화창하고 모두가 인간이기 때문에 공모
하듯 서로를 쳐다본다. 사람들은 선전포고의 날에 서로를
포옹하고, 봄이 올 때마다 서로에게 미소 짓는다. 한 사제
가 기도서를 읽으며 느린 걸음으로 나아온다. 이따금 고
개를 들고는 기특한 듯이 바다를 바라본다. 바다 역시 기
도서고, 신神에 대해 말한다. 가벼운 색깔들, 가벼운 향기
들, 봄의 영혼들이다. "날씨는 화창하고, 바다는 초록색,
나는 습기보다는 이 건조한 선선함이 더 좋아." 시인들이
다! 만일 내가 그들 중 하나의 외투자락을 잡고는, "나 좀
도와줘요!"라고 말한다면, 그들은 '아니, 이 게는 대체 뭐
지?'라고 생각하고는, 외투를 내 손에 남긴 채 도망가버
릴 것이다.

　나는 그들에게 등을 돌리고 두 손으로 난간을 잡고 선
다. 진짜 바다는 검고 차가우며, 동물들이 우글댄다. 그것
은 사람들을 속이는 그 얇은 녹색의 막 아래에서 음험하
게 기고 있다. 주위에 보이는 날씬하니 예쁜 여자들은 거
기에 넘어가고 있다. 그들은 다만 얇은 막만을 본다. 그
들이 보기에 그것은 신의 존재를 증명한다. 하지만 내게
는 그 아래가 보인다! 매끄러운 막은 녹아내리고, 반들반

들 빛나는 보드라운 피부, 선한 하느님께서 빚은 복숭아 같은 피부들은 내 시선이 닿을 때마다 터지고, 갈라지고, 벌어진다. 생텔레미르행 전차가 왔다. 나는 몸을 돌리고, 삼라만상도 나와 함께 돈다. 모든 게 굴처럼 허옇고 푸르스름하다. 쓸데없다. 전차에 올라탄 것은 쓸데없는 짓이었으니, 아무 데도 가고 싶지 않기 때문이다.

차창 뒤로 파르스름한 물체들이 뻣뻣하게, 급작스레 지나간다. 사람들, 벽들. 집 하나가 열린 창들을 통해 그것의 검은 심장을 내게 드러낸다. 그리고 차창은 검은 모든 것들을 희끄무레하게, 푸르스름하게 만든다. 머뭇거리며, 파르르 떨며 나아와서는 갑자기 앞으로 고꾸라질 듯이 딱 멈춰 서는 저 커다란 노란 벽돌 건물도 푸르스름하게 만든다. 한 신사가 전차에 올라 내 맞은편에 앉는다. 노란 건물은 다시 출발하고, 차창에 부딪힐 듯 쑥 다가오는데, 너무도 가까이에 있어 일부분밖에 보이지 않는 그것은 어두워진다. 차창이 떨린다. 건물은 어마어마한 높이로, 검은 심장들을 드러낸 수백 개의 열린 창들과 함께 쑤욱 일어선다. 그것은 상자를 따라 스칠 듯 미끄러져 간다. 떨리는 차창들 사이에 어둠이 깃든다. 끝없이 미끄러지는 건물은 진흙 같은 노란색이고, 차창은 하늘색이다. 그러다가 갑자기 그게 사라진다. 그것은 우리 뒤에 있고, 강렬한 회색빛이 상자 안으로 밀려들어오더니, 가차 없는 공평함으로 온 사방에 퍼진다. 그것은 바로 하늘이다. 차창 너머로 층층이 쌓인 하늘이 보이는데, 지금 우리는 엘리파르 언덕으로 올라가고 있고, 오른쪽으로는 바다까지, 그리고 왼쪽으로는 비행장까지, 양쪽이 훤히 보이기 때문이다. 금연. 지탄[36] 한 개비도 안 된다.

나는 좌석을 짚다가 황급히 손을 뗀다. 이게 존재한다. 그 위에 내가 앉아 있는 이것, 손으로 짚었던 이것은 '좌석'이라고 불린다. 사람들은 그 위에 앉을 수 있는 무언가를 만들려는 생각으로 일부러 이것을 제작했다. 그들은 가죽과 용수철과 천을 가지고 작업에 착수했고, 작업이 끝났을 때 만들어진 것이 바로 **이것**이었다. 그들은 이것을 여기로, 이 상자 안으로 가져왔고, 지금 떨리는 유리창들과 함께 덜컹대며 굴러가는 상자는 두 옆구리 가운데에 이 붉은 것을 품고 있다. 나는 '이것은 좌석이야'라고 조금은 퇴마 의식을 행하듯 중얼거린다. 하지만 이 말은 입술에 머무를 뿐, 이것 위에 내려앉으려 하지 않는다. 이것은 다만 이것일 뿐이다. 무수히 많은 조그만 빨간 다리들, 죽은 조그만 다리들을 뻣뻣하게 내밀고 있는 빨간 털가죽일 뿐이다. 통통 불어 공중으로 불룩 내민 이 피투성이 배腹, 상자 안에서 흔들리는 이 거대한 배, 이것

---

36 프랑스의 서민들이 즐겨 피우는 담배 브랜드 중 하나.

은 좌석이 아니다. 이것은 예를 들면 회색의 대하大河에
서, 홍수 난 큰 강에서 퉁퉁 불어 오른 배를 위로 하고 떠
내려가는 당나귀일 수도 있다. 이 경우 나는 당나귀 배를
깔고 앉아 두 발을 맑은 물에 담그고 있는 셈이다. 사물들
이 그들의 이름으로부터 해방되었다. 그것들은 기괴하고,
고집스럽고, 거대한 모습으로 여기에 있고, 그들을 좌석
이라고 부르는 것은, 혹은 그들에 대해 뭔가를 말하는 것
은 바보짓처럼 느껴진다. 나는 이름 붙일 수 없는 '것'들
가운데에 있다. 그것들은 말없이, 무방비 상태로 혼자 있
는 나를 아래에서, 뒤에서, 위에서, 온 사방에서 에워싸
고 있다. 그것들은 아무것도 요구하지 않고, 자신을 강요
하지도 않는다. 그저 여기 있을 뿐이다. 좌석의 쿠션 아
래, 목판에 드리운 그림자가 이룬 가느다란 검은 선이 거
의 미소처럼 느껴지는 신비스러우면서도 장난스러운 모
습으로 좌석을 따라 길게 뻗어 있다. 나는 그게 미소가 아
니라는 것을 잘 알지만, 그것은 분명히 존재한다. 그것은
희끄무레한 차창들 아래로, 시끄럽게 흔들리는 유리창
들 아래로 달리고, 차창들 뒤로 줄지어 지나가다가, 멈췄
다가, 다시 출발하는 영상들 아래로 고집스레 버틴다. 마
치 어떤 미소의 불명확한 추억처럼, 첫 번째 음절만 기억
나는 반쯤 잊힌 어떤 단어처럼 고집스레 버틴다. 그 앞에
서 할 수 있는 일이라곤 눈을 딴 데로 돌리고 다른 것을,

예를 들면 내 맞은편의 좌석 위에 반쯤 누워 있는 남자를 생각하는 것이다. 그의 테라코타 같은 얼굴과 파란 눈을 생각하는 것이다. 그의 몸의 오른쪽은 온통 아래로 축 처졌고, 오른팔은 몸통에 붙어 있다. 오른쪽 전체는 마비된 것처럼 간신히, 힘겹게, 아주 인색하게 살아 있다. 하지만 왼쪽에는 기생하여 증식하는 작은 존재가, 암 덩이 같은 존재가 있다. 팔이 떨리기 시작하더니 위로 올라갔고, 그 끝에 달린 손은 뻣뻣했다. 그러고 나서 다음 손도 떨리기 시작했고, 정수리 높이에 이르자 손가락 하나가 쭉 뻗어 나와서는 손톱으로 두피를 긁기 시작했다. 쾌감 어린 찡그림 같은 게 오른쪽 입가로 와서 자리를 잡는데, 왼쪽 입가는 여전히 죽어 있었다. 차창들이 떨리고, 팔도 떨리고, 손톱은 긁고 또 긁고, 고정된 두 눈 아래에서 입은 미소를 머금고, 남자는 그의 오른쪽을 부풀리는, 실현되기 위해 그의 오른팔과 오른뺨을 빌리고 있는 이 작은 존재를 자신도 모르는 채로 견뎌내고 있다. 내가 내리려 하자 차장이 길을 막는다.

"정류장까지 기다리세요."

하지만 난 그를 밀치고 전차에서 뛰어내린다. 더 이상 견딜 수가 없었다. 사물들이 너무 가까운 것을 견딜 수가 없었다. 어느 철책 문을 밀고 들어가자, 가벼운 존재들이 일제히 뛰어올라 나무 우듬지에 앉는다. 이제 정신이 좀 차려지고, 내가 어디에 있는지 알겠다. 난 공원 안에 있다. 나는 두 검은 나무둥치 사이에, 하늘을 향해 뻗어 있는 검고 울뚝불뚝한 손들 사이에 놓인 벤치에 털썩 주저앉는다. 어떤 나무가 검은 손톱으로 내 발밑의 땅을 긁는다. 나는 다 내려놓고, 다 잊어버리고, 잠이 들고 싶다. 하지만 그러지 못한다. 숨이 막힌다. 존재가 사방에서 내 안으로 파고든다. 눈으로, 코로, 입으로……

그리고 갑자기, 단번에, 베일이 찢어진다. 나는 깨달았다. 나는 **봤다**.

저녁 6시

내가 지금 마음이 가벼워졌다거나 기쁘다고는 말할 수 없다. 오히려 숨이 막힌다. 다만 나는 목적을 이뤘다. 알고 싶었던 것을 이제 알게 되었고, 1월부터 내게 일어난 모든 것의 의미를 이해한 것이다. **구토**는 나를 떠나지 않았고, 나를 빨리 떠날 것 같지도 않다. 하지만 난 더 이상 그것에 휘둘리지 않는다. 그것은 어떤 병이나, 일시적인 발작이 아니라, 바로 나 자신이기 때문이다.

조금 전에 나는 공원에 있었다. 마로니에 나무의 뿌리가 내가 앉은 벤치 바로 아래의 땅에 박혀들고 있었다. 나는 이것이 뿌리라는 사실이 더 이상 생각나지 않았다. 말들은 사라져버렸고, 그것들과 함께 사물들의 의미와 사물들의 사용법, 또 사물들의 표면에 인간이 그어놓은 희미한 표지들도 사라져버렸다. 나는 너무나 생경하고 공포스러운 이 검고 울룩불룩한 덩어리 앞에 머리를 숙이고 약간 구부정하게 앉아 있었다. 그러다가 퍼뜩, 모든 게 분명해진 것이다.

나는 숨이 멎었다. 지난 며칠 동안의 일들이 있기 전에는, 나는 '존재한다'라는 것이 무엇을 의미하는지 전혀 몰랐다. 난 다른 사람들 같았다. 봄옷을 입고 해변을 산책하는 사람들과 다를 바가 없었다. 나는 그들처럼 "바다는 녹색이야"라고 말했다. 또 "저 위에 있는 하얀 점은 갈매기야"라고 말했지만, 그것이 존재함을, 갈매기는 '존재하는 갈매기'라는 사실을 느끼지 못했으니, 평소에 존재는 숨어 있기 때문이다. 그것은 여기에 있다. 우리 주위에, 우리 안에 있고, 그것은 바로 **우리**다. 우리는 무슨 말을 하든 항상 그것에 대해 얘기하지만, 그것에 접촉하지는 못한다. 나는 그것에 대해 생각한다고 믿었지만, 장담하건대 난 아무것도 생각하지 않았고, 내 머릿속에는 아무것도 없었다. 머릿속에 딱 하나가 있었다면, 그것은 바로 '…이다'[37]라는 단어였다. 혹은 내가 생각한 것은…… 이

---

37 être. 영어의 'be'에 상응하는 프랑스어 단어다.

걸 어떻게 표현해야 좋을까……? 나는 소속에 대해 생각했다. 바다는 녹색 사물의 범주에 속하고, 녹색은 바다의 속성들 중 하나였다. 심지어는 내가 사물들을 쳐다보고 있을 때에도, 나는 그것들이 존재한다고는 꿈에도 생각하지 못했다. 그것들은 내게 어떤 무대 배경처럼 보였다. 나는 그것들을 손에 잡기도 하고, 그것들을 도구로 사용하기도 하고, 그것들의 저항을 예감하기도 했다. 하지만 이 모든 것은 표면에서 일어났을 뿐이다. 만일 누가 내게 존재가 무엇이냐고 물었다면, 나는 그것은 아무것도 아니라고, 사물들의 본질은 변화시키지 않고 그냥 외부에 덧붙여지는 어떤 공허한 형식일 뿐이라고 진심으로 대답했을 것이다. 그런데 갑자기 그게 여기에 있었고, 이것은 명명백백한 사실이었다. 갑자기 존재가 자신을 드러낸 것이다. 그것은 공격적이지 않은 추상적 범주의 모습을 벗어버렸다. 그것은 사물들의 반죽 그 자체였고, 그 나무뿌리는 존재로 빚어져 있었다. 아니 나무뿌리, 공원의 철책, 벤치, 잔디밭의 듬성듬성 자란 잔디, 이 모든 것들이 한순간에 꺼져버렸다. 사물들의 다양성, 그들의 개아성個我性은 외관, 반들거리는 표면일 뿐이었다. 이 반들거리는 표면이 녹아내리며, 흉측하고, 물렁물렁하고, 무질서한—벌거벗은, 그 소름 끼치는 음란한 나신의—덩어리들만 남았다.

나는 조금도 움직이지 않으려고 조심했지만, 움직이지 않아도 나무들 뒤의 파란 기둥들을, 야외 음악당의 가로 등을, 그리고 월계수 숲 가운데의 벨레다 조각상을 볼 수 있었다. 이 모든 것들은…… 어떻게 표현해야 좋을까? 그것들은 불편하게 느껴졌다. 이 모든 것들이 조금 덜 강하게, 좀 더 건조하고 추상적인 방식으로, 보다 점잖게 존재했으면 싶었다. 마로니에 나무가 내 눈을 짓누르는 것 같았다. 그것은 중간 높이까지 초록색의 녹으로 덮여 있었다. 부푼 검은 목피는 마치 삶은 가죽 같았다. 마스크레 분수에서 물이 졸졸거리는 소리는 내 귓속에 흘러들어와 거기에 둥지를 틀고는 그곳을 한숨으로 채웠다. 콧구멍에서는 녹색의 악취가 진동했다. 모든 것들이 삶에 지쳐 있다가 결국 웃음을 터뜨리며 축축한 목소리로 "그래, 웃으니까 좋다"라고 말하는 여자들처럼 천천히, 부드럽게, 다 내려놓고서 존재에 몸을 내맡기고 있었다. 모든 것들이 서로에게 자신을 숨김없이 펼쳐 보이면서, 자신의 은밀한 존재를 아주 상스럽게 털어놓고 있었다. 나는 존재하지 않음과 이 열광적인 충일 사이에 중간은 없다는 것을 깨달았다. 만일 존재한다면, **거기에까지**, 이 곰팡이와 이 부풀어 오름과 이 음란함이 넘치는 상태에까지 **존재해야 했다.** 어떤 다른 세계에서 원들과 음악의 가락들은 그들의 순수하고도 **빳빳한** 선線을 간직한다. 하지만 존재는 축축

휘어짐이다. 나무들, 진청색의 기둥들, 행복하게 헐떡이는 분수, 강렬한 냄새들, 찬 공기 속에 안개처럼 떠 있는 온기, 벤치 위에서 먹은 것을 소화시키고 있는 빨간 머리 남자…… 이 모든 꾸벅거림, 이 모든 소화들은 전체적으로 뭔가 코믹하게 느껴졌다. 코믹한…… 아니, 그 정도까지는 아니었다. 존재하는 것은 그 어느 것도 코믹할 수 없다. 그것은 마치 어떤 코미디의 상황들과의 흐릿한 유사성, 거의 포착하기 힘든 유사성 같은 것이었다. 우리는 자기 자신에 거북해하고 당황해하는 무수한 존재자들이었다. 우리는 누구를 막론하고 거기에 있어야 할 이유가 전혀 없었다. 각 존재자는 당황해하고 막연하게 불안해하면서 스스로가 다른 존재자들에 대해 쓸데없이 더해진 존재라고 느끼고 있었다. **쓸데없이 더해짐**, 이것은 그 나무들, 그 철책들, 그 자갈들 사이에서 발견할 수 있는 유일한 관계였다. 나는 마로니에 나무의 숫자를 **세어보고**, 그들을 벨레다 상에 대해 **위치시켜보고**, 그들의 높이를 플라타너스들의 그것과 **비교하려** 해봤지만 허사였다. 그것들 각각은 내가 그 안에 가두려 하는 관계들에서 벗어나고, 고립되고, 넘쳐나고 있었다. 이 관계들은(내가 인간세계의 붕괴를 늦추기 위해 유지시키려 애쓰는 것들. 크기, 양$_{\text{量}}$, 방향……) 모두가 자의적으로 느껴졌고, 더 이상 사물들과 맞물리지 않았다. 내 맞은편, 약간 왼쪽에 있는 마로니

에 나무는 쓸데없었다. 벨레다 상도 쓸데없었다······

그리고 무기력하고, 축 늘어져 있고, 음란하고, 먹은 것을 소화시키며 음울한 생각들을 곱씹고 있는 **나 역시도 쓸데없었다.** 다행히도 나는 그 사실을 느끼지 못했다. 비록 그것을 이해하고는 있었지만 불안했으니, 그것을 느끼게 될까 봐 두려웠기 때문이다(지금까지도 두렵다. 그게 머리 뒤에서 나를 붙잡아, 나를 너울처럼 들어 올릴까 봐 두렵다). 나는 적어도 이 쓸데없는 존재들 중의 하나를 없애버리기 위해 자신을 제거해버리는 것을 막연하게 꿈꿨다. 하지만 나의 죽음 자체도 쓸데없을 것이었다. 나의 시체도 쓸데없고, 이 플라타너스들 사이, 이 미소 짓는 공원 안쪽의 자갈밭에 뿌려질 피도 쓸데없을 터였다. 그리고 벌레들이 파먹을 살도 그것을 받아들일 땅속에서 쓸데없고, 마지막으로 껍질이 벗겨지고 닦여 이빨처럼 깨끗하고 깔끔해질 내 뼈들도 쓸데없을 것이었다. 나는 영원히 쓸데없었다.

이제 '부조리'라는 단어가 내 펜 끝에서 흘러나온다. 조금 전 공원에서 나는 이 단어를 찾아내지 못했지만, 그것을 찾지도 않았다. 그게 필요치 않았으니, 나는 단어들을 사용하지 않고 사물들에 **대해,** 사물들을 **가지고** 생각했던 것이다. 부조리는 내 머릿속의 어떤 관념이나 어떤 목소리가 아니었고, 내 발치에 있는 그 기다란 죽은 뱀, 그 나무로 된 뱀이었다. 그게 뱀이든, 맹수의 발톱이든, 뿌리든, 콘도르의 발톱이든, 그건 별로 중요치 않다. 그리고 나는 아무것도 명확하게 표현하지는 않았지만, 내가 존재의 비밀을, 내 **구토**의 열쇠를, 나 자신의 삶의 열쇠를 발견했다는 것을 깨달았다. 사실 내가 그다음에 이해할 수 있었던 것들은 모두 이 근본적인 부조리로 귀착된다. 부조리, 이 역시 하나의 단어다. 나는 단어들에 맞서 싸운다. 거기에서 나는 사물을 직접 접촉했다. 하지만 여기에서는 이 부조리의 절대적인 성격을 명확하게 규정해보고 싶다. 인간들의 다채로운 작은 세계에서 일어나는 어떤 행위, 어떤 사건은 상대적으로만 부조리하다. 즉 수반되는 상황에 대해서만 그럴 뿐이다. 예를 들어 어떤 광인이 하는 말은 그가 위치한 상황에 대해 부조리한 것이지, 그의 광기에 부조리한 것은 아니다. 하지만 조금 전에 나는 '절대'를 경험했다. 절대, 혹은 부조리를 말이다. 이 뿌리는 부조리하지 않은 대상이 아무것도 없었다. 아, 이것을 어떻게 말로 표현해야 좋을까? 그것은 부조리했다. 돌멩이들에 대해, 노란 잡초에 대해, 마른 진흙에 대해, 나무에 대해, 하늘에 대해, 초록색 벤치에 대해 부조리했다. 부조리하고 환원 불가능했다. 아무것도 ── 심지어는 자연의 깊고도 은밀한 헛소리조차도 ── 그것을 설명할 수 없었다. 물론 내가 모든 것을 아는 것은 아니었다. 나는 싹이 트는 것도, 나무가 자라는 것도 보지 못했다. 하지만 이 커다랗고 울퉁불퉁한 발 앞에서는 무지도, 지식도 중요하지 않았다. 설명과 이성의 세계는 존재의 세계가 아니다. 원은 부조리하지 않다. 그것은 한 조각의 직선이 그 끝을 중심으로 하여 회전한 것이라는 정의로 잘 설명될 수 있다. 하지만 원은 존재하지 않는다. 반면 이 뿌리는 내가 그것을 설명할 수 없기 때문에 존재했다. 울룩불룩하고, 움직이지 않고, 이름이 없는 뿌리는 나를 매혹시켰다. 내 눈을 가득 채우고, 끊임없이 나를 그것의 존재로 이끌었다. 나는 "이것은 뿌리다"라고 여러 번 되풀이해보았지만, 그것은 더 이상 통하지 않았다. 나는 물을 빨아올리는 뿌리의 기능으로부터 **이것으로**, 물개의 그것 같은 이 단단하고도 조밀한 피부로, 이 번질번질하고 울퉁불퉁하고 고집스러운 모습으로 넘어가지 못한다는 것을 잘 알고 있었다. 기능은 아무것도 설명해주지 못했다. 그것은 뿌리가 무엇인지는 대충 이해하게 해주지만, **이것은** 전혀 아니었다. 이 색깔과 이 형태를 가지고서 꼼짝 않고 있는 이 뿌리는…… 모든 설명의 아래에 있었다. 그것의 특성들 각각은 그것으로부터 조금 **빠져나와**, 그것 밖으로 흘러나와 반쯤 굳어져서 거의 하나의 사물이 되었다. 그것들 각각은 뿌리 안에서 **쓸데없었다**. 이제 그루터기 전체는 약간 자신의 바깥으로 굴러나가고 있다는 느낌, 자신을 부정하고 어떤 기이한 과도함 속으로 빠져들고 있다는 느낌을 주었다. 나는 매의 발톱 같은 이 검은 뿌리를 구두 뒤축으로 비벼댔다. 그렇게 그것의 껍질을 조금 벗겨보려고 했다. 아무 이유도 없었다. 그저 한번 해보고 싶어서였다. 무두질한 가죽 위로 그 부조리한 분홍빛의 긁힌 상처가 나타나게 하고 싶어서, 세계의 부조리와 한번 **장난치고** 싶어서였다. 하지만 다시 발을 거둬들였을 때, 껍질은 여전히 검은색이었다.

검은색? 나는 이 단어가 쪼그라들고, 엄청난 속도로 의미가 빠져나가는 것을 느꼈다. 검은색? 뿌리는 검지 **않았다.** 이 나뭇조각에 있는 것은 검은색이 아니라…… 다른 것이었다. 원과 마찬가지로 검은색은 존재하지 않았다. 나는 뿌리를 쳐다보았다. 이게 검정**보다** 더 짙은가, 아니면 **거의** 검은 것인가? 하지만 나는 곧바로 이런 생각을 멈췄으니, 내가 지식의 영역에 있다는 느낌이 들었기 때문이다. 그렇다, 나는 이미 전에도 이런 불안감을 느끼며 이름 붙일 수 없는 물체들을 들여다보았고, 그것들에 **대해** 뭔가를 — 헛되이 — 생각하려 해보았었다. 그리고 이미 그것들의 차갑고도 무기력한 특질들이 달아나는 것을, 내 손가락들 사이로 빠져나가는 것을 느꼈었다. 그날 밤 카페 **랑데부 데 슈미노**에서 본 아돌프의 멜빵. 그것은 보라색이 **아니었다**. 그의 셔츠에 있었던 뭐라고 규정할 수 없는 두 개의 얼룩도 다시 보였다. 그리고 돌멩이, 이 모든 이야기의 근원이었던 그 돌멩이. 그것은…… 그것이 되기를 거부했던 것이 정확히 무엇이었는지 생각이 나지 않았다. 하지만 그것이 보인 수동적인 저항은 잊지 않았다. 그리고 독학자의 손. 난 어느 날 도서관에서 그것을 잡고 악수를 했는데, 그게 완전히 손인 것 같지는 않은 느낌이 들었다. 나는 어떤 커다란 흰 벌레를 생각했는데, 그것도 아니었다. 그리고 카페 마블리의 맥주잔의 그 수상쩍은 투명함. 그렇다, 소리들, 냄새들, 맛들, 모든 게 수상쩍었다. 그것들이 숨어 있다가 들킨 산토끼처럼 눈앞을 휙 지나갈 때, 우리는 그것들에 별로 주의를 기울이지 않았다. 그것들이 아주 단순하고, 안도감을 안겨주는 것들이라고 믿을 수 있었다. 세상에는 진짜 청색, 진짜 적색, 진짜 아몬드 냄새, 혹은 진짜 제비꽃 냄새가 있다고 믿을 수 있었다. 하지만 그것들을 잠시만 붙들고 있으면, 이 편안하고도 안전한 느낌은 사라지고 대신 어떤 깊은 불안감이 엄습했다. 색깔들, 맛들, 그리고 냄새들은 결코 진짜가 아니었다. 진정으로 그것들 자체, 오로지 그것들 자체는 결코 아니었다. 가장 단순한, 가장 분해하기 힘든 특질도 그것 내부에, 그것에 대해, 그것의 핵심부에 쓸데없는 무언가가 있었다. 지금 여기, 내 발에 닿아 있는 이 검은색은 검은색처럼 보인다기보다는, 검은색을 한 번도 보지 못한 누군가의 검은색을 상상하려는 혼란스러운 노력처럼 느껴졌다. 그 노력을 결코 멈추지 못하고, 색깔들 너머로 어떤 모호한 존재를 상상하는 누군가의 노력 말이다. 이것은 어떤 색깔과 **비슷했지만**……, 또 어떤 멍, 혹은 어떤 분비물이나 기름기, 그리고 어떤 다른 것, 예를 들면 어떤 냄새와도 비슷했다. 그것은 축축한 땅의 냄새, 축축하고 미지근한 목재의 냄새로, 이 울룩불룩한 나무 위에 니스처럼 덮여 있는 검은 냄새로, 달콤한 펄프의 맛으로 녹아내렸다. 나는 이 검정을 단순히 **보는** 게 아니었다. 시각은 추상적인 발명품이다. 깨끗이 닦이고, 단순화된 관념, 인간의 관념이다. 이 검정은, 이 형태가 없고 무기력한 존재는 시각과 후각과 미각을 훨씬 넘어섰다. 하지만 이 풍부함은 불명확함이 되고, 마침내 쓸데없기에 아무것도 아닌 것이 되었다.

괭장한 순간이었다. 나는 끔찍한 황홀경에 빠져 얼어붙은 것처럼 꼼짝 못 하고 있었다. 하지만 이 황홀경 속에서도 새로운 무언가가 나타났다. 나는 **구토**를 이해하고, 그것을 소유하고 있었다. 사실 그때 나는 내가 발견한 것들을 자신에게 명확하게 설명하지 않았다. 하지만 지금은 그것들을 쉽게 말로 표현해볼 수 있다고 생각한다. 핵심은 우연성이다. 그러니까 내 말은, 정의定義상 존재는 필연이 아니라는 뜻이다. 존재한다는 것, 그것은 간단히 말해서 여기 있는 것이다. 존재하는 것들은 나타나고, 누군가와 마주치게 되지만, 결코 **연역**될 수 없다. 난 이점을 이해한 사람들이 있었다고 생각한다. 다만 그들은 스스로의 원인이 되는 필연적 존재를 꾸며냄으로써 이 우연성을 극복하고자 했다. 그런데 그 어떤 필연적 존재도 존재를 설명할 수 없다. 우연성은 가장假裝이나 흩트려버릴 수 있는 외관이 아니라 절대이며, 따라서 완전한 무상無償이다. 모든 것이 무상적이다. 이 공원도, 이 도시도, 그리고 나 자신도. 간혹 이 사실을 알아채게 되는데, 그러면 속이 뒤집어지고, 저번 저녁에 **랑데부 데 슈미노**에서 그랬듯 모든 것이 둥둥 떠다니기 시작한다. 이게 바로 **구토**다. 이게 바로 개자식들 — 코토 베르 구역의 인간들과 다른 이들 — 이 자신들이 그럴 권리가 있다고 생각하며 감추려고 하는 것이다. 하지만 얼마나 한심한 거짓인가! 아무에게도 권리가 없다. 그들은 다른 사람들과 마찬가지로 완전히 무상적이고, 자신이 쓸데없는 존재임을 느끼지 않으려고 애를 쓰지만 그러지 못한다. 그리고 그들은 자신의 내부에서도 은밀하게 쓸데없다. 즉 형태가 없고, 모호하고, 처량하다.

이렇게 매혹된 상태가 얼마나 오랫동안 계속되었던가? 나는 마로니에 나무의 **뿌리였다**. 혹은 나 전체가 그것의 존재에 대한 의식이라고도 할 수 있었다. 물론 나는 그것에서 떨어져 있었지만── 왜냐하면 그것을 의식하고 있었으니까── 그것에만, 오직 그것에만 몰두하고 있었다. 어떤 불편한 의식, 하지만 이 무기력한 나뭇조각 위에 몸 전체를 불안스레 내려놓고 있는 의식이었다. 시간은 멈추었다. 내 발치에 어떤 조그만 검은 늪이 있었다. 이 순간 **이후에** 무언가가 일어난다는 것은 불가능했다. 나는 이 끔찍한 희열에서 빠져나오고 싶었지만, 그게 가능하다고 상상조차 되지 않았다. 나는 그 안에 있었다. 검은 나무뿌리는 **지나가지 않고**, 마치 너무 큰 덩어리가 목구멍에 걸려 있듯 거기에, 내 눈 안에 머물러 있었다. 나는 그것을 받아들일 수도, 거부할 수도 없었다. 얼마나 애를 쓴 끝에 눈을 위로 들어 올릴 수 있었던가? 아니, 과연 그것을 들어 올리기나 했던가? 그보다는 한순간 완전히 죽어 없어졌다가, 다음 순간에 고개를 뒤로 떨어뜨리고 눈을 하늘로 향한 채로 다시 태어났던 게 아니었던가? 사실 나는 이런 이행移行이 있었다는 의식이 없었다. 하지만 갑자기 뿌리의 존재를 생각하는 게 불가능해졌다. 그것은 깨끗이 사라져버렸다. 그게 존재한다고, 그게 아직 여기 있다고, 이 벤치 아래, 내 오른발 밑에 있다고 되뇌어도 소용없었다. 그것은 더 이상 아무것도 말하려 하지 않았다. 존재는 누군가가 멀리서 생각할 수 있는 것이 아니다. 그것이 갑자기 우리를 덮쳐야 한다. 그게 우리 위에 걸음을 멈추고, 어떤 움직이지 않는 비대한 짐승처럼 우리의 가슴을 무겁게 짓눌러야 한다. 그렇지 않으면 아무것도 없는 것이다.

더 이상 아무것도 없었고, 눈 속이 비워진 나는 풀려났다고 기뻐했다. 그런데 갑자기 그것이 내가 보는 앞에서 경미하고도 불확실한 동작으로 다시 움직이기 시작했다. 바람이 나무 우듬지를 흔들고 있었다.

무언가가 움직이는 것을 보니 기분이 나쁘지 않았다. 노려보고 있는 것 같은 이 움직이지 않는 존재들에 갇혀 있는 나를 바꿔주었기 때문이다. 나는 흔들리는 가지들을 눈으로 좇으며 중얼거렸다. "움직임은 절대로 완전히 존재하지 않아. 움직임은 이행이고, 두 존재 사이의 중간 과정이고, 음악에서 말하는 여린 박자야." 나는 존재들이 무無로부터 나와서 점차로 무르익어 꽃피우는 것을 지켜볼 준비를 하고 있었다. 나는 마침내 존재들이 탄생하는 것을 지켜볼 수 있을 터였다.

이 모든 희망은 3초도 못 되어 깨끗이 날아가버렸다. 맹인처럼 머뭇머뭇 주위를 더듬는 가지들에서 나는 존재로의 '이행'을 포착할 수 없었다. 이 '이행'이란 관념 역시도 인간의 발명품이었다. 너무 명확한 관념이었다. 이 모든 미세한 움직임들은 저마다 고립되어 있고, 자신을 위해 존재하고 있었다. 그것들은 여기저기 굵은 가지들이며 잔가지들에서 넘쳐나고 있었다. 그것들은 그 메마른 손들 주위로 소용돌이쳤고, 조그만 태풍들로 그 손들을 감쌌다. 물론 움직임은 나무와는 다른 것이었다. 하지만 그것 역시 하나의 절대적 존재였다. 하나의 사물이었다. 어디를 봐도 꽉 차 있는 것들뿐이었다. 가지 끝마다 존재들이, 끊임없이 새로워질 뿐, 결코 태어나지는 않는 존재들이 우글거렸다. 존재자—바람이 한 마리의 커다란 파리처럼 날아와 나무에 내려앉자 나무가 바르르 떨렸다. 하지만 떨림은 생겨나는 특질이 아니었고, 힘이 행동으로 나타나는 것도 아니었다. 그것은 하나의 사물이었다. 이 사물—떨림은 나무 안으로 흘러 들어가, 그것을 사로잡고, 뒤흔들다가, 갑자기 나무를 버리고 떠나가서는 저쪽으로 가서 혼자 소용돌이쳤다. 모든 게 충일했고, 모든 게 행동하고 있었다. 여린 박자는 하나도 없었으며, 모든 것이, 심지어는 가장 미세한 움직임마저도 존재로 이루어져 있었다. 그리고 나무 주위에서 우글대고 있는 이 모든 존재자들은 아무 데서도 오지 않았고, 아무 데로도 가지 않았다. 그것들은 홀연 존재했고, 그러다가 갑자기 존재하지 않았다. 존재는 기억이 없다. 그것은 사라진 것들에 대해 아무것도 간직하지 않는다. 추억 하나 간직하지 않는다. 존재는 어디에나, 무한히, 과도하게, 언제나, 그리고

어디에나 있다. 존재는 존재에 의해서만 한정된다. 나는
이 근원 없는 존재들의 넘쳐흐름 앞에서 깜짝 놀라고 멍
해져서 벤치 위에 널브러졌다. 사방에서 존재들이 개화하
고, 만개하고 있었고, 내 귀에 존재가 윙윙대고 있었으며,
내 살도 펄떡이며 열리면서 이 우주적인 발아發芽에 몸을
내맡기고 있었다. 역겨웠다. '하지만 왜?' 나는 자문했다.
'왜 이 많은 존재들이 필요한 거지? 모두 다 똑같지 않
아?' 비슷비슷한 이 많은 나무들이 대체 무슨 필요가 있
단 말인가? 실패하고, 고집스럽게 다시 시작하고, 또다시
실패하는——등을 땅에 대고 자빠진 곤충의 서투른 노력
들과도 같은(나도 이 노력들 중의 하나였다)——이 많은 존
재들이 말이다. 이 풍부함은 넉넉하게 느껴지지 않았다.
오히려 그 반대였다. 그것은 침울하고, 병약하고, 스스로
에 당황스러운 느낌을 주었다. 이 나무들, 이 어색한 커다
란 몸뚱이들…… 나는 웃음을 터뜨렸으니, 사람들이 책
에서 묘사하는 그 굉장한 봄들이, 해빙과 폭발과 거대한
개화로 가득한 봄들이 갑자기 생각났기 때문이다. 우리
에게 와서는 힘의 의지와 삶을 위한 투쟁 따위를 얘기하
는 바보들이 있다. 아니, 그들은 짐승이나 나무를 한 번도
보지 못했단 말인가? 그들은 나로 하여금 군데군데 껍질
이 벗겨진 이 플라타너스를, 반쯤 썩은 이 떡갈나무를, 하
늘을 향해 맹렬히 치솟는 젊은 힘으로 여기게 하려 했으

리라. 그리고 이 뿌리는? 나는 이것을 양식을 끄집어내기 위해 땅을 찢는 탐욕스러운 맹금의 발톱으로 상상할 필요가 있었던 게 아닐까?

사물들을 이런 식으로 보는 것은 불가능하다. 무기력함, 허약함, 그게 맞다. 나무들은 둥둥 떠 있었다. 하늘을 향한 치솟음? 차라리 축 처져 있다고 해야 하리라. 나무 둥치들은 언제라도 지친 음경처럼 쭈그러들고 움츠러들어 주름투성이의 검고 무기력한 무더기처럼 땅에 털썩 떨어질 것 같았다. 그들은 존재하고 싶은 **마음이 없었다.** 다만 어쩔 수 없이 존재하게 되었을 뿐이었다. 그래서 그들은 조용히, 별 열의 없이 저마다의 일을 하고 있을 뿐이었다. 수액은 마지못해 천천히 맥관을 타고 올랐고, 뿌리는 천천히 땅속을 파고들었다. 하지만 그들은 언제라도 다 집어치우고 그냥 세상에서 없어져버리고 싶어 하는 것 같았다. 늙고 지친 그들은 마지못해 존재를 계속했는데, 그 이유는 간단하게도, 죽기에는 너무 약했기 때문이며, 죽음은 바깥에서만 올 수 있었기 때문이다. 음악의 곡조들만이 죽음을 자신 안에 내적 필연성으로 오연하게 품고 있을 수 있지만, 그것들은 존재하지 않는다. 모든 존재자는 이유 없이 탄생하고, 약하므로 연장되며, 우연히 죽음을 맞이한다. 나는 몸을 뒤로 기대고 눈을 감았다. 하지만 곧바로 알아챈 이미지들이 달려들어 감긴 내 눈을 존재들로 가득 채웠다. 존재는 인간이 결코 떠날 수 없는 꽉 차 있음이다.

기이한 이미지들. 그것들은 무수한 것들을 나타내고 있었다. 진짜 사물들이 아니라, 그것들과 비슷한 다른 것들이었다. 의자와 나막신과 비슷한 나무로 된 물체들, 그리고 식물들과 비슷한 다른 물체들이었다. 그리고 두 얼굴이 보였는데, 지난 일요일 베즐리즈 맥줏집에서 내 옆에서 점심 식사를 하던 커플이었다. 피둥피둥하고, 따스하고, 육감적이고, 또 빨간 귀를 하고 있는 어처구니없는 모습들이었다. 여자의 어깨며 젖가슴이 보였다. 벌거벗은 존재의 어깨와 젖가슴이었다. 이 두 사람——나는 갑자기 소름이 끼쳤다——, 이 두 사람은 부빌의 어딘가에 계속 존재하고 있었다. 어딘가에서 이 부드러운 젖가슴은 시원한 직물에 스쳐 계속 자신을 애무하고, 레이스 안에 몸을 웅크리고 있었다. 여자는 자신의 젖가슴이 블라우스 안에 존재하는 것을 계속 느끼고, '내 찌찌, 내 예쁜 과일들'이라 생각하고, 자신을 간질이는 활짝 핀 젖가슴에 주의를 기울이며 신비스럽게 미소 지었고, 나는 소리를 지르며 두 눈을 크게 떴다.

그 거대한 존재, 그것은 내가 꿈꾼 것일까? 그것은 거기에 있었다. 공원에, 나무들 가운데에 굴러떨어져 있었다. 아주 무르고, 여기저기 끈적하게 달라붙고, 잼처럼 걸

쭉했다. 그리고 나는 온 정원과 함께 그 안에 있었다. 나는 무서웠다. 하지만 무엇보다도 화가 치밀었다. 그게 너무 바보 같고, 너무 무례하게 느껴졌다. 그 추악한 당과가 너무 싫었다. 어디에나, 어디에나 그게 있었다! 그것은 하늘에까지 올라갔고, 도처로 뻗어나갔고, 그 끈적끈적한 무기력함으로 모든 것을 채우고 있었다. 그게 사방으로 깊고 깊이 뻗어나가는 게 보였다. 공원과 집들과 부빌의 경계보다 멀리 뻗어나가고 있었다. 나는 더 이상 부빌에 있지 않았고, 어디에도 있지 않았다. 나는 둥둥 떠다니고 있었다. 나는 놀라지 않았으니, 이게 바로 세계라는 것을, 갑자기 모습을 드러낸 적나라한 세계라는 것을 잘 알기 때문이었다. 난 이 어처구니없는 커다란 존재에 대한 분노로 숨이 막힐 것 같았다. 심지어는 이게, 이 모든 게 어디에서 나오는지, 왜 아무것도 존재하지 않는 대신에 세계가 존재하는지 자문할 수조차 없었다. 그건 아무 의미 없는 짓이었으니, 세계는 뒤에도, 앞에도, 어디에나 있었기 때문이다. 세계 **이전에는** 아무것도 없었다. 아무것도. 세계가 존재하지 않을 수도 있었던 순간조차 없었다. 바로 이 점이 나를 짜증 나게 했다. 물론 이 점액질의 애벌레가 존재해야 할 **이유는 전혀 없었다.** 하지만 그것이 존재하지 않는다는 것은 **가능하지 않았다.** 그것은 생각할 수 없는 일이었다. 무無를 상상하기 위해서는 우리가 벌써 여기에 있어야 하는 것이다. 이 세계 안에 눈을 크게 뜨고 살아 있어야 하는 것이다. 무라는 것은 내 머릿속의 하나의 관념, 이 끝없는 공간 가운데에 떠다니며 존재하는 하나의 관념일 뿐이다. 이 무는 존재 이전에 있지 않았다. 그것은 다른 것과 마찬가지로 하나의 존재였으며, 수많은 다른 존재들 후에 나타난 것이다. 나는 "에이, 더러운 것! 에이, 더러운 것!"이라고 소리 질렀고, 이 끈적거리는 더러운 것을 떨쳐버리려고 몸을 흔들었다. 하지만 그것은 꿈쩍도 하지 않았다. 그리고 그 더러운 것은 너무나 많았다. 수만 톤, 수억 톤의 존재들, 무수한 존재들. 나는 이 엄청난 갑갑함의 밑바닥에서 숨이 막힐 것 같았다. 그러다가 갑자기 커다란 구멍이 생기듯 텅 비워졌고, 세계는 왔던 것과 같은 방식으로 사라져버렸다. 아니면 내가 잠에서 깨어난 것인지도 모르겠지만, 어쨌든 더 이상 그게 보이지 않았고, 주위에는 죽은 가지들이 삐죽삐죽 솟아난 누런 땅만 있었다.

　나는 일어나, 공원을 나갔다. 철책 문에 이르러 뒤돌아섰다. 그러자 공원이 내게 미소를 지었다. 나는 철책에 등을 기대고 오랫동안 쳐다보았다. 나무들의 미소, 월계수 숲의 미소, 그것은 뭔가를 말하려 하고 있었다. 바로 존재의 진정한 비밀이었다. 어느 일요일, 아마 3주도 안 된 것 같은데, 이미 그때 사물들에서 일종의 공모자 같은 기색을 포착했던 게 생각났다. 그 기색은 나를 향한 것이었을까? 그때 나는 이해할 방법이 전혀 없다는 것을 답답하게 느꼈다. 방법이 전혀 없었다. 하지만 그것은 거기에 기다리고 있었고, 어떤 시선과도 비슷했다. 그것은 마로니에 나무둥치에 있었다…… 아니, 그것은 마로니에 나무 자체였다. 사물들, 그것은 도중에 멈춰버린 생각들, 자신을 잊어버린, 자기가 무엇을 생각하려 했는지를 잊어버린 생각들, 그것들을 넘어서는 어떤 기묘한 작은 의미를 가지고서 그냥 저렇게 흔들거리고 있는 생각들이라 할 수 있으리라. 이 작은 의미는 날 짜증 나게 했다. 설사 이렇게 철책에 기대고서 700년 동안 있는다 해도, 그것을 **이해할 수 없었다.** 나는 존재에 대해 내가 알 수 있는 모든 것을 알게 되었다. 그래서 난 그곳을 떠나 호텔로 들어왔고, 이렇게 썼다.

밤중

나는 결심했다. 더 이상 책을 쓰지 않을 것이니, 이제 부빌에 있을 이유가 없다. 파리로 가서 살련다. 금요일에 5시 열차를 타고, 토요일에 안니를 만나리라. 아마 며칠을 함께 보낼 것이다. 그런 다음 이곳에 돌아와 몇 가지 일을 처리하고 짐을 꾸릴 것이다. 늦어도 3월 1일에는 파리에 완전히 정착할 것이다.

금요일

랑데부 데 슈미노에서. 내가 탈 열차는 20분 후에 출발한다. 축음기. 강렬한 모험의 느낌.

토요일

안니가 긴 검은색 드레스 차림으로 나와서 문을 열어준다. 물론 그녀는 내게 손을 내밀지 않고, 인사를 하지도 않는다. 나는 오른손을 외투 호주머니에 넣고 있다. 그녀는 형식적인 말들을 피하기 위해 약간 퉁명스럽게, 아주 빨리 말한다.

"들어와서 자기가 앉고 싶은 곳에 앉아. 창가의 안락의자만 빼놓고."

그녀다. 바로 그녀다. 그녀는 두 팔을 축 늘어뜨리고, 전에는 사춘기 소녀처럼 보이게 했던 그 뚱한 얼굴을 하고 있다. 하지만 지금은 더 이상 소녀처럼 보이지 않는다. 그녀는 살이 붙었고, 아주 풍만한 젖가슴을 가지고 있다.

그녀는 문을 닫고, 마치 혼자 명상을 하듯이 중얼거린다.

"난 침대에 앉아야 하나……"

결국 그녀는 양탄자로 덮인 궤짝 같은 것에 털썩 주저
앉는다. 그녀의 거동은 전과 같지 않다. 이제 그녀는 묵직
하니 위엄 있게 움직이고, 전과 같은 우아함은 찾아볼 수
없다. 그녀는 젊은 나이에 찾아온 비만이 당황스러운 것
처럼 보인다. 어쨌거나 그녀, 안니임에는 분명하다.

안니는 웃음을 터뜨린다.

"왜 웃어?"

그녀는 평소의 버릇대로 곧바로 대답하지 않고, 까탈
스러운 표정을 짓는다.

"왜 웃냐고?" 나는 재차 묻는다.

"자기가 들어오면서 보인 그 큼지막한 미소 때문이야.
마치 자기 딸을 결혼시키고 온 아버지 같은 표정이었거
든. 자, 그렇게 서 있지 마. 외투를 걸어놓고, 앉아. 그래,
거기가 좋으면 거기 앉고."

침묵이 뒤를 잇고, 안니는 구태여 그것을 깨려 하지 않
는다. 아, 방이 얼마나 휑해 보이는지! 과거에 안니는 여
행을 할 때마다 숄, 터번, 두건, 일본 가면, 대중적 취향의
판화 등으로 가득한 커다란 트렁크를 가져가곤 했다. 그
리고 어떤 호텔에 체크인하자마자—거기에서 단 하룻
밤을 머물 때에도—트렁크를 열고 이 모든 것들을 꺼내
어 가변적이면서도 복잡한 어떤 질서에 따라 벽에다 걸

고, 램프에 걸치고, 탁자나 바닥에 펼쳐놓곤 했다. 그러면 반 시간도 못 되어 가장 평범한 객실도 무겁고도 육감적인, 거의 견디기 힘들 정도의 어떤 개성을 띠게 되었다. 이번에는 트렁크를 잃어버렸거나, 어느 휴대품 보관소에 맡긴 모양이다…… 문이 화장실 쪽으로 반쯤 열려 있는 이 차가운 방은 뭔가 음산한 느낌을 준다. 보다 사치스럽고 썰렁하기는 하지만, 부빌에 있는 나의 방과도 비슷하다.

안니는 다시 웃는다. 내가 잘 아는 아주 높고도 약간 비음이 섞인 그 웃음이다.

"흠, 자기는 변하지 않았군. 뭘 그렇게 정신없이 찾는 거야?"

그녀는 미소를 짓지만, 적의마저 느껴지는 호기심 어린 시선으로 나를 살핀다.

"그냥 이 방이 자기가 지내는 방 같지 않다고 생각하고 있었어."

"아, 그래?" 그녀는 건성으로 대꾸한다.

다시 침묵이 감돈다. 이제 그녀는 침대에 앉았다. 검은 드레스 때문인지 얼굴이 아주 창백해 보인다. 그녀는 머리를 자르지 않았다. 차분하게, 약간 눈썹을 치켜올리며 여전히 나를 쳐다보고 있다. 내게 아무 할 말이 없단 말인가? 그렇다면 왜 나를 여기로 오게 했을까? 견디기 힘든 침묵이 이어진다.

나는 불쑥, 아주 한심하게도 이렇게 말한다.

"자기를 보게 되어 기뻐."

마지막 단어가 목에 잠겨 흐려진다. 이런 말을 하느니 차라리 입을 다물고 있는 편이 나았다. 분명히 그녀는 화를 낼 것이다. 나는 처음 15분은 힘들 거라고 생각했다. 전에 그녀를 만날 때, 겨우 스물네 시간 만에 다시 보고, 아침에 같은 침대에서 본다 해도 나는 그녀가 기대하는 말을, 그녀의 드레스나 날씨, 혹은 우리가 전날 마지막으로 나눴던 대화에 어울리는 말을 찾아내지 못했다. 하지만 그녀가 원하는 것은 대체 뭐란 말인가? 나는 도통 알 수가 없다.

나는 다시 시선을 올린다. 안니는 뭔가 따스함이 느껴지는 눈길로 나를 쳐다본다.

"그래, 자기는 전혀 변하지 않았네? 여전히 그렇게 바보 같은 거야?"

그녀의 얼굴에 만족감이 떠오른다. 하지만 그녀는 얼마나 피곤해 보이는지!

"자기는 이정표야." 그녀가 말을 잇는다. "길가에 서 있는 이정표. 자기는 여기서 플룅까지 27킬로미터고 몽타르지까지는 42킬로미터라고 아주 침착하게 설명하고, 또 평생 동안 설명할 거야. 자, 이게 자기가 내게 절실히 필요한 이유야."

"내가 필요하다고? 내가 자기를 볼 수 없었던 지난 4년 동안에도 내가 필요했단 말이야? 그렇다면 당신은 참 조심스러운 사람이군."

나는 미소를 지으며 말했다. 그녀는 내가 앙심을 품고 있다고 생각할 수도 있다. 나 자신도 내 미소가 매우 어색하게 느껴지니까. 난 속이 편치 않다.

"자기는 정말 바보네! 물론 나는 자기를 봐야 할 필요는 없어. 자기가 하고 싶은 말이 그거라면 말이야. 그런데 말이야, 자기는 그렇게 눈으로 봐서 특별히 즐거운 사람은 아니라고. 난 단지 자기가 존재하고, 변하지 않는 게 필요해. 자기는 파리나 그 근방 어딘가에 보관되어 있다는 백금으로 된 미터자와도 같아. 그것을 실제로 보고 싶어 하는 사람은 아무도 없을 거야."

"그건 자기가 잘못 알고 있는 거야."

"뭐, 상관없어. 적어도 나는 보고 싶지 않으니까. 나는 그게 존재하고, 그게 지구자오선의 4분의 1의 1천만 분의 1을 측정한다는 사실을 아는 걸로 만족해. 아파트에서 뭔가를 재거나, 옷감을 미터당으로 팔 때마다 그걸 생각하지."

"정말이야?" 나는 차갑게 대꾸했다.

"하지만 말이야, 나는 어떤 추상적 미덕이나 일종의 경계를 생각하듯이 자기를 생각할 수도 있어. 내가 매번 자기의 얼굴을 구체적으로 떠올리는 것을 고맙게 생각해야 하지 않을까?"

자, 옛날에 내가 그녀를 사랑한다고 말하고 싶고, 그녀를 품에 안고 싶은 것 같은 단순하고도 저급한 욕망들을 마음에 품고 있었을 때, 참아내야만 했던 그 12음절 시 같은 토론들이 다시 시작되었다. 오늘은 아무런 욕망이 없다. 그저 입을 다물고 그녀를 쳐다보면서 이 굉장한 사건──내 앞에 안니의 존재가 있는 것──의 중요성을 조용히 실감하고 싶을 뿐이다. 안니에게 있어서 이날은 다른 날과 비슷한 것일까? 그녀의 손은 떨리지 않는다. 그녀는 편지를 쓴 날에 내게 뭔가 말할 게 있었을 것이다 (혹은 그냥 일시적 변덕이었을 수도 있다). 하지만 그런 생각은 이미 오래전에 사라져버렸다.

안니는 갑자기 내게 미소를 짓는다. 너무나 따스한 미소여서 내가 눈물이 다 난다.

"난 백금 미터자를 생각하는 것보다는 훨씬 많이 자기를 생각했어. 자기를 생각하지 않은 날이 하루도 없었다고. 그리고 자기의 아주 세세한 점들까지 또렷이 떠올리곤 했어."

그녀는 일어나 다가와서는 내 어깨에 두 손을 얹는다.

"자기는 내게 불평을 늘어놓지만, 내 얼굴을 떠올렸다

고 말하지는 못할걸?"

"바보 같은 소리 하지 마!" 내가 말한다. "자기도 알다
시피 난 기억력이 나쁘잖아."

"그래, 인정하는군. 자기는 나를 완전히 잊고 있었어.
거리에서 마주쳤다면 날 알아보기나 했을까?"

"당연히 알아보지. 내 말뜻은 그게 아니야."

"내 머리칼이 무슨 색인지나 기억했어?"

"그럼! 자기 머리는 금발이지."

그녀는 웃는다.

"아주 자랑스럽게 말하는군. 지금은 앞에서 보고 있으
니 그렇게 대단할 것은 없어."

그녀는 내 머리칼을 한 번 헝클어뜨린다.

"그리고 자기 머리는 빨간색이지." 그녀는 나를 흉내
내며 말한다. "자기를 처음 봤을 때, 자기는——그 모습을
결코 잊지 못할 거야——연보라색에 가깝고, 자기의 빨간
머리와 전혀 어울리지 않는 후줄근한 모자를 쓰고 있었
어. 정말 보기가 괴로웠지. 그 모자 어디 있어? 여전히 취
향이 그렇게 형편없는지 보고 싶네."

"난 이제 모자를 쓰지 않아."

그녀는 눈을 크게 뜨면서 살짝 휘파람을 분다.

"설마 그 생각을 혼자서 한 건 아니겠지? 혼자서 했어?
그렇다면 축하해줘야지. 그럼, 자기는 절대 모자를 쓰면

안 되었어! 한번 생각해보면 알 수 있는 일이잖아! 자기의 이 머리는 아무것과도 맞지 않아. 모자와도, 소파의 쿠션과도, 심지어는 머리칼의 배경이 되는 벽의 태피스트리와도 어울리지 않는다고. 아니면 자기가 런던에서 샀던 그 영국식 중산모처럼 귀까지 푹 눌러쓰든지. 머리카락을 모자 속에 집어넣으면, 아무도 자기에게 아직 머리가 남아 있는지 몰랐거든."

그녀는 해묵은 논쟁을 끝내는 단호한 어조로 이렇게 덧붙인다.

"그것은 자기와는 전혀 어울리지 않았어."

나는 대체 어떤 모자를 말하는 건지 알 수 없다.

"내가 말했어? 그게 나한테 어울린다고?"

"그럼, 자긴 분명히 그렇게 말했을 거야! 심지어는 그 말만 하고 있었지. 그리고 내가 보지 않는다고 생각할 때면, 거울에 비친 자신의 모습을 음험하게 들여다보곤 했어."

이 과거에 대한 인식이 나를 힘들게 한다. 심지어 그녀는 어떤 추억을 떠올리는 것처럼 말하지도 않는다. 그녀의 어조에는 이런 종류의 일에 어울리는 측은하고도 가벼운 뉘앙스가 없다. 마치 오늘 일, 기껏해야 어제 일을 얘기하는 것 같다. 그녀는 과거의 의견, 고집, 앙심 같은 것을 아주 생생하게 간직하고 있다. 반면 내게는 모든 게 어떤 어렴풋한 시적 분위기에 잠겨 있어서, 어떤 양보라도 할 준비가 되어 있다.

그녀는 갑자기 굴곡 없는 목소리로 이렇게 말한다.

"자, 보다시피 난 살이 찌고 늙었어. 이제 외모 관리 좀 해야 해."

맞다. 그리고 얼마나 지쳐 보이는지! 내가 입을 열려고 하는데, 그녀는 곧바로 덧붙인다.

"난 런던에서 연극에 출연했어."

"캔들러와 함께?"

"천만에. 캔들러가 아냐. 누가 자기 아니랄까 봐 그런 소리를 해? 자기는 내가 캔들러와 연극을 할 거라는 생각이 머릿속에 박혀 있어. 캔들러는 교향악단 지휘자라는 말을 대체 몇 번이나 해야 해? 아냐, 소호 광장의 어느 작은 극장에서 했어. 〈존스 황제〉와 숀 오케이시와 싱의 작품들, 그리고 〈브리타니쿠스〉를 공연했어."

"〈브리타니쿠스〉?" 내가 놀라며 되묻는다.

"맞아, 〈브리타니쿠스〉. 내가 떠난 것은 그것 때문이야. 내가 〈브리타니쿠스〉를 공연하자는 아이디어를 내놨지. 사람들은 내가 쥐니 역을 맡기를 바랐어."

"그래?"

"물론 내가 아그리핀 역을 맡을 수는 없는 노릇이니까."

"그래서 지금은 뭘 하고 있지?"

내가 이렇게 물은 것은 잘못이었다. 갑자기 그녀의 얼굴에서 핏기가 사라진다. 하지만 그녀는 곧바로 대답한다.

"이제 연기는 안 해. 여행을 다니고 있어. 날 보살펴주는 남자가 있거든."

그녀는 미소를 짓는다.

"오, 그렇게 걱정스러운 얼굴로 쳐다보지 마. 이게 무슨 비극은 아니니까. 내가 항상 말했잖아. 난 누구에게 얹혀 사는 게 문제 되지 않는다고. 게다가 늙은 남자라서 부담도 없고."

"영국 사람이야?"

"그게 자기와 무슨 상관이야?" 그녀는 역정을 낸다. "그 양반에 대해선 얘기할 것 없어. 자기에게나 나에게나 조금도 중요한 일이 아니니까. 차 마실 거야?"

그녀는 화장실로 들어간다. 그녀가 왔다 갔다 하면서 냄비 따위를 달그락거리며 혼자서 말하는 소리가 들린다. 무슨 소리인지 알아들을 수 없는 말을 날카로운 목소리로 중얼거린다. 침대 옆 탁자에는 늘 그렇듯 미슐레의 《프랑스사》가 놓여 있다. 나는 그녀가 침대 위에 사진 한 장을 걸어놓은 것을 비로소 발견한다. 에밀리 브론테의 오빠가 그린 에밀리의 초상의 복제화다.

안니가 돌아와 불쑥 내게 말한다.

"자, 이제 자기에 대해 얘기해봐."

그러더니 다시 화장실로 사라진다. 비록 내가 기억력이 좋지 않지만 이것은 생각난다. 전에 그녀는 진정한 관심과 얘기를 빨리 끝내버리고자 하는 마음이 동시에 느껴지기 때문에 날 아주 거북하게 만들었던 이런 식의 직설적인 질문을 하곤 했다. 어쨌든 이 질문이 나온 후에는 더 이상 의심의 여지가 없다. 그녀는 내게서 뭔가를 원하고 있다. 우선은 예비 행위에 불과하다. "이제 자기에 대해 얘기해봐"는 먼저 거치적거릴 수 있는 것들을 없애버리고, 이차적인 문제들을 완전히 해결해버리기 위해 하는 말이다. 조금 이따가 그녀는 자신에 대해 얘기할 것이다. 그러므로 나는 더 이상 그녀에게 아무것도 얘기하고 싶지가 않다. 무슨 소용이 있으랴? **구토**, 두려움, 존재⋯⋯ 이 모든 것을 혼자 간직하고 있는 편이 낫다.

"자, 어서!" 그녀는 벽 사이로 소리 지른다.

그녀는 찻주전자를 가지고 돌아온다.

"자기는 지금 뭐 해? 파리에서 살아?"

"부빌에 살아."

"부빌? 왜? 설마 결혼은 하지 않았겠지?"

"결혼이라고?" 나는 펄쩍 뛴다.

안니가 그렇게 생각할 수 있다는 게 아주 불쾌하게 느

껴진다. 나는 그녀에게 대답한다.

"말도 안 돼. 이건 완전히 자기가 전에 나를 비난하던 그런 종류의 자연주의적 상상이야. 생각나? 내가 자기를 두고 과부에 두 사내아이의 엄마가 된 모습을 상상했을 때 말이야. 그리고 난 자기에게 앞으로 우리가 어떻게 될 것인가에 대해 여러 가지 얘기들을 했는데 자기는 그걸 끔찍하게 여겼어."

"그리고 자기는 그걸 즐겼지." 그녀는 눈 하나 까딱하지 않고 대꾸한다. "괜히 센 척하느라고 말이야. 그리고 자기는 그런 얘기를 하면 화부터 냈지만, 어느 날 뒷구멍에서 결혼을 할 수 있을 만큼 음흉한 사람이야. 자기는 장장 1년 동안 〈황제의 제비꽃〉을 보러 가지 않겠다고 화를 내며 버티더니만, 내가 아파서 드러눕자, 동네의 조그만 영화관에 혼자서 그 영화를 보러 갔지."

"내가 부빌에 있는 것은" 나는 위엄 있게 말한다. "롤르봉 후작에 대한 책을 쓰고 있기 때문이야."

안니는 관심을 표하며 나를 쳐다본다.

"롤르봉 후작? 18세기에 살았던 사람?"

"그래."

"맞아, 전에 그에 대해 얘기한 적이 있었지." 그녀가 말을 흐린다. "그럼 역사책이겠네?"

"그래."

"하, 하!"

그녀가 한 번만 더 질문하면, 난 그녀에게 모든 것을 털어놓을 것이다. 하지만 그녀는 더 이상 아무것도 묻지 않는다. 그녀는 나에 대해 충분히 알고 있다고 생각하는 모양이다. 안니는 다른 사람의 말을 얼마든지 경청할 수 있는 여자지만, 원할 때에만 그렇게 한다. 나는 그녀를 본다. 그녀는 눈을 아래로 내리깔고서 내게 할 말에 대해, 얘기를 어떻게 시작할까에 대해 생각하고 있다. 이제 내가 그녀에게 질문해야 하나? 그녀가 좋아할 것 같지 않다. 그녀는 자기가 좋다고 생각할 때 말할 것이다. 가슴이 심하게 두근거린다.

그녀가 불쑥 말한다.

"난 변했어."

자, 시작됐다. 하지만 이제 그녀는 입을 다문다. 그저 하얀 자기 잔들에 차를 따른다. 그녀는 내가 말하기를 기다린다. 뭔가를 말해야 한다. 아무거나 말하면 안 되고, 그녀가 원하는 것을 말해야 한다. 괴롭기 그지없다. 그녀는 정말로 변했을까? 그녀는 살이 쪘고, 지쳐 보인다. 하지만 그녀가 말하고자 하는 것은 분명히 이게 아닐 것이다.

"글쎄, 모르겠어. 뭐가 변했는지 찾아낼 수 없어. 자기의 웃음, 일어서고, 내 어깨에 손을 올려놓는 방식, 혼자서 중얼거리듯이 말하는 버릇은 여전해. 여전히 미슐레의 《프랑스사》를 읽고 있고. 그리고 다른 여러 가지 것들도……"

나의 영원한 본질에 대한 깊은 관심과 내 삶 가운데에 일어날 수 있는 모든 것에 대한 완전한 무관심—또 현학적이면서도 매력적이기도 한 겉멋 부리기—또 그리고 예의나 우정의 기계적인 형식들, 즉 인간관계를 쉽게 만들어주는 모든 것을 대뜸 생략해버리고, 상대방으로 하여금 매 순간 새로운 형식을 지어내지 않을 수 없게 하는 그런 방식 등은 전과 조금도 다름이 없다.

그녀는 어깨를 으쓱해 보인다.

"아냐, 나는 변했어." 그녀는 딱딱하게 말한다. "난 완전히 변했다고. 나는 더 이상 같은 사람이 아냐. 난 자기가 그걸 한눈에 알아볼 거라고 생각했어. 그런데 자기는 미슐레의 《프랑스사》 얘기를 하고 있네."

그녀는 다가와 내 앞에 우뚝 선다.

"자, 이 남자가 본인이 주장하는 것처럼 정말 그렇게 똑똑한지 한번 보겠어. 자, 한번 찾아봐. 나한테서 뭐가 달라졌어?"

나는 머뭇거린다. 그녀는 여전히 미소 짓지만 확실히 짜증이 난 얼굴로 발을 쿵 구른다.

"전에는 나한테 자기를 괴롭게 하는 뭔가가 있었어. 적

어도 자기는 그렇다고 주장했지. 하지만 지금 그것은 끝
났어. 사라졌다고. 자기는 그걸 알아차려야 했어. 이제 내
가 좀 더 편안하게 느껴지지 않아?"

나는 감히 아니라고 대답하지 못한다. 나는 전과 마찬
가지로 엉덩이 끝을 의자에 걸치고 앉아서는, 함정을 피
하고, 설명하기 힘든 분노를 방지하고자 전전긍긍한다.

그녀는 다시 앉았다.

"음, 그러니까" 그녀는 확신에 찬 표정으로 고개를 끄
덕이며 말을 잇는다. "자기가 이해하지 못한다면, 그것은
자기가 많은 것들을 잊어버렸기 때문이야. 내가 생각했
던 것보다도 많이 잊은 모양이야. 아니, 자기가 전에 어
떤 고약한 짓들을 했는지 기억나지 않는단 말이야? 자기
는 느닷없이 찾아와서는 지껄이다가 다시 떠나버리곤 했
어. 항상 타이밍이 안 맞게 말이야. 자, 만일 내가 아무것
도 변하지 않았다면 어땠을까? 자기가 이 방에 들어오면,
벽에는 가면이며 숄 등이 걸려 있어. 나는 침대에 앉아서
자기에게 이렇게 말할 거야(그녀는 고개를 뒤로 젖히고서,
콧구멍을 벌리고서 마치 자신을 비웃듯이 과장적인 목소리로
말한다). '자, 뭐 해? 아무 데나 앉아.' 그리고 '창가의 안락
의자만 빼놓고'라는 말은 일부러 빼놓았겠지."

"맞아, 자기는 그런 식으로 덫을 놓곤 했지."

"덫은 아니었어…… 그러면 물론 자기는 곧바로 소파

로 가서 앉았겠지."

"그럼 내게 무슨 일이 일어난다는 거지?" 나는 고개를 돌려 호기심 어린 눈으로 안락의자를 쳐다보며 묻는다.

그것은 평범하게 생겼다. 아버지처럼 듬직하고도 편안해 보인다.

"나쁜 일만 일어나지." 안니가 짧게 대답한다.

난 더 이상 캐묻지 않는다. 안니는 늘 금기禁忌물들로 둘러싸여 있었다.

"아, 그게 뭔지 알 것 같아!" 나는 불쑥 말한다. "그런데 그게 사실이라면 정말로 굉장할 것 같아! 잠깐, 한번 생각해보자고. 아닌 게 아니라, 지금 이 방은 텅 비었어. 내가 이 사실을 금방 알아챘다는 것은 인정해줘야 해. 자, 예전 같았으면 이랬겠지. 나는 방에 들어와서 벽에 걸린 그 가면이며 숄 따위를 보았을 거야. 호텔의 분위기는 항상 자기 방, 이 문에서 끝나곤 했어. 자기의 방은 완전히 분위기가 달랐지…… 자기는 나와서 문을 열어주지도 않아. 난 자기가 한쪽 구석에, 이를테면 자기가 항상 가지고 다니는 그 빨간 카펫 위에 웅크리고 기다리면서 나를 가차 없는 시선으로 노려보고 있는 것을 발견하게 되겠지…… 내가 한마디만 하면 어떤 동작만 하고, 숨만 한 번 쉬기만 하면 자기는 눈썹을 찌푸리고, 그러면 나는 이유는 모르지만 깊은 죄책감을 느낄 거야. 그리고 시간이

갑수록 나는 실수를 연발하고, 더 심한 잘못 속으로 빠져
들겠지."

"그런 일이 몇 번이나 일어났지?"

"백 번은 있었어."

"적어도 백 번은 있었지! 자, 이제 자기는 더 똑똑하고,
더 영리해졌어?"

"아니."

"그렇게 말하니까 좋아! 자, 그래서?"

"그래서, 이제는 더 이상……"

"하, 하!" 그녀는 연극을 하듯 과장적인 목소리로 외친
다. "저 사람은 감히 믿지도 못하는군!"

그녀는 부드럽게 말을 잇는다.

"자, 자기는 날 믿어도 돼. 이제는 더 이상 없어."

"완벽한 순간들이 더 이상 없는 거야?"

"응."

나는 깜짝 놀란다. 난 다시 한번 묻는다.

"그러니까 자기는 더 이상…… 그러니까 이제는 끝났
다고……? 그 비극들이, 가면과 쇼과 가구들과 나 자신
은 단역을 맡고, 자기는 주연이 되는 그 즉석 비극들이?"

그녀는 미소를 짓는다.

"배은망덕하긴! 난 가끔 자기에게 나보다도 훨씬 중요
한 배역을 주곤 했는데 말이야! 하지만 그런 줄도 모르고

있었지. 그래, 맞아. 이제 다 끝났어. 놀랐어?"

"아, 그럼! 놀랐어! 난 그게 자기의 일부라고 생각했거든. 자기에게서 그걸 제거하는 것은 심장을 뽑아내는 거나 마찬가지라고 생각했어."

"나도 그렇게 생각했어." 그녀는 아무것도 후회하지 않는 듯이 말한다.

그리고 아주 불쾌하게 느껴지는 어떤 조소 같은 게 섞인 어조로 덧붙인다.

"하지만 보다시피 난 그것 없이도 잘 살잖아?"

그녀는 손가락 깍지를 껴서 한쪽 무릎을 껴안는다. 그리고 얼굴 전체를 다시 젊어 보이게 하는 희미한 미소를 지으며 허공을 쳐다본다. 그러고 있으니 비밀스럽고도 만족해하는 어떤 뚱뚱한 계집아이 같다.

"그래, 난 자기가 옛날 그대로여서 좋아. 만일 자기가 위치가 옮겨지고, 다시 칠해지고, 어떤 다른 도로변에 쑤셔 박힌다면, 난 나로 하여금 방향을 잡을 수 있게 해주는 고정된 점을 잃게 될 거야. 자기는 내게 꼭 필요한 존재야. 나는 변하지만 자기는 움직이지 않고 있어야 해. 그래야 자기와 견주어 내 변화를 가늠할 수 있으니까."

나는 약간 기분이 상한다.

"아니, 꼭 그렇진 않아!" 나는 큰 소리로 말한다. "오히려 나는 최근에 많이 변했다고! 사실 나는……"

"오!" 그녀는 아주 경멸적으로 말한다. "지적인 변화 말이겠지? 난 눈의 흰자위까지 변했어."

눈의 흰자위까지…… 그녀의 목소리에서 대체 무엇이 내 마음을 그렇게 뒤흔든 것일까? 어쨌든 나는 소스라친다! 난 사라진 안니를 찾기를 멈춘다. 내 마음을 뭉클하게 하고, 내가 사랑하는 것은 이 여자, 파멸한 것처럼 보이는 이 뚱뚱한 여자다.

"그것은 일종의…… 육체적인 확신이야. 세상에 완벽한 순간은 없는 것 같아. 걸을 때 내 두 다리에까지 그게 느껴져. 항상, 심지어는 잘 때도 느껴져. 그걸 잊어버릴 수가 없어. 이 사실을 퍼뜩 깨닫게 한 어떤 계시 같은 것은 전혀 없었어. 정확히 어떤 날, 어떤 시각부터 내 삶이 바뀌었다고는 말할 수 없어. 그런데 지금은 어제 갑자기 모든 것을 깨달은 것 같은 그런 기분이야. 난 좀 어질어질하고, 불편한 느낌이야. 아직은 이 상태에 익숙해지지 않았나 봐."

이렇게 말하는 그녀의 차분한 목소리에는 이렇게 많이 변했다는 자부심이 조금 묻어 있다. 그녀는 궤짝 위에서 너무나도 우아하게 몸을 까닥거린다. 내가 방에 들어오고 나서, 이렇게나 그녀가 옛날의 안니, 마르세유의 안니와 비슷하게 느껴진 적이 없었다. 그녀는 나를 다시 사로잡아, 우스꽝스러움과 겉멋과 간교함을 넘어서는 그녀의 기이한 우주에 다시 빠뜨렸다. 심지어 그녀와 함께 있으면 항상 나를 사로잡았던 그 미열과 입속의 쓴맛까지 다시 느껴진다.

안니는 손깍지를 풀어 무릎을 놓는다. 그리고 입을 다문다. 의도된 침묵이다. 마치 오페라에서 정확히 일곱 마디의 음악이 흐르는 동안 무대가 비어 있는 것처럼 말이다. 그녀는 차를 마신다. 그러고는 찻잔을 내려놓고, 궤짝 모서리를 두 손으로 꽉 잡고서 뻣뻣이 앉아 있다.

갑자기 그녀의 얼굴에 내가 그토록 좋아했던, 증오로 부풀고 뒤틀리고 독살스러운 메두사의 기가 막힌 얼굴이 나타난다. 안니는 결코 표정을 바꾸는 게 아니라, 얼굴을 바꾼다. 고대의 배우들이 단번에 가면을 바꾸듯이 말이다. 이 가면들 각각은 분위기를 만들고, 이어질 장면의 정조情調를 보여주기 위한 것이다. 그것은 그렇게 나타나, 그녀가 말하는 동안 변하지 않고 유지된다. 그러고 나서 떨어져서는 그녀에게서 분리된다.

그녀는 나를 보지 않는 것처럼 나를 응시한다. 이제 그녀는 말할 것이다. 나는 그녀의 가면의 위엄에 걸맞은 어떤 비극적인 연설을, 어떤 장송곡을 기다린다.

그녀는 딱 한 마디만 한다.

"나는 또 다른 나로 살아남았어."

억양이 얼굴과 전혀 어울리지 않는다. 그것은 비극적이

라기보다는…… 섬뜩하다! 그것은 눈물도, 연민도 없는 건조한 절망감을 표현하고 있다. 그렇다, 그녀에게는 치유 불가능하게 말라붙어버린 무언가가 있다.

가면은 떨어져 내리고, 그녀는 미소 짓는다.

"나는 전혀 슬프지 않아. 그 사실에 스스로 놀라기도 하지만, 그런 생각은 잘못된 거야. 왜 내가 슬퍼해야 하지? 전에 나는 아주 멋진 열정들을 품을 수 있었어. 난 열정적으로 어머니를 증오했어. 또 자기는" 그녀는 도발하듯 말한다. "난 자기를 열정적으로 사랑했고."

그녀는 대꾸를 기다리지만, 난 아무 말도 하지 않았다.

"물론 이 모든 것은 끝났어."

"그걸 어떻게 알지?"

"난 알아. 나는 더 이상 그 무엇에도, 그 누구에게도 열정을 느끼지 않으리라는 것을 알고 있어. 알아? 누군가를 사랑하는 것도 일종의 사업이라는 것을? 그러기 위해서는 에너지와 용기와 맹목이 필요해…… 심지어 처음에는 절벽을 건너뛰어야 하는 순간도 있어. 너무 오래 생각하면 하지 못하지. 나는 더 이상 뛰어넘지 못한다는 것을 알아."

"왜?"

그녀는 내게 쓸쓸한 시선을 던질 뿐 대답하지 않는다.

"이제 나는" 그녀는 말을 잇는다. "나의 죽은 열정들에 둘러싸여 살고 있어. 열두 살 때 어머니가 나를 매질했을 때 4층에서 뛰어내리던 그 멋진 분노를 되찾아보려고 애쓰고 있지."

그녀는 방금 한 말과 아무 관계없어 보이는 말을 무심히 덧붙인다.

"사물들을 너무 오래 쳐다보고 있어도 안 좋아. 그것들이 뭔지 알려고 쳐다보지만, 금방 눈을 돌려버려야 하지."

"아니, 왜?"

"역겨우니까."

가만, 이게 혹시……? 어쨌든 어떤 유사점이 있는 것은 분명하다. 이미 런던에서도 이런 일이 있었지 않은가? 우리는 따로 생각하면서도, 거의 같은 순간에, 어떤 같은 주제에 대해 같은 생각을 한 일이 있지 않았던가? 아, 그게 정말로…… 하지만 안니의 생각은 너무나 복잡해서 내가 정확히 이해한 건지 확실치 않다. 어쨌든 이번에는 확실하게 알아봐야 한다.

"이봐, 내 얘기 좀 들어봐. 자기도 알다시피, 난 완벽한 순간이 무엇인지 잘 이해할 수가 없었어. 자기가 한 번도 설명해주지 않았으니까."

"그래, 알아. 자기는 조금도 노력하지 않았지. 자기는 내 옆에서 멀뚱하니 앉아 있기만 했어."

"아아! 그 대가가 뭐였는지 나도 잘 알아."

"자기에게 일어난 일들, 그것들은 당해도 싼 거였어. 자기는 잘못한 게 아주 많다고. 자긴 아주 견고한 체하면서 나를 짜증 나게 만들었지. 마치 '난 정상이야'라고 말하는 것 같았어. 그리고 아주 건강한 척하려고 애를 썼어. 도덕적인 건강이 철철 넘쳐흘렀지."

"하지만 설명해달라고 자기에게 백 번도 넘게 부탁했잖아. 그 완벽한 순간이란 게 대체 뭔……"

"그래, 하지만 그때의 어조라니!" 그녀는 화를 내며 말한다. "마치 한번 봐주듯이 알아보려 했다는 것, 그게 진실이야. 자기는 그 질문을 상냥하면서도 건성으로 하곤 했지. 내가 어렸을 때 나한테 무슨 놀이를 하느냐고 물어보던 늙은 부인들처럼 말이야. 사실," 그녀는 상념에 잠기는 표정으로 말한다. "난 가끔 자문해보곤 해. 내가 가장 미워했던 사람은 자기가 아닐까 하고."

그녀는 감정을 억누르려 애쓴다. 결국 마음을 추스른 그녀는 볼을 벌겋게 물들인 채로 미소를 짓는다. 그녀는 아주 아름답다.

"그래, 그게 뭔지 설명해줄게. 이제 나도 자기 같은 노파들에게 내 어린 시절의 놀이들에 대해 화내지 않고 말해줄 수 있을 만큼 나이가 들었으니까. 자, 말해봐, 무얼 알고 싶은 거야?"

"그게 뭐였는지 알고 싶다고."

"내가 자기에게 특별한 상황들에 대해 말한 적이 있었던가?"

"말한 것 같지 않은데?"

"아냐, 얘기했어." 그녀는 단호하게 말한다. "지금은 이름이 잘 생각나지 않는 엑스의 그 광장에서였어. 우리는 햇빛이 쏟아지는 한 카페 정원에서 오렌지색 파라솔 아래에 앉아 있었지. 자기는 기억하지 못할 거야. 우리는 레모네이드를 마셨고, 나는 가루 설탕 속에서 죽은 파리들을 찾아냈어."

"아, 그래, 아마도……"

"그래서 그 카페에서 내가 그것에 대해 얘기했다고. 난 내가 어렸을 때 가지고 있던 미슐레의 《프랑스사》 대형본에 대해 말하면서 그 얘기를 했어. 그것은 지금 이 책보다도 훨씬 더 컸고, 종이는 마치 버섯의 속살처럼 창백했고, 또 냄새도 버섯 같았지. 우리 아버지가 죽었을 때, 조제프 삼촌이 그 책들을 다 가지고 가버렸어. 그날 나는 그를 늙은 돼지라고 불렀고, 어머니가 매질을 해서 창문으로 뛰어내렸던 거야."

"맞아, 맞아…… 자기는 그 《프랑스사》에 대해 내게 얘기를 했을 거야…… 그것을 다락방에서 읽었다고 하지 않았어? 자, 보라고, 나도 기억하잖아. 자기는 조금 전에 내가 다 잊어버렸다고 비난했는데, 그건 너무 부당해."

"조용히 좀 해. 그래서 나는 자기가 아주 잘 기억하는 것처럼 그 어마어마하게 두꺼운 책들을 다락방으로 가져 갔어. 그 책들에는 삽화가 아주 적었어. 권당 서너 개 정도밖에 없었을 거야. 하지만 삽화 하나가 커다란 페이지 한 장 전체를 차지하고 뒷면은 백지로 남겨져 있었어. 다른 페이지들은 공간을 아끼기 위해 두 개의 종단으로 나뉘어 있었기에 난 더 깊은 인상을 받았지. 나는 이 판화로 제작된 삽화들이 너무나 좋았어. 그것들을 다 외우고 있을 정도였지. 미슐레의 책을 읽을 때면 50페이지 후에 그것들이 나오리라는 기대에 찼고, 마침내 그것들이 나오면 기적을 본 것처럼 황홀했어. 그리고 또 한 가지 세련된 구성이 있었는데, 삽화가 묘사하는 장면은 바로 옆에 있는 페이지들에 나오는 법은 거의 없고, 30여 페이지를 더 가야 그 사건을 만날 수 있게 해놓은 거야."

"제발 '완벽한 순간들'이나 설명해줘."

"난 지금 특별한 상황들에 대해 설명하고 있어. 바로 삽화들이 묘사하고 있는 상황들이었지. 내가 그것들에 '특별한 상황들'이라고 이름 붙였는데, 이것들을 이렇게 드문 삽화들의 주제로 삼은 것은 이것들이 너무나 큰 중요성을 가졌기 때문일 거라고 생각했기 때문이야. 여러 가지 상황들이 많은데 특별히 그것들을 선택했어. 회화적 가치나 역사적 흥미가 훨씬 큰 다른 에피소드들도 많은데 말이야. 예를 들어 16세기 전체를 통틀어 삽화가 단세 개밖에 없었어. 하나는 앙리 2세의 죽음에 관한 거고, 다른 하나는 기즈 공작 암살사건, 또 다른 하나는 앙리 4세의 파리 입성入城에 대한 거였어. 나는 이 사건들은 아주 특별한 성격이 있을 거라고 상상했지. 그리고 삽화들에는 나의 이런 생각을 굳혀주는 점들이 있었어. 데생은 거칠고, 팔과 다리는 몸통에 제대로 붙어 있는 법이 없었지만, 거기에는 장엄함이 가득했어. 예를 들어 기즈 공작이 살해되었을 때, 구경꾼들은 모두가 손바닥을 앞으로 내밀고 고개를 옆으로 돌리면서 경악과 분노를 표현하고 있었어. 너무나 아름다웠어. 마치 어떤 합창단과도 같았지. 그렇다고 해서 재미난, 혹은 일화적인 디테일들도 잊지 않았어. 시종들이 땅에 고꾸라지고, 애완견들이 도망치고, 익살 광대들이 왕좌의 계단에 앉아 있는 게 죄다 묘사되어 있었지. 하지만 이 모든 디테일들은 너무나도 장엄하게, 또 너무나도 어설프게 처리되어, 그림의 나머지 부분과 완벽한 조화를 이뤘지. 그렇게 엄격한 통일성을 갖춘 그림은 보지 못한 것 같아. 자, 그것은 거기에서 온 거야."

"특별한 상황들?"

"그러니까 내가 거기에서 얻은 개념 말이야. 그것은 아주 드물고도 귀중한 특질, 이를테면 어떤 스타일을 가진 상황들이야. 예를 들면 내가 여덟 살 때, '왕인 것'은 어떤 특별한 상황처럼 느껴졌어. 혹은 죽는 것도 그랬고. 자기는 웃을지 모르겠지만, 죽는 순간에 그림으로 그려진 사람들이 아주 많고, 그 순간에 숭엄한 말을 한 사람들도 아주 많아서, 나는 사람은 단말마에 이르러 자신을 초월하게 되는구나, 라고 진심으로 믿었⋯⋯ 아니 그냥 생각하게 되었어. 그리고 죽음도 하나의 특별한 상황이기 때문에, 뭔가가 그로부터 풍겨 나오고, 거기에 있는 모든 사람들에게 전달된다는 것, 이것은 죽은 사람의 방에 가보면 금방 알 수 있어. 일종의 장엄함이 느껴지는 거야. 아버지가 죽었을 때, 사람들은 그를 마지막으로 볼 수 있게끔 나를 그의 방에 올려보냈어. 나는 층계를 오르며 아주 불행했지만, 동시에 일종의 종교적 기쁨에 취해 있었어. 마침내 나도 어떤 특별한 상황에 들어가게 되었으니까. 나는 벽에 등을 기대고서 뭔가 해야 할 것 같은 행동들을 해보려고 했어. 하지만 거기엔 숙모님과 어머니도 있었는데, 이분들이 침대 옆에 무릎을 꿇고서 대성통곡을 하는 바람에 다 망치고 말았지."

그녀는 아직도 기억이 생생한 것처럼 이 마지막 문장을 유머러스하게 말한다. 그러고는 말을 멈춘다. 그리고 시선을 고정하고 눈썹을 치켜올리고서 이 기회를 이용하여 다시 한번 그 장면을 느껴본다.

"나중에 나는 이 모든 것을 확장했어. 우선 거기에 새로운 상황을 하나, 즉 사랑(사랑의 행위 말이야)을 추가했지. 자, 전에 내가 자기의 어떤 요구들을…… 거부한 이유를 잘 이해하지 못했다면, 지금이 이해할 수 있는 기회야. 내가 그랬던 것은 내게는 꼭 지키고 싶은 뭔가가 있었기 때문이야. 그리고 내가 헤아릴 수 있는 것보다 훨씬 많은 특별한 상황들이 있겠다는 생각이 들었고, 결국은 무수한 상황들을 받아들이게 되었지."

"그래, 근데 그게 도대체 뭐였어?"

"아니, 내가 말했잖아?" 그녀는 놀라며 되묻는다. "자기에게 그걸 설명해준 지가 15분도 안 됐는데."

"그러니까 무엇보다도 사람들이 아주 큰 열정에 사로잡혀 있어야, 예를 들면 증오나 사랑으로 고양되어 있어야 하는 거야, 아니면 사건의 외적인 양상이 장엄해야 하는 거야? 그러니까 내 말은, 우리가 사건에서 볼 수 있는 모습이……"

"둘 다야…… 경우에 따라 달라." 그녀는 마지못해 대답한다.

"그렇다면 완벽한 순간들은? 그것들은 이 얘기와 무슨 관계가 있지?"

"그것들은 나중에 와. 먼저 전조들이 있어. 그러고 나서 특별한 상황이 천천히, 장엄하게 사람들의 삶 가운데로 들어와. 이때 이것을 완벽한 순간으로 만들고 싶은지 알아야 할 문제가 제기되지."

"음, 무슨 말인지 알겠군. 어떤 특별한 상황에서는 해야 할 행동들, 취해야 할 태도들, 해야 할 말들이 있고, 또 엄격히 금지되는 다른 행동들, 다른 말들이 있어. 그런 거야?"

"뭐, 그렇게 얘기할 수도 있겠지⋯⋯"

"요컨대 상황은 재료고, 처리되어야 한다는 얘기네."

"맞아." 그녀가 대답한다. "먼저 뭔가 특별한 것 속으로 몰입해 들어가서, 자기가 거기에 어떤 질서를 부여하는 것을 느껴야 했어. 만일 이 모든 조건들이 실현되었다면, 그 순간은 완벽해졌겠지."

"결국 그것은 일종의 예술 작품이군."

"그 얘기는 자기가 벌써 했잖아." 그녀는 역정을 내며 대답한다. "하지만 아냐. 그것은⋯⋯ 하나의 의무야. 특별한 상황들을 완벽한 순간들로 만들어야만 해. 이것은 윤리의 문제야. 그래, 자기는 웃을지 모르지만, 이건 윤리의 문제라고."

나는 전혀 웃지 않는다.

"이봐." 나는 곧바로 그녀에게 말한다. "나도 내 잘못을 인정할게. 난 한 번도 자기를 제대로 이해한 적이 없었

고, 한 번도 자기를 진지하게 도우려 시도하지 않았어. 만
일 내가 알았더라면……"

"고마워, 정말 고마워." 그녀가 빈정거리듯 대답한다.
"하지만 이 뒤늦은 후회에 대한 감사는 기대하지 않았으
면 좋겠어. 그리고 난 자기를 원망하지도 않아. 한 번도
명확하게 설명해준 적이 없으니까. 난 그럴 수가 없었어.
누구에게도 그것에 대해 말할 수가 없었지. 심지어는 자
기에게도…… 아니, 특히나 자기에게는. 그 순간들에는
항상 뭔가 삐걱대는 게 있었어. 나는 어찌할 바를 몰랐지.
하지만 내가 할 수 있는 것은 다 하고 있다는 느낌은 들
었어."

"하지만 대체 무얼 해야 했던 거지? 어떤 행동을 해야
했던 거냐고?"

"왜 이렇게 바보 같아? 이건 예를 들 수 없어. 경우에
따라 다르다고."

"그래도 자기가 무엇을 시도해봤는지 한번 얘기해봐."

"아니, 얘기하고 싶지 않아. 하지만 원한다면, 내가 초
등학교 시절에 내게 깊은 인상을 주었던 이야기를 하나
해줄게. 전쟁에서 져서 포로가 된 왕이 있었어. 그는 승자
의 진영 어딘가에 있었지. 그는 자기 아들과 딸이 사슬에
묶여 지나가는 것을 보았어. 그는 울지 않았고, 아무 말도
하지 않았어. 또 그는 신하 중의 하나가 역시 사슬에 묶

여 지나가는 것을 보았지. 그러자 그는 신음하며 자기 머리칼을 쥐어뜯는 거야. 자기도 이와 비슷한 예들을 만들어볼 수 있을 거야. 자, 이 예가 보여주듯이, 절대로 울어서는 안 되는 경우들이 있는 거야. 울면 추잡해지는 거지. 하지만 발등에 통나무를 떨어뜨렸을 때는 어떻게 하든 상관없어. 신음하든, 통곡하든, 한 발로 깡충깡충 뛰든 상관없어. 항상 의연하게 구는 것은 어리석은 짓이지. 쓸데없이 힘을 빼는 짓이니까."

그녀는 미소 짓는다.

"의연함 이상의 것을 해야 했던 때들도 있었어. 내가 자기에게 처음 키스했을 때를 자기는 물론 기억 못 하겠지?"

"무슨 말이야, 난 잘 기억해!" 난 의기양양하게 말한다. "템스 강변의 큐 공원에서였잖아."

"하지만 그때 내가 쐐기풀을 깔고 앉아 있었다는 사실은 꿈에도 몰랐을 거야. 치마가 들려 있어서 허벅지가 가시로 덮여 있었고, 조금만 움직여도 다른 가시들이 박혀들었어. 그때는 의연함만으로는 충분치 않았어. 난 자기 때문에 넋이 빠진 것도 아니었고, 자기의 입술을 특별히 원한 것도 아니었어. 그보다는 내가 자기에게 할 키스가 훨씬 큰 중요성을 가지고 있었던 거야. 그것은 하나의 약속, 하나의 서약이니까. 그러니 그 고통은 있어서는 안 되는 것이었어. 내가 그런 순간에 허벅지를 생각하는 것은 용납할 수 없는 일이었지. 내 고통을 표현하는 것만으로는 충분치 않았고, 아예 고통을 느끼지 말아야 했어."

그녀는 자신이 한 일이 아직도 놀라운 듯, 자랑스러운 얼굴로 나를 쳐다본다.

"20분이 넘는 시간 동안 자기는 내게 그걸 얻어내려고 무진 애를 썼지. 그러잖아도 내가 자기에게 주려고 마음먹었던 키스를 말이야. 자기가 애원하는 그 시간 동안——왜냐하면 합당한 형식에 따라 그걸 주어야 했기 때문에——나는 자신을 완전히 마취시키는 데 성공했어. 내 피부는 말도 못 하게 예민하지만, 우리가 다시 일어설 때까지 나는 아무것도 느끼지 못했어."

그거였다. 바로 그거였다. 모험은 없었다. 완벽한 순간도 없었다. 우리는 같은 환상을 잃었던 것이었고, 같은 길을 왔던 것이었다. 나는 나머지 얘기는 충분히 짐작할 수 있었다. 심지어는 그녀의 말을 이어받아, 남아 있는 얘기를 할 수도 있었다.

"그래서 자기는 깨달았단 말이지? 항상 대성통곡하는 여자들과 빨간 머리의 작자, 혹은 자기가 노리는 효과를 망쳐버리는 다른 뭔가가 있다는 것을?"

"아, 물론 그렇지." 그녀는 시큰둥하게 대답한다.

"그럼 그게 아니야?"

"오, 그게 말이야, 난 빨간 머리 사내의 서툰 행동들 같은 것은 결국 체념하고 받아들일 수도 있었어. 난 다른 이들이 그들의 역을 연기하는 방식에 흥미를 느낄 정도의 아량은 있었으니까…… 아니, 그보다는 오히려……"

"특별한 상황 자체가 없다는 얘기야?"

"바로 그거야. 난 증오나 사랑이나 죽음 같은 것은 성^聖금요일의 불의 혀처럼 우리에게 내려오는 것이라고 생각했어. 우리는 증오나 죽음으로 찬연히 빛날 수 있다고 믿었지. 얼마나 큰 착각이었던지! 그래, 정말로 난 '증오'라는 실체가 존재한다고 믿었어. 그게 사람들에게 강림하여, 그들을 그들 위로 끌어올린다고 말이야. 물론 있는 것은 나뿐이야. 증오하고, 사랑하는 내가 있을 뿐이지. 그런데 이 '나'는 항상 똑같은 것, 한없이 늘어나고, 또 늘어나는 어떤 반죽 같은 것이지…… 얼마나 똑같은지 어떻게 사람들이 이름들을 짓고, 구별을 할 수 있을까, 하는 의문이 들 정도야."

그녀는 나처럼 생각한다. 그녀와 한 번도 헤어진 일이 없었던 것 같은 느낌이 들 정도다.

"안니, 내 얘기 좀 들어봐." 나는 그녀에게 말한다. "조금 전부터 나는 자기가 관대하게도 내게 부여한 이정표의 역할보다 훨씬 마음에 드는 어떤 것을 생각하고 있어. 그것은 우리가 함께, 그리고 같은 방식으로 변했다는 사

348

실이야. 나는 자기가 내게서 점점 더 멀어져 가고, 자기의 출발점에 영원히 붙어 있어야 하는 것을 보는 것보다 이게 더 좋아. 우리는 도착점에서 다시 만난 거야. 이게 얼마나 기쁜지 모르겠어."

"아, 그래?" 그녀는 부드럽게, 하지만 고집스러운 표정으로 말했다. "난 자기가 변하지 않았으면 더 좋았을 것 같아. 그게 더 편하거든. 자기와는 달리 나는 누군가가 나와 같은 것들을 생각한다는 게 기분이 좋지 않아. 그리고 분명히 자기가 잘못 생각하고 있을 거야."

나는 그녀에게 내게 일어난 일들을 들려주었고, 존재에 대해—아마도 너무 장황하게—얘기해주었다. 그녀는 눈을 크게 뜨고 눈썹을 치켜올리면서 열심히 들었다.

내 얘기가 끝나자 그녀는 안도의 표정을 지었다.

"그랬었군. 하지만 자기는 전혀 나와 같은 생각을 하고 있지 않아. 자기는 아무것도 해보려 하지 않고, 단지 사물들이 주변에 꽃다발처럼 펼쳐져 있지 않다고 불평할 뿐이야. 하지만 난 그렇게 많은 것을 바라지 않았어. 다만 행동하고 싶었을 뿐이지. 그거 알아? 우리가 모험가 놀이를 하고 있을 때, 자기는 일어나는 모험을 겪는 사람이었고, 나는 모험이 일어나게 하는 사람이었어. 나는 '난 행동하는 인간이야'라고 말하곤 했지. 기억이 나? 자, 이제 난 그냥 이렇게 말하고 싶어. 우리는 행동하는 인간이 될 수 없어."

내가 납득한 기색이 아니었던 모양으로, 그녀는 더 힘을 주어 말한다.

"그리고 설명하기 너무 길어서 내가 말하지 않은 다른 것들이 수없이 많아. 예를 들어 행동하는 순간에 지금 내가 하는 일에는 결과들이…… 그러니까 돌이킬 수 없는 중대한 결과들이 따른다고 속으로 말할 수 있어야 했어. 아, 잘 설명하기가 어려운데……"

"아니, 전혀 그럴 필요 없어." 나는 잘난 체하며 말한다. "나도 그 생각을 했으니까……"

그녀는 미심쩍은 눈으로 나를 쳐다본다.

"자기 말대로라면, 자기는 나와 똑같은 방식으로 생각했다는 거네. 믿기지 않는데?"

나는 그녀를 설득시킬 수 없다. 그녀의 역정을 더 돋우기만 할 것 같다. 나는 더 이상 말하지 않는다. 그녀를 안고 싶다.

갑자기 그녀가 나를 불안하게 바라본다.

"그래서 자기가 이 모든 것을 생각했다 치고, 우리는 무얼 할 수 있지?"

나는 고개를 숙인다.

"난…… 난 그저 목숨을 이어가고 있을 뿐이야." 그녀가 무겁게 되풀이한다.

내가 대체 그녀에게 무슨 말을 해줄 수 있단 말인가? 나는 사는 이유를 알고 있는가? 그녀와 마찬가지로 나도 삶에서 별다른 것을 기대하지 못하고, 절망에 빠져 있지 않은가? 나는 내게 주어진…… **아무 이유 없이** 주어진 이 삶 앞에서 그저 놀라고 있을 뿐이 아닌가? 나는 계속 고개를 숙이고 있다. 이 순간 안니의 얼굴을 쳐다볼 수가 없다.

"난 여행을 다니고 있어." 그녀는 침울한 목소리로 말을 잇는다. "이번에는 스웨덴에서 돌아왔어. 베를린에서는 8일간 머물렀어. 나를 부양해주는 남자도 있고……"

그녀를 안아준다…… 그래 봤자 무슨 소용이 있는가? 난 그녀에게 아무것도 해줄 수가 없다. 그녀는 나처럼 혼자다.

그녀는 보다 명랑해진 목소리로 내게 말한다.

"뭘 그렇게 중얼거리는 거야?"

나는 눈길을 올린다. 그녀가 나를 따스하게 쳐다보고 있다.

"아, 알 수 없는 사람! 자, 말을 하든지, 아니면 입을 다물고 있든지, 하나를 선택해."

난 그녀에게 카페 랑데부 데 슈미노에 대해 얘기해준다. 내가 축음기로 틀어달라고 요청하는 옛날 래그타임 곡과 그것이 내게 주는 기이한 행복감에 대해 얘기한다.

"난 생각했어. 혹시 이쪽에서 뭔가를 찾아낼 수 있지 않을까? 이쪽을 캐봐야 하지 않을까……"

그녀는 아무 대답이 없다. 내가 말하는 것에 별 관심이 없어 보인다.

그래도 그녀는 잠시 후에 다시 입을 여는데, 그냥 속에서 생각이 떠오르는 대로 중얼거리는 건지, 아니면 내가 말한 것에 대답하는 것인지 알 수 없다.

"그림들, 조각 작품들, 다 쓸모없는 것들이야. 그것들은 내 앞에서만 아름다울 뿐이지. 그리고 음악은……"

"하지만 연극에서는……"

"뭐, 연극? 모든 예술을 다 열거하고 싶은 거야?"

"전에 자기가 얘기했잖아. 자기가 연극을 하고 싶은 이유는, 무대에서 완벽한 순간들을 실현해야 하기 때문이라고!"

"맞아, 난 완벽한 순간들을 실현했어. 다른 사람들을 위해서 말이야. 난 먼지가 풀풀 날리고, 외풍이 심하고, 눈부신 조명이 내리비치는 마분지 세트 가운데 있었어. 주로 손다이크와 연기하곤 했지. 자기도 그 사람을 코벤트 가든에서 봤을 거야. 난 그의 면전에서 폭소를 터뜨릴까 봐 늘 두려웠지."

"그럼 자기는 한 번도 자신의 역에 몰두한 적이 없단 말이야?"

"이따금 조금은 그랬지만, 그렇게 많이는 아니었어. 우

352

리 모두에게 중요한 것은 바로 우리 앞에 있는 검은 구멍에 보이지 않는 사람들이 앉아 있다는 사실이었어. 바로 그 사람들에게 우린 완벽한 순간을 제공했던 거지. 하지만 그들은 그 안에 살지 않았어. 완벽한 순간은 그들 앞에서 일어났지. 그리고 우리, 배우들은 그 안에 살았을 것 같아? 그렇게 생각해? 결국 그것은 아무 데도 없었어. 무대 난간의 이쪽에도, 저쪽에도 없었지. 그것은 존재하지 않았어. 하지만 모두가 그것을 생각했지. 자, 우리 귀여운 자기야, 자기도 이제 이해하겠지?" 그녀는 거의 불량스럽기까지 한 느릿한 어조로 말했다. "난 모든 것을 포기해버렸어."

"난 그 책을 쓰려고 했었는데……"

그녀는 내 말을 끊는다.

"나는 과거 속에 살고 있어. 내게 일어났던 모든 것들을 다시 꺼내어 그것들을 잘 정돈해놓지. 이렇게 거리를 두고 보면 날 아프게 하지 않아. 그 안에 빠져들고 싶을 정도지. 우리의 이야기는 전부 다 아주 아름다워. 난 그것을 약간 다듬어서 일련의 완벽한 순간들로 만들지. 그러고 나서 눈을 감고 내가 그 안에서 산다고 상상을 해. 내게는 다른 인물들도 있어. 집중을 할 줄 알아야 해. 내가 무엇을 읽었는지 알아? 로욜라의 《영적인 수련》이야. 내게는 아주 유용했지. 먼저 배경을 설정하고, 그 가운데 인물들을 나타나게 하는 방법을 알려주거든." 그녀는 편집광 같은 표정으로 덧붙인다. "그럼 모든 게 생생하게 **보이게 되지**."

"흠, 난 전혀 만족 못 할 것 같은데." 내가 말한다.

"그럼 난 만족할 거라고 생각해?"

우리는 잠시 침묵을 지킨다. 저녁이 되어 어둑해진다. 흐릿한 얼룩처럼 보이는 그녀의 얼굴은 거의 분간되지 않는다. 그녀의 검은 옷은 방 안을 채운 어스름과 혼동된다. 난 기계적으로 약간의 차가 남아 있는 잔을 들어 입으로 가져간다. 차는 차갑다. 담배를 피우고 싶지만 그러지 못한다. 피차 아무 할 말이 없다는 고통스러운 느낌이 엄습한다. 어제만 해도 그녀에게 질문할 게 너무 많았다. 그녀가 어디에 있었는지, 무엇을 했는지, 누구를 만났는지 물어보고 싶었다. 하지만 이 모든 것들은 그녀가 진심으로 거기에 열중할 때에만 흥미로울 뿐이다. 이제 더 이상 호기심이 느껴지지 않는다. 그녀가 들른 그 모든 나라들과 그 모든 도시들, 그녀에게 구애했고, 어쩌면 그녀가 사랑했었을 수도 있는 그 모든 남자들, 이 모든 것들은 그녀에게 조금도 중요하지 않았고, 어찌 되었든 상관없는 것들이었다. 어둡고 차가운 바다의 수면에 비친 햇빛의 반짝임이었을 뿐이다. 안니는 내 앞에 있고, 우리는 4년 만에 다시 만났건만, 더 이상 아무 할 말이 없는 것이다.

"자," 안니가 불쑥 말한다. "이제 자기는 가야 해. 난 누구를 기다리고 있어."

"기다리고 있는 사람이라면……"

"아니, 지금 기다리는 사람은 어떤 독일 사람이야. 화가지."

그녀는 웃음을 터뜨린다. 그 웃음은 어두운 방 안에서 이상하게 울린다.

"자, 여기에 — 아직은 — 우리와 같지 않은 사람이 하나 있군. 이 사람은 행동해. 열심히 분투하는 사람이지."

나는 내키지 않는 마음으로 일어선다.

"우리 언제 다시 볼 수 있을까?"

"잘 모르겠어. 난 내일 저녁 런던으로 떠나."

"디에프항에서?"

"응. 그러고 나서 이집트로 갈 생각이야. 어쩌면 올겨울에 다시 파리에 들를 수도 있겠지. 편지할게."

"내일 나는 하루 종일 시간이 있어." 나는 소심하게 한번 떠본다.

"그렇군, 하지만 난 할 일이 많아." 그녀는 쌀쌀하게 대답한다. "아니, 자기를 만날 시간이 없어. 이집트에 가서 편지할게. 그냥 자기 주소나 줘."

"알겠어."

나는 어둑한 방 안에서 봉투 쪼가리에 내 주소를 휘갈

겨 쓴다. 부빌을 떠날 때 프랭타니아 호텔에 편지를 전해 달라고 말해둬야겠다. 사실 나는 그녀가 편지를 쓰지 않으리라는 것을 잘 알고 있다. 어쩌면 10년 후에야 다시 만날 수 있으리라. 어쩌면 그녀를 마지막으로 보는 것일지도 모른다. 나는 그녀와 헤어지는 것이 괴로운 게 아니라, 다시 고독해지는 게 끔찍이도 두렵다.

그녀는 일어선다. 문 앞에서 그녀는 내 입에 살짝 키스를 한다.

"자기의 입술을 기억하기 위해서야." 그녀가 미소를 지으며 말한다. "'영적인 훈련'을 위해 내 추억들을 새롭게 할 필요가 있어."

나는 그녀의 팔을 잡아 그녀를 내 쪽으로 끌어당긴다. 그녀는 저항하지 않지만, 고개를 저어 그러지 말라고 한다.

"아니, 난 더 이상 흥미가 없어. 다시 시작하고 싶지 않아…… 그리고 말이야, 사람들이 보통 하는 일을 위해서라면, 꼭 자기가 아니더라도 어느 정도 잘생겼으면 어떤 남자라도 괜찮아."

"그러면 이제 자기는 뭘 할 거야?"

"말했잖아, 영국에 갈 거라고."

"아니, 내 말뜻은……"

"그래, 아무것도 안 해!"

나는 그녀의 팔을 놓지 않은 채로 부드럽게 말한다.

"자, 이렇게 자기를 다시 만나고 나니 또 헤어져야만 하는군."

이제 그녀의 얼굴이 또렷이 보인다. 그것은 갑자기 창백하게 일그러진다. 끔찍하기 이를 데 없는 노파의 얼굴이다. 그녀는 이 얼굴을 자기에게 오라고 부르지 않았다. 그것은 그녀가 모르는 사이에, 어쩌면 그녀의 뜻과는 상관없이 여기에 있다.

"아니," 그녀는 느릿하게 말한다. "아니, 자기는 날 다시 만나지 못했어."

그녀는 팔을 뺀다. 그리고 문을 연다. 복도에는 빛이 가득하다.

안니는 웃음을 터뜨린다.

"불쌍한 사람! 참, 운도 없지! 처음으로 자기 역을 잘 연기했는데, 상대는 고마워할 줄도 모르니 말이야. 자, 이젠 가."

등 뒤에서 문이 닫히는 소리가 들린다.

일요일

오늘 아침, 기차 시간표를 알아보았다. 그녀가 거짓말을 한 게 아니라면, 그녀는 5시 38분에 디에프행 기차를 타고 떠날 것이다. 하지만 어쩌면 그 사내가 자동차로 데려갈 수도 있지 않을까? 나는 오전 내내 메닐몽탕 거리를 이리저리 거닐었고, 오후에는 강변을 서성였다. 몇 걸음만이, 몇 개의 벽들만이 나를 그녀에게서 떼어놓고 있었다. 5시 38분이 되면 우리가 어제 나눈 대화는 하나의 추억이 되고, 내 입술에 스치듯 키스했던 풍만한 여인은 과거 속에서 메크네스와 런던의 그 조그맣고 여윈 소녀에게로 돌아가리라. 하지만 아직은 아무 일도 일어나지 않았으니, 그녀는 아직 여기에 있고, 아직 그녀를 보는 것이, 그녀를 설득하여 내게로 영원히 데려오는 게 가능하기 때문이었다. 나는 아직 외롭지 않았다.

난 생각을 안니에게서 돌리고 싶었는데, 왜냐하면 그녀의 몸과 얼굴을 골똘히 생각하다 보니 극도로 불안해졌기 때문이었다. 손이 덜덜 떨리고, 온몸에 오한이 일었다. 나는 헌책방 매대에 놓인 책들을 뒤적이기 시작했다. 특히 외설적인 책들을 뒤적였는데, 어쨌든 이런 책들은 딴 생각을 쫓아주기 때문이었다.

오르세 역의 시계가 5시를 울렸을 때, 나는《채찍을 든 의사》라는 책의 삽화들을 들여다보고 있었다. 다 비슷비슷한 그림들이었다. 대부분의 그림들에서 거구의 수염쟁이가 어마어마하게 커다란 벌거벗은 궁둥이 위로 말채찍을 흔들고 있었다. 나는 5시가 된 것을 알게 되자마자 책

을 던져버리고는 택시를 잡아타고 생라자르 역으로 향
했다.

기차역 플랫폼에서 20여 분을 서성거리다가 그들을 보
았다. 그녀는 귀부인처럼 보이게 해주는 커다란 모피 외
투 차림이었다. 그리고 베일이 달린 모자를 쓰고 있었다.
사내는 낙타털 외투 차림이었다. 아직 젊어 보이는 구릿
빛 얼굴의 그 친구는 키가 매우 크고, 아주 미남이었다.
분명히 외국인으로 보였지만, 영국인은 아니었다. 어쩌면
이집트인인지도 몰랐다. 그들은 나를 보지 못한 채로 열
차에 올랐다. 둘 다 말이 없었다. 그러고 나서 사내는 다
시 내려와 신문을 샀다. 안니는 객실 유리창을 아래로 내
렸다. 나를 본 것이다. 그녀는 화를 내지 않고 무표정한
눈으로 나를 오랫동안 쳐다봤다. 그런 다음 사내가 다시
객차에 올라탔고, 열차는 출발했다. 바로 그 순간, 과거에
우리가 점심 식사를 하곤 했던 피커딜리 레스토랑이 선
명하게 보였고, 그러고는 모든 게 꺼져버렸다. 나는 걸었
다. 피로감이 느껴지자 이 카페에 들어왔고, 잠이 들었다.
웨이터가 와서 나를 깨웠고, 난 비몽사몽간에 이 글을 쓰
고 있다.

나는 내일 정오 열차로 부빌에 돌아갈 것이다. 거기에
서는 이틀만 지내면 될 터인데, 짐을 꾸리고, 은행에서 이
런저런 것들을 정산하려면 필요한 시간이다. 프랭타니아

호텔은 떠나는 것을 예고하지 않았다는 이유로 내게 보름치 숙박비를 더 내라고 할 것 같다. 또 대여한 책들도 도서관에 반납해야 할 것이다. 아무튼 다음 주말 전에는 파리로 돌아올 것이다.

그렇지만 이렇게 사는 곳을 바꾼다고 해서 무엇이 달라지겠는가? 여전히 도시에 있는 것이다. 이곳은 강이 중간을 가로지르고, 다른 도시는 바다를 면했다는 점만을 제외하면 둘은 거의 비슷하다. 사람들은 나무가 없고 메마른 땅을 골라, 거기에 속이 빈 커다란 돌들을 굴려다 놓는다. 이 돌들 안에 냄새들이, 공기보다도 무거운 냄새들이 갇혀 있다. 이따금 사람들이 그 냄새들을 창을 통해 거리로 내던지면, 그것들은 바람에 찢길 때까지 거기에 머문다. 날씨가 맑을 때면 어떤 소리들이 도시의 한쪽 끝에서 들어와 벽들을 모두 통과한 후 다른 쪽 끝으로 빠져나간다. 또 어떨 때는 햇볕에 구워지고, 결빙에 쪼개지는 이 돌들 사이에서 그 소리들이 맴돈다.

나는 도시들이 무섭다. 하지만 거기에서 나가면 안 된다. 너무 멀리 나가면, 도시를 에워싼 수풀과 마주치게 된다. 수풀은 도시들을 향해 긴 거리를 기어왔다. 그것은 기다리고 있다. 도시가 죽으면, 수풀은 도시를 침범할 것이다. 돌들 위로 기어오르고, 그것들을 칭칭 감고, 구석구석 뒤지고, 그 길고 시커먼 집게발로 바숴버릴 것이다. 구멍들을 막아 장님으로 만들고, 도처에 녹색 다리들을 축축 늘어뜨릴 것이다. 도시들이 살아 있는 한 그 안에 머물러 있어야 한다. 도시 어귀에 도사리고 있는 이 커다란 머리 칼 아래로 혼자 들어가면 안 된다. 그것이 혼자서 일렁이 다가 어느 날 우지끈 쓰러지도록 놔둬야 한다. 도시에서 는 요령 있게 행동할 줄만 알면, 짐승들이 그들의 구멍 속 에서, 유기적인 쓰레기의 무더기들 뒤에서 먹은 것을 소 화하며 잠자는 시간을 고를 줄만 알면, 존재하는 것들 가 운데 가장 덜 소름 끼치는 것인 광물들만 마주치게 된다.

나는 부빌에 돌아갈 것이다. 부빌은 세 면만 수풀에 에 워싸여 있다. 네 번째 면에는 혼자 일렁이는 검은 물이 가 득한 커다란 구멍이 있다. 집들 사이로 바람이 분다. 부빌 에서 냄새는 다른 곳들보다 짧게 머문다. 바람에 바다로 실려 나간 냄새들은 조그만 안개 덩어리들처럼 검은 물 위에 바짝 붙어 떠간다. 비가 온다. 사람들은 네 울타리 가운데에 식물들이 마음껏 자라도록 놔두었다. 거세되고, 길들고, 너무나도 통통하여 위험하지 않은 식물들. 그것 들에는 귀처럼 늘어진 엄청나게 커다란 허연 이파리들이 달려 있다. 만져보면 어떤 연골 같은 느낌이 든다. 하늘에 서 떨어지는 이 물 때문에 부빌에서는 모든 것이 기름지 고 허옇다. 나는 부빌로 돌아갈 것이다. 얼마나 끔찍한 일 인가!

나는 소스라치듯 잠에서 깨어난다. 자정이다. 안니가 파리를 떠나고 여섯 시간이 지났다. 배가 출항했다. 그녀는 선실에서 잠을 자고, 갑판에서는 구릿빛 피부의 잘생긴 친구가 담배를 피우고 있다.

화요일, 부빌에서

이것이 바로 자유인가? 내 아래로는 정원들이 완만하게 도시 쪽으로 내려가고 있고, 각각의 정원마다 집이 한 채씩 솟아 있다. 무겁고, 움직임이 없는 바다가 보인다. 부빌이 내려다보인다. 날씨는 화창하다.

난 자유다. 이제 살아야 할 그 어떤 이유도 남아 있지 않다. 내가 시도해본 이유들은 다 실패했고, 더 이상 다른 이유들을 상상할 수 없다. 난 아직 젊고, 다시 시작할 수 있는 힘이 충분하다. 하지만 다시 시작해야 하나? 가장 극심한 두려움과 가장 끔찍한 구토가 찾아왔을 때, 안니가 날 구해줄 거라고 얼마나 기대했었는지 이제야 알겠다. 내 과거도 죽고, 롤르봉 씨도 죽었고, 돌아온 안니는 내 모든 희망을 앗아갔을 뿐이다. 나는 정원들에 둘러싸인 이 하얀 도시에서 혼자다. 혼자고 자유다. 하지만 이 자유는 조금은 죽음과 비슷하다.

오늘 나의 삶은 끝났다. 내일 나는 발밑에 펼쳐진, 내가 오랫동안 살았던 이 도시를 떠날 것이다. 이제 이 도시는 단지 하나의 이름에 불과하게 되리라. 다부지고, 부르주아적이고, 아주 프랑스적인 이름, 피렌체나 바그다드만큼 화려하지 않은, 내 기억 속의 하나의 이름이 되리라. 내가 "그런데 내가 부빌에 있을 때, 거기서 대체 하루 종일 뭘 하고 지냈지?"라고 자문해보는 때가 오리라. 그리고 이 햇빛, 이 오후에 아무것도 남아 있지 않으리라. 심지어는 추억 하나 남아 있지 않으리라.

나의 삶 전체는 뒤에 있다. 그것 전체가 한눈에 보인다. 그것의 형태와, 나를 여기까지 이끌어 온 그것의 느린 움직임이 보인다. 그것에 대해 할 말은 거의 없다. 그것은 패배한 게임일 뿐이다. 3년 전에 나는 당당하게 부빌에 들어왔다. 그전에 테니스로 말하자면 첫 번째 세트를 잃었었다. 난 두 번째 세트를 해보려던 것이었지만, 이번에도 잃었다. 더불어 나는 우리는 항상 패배한다는 것을 깨닫게 되었다. 개자식들만이 자기가 승리한다고 믿는다. 이제 나는 안니처럼 할 것이다. 어쨌거나 살아남을 것이다. 먹고, 자고, 할 것이다. 자고, 먹고, 할 것이다. 나무들처럼, 물웅덩이들처럼, 전차의 빨간 좌석처럼, 천천히, 부드럽게 존재할 것이다.

구토는 내게 잠시 숨 돌릴 틈을 준다. 하지만 나는 그게 다시 찾아온다는 것을 안다. 그게 나의 정상적인 상태다. 다만 오늘은 그것을 견뎌내기에는 내 몸이 너무 지쳐 있다. 병자들에게도 기력이 너무나도 떨어져 몇 시간이나마 그들의 병을 의식하지 못하는 행복한 순간이 찾아오곤 한다. 지금 난 모든 게 지루할 뿐이다. 이따금 너무나도 크게 하품을 하여 뺨에 눈물이 줄줄 흘러내린다. 이 깊고 깊은 권태는 존재의 깊은 핵심, 나 자신을 이루고 있는 질료 그 자체다. 그렇다고 해서 나는 자신을 돌보기를 소홀히 하지 않는다. 오히려 정반대다. 오늘 아침, 나는 목욕을 하고, 면도를 했다. 다만 자신을 돌보는 이 자잘한 행위들에 대해 다시 생각해보면, 어떻게 이렇게 공허한 행위들을 해왔는지 도무지 이해가 되지 않는다. 아마도 나를 대신하여 습관들이 그렇게 해왔을 것이다. 습관들은 죽어 있지 않다. 그것들은 계속 부산하게 움직이고, 그 그물망들을 아주 조용히, 아주 음험하게 짜나간다. 그것들은 유모들처럼 나를 씻어주고 닦아주고, 옷을 입혀준다. 나를 이 언덕으로 데려온 것 역시 그것들일까? 내가 어떻게 여기까지 왔는지 생각이 나지 않는다. 아마도 도트리 계단을 통해 왔으리라. 내가 정말로 그 110개의 계단을 하나하나 올라왔을까? 어쩌면 이보다 더 상상하기 어려운 것은 조금 있다가 다시 내려가리라는 것이다. 하지만 난 알고 있다. 잠시 후에 내가 코토 베르 언덕의 아래쪽에 있을 테고, 눈을 들어보면 지금 이렇게 가까이에 있는 이 집들의 창문들이 멀리서 환히 비치는 것을 보게 되리라는 것을. 멀리에서. 내 머리 위에서. 그러면 이 순간, 내가 빠져나갈 수 없고, 나를 가두고 있으며, 사방에서 나를 한정 짓고 있는, 나를 이루고 있는 이 순간은 다만 한 조각의 흐릿한 꿈에 불과하게 되리라.

나는 발밑에서 회색빛으로 반짝이는 부빌을 내려다본다. 마치 햇빛 아래 쌓여 있는 조개와 비늘과 뼛조각과 자갈의 무더기들 같다. 이 잔해 가운데에 섞여 있는 조그만 유리 혹은 운모의 조각들이 반짝반짝 간헐적으로 가벼운 불빛을 발한다. 조개들 사이를 흐르는 저 개울들, 도랑들, 가느다란 고랑들은 한 시간 후면 거리들이 될 테고, 난 외벽들 사이에서 그 거리들을 걸으리라. 불리베 거리에 거뭇하게 분간되는 저 조그만 사람들, 한 시간 후면 난 저들 중의 하나가 되리라.

이 언덕 위에 있으니 저들이 얼마나 멀게 느껴지는지! 내가 다른 종種에 속한 듯한 기분이 든다. 저들은 일과를 마치고 사무실에서 나와 흡족한 눈으로 집이며 광장을 바라보며, 이곳은 자신들의 도시, '멋진 부르주아 도시'라고 생각한다. 저들은 두렵지 않으니, 지금 자기 집에 있다고 생각하기 때문이다. 저들은 수도꼭지에서 흘러나오는 길들여진 물, 스위치를 누르면 전구에서 튀어나오는 빛, 지지대로 받쳐놓은 잡종 나무들만을 봐왔다. 그들은 모든 게 메커니즘에 의해 이뤄지며, 세상은 고정된 불변의 법칙들을 따른다는 증거를 하루에도 백 번은 본다. 허공에 떨어뜨린 물체는 전속력으로 낙하하며, 공원은 겨울철에는 매일 오후 5시에, 여름철에는 오후 6시에 닫히며, 납은 섭씨 335도에 용해되고, 시청에서 막차는 밤 11시 20분에 출발한다. 그들은 평온하며 약간 침울하다. 내일을, 다시 말해서 새로운 오늘을 생각한다. 도시들이 사용할 수 있는 것은 매일 아침 똑같은 모습으로 돌아오는 하루뿐이다. 일요일에 아주 조금 모양을 낼 수 있을 뿐이다. 멍청이들. 저들의 두껍고도 안심해하는 얼굴을 다시 봐야 한다고 생각하니 역겹기 그지없다. 저들은 법을 제정하고, 대중소설을 쓰고, 결혼하고, 아이들을 낳는 극도로 멍청한 짓거리들을 한다. 그러는 동안 대자연은 불분명한 모습으로 그들의 도시에 슬그머니 들어왔다. 그것은 도처에, 그들의 집들에, 사무실들에, 그들 자신 안에 스며들어 왔다. 그것은 움직이지 않고, 조용히 있는다. 그들은 그것 안에 잠겨, 그것을 호흡하면서도, 그것을 보지 못하고, 그것은 바깥에, 도시에서 15마일 떨어진 곳에 있다고 상상한다. 내게는 그것이 보인다. 난 이 자연이 보인다……
저들은 자연이 늘 일정하다고 여기지만, 난 자연이 복종하는 것은 게으름 때문이며, 자연에는 법칙이 없다는 것을 안다…… 자연에는 습관들만이 있을 뿐이며, 내일이면 다른 습관들로 바꿀 수 있다.

만일 무언가가 일어난다면? 만일 갑자기 자연이 펄떡이기 시작한다면? 그러면 저들은 자연이 여기에 있음을 알게 되고, 심장이 터질 듯이 느껴질 것이다. 그렇다면 저들의 제방이며, 성벽이며, 발전소며, 높직한 용광로며, 동력해머가 무슨 소용이 있을 것인가? 이것은 어느 때고, 어쩌면 당장이라도 일어날 수 있다. 전조들이 보이지 않는가? 예를 들어 한 가정의 아버지가 산책 중에 붉은 넝마 한 조각이 마치 바람에 밀려오듯 거리를 가로질러 자기에게로 오는 것을 본다. 넝마가 아주 가까워졌을 때, 그는 그것이 질질 기기도 하고, 펄쩍펄쩍 뛰기도 하며 이리저리 돌아다니는 먼지로 더럽혀진 썩은 고깃덩어리라는 것을 보게 될 것이다. 발작적으로 피를 찍찍 내뿜으며 개울에 굴러다니는, 고통스러운 한 조각 살덩어리 말이다. 또는 어느 어머니가 아이의 볼을 보고는 "이게 뭐니? 뾰루지가 났니?"라고 묻는데, 살이 조금 부어오르더니 쪼개져 열리고, 그 틈 속에서 세 번째 눈이, 웃음기 있는 눈이 나타나는 것을 볼 것이다. 또 그들은 강에서 헤엄치다가 골풀에 닿는, 온몸에 뭔가가 부드럽게 스쳐오는 것 같은 느낌이 들 것이다. 그리고 그들은 자신의 옷이 어떤 살아 있는 것이 되었음을 깨닫게 될 것이다. 또 어떤 이는 뭔가가 입속을 긁는 것을 느끼게 되리라. 거울에 다가가 입을 벌려보면, 혀가 거대하고 팔팔한 지네가 되어, 무수한 다리를 버둥거리며 입천장을 긁고 있을 것이다. 그것을 뱉어내고 싶겠지만, 지네는 자신의 일부분이기 때문에, 손으로 잡아 뽑아내야 할 것이다. 또 그리고 알 수 없는 것들이 무수히 나타나, 그것들에 붙일 새로운 이름을 찾아내야 할 것이다. 돌 눈, 삼각모 꼴 거대 팔, 발가락 목발, 거미 턱 등등…… 그리고 자신의 따스하고 아늑한 방 안, 자신의 친숙한 침대에서 잠이 들었던 사람은 어느 푸르스름한 땅 위에서 벌거벗은 몸으로 깨어날 것이다. 그곳은 죽스트부빌의 굴뚝들처럼 붉고 하얀, 하늘을 향해 치솟아 술렁이는 음경들의 숲으로, 복슬복슬하고 양파처럼 둥그런 커다란 불알들이 땅에서 반쯤 삐져나와 있다. 그리고 새들은 음경들 주위를 날아다니며 그것을 부리로 쪼아 피가 나게 할 것이다. 그 상처들에서 정액이 천천히, 조용하게 흘러내릴 것이다. 피가 섞여 있고, 뿌옇고, 미지근하고, 잔거품이 섞인 정액 말이다. 아니면 이 모든 일들 중 아무것도 일어나지 않고, 특기할 만한 아무런 변화도 일어나지 않지만, 어느 날 아침 사람들은 덧창을 열고는 일종의 끔찍한 의미가 사물들 위에 무겁게 내려앉아, 무언가를 기다리는 듯한 모습을 하고 있는 것을 보고 깜짝 놀랄 것이다. 단지 이뿐이지만, 이런 상태가 얼마간이라도 지속되면 수백 명의 자살자가 쏟아져 나올 것이다.

아, 물론이다! 어떻게 되는지 한번 보게 사물들이 조금만 변한다면, 난 더 이상 바랄 게 없겠다. 그리되면 사람들은 갑자기 고독에 빠져들리라. 혼자가 된, 끔찍하게도 기괴한 모습으로 완전히 혼자가 된 사람들은 거리를 내달리리라. 그들의 병을 피하려 하면서도 그것을 안에 품고서, 날개를 파닥거리는 곤충 혓바닥이 들어 있는 입을 딱 벌리고서 앞을 노려보며 무겁게 내 앞을 지나가리라. 그러면 나는 웃음을 터뜨리리라. 내 몸이 마치 살의 꽃들처럼, 마치 제비꽃이나 미나리아재비처럼 활짝 피어난 수상적은 더러운 딱지들로 뒤덮인다 해도 웃음을 터뜨리리라. 나는 벽에 등을 대고서 지나가는 그들에게 소리치리라. "어이, 당신네 과학은 어떻게 했어? 당신네 휴머니즘은 어떻게 했어? 당신들의 '생각하는 갈대'의 위엄은 다 어떻게 했냐고!" 나는 두렵지 않을 것이다. 적어도 지금보다 더 두렵지는 않을 것이다. 그것 역시 '존재'가 아니겠는가? 존재의 다양한 양태들이 아니겠는가? 천천히 얼굴을 먹어치울 그 모든 눈들은 아마도 쓸데없는 것이겠지만, 처음의 두 눈만큼은 아니다. 나를 두렵게 하는 것은 '존재'다.

저녁 어스름이 내리고, 도시에 불빛이 하나둘 켜지기 시작한다. 맙소사! 저 모든 기하학적 형태들에도 불구하고 도시가 얼마나 '자연'처럼 보이는지! 얼마나 저녁 어스름에 짓눌린 것처럼 보이는지! 여기에서 보니 너무 나…… 분명해진다. 이걸 보는 사람이 과연 나뿐일까? 언덕 위에 서서 자연에 깊이 삼켜진 도시를 내려다보는 다른 카산드라[38]는 아무 데도 없는 걸까? 하지만 그게 나와 무슨 상관이 있는가? 내가 그 사람에게 무슨 말을 할 수 있는가?

내 몸은 아주 천천히 동쪽으로 돌아서서는, 조금 흔들리다가 걷기 시작한다.

수요일, 부빌에서의 마지막 날

나는 독학자를 찾으려고 온 시내를 돌아다녔다. 분명히 그는 집에 들어가지 않았을 것이다. 더 이상 아무도 원하지 않는 그 불쌍한 휴머니스트는 수치심과 공포에 사로잡혀 정처 없이 걸었으리라. 사실을 말하자면, 나는 그 일이 일어났을 때 조금도 놀라지 않았다. 오래전부터 나는 그의 온화하고도 겁먹은 듯한 얼굴이 어떤 스캔들을 끌어들일 것 같다고 느꼈다. 그에게는 죄가 별로 없었다. 젊은이들에 대한 그의 관조적이고도 겸허한 사랑은 정욕이

---

38 그리스 신화에 나오는 인물. 트로이의 왕 프리아모스의 딸로 트로이의 멸망을 예감하고, 그리스군이 두고 간 목마를 성 안에 들이지 말라고 호소했지만, 아무도 그녀의 말을 듣지 않았다.

라고는 할 수 없었고, 오히려 일종의 휴머니즘에 가까운 것이었다. 하지만 그도 언젠가는 다시 혼자가 되어야 했다. 아실 씨처럼, 그리고 나처럼 말이다. 그는 나와 같은 부류였고, 선의로 충만해 있었다. 이제 그는 별안간, 그리고 영원히 고독에 빠져버렸다. 갑자기 모든 게 무너져버렸다. 문화에 대한 꿈도, 인간들 간의 이해에 대한 꿈도 사라져버렸다. 먼저 두려움과 공포와 불면의 밤들이 찾아오고, 그다음에는 기나긴 유배의 나날이 계속되리라. 밤이 되면 쿠르 데 지포테크 광장에 돌아와 서성대리라. 멀리서 환히 빛나는 도서관 창문들을 바라보고, 긴 서가들이며 가죽 장정들, 그리고 책장의 냄새를 생각하면 가슴이 아려 오리라. 그를 배웅해주지 않은 것이 후회가 되지만, 그는 원하지 않았다. 자기 혼자 내버려달라고 내게 애원했다. 그는 고독 수업을 시작한 것이다. 나는 이 글을 카페 마블리에서 쓰고 있다. 나는 여기에 엄숙한 기분으로 들어왔다. 사장과 카운터의 출납원이 보고 싶었다. 마지막으로 보는 그들의 모습을 강렬하게 느껴보고 싶었다. 하지만 독학자로부터 생각을 돌릴 수가 없었다. 나를 비난하는 것 같은 그의 핼쑥한 얼굴과 피 묻은 셔츠 깃이 계속 눈앞에 어른거렸다. 그래서 나는 종이를 달라고 했고, 그에게 무슨 일이 일어났는지 얘기하는 것이다.

나는 오후 2시경에 도서관으로 갔다. 나는 '도서관이다.

여기에 마지막으로 오는 거다'라고 생각했다.

열람실에는 사람이 거의 없었다. 이곳에 다시 돌아오지 않으리라는 것을 알았기 때문에 그 낯익은 모습에 마음이 괴로웠다. 열람실은 증기처럼 가벼웠고, 거의 비현실적으로 느껴졌으며, 완전히 적갈색이었다. 석양이 여학생 전용 탁자와 문과 촘촘히 꽂힌 책들을 붉은색으로 물들이고 있었다. 한순간 나는 금빛 잎사귀들이 가득한 작은 숲으로 들어가는 것 같은 기분 좋은 느낌에 사로잡히며, 미소를 지었다. 그리고 '미소를 짓지 않은 지도 참 오래되었군' 하는 생각이 들었다. 코르시카인이 뒷짐을 지고서 창밖을 내다보고 있었다. 그는 무엇을 보고 있었을까? 앵페트라즈의 머리? '난 더 이상 앵페트라즈의 머리도, 그의 실크해트도, 프록코트도 못 보겠지. 여섯 시간 후면 난 부빌을 떠나.' 난 부副사서의 책상 위에 지난달에 대출한 책 두 권을 내려놓았다. 그는 녹색의 대출카드를 찢어서는 그 조각들을 내게 내밀었다.

"자, 받으세요, 로캉탱 씨."

"고마워요."

나는 생각했다. '나는 이제 이들에게 아무것도 빚지지 않았어. 이곳에 있는 누구에게도 더 이상 아무것도 빚지 않았어. 조금 있다가 **랑데부 데 슈미노**에 가서 여사장에게 작별 인사를 해야지. 이제 난 자유야.' 난 잠시 망설

372

였다. 이 남은 마지막 시간을 부빌 시내를 오랫동안 거닐며 빅토르 누아르 대로와 갈바니로와 투른브리드가를 다시 한번 돌아보는 데 사용할까? 하지만 이 작은 숲은 너무나도 평온했고, 너무나도 순수했다. 그것은 거의 존재하지 않는 것처럼, **구토**가 이곳만큼은 침범하지 않은 것처럼 느껴졌다. 나는 난로 근처에 가서 앉았다. 〈부빌 신문〉이 책상 위에 굴러다니고 있었다. 나는 손을 뻗어 신문을 집었다.

〈주인을 구한 개〉
  르미르동의 뒤보스크 씨는 어제저녁 노지스 장에 갔다가 자
  전거를 타고 귀가하던 중에······

한 뚱뚱한 부인이 내 옆자리에 와서 앉았다. 그러고는 그녀의 펠트 모자를 옆에다 벗어놓았다. 그녀의 코는 사과에 박힌 칼처럼 얼굴에 박혀 있었다. 그 코 아래에서 음란한 작은 구멍 하나가 누구를 경멸하듯이 찌푸려졌다. 그녀는 핸드백에서 장정된 책을 한 권 꺼내더니, 탁자에 팔꿈치를 괴고는 기름진 두 손으로 머리를 받쳤다. 내 맞은편에는 한 나이 든 신사가 자고 있었다. 난 그가 누구인지 알고 있었다. 내가 그토록 공포에 사로잡혔던 날 저녁에 도서관에 있던 사람이었다. 나는 생각했다. '그 모든

일은 이제 너무나 먼 옛이야기야.'

4시 반에 독학자가 들어왔다. 난 그와 악수를 하며 작별 인사를 하고 싶었다. 하지만 지난번의 우리의 대화는 그에게 나쁜 추억을 남긴 듯했다. 그는 내게 소원疏遠한 인사를 하고는, 평소처럼 빵 한 조각과 초콜릿 한 개가 들어 있을 조그만 흰 꾸러미를 내게서 멀리 떨어진 곳에다 내려놓았다. 잠시 후, 그는 삽화가 있는 책을 한 권 가지고 와서 꾸러미 옆에다 놓았다. 나는 '저이를 보는 것도 이게 마지막이군'이라고 생각했다. 내일 저녁과 모레 저녁, 그 모든 저녁들이 이어지고, 그는 이 탁자로 돌아와 빵과 초콜릿을 먹으면서 책을 읽으며, 쥐가 책을 갉아먹듯 끈기 있게 작업을 이어나가리라. 나도, 노도, 노디에, 니스의 저서들을 읽고, 이따금 책 읽기를 멈추고 격언 같은 것을 그의 조그만 수첩에 적어 나가리라. 그리고 나는 파리를 거닐리라. 파리의 거리들을 돌아다니며 새로운 사람들을 보게 되리라. 그가 여기에 있을 때, 갓등이 명상에 잠긴 그의 커다란 얼굴을 비추고 있을 때, 내게는 무슨 일이 일어날까? 나는 내가 지금 모험의 순간이라는 신기루에 또다시 빠져들려 하고 있다는 것을 퍼뜩 깨달았다. 나는 어깨를 으쓱하고는, 다시 신문을 읽기 시작했다.

〈부빌과 그 인근 소식〉

모니스티에.

1931년도 군경대 활동. 모니스티에 분대장 가스파르 상사와 그의 네 부하 라구트, 니장, 피에르퐁, 길의 제씨諸氏는 1931년 내내 전혀 쉬지 못했다. 사실 이들 군경은 7건의 범죄, 82건의 경범죄, 192건의 위반, 6건의 자살, 15건의 자동차 사고(그중 3건은 사망 사고)를 보고해야 했다.

죽스트부빌.

죽스트부빌 트럼펫 동호회.

금일 총연습. 연례 연주회용 입장권 배부.

콩포스텔.

시장에게 레지옹도뇌르훈장 수여.

부빌 관광협회(1924년, 부빌 스카우트 재단 창설).

금일 저녁 8시 45분에 본부에서 월례회. 페르디낭 비롱가街 10번지 A실. 의사 일정 ─ 전회 의사록 검토. 서신 소개, 연례 만찬, 1932년도 회비, 3월 행사 계획, 기타 문제 및 신규 가입자 건.

동물보호협회(부빌 협회).

오는 목요일 오후 3시에서 5시까지, 부빌 페르디낭 비롱가 10번지 C실, 상시 접수. 협회장에게 연락할 것. 협회 본부나 갈바니로 154번지로.

부빌 경호견 클럽…… 부빌 상이군인 협회…… 택시업자 조합…… 고등사범학교 동창회 부빌 지부……

소년 두 명이 책가방을 들고 들어왔다. 고등학생들이었다. 코르시카인은 고등학생을 좋아하는데, 아버지처럼 그들을 감시할 수 있기 때문이다. 그는 이따금 재미 삼아 그들이 의자 위에서 꼼지락대며 잡담을 하도록 놔두다가, 갑자기 그들 뒤에 서서 호통을 친다. "이게 다 큰 학생들이 할 행동인가? 계속 이렇게 하면 우리 관장님께서 교장 선생님에게 말할 거다!" 만일 소년들이 항의하면, 그는 무시무시한 눈으로 그들을 노려보며 묻는다. "자네들 이름이 뭔가?" 또 그는 독서 지도도 한다. 도서관에는 빨간 곱표로 표시된 책들이 있다. 바로 금서로, 지드, 디드로, 보들레르의 작품들, 의학 서적 같은 것들이다. 어떤 고등학생이 이런 책 중의 하나를 신청하면, 코르시카인은 그에게 손짓을 한 뒤 한쪽 구석으로 데려가 질문을 한다. 잠시 후 그는 홀 전체에 울리는 쩌렁쩌렁한 목소리로 말한다.

"하지만 자네 나이에는 더 흥미로운 책들이 있어! 거기서 뭔가 배울 수 있는 책들 말이야. 우선, 자네 숙제는 했나? 그리고 몇 학년이야? 4시 이후에는 할 일이 아무것도 없어? 자네 선생님께서는 여기에 종종 오시는데, 내가 그분께 자네에 대해 말씀드려야겠어."

두 소년은 난로 근처에 서 있었다. 더 어린 소년은 멋진 갈색 머리칼과 지나치리만큼 고운 피부, 그리고 심술궂고도 오만해 보이는 아주 조그만 입의 소유자였다. 그의 친구는 콧수염이 거뭇하게 난 뚱뚱하고도 다부진 체구로, 팔꿈치로 친구를 쿡쿡 찌르며 뭐라고 속삭였다. 갈색 머리의 조그만 소년은 대답하지 않았지만, 아주 거만하고도 건방진 미소를 보일 듯 말 듯 지었다. 그러고 나서 둘은 서가 중 하나에서 사전 한 권을 건성으로 빼어 들고는, 피곤한 눈으로 그들을 주시하고 있는 독학자에게 다가갔다. 그들은 그가 있는지도 모르는 것 같았지만, 그에게 바짝 붙어 앉았다. 조그만 갈색 머리 소년은 독학자의 왼쪽에, 다부진 뚱보는 갈색 머리 소년의 왼쪽에 앉았다. 그러고 나서는 곧바로 사전을 뒤적이기 시작했다. 독학자는 열람실을 여기저기 둘러보다가 읽던 책으로 다시 돌아왔다. 열람실의 모습이 이렇게 편안하게 느껴진 적은 한 번도 없었다. 뚱뚱한 부인의 가쁜 숨소리 말고는 아무 소리도 들리지 않았고, 8절판 책 위로 숙여진 머리들만 보였다. 하지만 바로 이 순간부터, 나는 어떤 불쾌한 사건이 일어나리라는 것을 느꼈다. 심각한 표정으로 눈길을 내리고 있는 이 모든 사람들은 어떤 연기를 하고 있는 것 같았다. 조금 전에 나는 어떤 잔혹함의 숨결 같은 것이 우리 위로 내려오는 것을 느꼈던 것이다.

　나는 독서를 마쳤지만, 그곳을 떠날 결심을 못 하고 있었다. 나는 신문을 읽는 척하며 기다리고 있었다. 다른 사람들도 기다리고 있는 듯했기 때문에 나의 호기심과 불편함은 갈수록 커져갔다. 내 옆에 앉은 여자는 책장을 한층 빨리 넘기고 있었다. 그렇게 몇 분이 흘렀는데, 속삭이는 소리가 들렸다. 나는 조심스럽게 고개를 들었다. 두 소년은 사전을 덮어놓고 있었다. 갈색 머리의 조그만 소년은 말을 하지 않고, 공손하면서도 관심 어린 얼굴을 오른쪽으로 돌리고 있었다. 그의 어깨에 반쯤 가려진 금발 머리 소년도 귀를 쫑긋 세우고서 나지막이 낄낄거리고 있었다. 나는 '그런데 누가 얘기하는 거지?'라고 속으로 중얼거렸다.

그것은 독학자였다. 그는 옆자리의 어린 소년에게 몸을 기울이고서, 소년의 눈을 똑바로 들여다보며 미소 짓고 있었다. 그의 입술이 달싹이는 게 보였고, 이따금 그의 긴 속눈썹이 파닥거렸다. 내가 알지 못했던 젊은 모습이었고, 거의 매력적이기까지 했다. 하지만 그는 이따금 말을 멈추고 불안한 눈으로 뒤를 흘깃대곤 했다. 어린 소년은 그가 하는 말을 정신없이 듣고 있었다. 이 가벼운 장면은 별로 특별할 게 없어서 다시 읽던 것으로 돌아오려 하고 있는데, 소년이 등 뒤로 손을 뻗어 책상 가장자리를 따라 천천히 더듬어가는 게 보였다. 그렇게 손은 독학자가 모르는 사이에 잠시 기어가더니만 금발 머리 뚱보의 팔과 마주쳤고, 그것을 세게 꼬집었다. 뚱보는 독학자가 하는 말을 조용히 즐기느라 정신이 팔려 있었기 때문에 다른 소년의 손이 다가오는 것을 보지 못했다. 그는 펄쩍 뛰었고, 그의 입은 놀람과 경탄으로 어마어마하게 벌어졌다. 갈색 머리 소년은 여전히 존경 어린 관심이 깃든 표정을 유지하고 있었다. 그 장난꾸러기 손이 정말로 그의 것인지 의심이 들 정도였다. '저 녀석들, 저이에게 무슨 짓을 하려는 거지?'라는 생각이 들었다. 나는 곧 뭔가 추악한 일이 벌어지리라는 것을 깨달았고, 그것을 막을 시간이 아직 있다는 것을 느꼈다. 하지만 나는 막아야 하는 게 무엇인지 좀처럼 짐작할 수 없었다. 한순간, 나는 의자에서 일어날까, 가서 독학자의 어깨를 툭 치면서 그에게 말을 걸어볼까, 생각해봤다. 하지만 바로 그 순간, 그는 나의 시선을 발견했다. 그는 하던 말을 뚝 멈추더니, 짜증이 난 것처럼 입술을 꼭 오므렸다. 기가 꺾인 나는 빨리 외면하고는 아무 일도 없는 듯이 다시 신문을 읽기 시작했다. 하지만 뚱뚱한 부인은 읽던 책을 밀어버리더니 고개를 쳐들었다. 무엇에 홀린 것 같은 표정이었다. 나는 곧 사건이 터지리라는 것을 분명히 느낄 수 있었다. 그들 모두가 사건이 터지기를 바라고 있었다. 내가 무얼 할 수 있었겠는가? 난 코르시카인을 힐긋 쳐다봤다. 그는 더 이상 창밖을 내다보고 있지 않았다. 그는 우리 쪽으로 몸을 반쯤 돌리고 있었다.

약 15분이 흘렀다. 독학자는 다시 속삭이기 시작했다. 난 더 이상 그를 쳐다볼 수 없었지만, 그가 보이고 있을 청년처럼 싱싱하고 다정한 표정이며, 그가 모르는 사이에 그에게 쏟아지는 무거운 시선들을 상상할 수 있었다. 어느 순간, 그의 웃음소리가 들렸다. 어린애처럼 가늘게 킥킥대는 웃음이었다. 난 가슴이 아렸다. 어떤 고약한 꼬마들이 고양이를 물에 빠뜨리려 하고 있는 것 같았다. 그런데 갑자기 속삭이는 소리가 멈췄다. 내게는 이 정적이 비극적으로 느껴졌다. 그것은 끝이요, 처형處刑이었다. 나는 신문 위로 고개를 푹 숙이고 읽는 척했지만, 읽고 있지 않았다. 눈썹을 한껏 치켜올리고서, 눈을 최대한 높이 올리고서 내 앞의 이 정적 속에서 무슨 일이 일어나는지 알아내려고 애썼다. 나는 고개를 살짝 돌려 곁눈으로 무언가를 포착하는 데 성공했다. 그것은 하나의 손, 조금 전에 책상을 따라 기어갔던 조그맣고 하얀 손이었다. 이제 그것은 손바닥을 위로 하고 느슨하게 놓여 있었다. 보드랍고도 육감적인 그것은 해변에서 일광욕을 하고 있는 어느 여자의 나른한 알몸처럼 느껴졌다. 털이 복슬복슬한 어떤 갈색의 물체가 머뭇머뭇 다가왔다. 그것은 담뱃진으로 누렇게 찌든 커다란 손가락이었다. 그것은 소년의 손 옆에 있으니 수컷의 성기처럼 흉측하게 느껴졌다. 그것은 연약한 손바닥을 향해 뻣뻣하게 뻗친 채로 잠시 멈춰서

더니, 갑자기 그것을 조심스레 어루만지기 시작했다. 나는 놀라지 않았다. 그보다는 독학자에 대해 불같은 화가 치밀었다. 이 멍청한 인간 같으니! 아니, 그 정도도 자제하지 못한단 말인가? 지금 자기가 어떤 위험을 무릅쓰고 있는지 모른단 말인가? 그에게는 기회가, 아주 작은 기회가 남아 있었다. 만일 그가 두 손을 책상 위, 책 양편에 내려놓는다면, 그러고서 아주 얌전히 있는다면, 어쩌면 이번에는 그의 운명을 벗어날 수도 있으리라. 하지만 난 그가 이 기회를 놓치리라는 것을 알고 있었다. 손가락은 움직이지 않고 있는 살 위를 천천히, 겸허하게, 감히 꽉 누르지도 못하고 스칠 듯 말 듯 지나갔다. 마치 자신의 흉측함을 의식하고 있는 것 같았다. 나는 고개를 불쑥 쳐들었다. 그 집요한 왕복을 더 이상 견딜 수가 없었기 때문이었다. 나는 독학자의 시선과 마주치려 애썼고, 그에게 경고하기 위해 크게 헛기침도 해봤다. 하지만 그는 눈을 감고 있었다. 그리고 미소 짓고 있었다. 그의 다른 손은 책상 밑으로 사라져 보이지 않았다. 소년들은 더 이상 웃지 않고, 얼굴이 창백해져 있었다. 갈색 머리 소년은 입을 꼭 다물었고, 두려워하는 기색이 역력했다. 지금 일어나고 있는 일을 더 이상 감당할 수 없는 것 같았다. 하지만 그는 손을 빼지 않았다. 그것은 살짝 경직된 채로 움직이지 않았다. 그의 친구는 멍청하고도 겁에 질린 표정으로 입을 헤 벌렸다.

바로 이때 코르시카인이 고함치기 시작했다. 그는 살금살금 독학자의 의자 뒤에 와 있었다. 그는 얼굴이 시뻘겋고, 어찌 보면 웃고 있는 것 같았지만 눈에서는 불똥이 튀었다. 나는 의자에서 벌떡 일어섰지만, 차라리 안도감마저 느껴졌으니, 기다림이 너무 괴로웠던 것이다. 그게 최대한 빨리 끝났으면 했다. 원한다면 그를 쫓아내도 좋지만, 이 모든 게 빨리 끝나기를 바랐다. 백지장처럼 얼굴이 하얘진 두 소년은 눈 깜짝할 사이에 책가방을 집어 들고 사라져버렸다.

"난 당신을 봤어!" 코르시카인은 분노에 들끓으며 소리 질렀다. "이번에는 당신을 똑똑히 봤으니, 당신은 그게 아니라고 말할 수 없을걸? 이렇게 딱 걸렸는데도 그게 사실이 아니라고 말할 텐가? 당신은 내가 당신의 수작을 모르고 있다고 생각했어? 이봐, 난 눈을 폼으로 달고 다니는 게 아니란 말이야. 난 생각했지. 자, 인내심을 가지자, 인내심을 가지자! 내가 저 인간을 잡으면, 그 대가를 톡톡히 치르게 될 거야. 아, 그럼! 대가를 톡톡히 치러야지! 난 당신의 이름을 알아. 당신의 주소도 알고. 내가 다 알아봤다고. 무슨 말인지 알겠어? 당신의 사장인 쉴리에 씨도 알지. 그 양반은 내일 아침 도서관장님의 편지를 받고서 깜짝 놀라겠지. 안 그래? 아, 입 다물고 있어!" 그는 눈을 희번덕대며 말했다. "자, 먼저 말이야, 이 일이 이걸로 끝날 거라고 상상하지 마. 당신 같은 종류의 인간을 위해 프랑스에는 법정이 있거든. 아, 그래, 선생, 잘나셨어! 뭐, 공부를 해? 교양을 쌓아? 항상 이것저것 물어보고, 책을 달라고 하며 날 귀찮게 굴었지. 하지만 난 한 번도 당신을 믿은 적이 없다고!"

독학자는 놀란 것 같지도 않았다. 이런 결말을 수년 전부터 예상해왔던 모양이었다. 그는 코르시카인이 살금살금 등 뒤로 다가와, 갑자기 귀가 먹먹해지는 벽력같은 소리로 호통을 치는 날, 무슨 일이 일어날지 백 번도 넘게 상상했으리라. 하지만 그는 매일 저녁 이곳에 돌아와 열렬히 책을 읽어나갔고, 그러다가 이따금 어린 소년의 흰 손이나, 또 어쩌면 다리를 도둑처럼 어루만지기도 했던 것이었다. 내가 그의 얼굴에서 읽은 것은 차라리 체념의 감정이었다.

"무슨 말씀을 하시는지 모르겠습니다." 그는 더듬거렸다. "내가 오래전부터 여길 다니고 있지만……"

그는 분개하고 놀라는 척하면서 항의했지만, 목소리에 힘이 없었다. 그는 일은 이미 터졌고, 더 이상 아무것도 막을 수가 없으며, 이 고통의 순간을 고스란히 견뎌나가야 한다는 것을 잘 알고 있었다.

"저 사람 말 듣지 말아요, 나도 봤어요!" 내 옆의 여자가 이렇게 말하고는 무겁게 몸을 일으켰다. "아, 천만에! 저런 모습을 한두 번 본 게 아니에요. 지난 월요일만 해도, 난 저 사람을 봤지만 아무 말도 하지 않았어요. 왜냐하면 차마 내 눈을 믿을 수가 없었고, 사람들이 공부하러 오는 진지한 장소인 도서관에서 이렇게 부끄러운 일이 벌어질 수 있다고 믿고 싶지 않았기 때문이에요. 난 아이들이 없지만, 자식들을 여기에 공부하러 보내고, 그들이 여기에서 안전할 거라고 믿는 어머니들을 정말 불쌍하게 생각해요. 여기에는 아무것도 지키지 않고, 아이들이 숙제하는 것을 방해하는 괴물들이 있는데 말이에요."

코르시카인은 독학자에게 다가갔다.

"이 부인께서 말씀하시는 것 들었소?" 그는 독학자의 얼굴에 대고 소리쳤다. "그렇게 연기할 필요 없소! 사람들이 당신을 봤다고, 이 더러운 인간아!"

"선생, 예의를 좀 지키시지요." 독학자가 위엄 있게 대꾸했다.

그게 그가 해야 할 역할이었다. 어쩌면 다 인정하고 그대로 도망쳐버리고도 싶었겠지만, 자신의 역할을 끝까지 수행해야 했다. 그는 코르시카인을 쳐다보지 않았고, 눈은 거의 감겨 있었다. 그의 두 팔은 축 늘어졌고, 얼굴은 섬뜩할 정도로 하얬다. 그러더니 갑자기 한 줄기의 피가 올라오며 얼굴을 확 물들였다.

코르시카인은 분노로 숨이 막힐 지경이었다.

"예의를 지키라고? 이런 더러운 작자 같으니! 내가 당신을 못 봤다고 생각할지도 모르겠는데, 난 당신을 계속 지켜보고 있었다고! 몇 달 전부터 당신을 지켜보고 있었어!"

독학자는 어깨를 으쓱하고는 다시 독서에 빠져드는 척했다. 얼굴이 새빨개지고 눈물이 글썽글썽해진 그는 몹시 흥미를 느끼는 척하면서, 비잔틴 모자이크의 사진을 주의 깊게 들여다보았다.

"계속 책을 읽네! 참 배짱도 좋네요!" 부인이 코르시카인을 쳐다보며 말했다.

코르시카인은 어떻게 해야 할지 망설였다. 이와 동시에 좀 소심하지만 사려 깊으며, 코르시카인에게 겁을 먹는 부사서인 젊은 청년이 그의 책상 위로 천천히 일어나서 소리쳤다. "파울리, 무슨 일이오?" 애매한 순간이 흘렀고, 나는 일이 여기에서 그칠지도 모른다는 희망을 품을 수 있었다. 하지만 코르시카인은 자신의 상황을 생각해보고, 자기 꼴이 우스워졌다고 생각한 모양이었다. 흥분한 그는 이 말 없는 희생자에게 해야 할 말이 생각나지 않자, 그대로 벌떡 일어나 허공에 크게 주먹을 휘둘렀다. 독학자는 겁에 질려 고개를 돌렸다. 그는 입을 딱 벌리고 코르시카인을 쳐다보았다. 그의 눈에는 끔찍한 공포가 어려 있었다.

"만일 날 때리면, 고소하겠소." 그는 간신히 말했다. "내 발로 나가겠단 말이오."

나도 일어났지만 너무 늦어버렸다. 코르시카인은 관능적인 신음을 짤막하게 내뱉더니, 느닷없이 주먹으로 독학자의 코를 박살내버렸다. 한순간, 내게 보이는 것은 독학자의 두 눈, 소맷부리와 갈색 주먹 위로 고통과 부끄러움으로 크게 벌어진 그 너무나도 아름다운 두 눈뿐이었다. 코르시카인이 주먹을 거뒀을 때, 독학자의 코에서 피가 줄줄 흘러나오기 시작했다. 그는 얼굴에 두 손을 가져가려 했으나, 코르시카인은 다시 한 방을 입가에 날렸다. 독학자는 의자 위에 털썩 주저앉았고, 그 소심하고도 부드러운 눈으로 멍하니 앞을 쳐다봤다. 코에서 나온 피가 옷으로 흘러내렸다. 그는 왼손으로는 피가 줄줄 흐르는 콧구멍을 닦으려 계속 애쓰면서, 오른손으로는 자신의 꾸러미를 찾으려고 더듬었다.

"난 간다고." 그는 마치 자신에게 말하듯 중얼거렸다.

내 옆자리의 여자는 얼굴은 창백해졌고, 눈은 번쩍거렸다.

"더러운 놈!" 그녀가 말했다. "잘했어!"

난 분노로 몸이 떨렸다. 나는 탁자를 돌아 걸어가, 조그만 코르시카인의 목덜미를 잡아 공중에 들어 올렸다. 발

버둥치는 그를 그대로 탁자 위로 내던져 박살을 내버리고 싶었다. 얼굴이 새파래진 그는 몸부림을 치며 나의 따귀를 치려고 했지만, 그의 짧은 팔은 내 얼굴에 미치지 못했다. 나는 아무 말도 하지 않았지만, 그의 코에 한 방 먹여 짓뭉개버리고 싶었다. 이를 깨달은 그는 얼굴을 가리려 팔꿈치를 쳐들었다. 그가 겁먹는 것을 보자 기분이 좋았다. 갑자기 그가 으르렁대기 시작했다.

"이것 봐, 이 깡패야! 당신도 호모야? 당신도?"

왜 그랬는지는 아직도 이해하지 못하겠지만, 나는 그를 내려놓았다. 일이 복잡하게 될까 봐 두려웠던 걸까? 부빌에서 게으르게 보낸 세월에 녹슬어버린 걸까? 예전 같았으면 그의 이를 부러뜨리지 않고는 놔주지 않았을 것이다. 나는 마침내 몸을 일으킨 독학자에게 몸을 돌렸다. 하지만 그는 내 시선을 피했다. 그냥 고개를 숙이고 가서는 외투를 집어 들었다. 그러면서 출혈을 멈추게 하려는 듯이 왼손으로 계속 코밑을 훔쳤다. 하지만 피는 계속 솟아나왔고, 나는 그에게 문제가 생길까 봐 걱정이 되었다. 그는 아무도 쳐다보지 않으면서 웅얼거렸다.

"내가 오래전부터 여길 다니고 있지만……"

하지만 다시 땅에 내려서기가 무섭게 코르시카인은 다시 상황을 장악했다.

"여기서 꺼져!" 그는 독학자에게 외쳤다. "그리고 다시는 여기에 발을 들여놓지 마. 또 나타나면 경찰을 불러 쫓아낼 테니까!"

나는 층계 아래에서 독학자를 따라잡았다. 나는 거북했고, 그의 수치심에 나도 부끄러웠고, 그에게 무슨 말을 해야 할지 알 수 없었다. 그는 내가 있는 것을 알아채지 못한 것 같았다. 그는 마침내 손수건을 꺼내어 거기에 뭔가를 뱉어냈다. 코에서 출혈이 조금 잦아들었다.

"자, 나와 함께 약국에 갑시다." 내가 어색하게 말했다.

그는 대답하지 않았다. 열람실에서 왁자지껄한 소리가 흘러나왔다. 모든 사람이 요란하게 지껄이고 있었다. 여자는 날카로운 웃음을 터뜨렸다.

"난 다시는 여기에 돌아올 수 없을 거예요." 독학자가 말했다.

그는 고개를 돌려 어안이 벙벙한 표정으로 층계와 열람실 입구를 쳐다보았다. 이렇게 몸을 움직이는 통에 핏줄기가 그의 칼라와 목 사이로 흘러내렸다. 입과 두 뺨은 피로 지저분하게 얼룩져 있었다.

"자, 갑시다." 난 그의 팔을 잡으며 말했다.

"혼자 있게 놔두세요!"

"하지만 지금 당신은 혼자 있으면 안 돼요! 누가 얼굴을 닦아주고, 치료해줘야 한다고요."

그는 되풀이했다.

"선생님, 제발 혼자 있게 놔두세요. 제발."

그는 거의 신경 발작 직전이었다. 나는 그가 혼자 멀어져 가는 것을 지켜보았다. 석양이 그의 구부정한 등을 잠시 비추는가 싶더니, 그는 사라져버렸다. 입구 문턱에는 별 모양으로 떨어진 핏자국이 남아 있었다.

한 시간 후

하늘은 흐리고, 해가 지고 있다. 두 시간 후면 열차가 출발한다. 나는 마지막으로 공원을 가로질렀고, 지금은 불리베가를 산책하고 있다. 난 이것이 불리베가인 것을 알고는 있지만, 알아볼 수가 없다. 보통 그 안에 들어서면 상식의 두꺼운 층을 통과하는 기분이었다. 땅딸막하고도 각진 불리베가는 그 멋대가리 없이 고지식한 분위기와 불룩 튀어나온 아스팔트 차도 때문에, 1킬로미터가 넘게 늘어선 큼직한 3층 건물들을 양옆에 거느리고서 부유한 시골 마을을 가로지르는 국도들과도 비슷했다. 나는 여기를 '시골 사람들의 거리'라고 불렀고, 이 항구 도시에 전혀 어울리지 않는 역설적인 거리였기 때문에 너무나 좋아했다. 오늘 집들은 여전히 있지만, 그것들은 시골 분위기를 잃어버렸다. 그것들은 그저 주거용 건물들일 뿐이다. 조금 전에 공원에서 비슷한 느낌을 받았다. 식물들,

389

잔디밭, 올리비에 마스크레 분수대는 아무 표정이 없이 그냥 고집스럽게만 보인다. 아, 알겠다! 도시가 먼저 나를 버린 것이다. 난 부빌을 떠나지 않았지만, 벌써 거기에 있지 않다. 부빌은 입을 다물었다. 나는 내 존재를 더 이상 신경 쓰지도 않고, 오늘 저녁 혹은 내일 새로 도착하는 이들에게 그 신선한 모습을 보여주기 위해 가구들을 정리하여 덮개로 싸놓는 이 도시에 아직도 두 시간을 더 있어야 한다는 사실이 이상하게 느껴진다. 나는 그 어느 때보다도 잊혀버린 느낌이다.

몇 걸음을 옮기다가 멈춰 선다. 지금 내가 빠져 있는 이 전적인 망각을 만끽한다. 나는 두 도시 사이에 있다. 하나는 나를 모르고, 다른 하나는 더 이상 나를 알지 못한다. 누가 나를 기억할까? 어쩌면 지금 런던에 있는 그 둔중한 젊은 여자일지도 모르겠다…… 설사 그렇다 해도, 그녀가 생각하는 것은 정말로 나일까? 거기에는 그 친구, 이집트 사내가 있다. 어쩌면 그는 방금 그녀의 방에 들어와, 그녀를 안고 있을지도 모른다. 나는 질투를 하는 게 아니다. 난 이제 그녀가 겨우 목숨만 유지하고 있다는 것을 알고 있다. 설사 그를 진심으로 사랑한다 해도, 그것은 죽은 여자의 사랑일 뿐이다. 나는 그녀의 살아 있는 마지막 사랑이었다. 하지만 그가 그녀에게 줄 수 있는 게 하나 있으니, 바로 쾌락이다. 만일 그녀가 정신이 아득해지고 황홀경에 빠지기 시작한다면, 그녀에게는 나와 이어주는 끈이 아무것도 없게 된다. 그녀는 오르가슴을 느끼고 있고, 그녀에게 있어서 나는 한 번도 만나보지 않은 존재에 불과할 뿐이다. 그녀는 단번에 자기 속에서 나를 비워버렸고, 세상의 모든 다른 의식들도 나를 비워버렸다. 이 사실은 아주 재미있게 느껴진다. 하지만 난 내가 존재하며, 내가 여기 있다는 것을 안다.

이제 내가 '나'라고 말할 때, 이 말은 공허하게 느껴진다. 난 더 이상 나 자신을 잘 느낄 수 없다. 그 정도로 나는 잊혀버린 것이다. 내 안에 실제로 남아 있는 것이라고는 자신이 존재하는 것을 느끼는 존재뿐이다. 나는 천천히, 길게 하품을 한다. 아무도 없다. 아무에게도 앙투안 로캉탱은 존재하지 않는다. 이게 재미있게 느껴진다. 앙투안 로캉탱, 이게 대체 무엇이지? 추상적인 것이다. 내 의식 속에서 나에 대한 아주 작고 흐릿한 추억이 희미하게 깜빡인다. 앙투안 로캉탱…… 갑자기 '나'는 더 흐릿해지고, 흐릿해져, 마침내 모든 게 끝난다. 꺼져버린 것이다.

명료하고, 움직이지 않고, 인간이 배제된 의식이 외벽들 사이에 놓여 있다. 그것은 계속 이어진다. 그 안에는 더 이상 아무도 살지 않는다. 조금 전만 해도 누군가가 나에 대해, 나의 의식에 대해 말하고 있었다. 누가 그랬을까? 그 바깥에는 익숙한 색깔들과 냄새들을 가지고 말을 거는 거리들이 있었다. 이제는 이름 없는 외벽들과 이름 없는 의식만이 남았다. 외벽들, 그리고 그 외벽들 사이에 살아 있으나 비인격적인 작고 투명한 어떤 것, 자, 지금 있는 것은 바로 이것이다. 의식은 하나의 나무처럼, 하나의 풀잎처럼 존재한다. 그것은 꾸벅꾸벅 졸고, 권태로워한다. 덧없이 스쳐가는 조그만 존재들이 가지에 모여드는 새들처럼 그것에 깃든다. 그렇게 깃들다가 사라져버린다. 회색빛 하늘 아래, 이 외벽들 사이에 있는 잊히고, 버려진 의식. 그리고 여기에 의식이라는 존재의 의미가 있으니, 그것의 의미는 바로 자신이 쓸데없는 존재임을 의식하는 것이다. 그것은 희석되고 흩어지면서, 갈색 외벽이나 우뚝 솟은 가로등에서, 혹은 저쪽에 보이는 저녁 연기 가운데에서 사라져버리려 한다. 하지만 의식은 **결코** 자신을 잊지 않으니, 그것은 자신을 잊어버리는 의식에 대한 의식이기 때문이다. 이것이 그것의 몫이다. "열차는 두 시간 후에 떠나"라고 말하는 나지막한 음성이 있고, 이 음성에 대한 의식이 있다. 또 어떤 얼굴에 대한 의식도 있다. 피로 얼룩지고, 눈에 눈물이 글썽글썽한 그 얼굴이 천천히 지나간다. 그것은 외벽들 사이에 없고, 어느 곳에도 없다. 그것은 픽 꺼지듯 사라져버리고, 피투성이 얼굴이 달린 구부정한 몸이 그것 대신 나타나 느린 걸음으로 멀어져

가는데, 한 걸음 걸을 때마다 멈춰 설 것 같지만 결코 멈춰 서지 않는다. 어두운 거리에서 천천히 걸어가는 이 몸에 대한 의식이 있다. 이 몸은 걷고 있지만, 멀어지지 않는다. 어두운 거리는 끝나지 않고, 점차로 스러져 무無 속으로 빠져든다. 거리는 외벽들 사이에 있지 않고, 어느 곳에도 없다. 그리고 "독학자는 시내를 방황하고 있어"라고 말하는 숨죽인 목소리에 대한 의식이 있다.

같은 도시 안에서가 아니고, 이 생기 없는 외벽들 사이에서가 아니다. 독학자는 그를 잊지 않는 사나운 도시에서 걷고 있다. 그를 생각하고 있는 사람들이 있다. 코르시카인과 뚱뚱한 여자가, 어쩌면 도시의 모든 사람이 그를 생각할 것이다. 그는 자신의 자아를 아직 잃지 않았고, 잃을 수도 없다. 그가 끝내고 싶지 않은, 그 고문 당하고, 피흘리는 자아를 말이다. 그는 입술과 콧구멍이 아프고, '아프다'라고 생각한다. 그는 걷는다. 걸어야 한다. 만일 한 순간이라도 걸음을 멈추면, 도서관의 높직한 외벽들이 갑자기 주위에서 벌떡 일어나, 그를 에워쌀 것이다. 코르시카인이 옆에서 불쑥 튀어나와, 그 장면이 세세한 점들까지 똑같이 다시 시작되고, 여자는 "저런 인간들은 감옥에 처넣어야 해, 그렇게 더러운 짓들을 한 인간들은!"이라고 빈정댈 것이다. 그는 걷는다. 집에 들어가고 싶지 않다. 방에서는 코르시카인과 여자와 두 소년이 그를 기다

리고 있다. "부인할 필요 없어, 내가 다 봤다고." 그리고
장면은 다시 시작될 것이다. 그는 생각한다. '아, 내가 그
런 짓을 하지 않았다면! 내가 그런 짓을 했다는 게 있을
수 없는 일이라면! 그게 사실일 리가 없다면!'

의식 앞에 불안한 얼굴이 지나가고, 또 지나간다. '어쩌
면 그가 자살할지도 몰라.' 천만에, 그 쫓기는 온순한 영
혼이 죽음을 생각할 리 없다.

의식에 대한 인식이 있다. 의식 전체가 훤히 들여다보
인다. 텅 비어져 외벽들 사이에 평온하게 있는 그것은 깃
들었던 사람에게서 해방되어, 더 이상 그 누구도 아니기
에 어떤 괴물처럼 느껴진다. 목소리가 "짐은 부쳤고, 열
차는 두 시간 후에 떠나"라고 말한다. 좌우에서 외벽들이
미끄러져 간다. 마카담 포장도로에 대한, 철물점과 병영
의 총구멍들에 대한 의식이 있다. 목소리는 "이것도 다 마
지막이야"라고 말한다.

안니에 대한, 호텔방에 있는 살찐 안니, 나이 든 안니에
대한 의식이 있고, 고통에 대한 의식도 있다. 고통은 떠
나가는 외벽들 사이에서, 다시는 돌아오지 않을 긴 외벽
들 사이에서 스스로를 의식한다. "이것은 끝나지 않는단
말인가?" 외벽들 사이에서 목소리가 어느 재즈곡을 부른
다. 〈섬 오브 디즈 데이스〉다. 이것은 끝나지 않는단 말인
가? 재즈곡은 뒤에서 슬그머니, 음험하게 돌아와 목소리

를 장악하고, 목소리는 멈추지 못하고 노래를 부르며, 몸은 걸어간다. 그리고 이 모든 것들에 대한 의식이 있고, 또——아아!——의식에 대한 의식이 있다. 하지만 여기에 이 고통을 받을 사람은, 두 손을 맞잡아 뒤틀며 스스로를 가엽게 여길 사람은 아무도 없다. 아무도. 그것은 교차로의 순수한 고통, 잊힌——하지만 자신을 잊을 수 없는——고통이다. 목소리는 "자, 카페 랑데부 데 슈미노에 왔어"라고 말한다. 그러자 의식 가운데 '내'가 튀어나온다. 이것은 나, 앙투안 로캉탱이다. 나는 조금 있다가 파리로 떠난다. 난 이곳 여사장에게 작별 인사를 하러 왔다.

"작별 인사를 하러 왔어요."

"떠난다고요, 앙투안 씨?"

"파리에 가서 살려고 합니다. 분위기 좀 바꿔보려고요."

"참 복도 많지!"

어떻게 이 커다란 얼굴에 입술을 부빌 수 있었던 말인가? 그녀의 육체는 더 이상 내 것이 아니다. 어제만 해도 검은 모직 원피스 아래로 그 몸을 알아볼 수 있었다. 오늘은 원피스를 꿰뚫어 볼 수 없다. 피부 아래 정맥이 비치는 그 흰 몸뚱어리, 그것은 꿈이었을까?

"당신이 그리울 거예요." 여사장이 말한다. "뭣 좀 마시고 싶어요? 내가 대접할게요."

우린 자리에 앉아 잔을 부딪친다. 그녀는 약간 목소리
를 낮춘다.

"그동안 당신에게 꽤 익숙해졌는데 말이에요." 그녀는
예의 바르면서도 아쉬움이 밴 목소리로 말한다. "우린 잘
맞았어요."

"나중에 다시 찾아뵐게요."

"그래요, 앙투안 씨. 부빌에 올 일이 있으면, 우리에게
도 인사나 하러 들러요. 당신은 '잔 부인에게 가서 인사나
하자, 그녀가 좋아할 거야'라고 생각하겠죠. 맞아요, 사
람들이 어떻게 지내는지 알면 좋죠. 그리고 우리 고객들
은 언제나 다시 찾아온답니다. 아시겠지만 우리 고객 중
에 선원들이 많아요. 대서양 기선회사 직원들이죠. 어떤
때는 2년 동안 그들이 안 보이기도 해요. 갑자기 브라질
이나 뉴욕에 가버리기도 하고, 보르도에 가서 수송선에
서 일하는 때도 있으니까요. 그러고는 어느 날 갑자기 다
시 나타나요. '안녕하세요, 잔 부인' 하면서 말이죠. 우린
같이 한잔을 하죠. 믿을지 모르겠지만, 난 그가 어떤 것
을 주로 마셨는지 다 기억해요. 2년이나 지났는데 말이
죠! 난 마들렌에게 말하죠. '피에르 씨에게 드라이 베르무
트를, 레옹 씨에게는 친자노를 가져다 드려.' 그이들이 '사
장님, 어떻게 그걸 다 기억해요?'라고 말하면, 난 '이게 내
직업인 걸요'라고 대답하죠."

홀 안쪽에 얼마 전부터 그녀와 동침하는 뚱뚱한 사내가 있다. 그가 그녀를 부른다.

"어이, 사장님!"

그녀는 일어선다.

"잠깐 실례할게요, 앙투안 씨."

웨이트리스가 내게 다가온다.

"그래, 선생님께서 떠나신다고요?"

"파리로 가요."

"나도 전에 파리에 살았어요." 그녀는 자랑스럽게 말한다. "2년 동안. 시메옹 식당에서 일했죠. 하지만 여기는 지루해요."

그녀는 잠시 머뭇거리다가, 더 이상 내게 할 말이 없음을 깨닫는다.

"자, 그럼 잘 가세요, 앙투안 씨."

그녀는 앞치마로 물기를 닦은 다음, 손을 내민다.

"잘 있어요, 마들렌."

그녀는 가버린다. 나는 〈부빌 신문〉을 내 쪽으로 끌어오다가, 다시 밀어버린다. 조금 전, 도서관에서 처음부터 끝까지 다 읽었다.

여사장은 돌아오지 않는다. 그녀는 남자 친구에게 통통한 손을 내맡겼고, 그는 그것을 열정적으로 주무른다.

열차는 45분 후에 출발한다.

나는 심심파적으로 돈 계산을 해본다.

한 달에 1,200프랑이라. 엄청난 돈은 아니지. 하지만 절제해서 쓰면, 그걸로 충분할 거야. 방세로 300프랑, 식비로 매일 15프랑. 그러면 세탁비, 잡비, 영화비 등으로 450프랑이 남는군. 옷과 속옷은 오랫동안 사지 않아도 돼. 정장 두 벌이 팔꿈치가 반들반들해지긴 했지만, 깨끗하니까. 잘 관리하면 아직 3, 4년은 입을 수 있어.

이런 빌어먹을! 이런 식물 같은 삶을 살 사람이 바로 나란 말인가? 하루를 어떻게 보낼 것인가? 산책할 것이다. 튀일리 공원에 가서 철제 의자에 ─ 혹은 절약을 위해 그냥 벤치에 ─ 앉겠지. 또 뭔가를 읽으러 도서관에 가리라. 또 그리고? 매주 한 번씩 영화관에 가야지. 또 그리고? 일요일에 볼티죄르 시가를 한 대 피운다? 뤽상부르 공원에 가서 은퇴한 사람들과 함께 게이트볼을 한다? 나이 서른 살에? 나 자신이 불쌍하다. 가끔 나는 이렇게 자문해볼 때가 있다. 차라리 내게 남은 30만 프랑을 1년에 다 써버리는 게 낫지 않을까? 그러고 나서…… 하지만 그걸로 무얼 할 수 있단 말인가? 새 양복? 여자? 여행? 그런 것들은 다 가져보았고, 지금은 끝났다. 그런 것에는 아무 욕구가 없다. 그래 봤자 뭐가 남겠는가? 1년후, 나는 추억 하나 없이 오늘만큼이나 텅 비어 있고, 죽음 앞에서 비겁하게 빌빌 기고 있으리라.

30년! 그리고 1만 4,400프랑의 연금. 달마다 현금 쿠폰을 받겠지. 하지만 난 노인네가 아니지 않은가! 뭐라도 좋으니 내게 뭔가 할 일을 주었으면…… 아, 다른 것을 생각하는 게 낫겠다. 왜냐하면 내가 지금 나 자신에게 연극을 하고 있기 때문이다. 나는 내가 아무것도 하고 싶지 않다는 것을 잘 알고 있다. 뭔가를 한다는 것, 그것은 새로 존재를 만드는 것인데, 지금 이 존재만으로도 충분하지 않은가?

사실을 말하자면, 난 지금 펜을 놓을 수가 없다. 지금 **구토**가 올 것 같고, 이렇게 글을 씀으로써 그걸 지연시키고 있다는 느낌이 든다. 그래서 나는 머릿속에 떠오르는 것들을 쓰고 있다.

나를 기쁘게 해주고 싶은 마들렌은 멀리서 음반 하나를 보여주며 소리친다.

"앙투안 씨, 여기 당신의 음반이 있어요. 당신이 좋아하는 음반 말이에요. 마지막으로 한번 듣고 싶어요?"

"네, 그럽시다."

난 예의상 이렇게 대답하긴 했지만, 사실은 그다지 재즈곡을 듣고 싶은 기분이 아니다. 하지만 난 집중을 하는데, 왜냐하면 마들렌이 말했듯 이 음반을 듣는 것도 마지막이기 때문이다. 그것은 아주 오래된, 심지어는 이 시골에서도 아주 오래된 음반이어서, 파리에서는 구할 수 없을 것이다. 마들렌이 그것을 축음기 위에 올려놓으면, 그것은 돌기 시작하리라. 원반에 팬 홈들에서 강철 바늘이 뛰어오르고 또 긁히는 움직임을 시작하고, 그러다가 그것이 빙빙 돌아 음반의 중심에 이르면 곡은 끝나고, 〈섬 오브 디즈 데이스〉를 노래하는 허스키한 목소리는 영원히 입을 다물리라.

그게 시작된다.

예술에서 위안을 구하는 멍청이들이 있다니! 예를 들어 나의 숙모인 비주아는 이렇게 말했다. "네 불쌍한 삼촌이 돌아가셨을 때, 쇼팽의 '프렐류드'가 내게 얼마나 도움이 됐는지 몰라!" 그리고 연주회장들은 모욕받고, 상처 입은 인간들로 꽉 차 있다. 그들은 지그시 눈을 감고 그들의 창백한 얼굴을 수신안테나로 바꾸려 애쓴다. 그러면서 포착된 음들이 자양분 풍부한 부드러운 음식처럼 자기 안에 흘러들어 온다고, 자신의 고통이 젊은 베르테르의 그것처럼 음악이 된다고 상상한다. 그들은 미美가 자기에게 연민을 품는다고 믿는다. 한심한 작자들.

난 그들에게 묻고 싶다. 이 음악이, 정말로 이 음악이 연민으로 충만한 것처럼 느껴지냐고. 물론 조금 전에 나는 지고의 행복에 잠겨 있지는 않았다. 표면적으로는 기계적으로 돈 계산을 하고 있었다. 그 아래에는 명확히 표현되지 못한 의문이나 무언의 놀람 같은 형태를 취하고,

낮이나 밤이나 나를 떠나지 않는 그 모든 불쾌한 생각들이 괴어 있었다. 안니에 대한 생각, 망쳐버린 삶에 대한 생각 같은 것들 말이다. 또 그 아래에는 여명처럼 수줍은 **구토**가 숨어 있었다. 하지만 이런 순간에도 음악이 없었기 때문에 나는 침울하긴 하지만 평온했다. 나를 둘러싼 모든 사물들은 나와 같은 질료로, 즉 일종의 못난 고통으로 이루어져 있었다. 외부 세계는 너무나도 추했다. 테이블 위의 저 더러운 유리잔, 거울 위의 갈색 얼룩, 마들렌의 앞치마, 그리고 여사장의 뚱보 애인의 상냥한 표정, 한마디로 세계라는 존재 자체가 너무나도 추했기 때문에 나는 오히려 내 집에 있는 듯이 편안했다.

이제 이 색소폰 가락이 있다. 그리고 난 부끄럽다. 영광스러운 작은 고통이, 모범과도 같은 고통이 태어난 것이다. 색소폰의 네 음. 그것들이 왔다 갔다 하면서 이렇게 말하는 것 같다. "우리 같아야 해, **박자에 맞춰** 고통받아야 해." 아, 물론 지당한 말씀이다! 물론 나도 그런 방식으로 고통받고 싶다. 박자에 맞추어, 자신에 대해 연민을 품지 않고, 건조할 정도로 순수하게 고통받고 싶다. 하지만 내 유리잔 바닥의 맥주가 미지근한 게 내 잘못인가? 저 거울에 갈색 얼룩이 껴 있는 게, 내가 쓸데없는 존재인 게 내 잘못인가? 가장 진지한 나의 고통, 가장 건조한 나의 고통이 축축한 커다란 눈, 짠하지만 흉측한 눈이 박힌 바다코끼리처럼 너무 많은 살덩이와 너무 넓은 피부로 질질 끌리고 무겁게 처지는 게 어디 내 잘못이란 말인가? 아니, 분명히 말할 수 있는 것은 디스크 위를 빙빙 돌며 나를 매혹시키는 이 금강석 같은 작은 고통에는 연민이 없다는 사실이다. 심지어 그것은 빈정거리지도 않는다. 그것은 온통 자신에만 몰두하여 즐거이 돌고 있을 뿐이다. 그것은 기다란 낫처럼 세상의 밍밍한 감정들을 썩둑썩둑 베어버렸고, 지금 이렇게 빙빙 돌고 있다. 그리고 우리 모두를, 마들렌, 뚱보 사내, 여사장, 나 자신, 그리고 테이블, 의자, 얼룩진 거울, 유리잔 등, 우리끼리만, 오직 우리끼리만 있기 때문에 자신을 존재에 내던지고 흐트러져서, 되는 대로 일상을 살고 있는 우리 모두를 이렇게 급습한 것이다. 나는 나 자신이 부끄럽다. 저 금강석 같은 고통 앞에 존재하는 것들이 부끄럽다.

그것은 존재하지 않는다. 그렇기 때문에 짜증스럽기까지 하다. 내가 일어선다 해도, 저 음반을 회전판에서 빼낸다 해도, 그것을 두 쪽으로 쪼갠다 해도, 그것에 도달할 수 없을 것이다. 그것은 저 위에 있다. 항상 무언가의 위에, 어떤 목소리 위에, 어떤 바이올린 음 위에 있다. 그것은 두께들, 존재의 두께들을 통해 가늘면서도 단단한 자신을 드러낸다. 그리고 우리가 그것을 잡으려 하면, 존재하는 것들만 닿을 뿐이고, 의미 없이 존재하는 것들에만 부딪히게 된다. 그것은 그것들 뒤에 있다. 심지어 그것은 내 귀에 들리지도 않는다. 그저 음향들과 그것을 드러내는 공기의 진동만이 들릴 뿐이다. 그것은 존재하지 않으니, 그것에는 쓸데없는 게 하나도 없기 때문이다. 나머지 모든 것들은 그것에 대해 쓸데없다. 그것은 순수한 존재이다.

그리고 나도 그저 순수한 존재이고 싶었다. 심지어는 그것만을 원했고, 그것이 내 삶의 밑바닥에 깔려 있는 비밀이었다. 일견 무질서해 보이는 내 삶이 이제 명확히 들여다보인다. 서로 관계가 없어 보였던 그 모든 시도들의 저변에서 동일한 바람을 발견하니, 그것은 존재를 내 밖으로 쫓아버리고 싶은 바람, 각 순간에서 기름기를 빼내고 싶은 바람, 각 순간을 빨래 짜듯 짜서 말리고 싶은 바람, 나를 순수하고 단단하게 만들고 싶은 바람, 그리하여 결국 색소폰의 음처럼 분명하고 정확한 소리를 만들고 싶은 바람이다. 이런 나의 이야기로 교훈적인 우화를 한 편 지을 수도 있으리라. 세상에 대해 잘못 생각한 어느 불쌍한 친구가 있었다. 다른 사람들과 마찬가지로, 그는 공원과 선술집과 상업 도시의 세계에 존재했는데, 자신이 다른 곳에, 회화 작품들의 화폭 뒤편에, 틴토레토의 총독들과 함께, 고촐리의 피렌체 사람들과 함께, 책의 페이지들 뒤편에, 파브리스 델 동고와 쥘리앵 소렐과 함께, 죽음기 음반들 뒤편에, 재즈의 건조하고 긴 흐느낌과 함께 산다고 믿었다. 그리고 바보 같은 짓을 실컷 한 후에 그는 마침내 깨달았다. 마침내 눈을 뜨고, 오해가 있었음을 알게 되었다. 그는 어느 선술집에, 다름 아닌 미지근한 맥주 잔 앞에 있었다. 그는 망연자실하여 의자에 널브러져 있었다. 그는 '나는 바보야'라고 생각했다. 그리고 바로 이때, 존재의 저편, 멀리서 볼 수 있지만 결코 다가갈 수 없는 그 다른 세계에서, 어떤 조그만 멜로디 하나가 춤추고 노래하기 시작했다. "나와 같아야 해. 박자에 맞춰 고통받아야 해."

목소리가 노래한다.

Some of these days
You'll miss me honey.
머지않아서
당신은 날 그리워할 거예요.

이 부분에서 음반에 흠집이 난 것 같다. 왜냐하면 이상한 소리가 나기 때문이다. 그리고 가슴을 후비는 뭔가가 있었으니, 이렇게 바늘이 음반 위에서 조금 튀어도 멜로디는 조금도 영향을 받지 않는 것이다. 멜로디는 너무 멀리에 — 너무 저쪽 멀리에 — 있다. 이것 역시 나는 이해한다. 음반은 흠집이 났고 닳았으며, 여자 가수는 어쩌면 죽었을 것이다. 또 나는 떠날 것이다. 기차를 탈 것이다. 하지만 과거도, 미래도 없이 하나의 현재에서 또 다른 현재로 굴러떨어지는 존재자 뒤에, 매일매일 해체되고 닳아가고 죽음을 향해 미끄러져 가는 이 소리들 뒤에서 멜로디는 가차 없는 증인처럼 늘 변함없이 젊고 굳세다.

목소리가 조용해졌다. 원반은 조금 긁히더니 멈춘다. 어떤 성가신 꿈에서 벗어난 카페는 존재하는 기쁨을 반추하고 되새긴다. 여사장은 얼굴이 붉게 달아 있고, 새 남자 친구의 퉁퉁하고 허연 뺨을 찰싹찰싹 치지만 그것을 붉게 물들이지는 못한다. 죽은 자의 뺨인 것이다. 나는 웅크리고 앉아서 반쯤 잠이 들었다. 15분 후면 열차 안에 있겠지만, 그것을 생각하지는 않는다. 나는 어떤 미국인을 생각한다. 면도한 얼굴에, 눈썹이 검고 짙은 그는 뉴욕의 어느 아파트 건물의 21층에서 무더위에 헉헉대고 있다. 뉴욕 위로 하늘이 불탄다. 파란 하늘에 불이 붙었고, 거대한 노란 화염들이 지붕을 핥고 있다. 브루클린의 꼬마들은 수영복 팬티 차림으로 살수 호스 아래로 달려간다. 21층의 어두운 방은 열기로 펄펄 끓는다. 검고 짙은 눈썹의 미국인은 한숨을 쉬고, 헐떡대고, 뺨 위로 땀을 줄줄 흘린다. 그는 와이셔츠 바람으로 피아노 앞에 앉는다. 입안에서 담배 맛이 느껴지는데, 어렴풋이, 어렴풋이

〈섬 오브 디즈 데이스〉의 멜로디가 환영처럼 머릿속에 떠오른다. 한 시간 후면 톰이 납작한 수통을 궁둥이에 차고올 것이다. 그러면 둘 다 가죽 소파에 퍼져 앉아 알코올을꿀꺽꿀꺽 들이켤 거고, 하늘의 불이 목구멍을 태우면, 혹서의 거대한 잠의 무게를 느끼게 될 것이다. 하지만 먼저이 노래의 음표를 적어야 한다. '머지않아서' 축축한 손은피아노 위에서 연필을 잡는다. '머지않아서 당신은 날 그리워할 거예요.'

일은 이런 식으로 일어났다. 이런 식일 수도 있고, 또다른 식일 수도 있지만, 그것은 별로 중요치 않다. 어쨌든이것은 이런 식으로 태어난 것이다. 이것이 태어나기 위해 택한 것은 숯덩이 같은 눈썹의 이 유대인의 지친 몸이었다. 그는 힘없이 연필을 쥐고 있었고, 반지 낀 그의 손가락에서는 땀방울이 종이 위로 뚝뚝 떨어져 내렸다. 그런데 왜 내가 아니란 말인가? 왜 이 기적이 일어나기 위해서는 형편없는 맥주와 위스키로 출렁거리는 그 뚱뚱한얼간이가 필요했단 말인가?

"마들렌, 그 음반을 다시 한번 틀어줄래요? 떠나기 전에 딱 한 번만 더."

마들렌은 웃음을 터뜨린다. 그녀는 축음기 크랭크를 돌리고, 그게 다시 시작된다. 하지만 나는 더 이상 나를 생각하지 않는다. 난 7월의 어느 날, 푹푹 찌는 어두운 방

안에서 이 곡을 작곡한 저쪽의 그 친구를 생각한다. 나는 이 멜로디를 통해, 색소폰의 희고 시큼한 음들을 통해 그를 생각하려 해본다. 그는 이것을 만들었다. 그에게는 삶의 골칫거리들이 있었고, 모든 게 그렇게 여의치만은 않았다. 치러야 할 계산서들이 있었을 것이고, 또 그가 원하는 식으로 그에 대해 생각하지 않는 어떤 여자가 어딘가에 있었을 거다. 또 그리고 사람들을 뚝뚝 녹아내리는 비곗덩어리로 만들어버리는 이 끔찍한 무더위도 있었다. 이모든 것은 전혀 예쁜 게, 영광스러운 게 아니었다. 하지만 이 노래를 듣고, 그것을 만든 그 친구를 생각하면, 그의고통과 그의 땀방울이…… 가슴 뭉클하게 느껴진다. 그는 운이 좋았다. 아마도 그는 이 사실을 깨닫지 못했을 것이다. 그냥 '운이 조금 있으면, 이게 나한테 50달러를 가져다주겠지'라고 생각했으리라! 아, 그런데 어떤 남자가 이렇게 감동적으로 느껴지는 것은 실로 수년 만에 처음 있는 일이다. 이 친구에 대해 뭔가 알고 싶다. 그에게 어떤 종류의 골칫거리가 있었는지, 그에게 여자가 있었는지 아니면 혼자 살았는지 알게 된다면 흥미로울 것 같다. 휴머니즘 때문에 그러는 것은 전혀 아니다. 오히려 정반대다. 그냥 그가 이것을 만들었기 때문이다. 그와 개인적으로 사귀고 싶은 생각은 없다. 그리고 그는 죽었을지도 모른다. 그저 그에 대해 몇 가지 알아보고 싶고, 이따금 이 음반을 들으며 그를 생각해보고 싶을 뿐이다. 자, 누군가가 이 친구에게 프랑스의 일곱 번째 도시의 기차역 근처에서 어떤 이가 그에 대해 생각하고 있다고 말해준다 해도, 그는 무덤덤할 거라고 나는 생각한다. 하지만 만일 내가 그였다면, 난 기뻤을 것이다. 난 그가 부럽다. 자, 이제 떠나야 한다. 난 일어서지만, 잠시 엉거주춤 머뭇거린다. 흑인 여자가 노래하는 것을 듣고 싶다. 마지막으로 한 번 더.

그녀는 노래한다. 자, 이렇게 유대인과 흑인 여자, 두 사람이 구원받았다. 구원받은 사람들. 그들은 자신이 존재 속에 파묻혀 완전히 끝나버렸다고 생각했을지도 모른다. 하지만 내가 이렇게 애틋하게 그들을 생각하는 것처럼 나를 생각해줄 수 있는 사람은 없을 것이다. 아무도, 심지어는 안니도 그렇지 않을 것이다. 내게 있어 그들은 조금은 죽은 이들, 조금은 소설의 주인공들과도 같다. 그들은 존재의 죄를 씻어냈다. 물론 완전히는 아니지만, 인간이 할 수 있는 만큼은 씻어냈다. 이 생각은 갑자기 내게 깊은 감동으로 다가오는데, 왜냐하면 더 이상 이것을 바라지 않았기 때문이다. 뭔가가 내게 살며시 닿아오는 게 느껴지고, 난 자칫 그것이 달아날까 봐 꼼짝도 못 한다. 내가 더 이상 경험하지 못했던 어떤 것, 바로 일종의 기쁨이다.

흑인 여자가 노래한다. 그렇다면 우리는 자신의 존재를

408

정당화할 수 있단 말인가? 아주 조금이라도? 지금 나는 극도로 겁먹고 있는 것 같다. 그것은 내가 너무 많은 것을 바라기 때문이 아니다. 하지만 나는 눈보라 속을 여행한 끝에 완전히 얼어붙어 갑자기 따뜻한 방 안에 들어오려 하는 어떤 친구와도 같다. 나는 그가 아직 추워하며 문 근처에서 꼼짝 않고 서 있고, 느린 전율이 몸을 훑어가고 있다고 생각한다.

Some of these days

You'll miss me honey.

머지않아서

당신은 나를 그리워할 거예요.

나도 한번 시도해볼 수 있지 않을까…… 그것은 물론 어떤 음악은 아닐 테고…… 다른 장르로 해볼 수 있지 않을까……? 그것은 어떤 책이어야 하리라. 내가 할 수 있는 것은 이것뿐이니까. 하지만 어떤 역사책은 아니다. 역사는 존재했던 것에 대해 말하는바, 존재자는 결코 다른 존재자의 존재를 정당화할 수 없다. 내가 범한 실수는 롤르봉 씨를 부활시키려 했다는 점이다. 다른 종류의 책이 필요하다. 그게 어떤 것인지는 잘 모르겠지만, 사람들이 그것을 읽으며 인쇄된 단어들 뒤에서, 페이지들 뒤에서 존재하지 않을 어떤 것, 존재 위에 있는 어떤 것을 짐작할 수 있어야 할 것이다. 예를 들면 어떤 이야기, 결코 일어날 수 없는 어떤 것, 어떤 모험 같은 것이리라. 그것은 아름답고 강철처럼 단단하며, 사람들로 하여금 그들의 존재를 부끄럽게 느끼도록 만들어야 할 것이다.

자, 이제 가야 하는데, 마음이 분명치가 않다. 선뜻 결정을 내리지 못하겠다. 내게 재능이 있다는 확신이 있다면…… 하지만 난 한 번도, 한 번도 이런 종류의 글을 써 본 적이 없다. 역사 논문이라면—그런 글들을 '역사 논문'이라고 부를 수 있다면—여러 번 써봤다. 한 권의 책. 한 권의 소설. 그러면 그 소설을 읽고 이렇게 말하는 사람들이 있을 것이다. "앙투안 로캉탱이 이 책을 썼어. 카페에서 빈둥대던 빨간 머리 친구지." 그리고 내가 이 흑인 여자의 삶을 생각하듯 내 삶을 생각할 것이다. 귀중하면서도 반쯤은 전설적인 무언가를 생각하듯이 말이다. 한 권의 책. 물론 그것은 우선은 지루하고도 피곤한 작업이 될 것이다. 그리고 내가 존재하는 것을, 존재한다고 느끼는 것을 막을 수는 없을 것이다. 하지만 그 책이 완성되고, 내 뒤에 놓일 때가 올 테고, 그것이 발하는 약간의 빛이 내 과거 위에 떨어지리라 생각한다. 그러면 나는 그 책을 통해 나의 삶을 혐오감 없이 떠올릴 수 있으리라. 어쩌면 어느 날, 나는 바로 이 시간을, 내가 웅크리고 앉아 열차에 오를 시간을 기다리고 있는 이 우울한 시간을 생각하면서, 심장이 더 빨리 뛰는 것을 느끼며 "모든 게 시작된 것은 바로 그날, 그 시간이었어"라고 중얼거릴 수도 있으리라. 그리고 나는 마침내 자신을——과거 안에서, 오직 과거 안에서——받아들일 수 있게 되리라.

어둠이 내린다. 프랭타니아 호텔 2층의 창문 두 개에 불이 들어왔다. 신역新譯 공사장은 축축한 냄새를 짙게 풍긴다. 내일 부빌에 비가 내리리라.

구토의 의미와 극복: 문학을 통한 구원

변광배(한국외국어대학교 교수)

영광의 서곡

20세기 프랑스를 대표하는 철학자, 소설가, 극작가, 참여 지식인으로 세계적인 명성을 얻은 사르트르는 오랫동안 '철학자'와 동시에 '작가'가 되는 꿈을 키웠다. 보다 구체적으로 '스피노자'와 동시에 '스탕달'이 되는 꿈이었다. 사르트르의 이런 꿈은 독일어 교수였던 그의 외조부 샤를 슈베제르의 서재에서 잉태되었다. "나는 책에 둘러싸여 인생의 첫걸음을 내딛었고, 죽을 때에도 아마 그렇게 죽게 되리라."《말》(1964)에서 사르트르 자신이 했던 말이다. 풀루──어린 사르트르의 별칭──는 외조부의 서재에 꽂혀 있는 책들을 보면서 자신이 죽은 후에 그런 책들로 바뀐 모습을 상상했다.《구토》에서 볼 수 있는 '소설' 창작의 싹이 그때부터 이미 움트고 있었던 것이다. 한마디로 사르트르는 불멸의 영광을 꿈꿨다.

사르트르는 이런 영광의 상징적 징표 중 하나로 공원이나 길거리 등에 그의 이름이 붙는 것을 상상했다. 이 상상은 현실이 되었다. 《구토》의 배경인 부빌 시의 모델이자 그가 한동안 체류했던 르아브르에는 '장 폴 사르트르 거리rue Jean-Paul Sartre'가 생겼다. 프랑스 남부의 마르세유뿐만 아니라 캐나다를 위시해 다른 나라의 여러 도시에도 그의 이름이 붙은 거리가 있다. 그가 한때 살았던 파리 6구의 생제르맹데프레에는 그와 보부아르의 이름이 붙은 광장도 있다.

이런 징표들은 사르트르의 오랜 꿈이 이루어졌다는 증거들이다. 그 출발점이 《구토》라고 한다면 지나칠까? 그렇지 않아 보인다. 1938년에 출간된 그의 첫 장편소설인 이 작품은 그가 이룩한 모든 영광의 서곡이라고 할 수 있다. 그는 이 작품을 출간하기 전까지 그저 한 명의 평범한 철학자이자 풋내기 작가에 불과했다. 하지만 이 작품을 계기로 단번에 장래가 촉망되는 '작가'로 인정받게 된다.

《구토》는 이렇듯 사르트르의 영광을 알리는 서곡이었다. 하지만 《구토》는 비의적ésotérique일 정도로 난해하다. 그렇다면 《구토》를 비의적 작품으로 만드는 요소는 무엇일까? 그것은 이 작품에 투사된 그의 철학적 사유다. '구토' 현상에 관련된 개념들, 예컨대 '실존', '존재', '의식', '코기토cogito', '무상성', '우연성', '여분의 존재', '현상', '자유' 등과 같은 개념들에 대한 사유가 그것이다. 이로 인해 구토 현상 자체가 이 작품의 '진정한 주인공'으로 여겨지기도 한다.

이처럼 비의적인 텍스트인《구토》를 읽기 위한 비책은 무엇일까? '현상학적 존재론에 관한 시론'이라는 부제가 붙은, 사르트르의 또 다른 저서《존재와 무》에서 그 답을 찾을 수 있다.《구토》가 출간된 지 5년 후에 나온 이 책은 사르트르 자신의 철학적 사유를 담고 있는 만큼《구토》의 핵심 주제인 구토 현상의 의미를 밝히는 데 유용할 것이다.

물론《존재와 무》에 입각해《구토》를 읽는 것이 이 작품의 이해를 위한 최선의 방법이라고 할 수는 없다.《구토》에는 일기 형식을 포함한 서술 문제, 장르 문제, 문체style와 문채figure 문제, 상호텍스트성 문제 등 문학에 관련된 많은 주제들도 녹아 있다. 또한 발생론적 비평의 시각, 사회학적 시각, 정신분석학적 시각, 기호학적 시각 등으로 이 작품을 읽는 것도 가능하다. 하지만《구토》에서 핵심이 되는 주제는 단연 구토 현상 그 자체이며, 이 현상의 이해를 위한 가장 유익한 도구는 사르트르 자신의 철학적 사유로 보인다.

이에 대한 보부아르의 증언은 결정적이다. 보부아르에 따르면 사르트르는《구토》에서 "형이상학적 진리와 감정을 문학적 형태로 표현"하고자 했다. 이런 이유로《구토》는 형이상학을 카페로 끌어내린 작품, 하이데거의 사유를 소설화한 작품, 데카르트의 코기토를 패러디한 작품, 현상학에 대한 웬만한 이론서보다 현상학을 더 잘 설명하는 작품이라는 평가를 받기도 한다. 요컨대 구토 현상에 대한 철학적 읽기가《구토》읽기에서 가장 유력한 방법은 아니라고 해도, 유력한 방법 중 하나인 것은 분명해 보인다.

《구토》를 이해하기 위한 입문적인 해설의 성격을 갖는 이 글에서는 구토 현상의 철학적 의미를 중점적으로 조명하고자 한다. 또한 이 작품에서 제시된 구토 현상의 극복 방법으로서의 '문학'과 밀접하게 관련된 작가의 '구원救援' 문제에도 주목해보려 한다. 더불어 이 작품이 사르트르 개인과 문학사적 측면에서 어떤 의의를 갖는지도 살펴볼 것이다. 그전에 이 작품의 구상에서 출간까지의 과정을 먼저 살펴보도록 하자.

구상에서 출간까지

앞에서 철학자와 동시에 작가가 되고자 했던 사르트르의 꿈과 문학을 향한 열정을 언급한 바 있다. 하지만 그는 1938년,《구토》를 출간하기 전에 심각한 '정체성의 위기'를 겪고 있었다. 1931년, 르아브르에 철학교수로 부임

했을 때 그의 나이는 26세였다. 당시 그는 성년이 되면서 '유명한 인물'이 되지 못할 수도 있다는 초조함에 휩싸여 있었다. 물론 《구토》 이전까지 아무런 성과가 없었던 것은 아니나, 그는 철학 분야에서 《존재와 무》(1943)가 출간되기 전까지 이렇다 할 모습을 보여주지 못한 상태였다.

후일 노벨문학상 수상자로 선정되기도 했지만, 《구토》 이전에 작가로서의 사르트르는 철학자로서의 사르트르보다 입지가 더 초라했다. 1937년에야 '소설가 사르트르'라는 이름으로 생애 첫 작품인 단편 〈벽〉을 발표한다. 이런 위기 상황에서 탄생한 《구토》에는 그의 젊은 시절의 번민과 고뇌의 흔적이 고스란히 담겨 있다. 그렇다면 《구토》는 언제 구상되었고 어떤 과정을 거쳐 출간되었을까? 그 과정을 4단계로 나누어 살펴보자.

1단계는 '우연성contingence' 개념에 대한 오랜 성찰과 '우연성에 대한 반박서Factum sur la contingence' 집필 단계다. 사르트르는 그의 첫 번째 본격적인 철학서였던 《진리의 전설La Légende de la vérité》을 출판사에서 거절당한 이후, 1931년 가을부터 이 원고를 쓰기 시작했다. 이는 《구토》로 완성될 작품의 초고에 해당하는데, 현재 이 초고의 행방은 알 수 없다.

이 원고의 그 첫 번째 독자라고 할 수 있는 보부아르의 증언도 소중하다. 보부아르는 우연성에 대한 철학적 명상인 이 원고를 읽고 다음의 두 가지 점을 지적했다. 첫째, 이 원고는 출판을 거절당했던 《진리의 전설》과 대동소이하므로, 이 원고를 출간하기 위해서는 로캉탱의 철학적 발견에 소설적 색채를 입힐 필요가 있다는 점이다. 둘째, 탐정소설에서 볼 수 있는 약간의 '서스펜스'를 도입할 필요가 있다는 점이다.

2단계는 1933년부터 1935년까지의 시기에 해당한다. 1933년부터 1934년 사이에 사르트르는 베를린 소재 프랑스 연구소에 머물면서 후설의 현상학 연구에 몰두하는 한편, 그 결과를 '우연성에 대한 반박서'에 부분적으로 반영했다. 그는 이 연구소에서 오전에는 현상학을 연구하고, 오후에는 원고를 가지고 씨름했다.

3단계는 1936년부터 원고 집필을 마쳤을 때까지의 시기에 해당한다. 이 단계에서 중요한 것은 '우연성에 대한 반박서'가 '멜랑콜리아Melancholia'로 제목이 바뀐 것이다. 사르트르는 독일의 판화가 알브레히트 뒤러의 동명의 판화에서 영감을 얻었다.

4단계는 1936년부터 1938년까지 지속된 일종의 '자기검열' 단계다. 사르트르는 1936년 봄에 '멜랑콜리아'를 갈리마르 출판사에 보내지만 출간을 거절당한다. 그해 가을에 이 원고를 같은 출판사에 다시 보냈고, 1937년 4월 마침내 받아들여졌다. 하지만 출판사에서는 지나치게 선정적인 장면과 민중에 대해 오해를 낳을 수 있는 부분들을 삭제하고 수정해야 한다는 조건을 달았다.

4단계에서 특히 주목할 것은 '멜랑콜리아'라는 제목이 재차 바뀌었다는 사실이다. 사르트르는 '앙투안 로캉탱의 기이한 모험Les Aventures extraordinaires d'Antoine Roquentin'이라는 제목을 제안했다. 그리고 표지에 "모험은 없다Il n'y a pas d'aventures"라는 문구가 적힌 광고 띠지를 둘러줄 것을 요구했다. 하지만 1937년 10월, 출판사의 대표였던 가스통 갈리마르의 제안에 따라 제목이 '구토'로 최종 결정되었다. 그리고 이듬해 봄,《구토》가 정식 출간된다.

구토의 체험과 그 의미

이처럼 수많은 우여곡절 끝에 빛을 본《구토》는 탐정 소설처럼 시작된다. 탐사의 대상은 구토 현상이다. 보다 구체적으로는 이 현상의 발생, 그 의미의 파악과 극복 방법의 모색 등이다. 먼저 작품에서 로캉탱이 구토를 처음 체험하는 장면을 보자.

로캉탱은 자기 주위의 존재들에서 발생한 "변화의 범위와 성격을 정확하게 규정"하기 위해 일기를 쓰고자 한다. 〈편집자의 일러두기〉에서 볼 수 있는 것처럼 그는 "중부 유럽, 북아프리카, 그리고 극동 지역을 여행한 후"에 롤르봉 후작에 대한 역사적 연구를 마치기 위해 3년 전부터 부빌 시에 체류하고 있다.

30세인 로캉탱은 "고독한 사람"의 표상이다. 연금생활자만큼의 돈을 가지고 있지만, 섬겨야 할 상관도, 함께할 아내도, 자식도 없다. 그는 "낙오자"로 고독하게 호텔, 카페, 시립도서관 등을 전전한다. 그러던 어느 날, 바닷가에서 물수제비를 뜨려고 돌멩이를 집어 던지려던 순간에 모종의 불쾌한 느낌을 받는다. 후일 그는 그때의 느낌을 구토[1]로 명명한다.

이제 알겠다. 내가 언젠가 바닷가에서 그 돌멩이를 들고 있었을 때의 느낌이 분명히 생각난다. 그것은 일종의 달착지근한 욕지기였다. 얼마나 불쾌한 느낌이었던가! 그 느낌은 분명히 돌멩이로부터 왔다. 돌멩이에서 내 손으로 전해지고 있었다. 그래, 그거였다. 바로 그거였다. 손안에 느껴지는 일종의 구토증이었다.(34~35쪽)

로캉탱의 구토 체험은 이렇게 시작된다. 그것은 일회성 현상으로 그치지 않고 이후에도 계속된다. 문손잡이를 잡

---

1 '구토nausée'는 '배'를 뜻하는 라틴어 'nausea'에서 유래한 단어로, 항해 도중에 생기는 뱃멀미를 의미한다. 《구토》 출간 후에 이 단어는 "실존적 불안angoisse existentielle"이라는 새로운 의미를 갖게 되었다.

으면서, 타인의 얼굴을 보면서, 카페에서 맥주잔을 쥐면서, 땅에 떨어진 종이쪽지를 집으려고 하면서, 거울 속의 자기 얼굴을 보면서, 아돌프의 연보라색 멜빵을 보면서, 자기 손을 보면서, 디저트용 나이프 손잡이를 잡으면서. 또한 로캉탱 자신, 그가 자주 들르던 카페, 부빌 시의 공원, 급기야는 이 세계 전체가 구토로 체험된다. 이처럼 로캉탱의 삶의 일부, 아니 전체를 이루는 구토의 의미는 무엇일까?

사르트르는 인간의 특징을 의식, 더 정확하게는 의식의 '지향성' 개념에서 찾는다. 이 개념은 사르트르가 현상학의 창시자인 후설에게서 빌려온 것으로, "의식은 항상 그 무엇인가에 관한 의식이다"라는 의미다. 사르트르의 사유에서 인간은 존재들을 닦달하고, 이용하며, 지배하는 자로 여겨지는데, 이는 '의식'과 '언어' 덕택이다. 이런 의미에서 인간은 만물의 영장으로 이해된다. 즉, 인간은 주위의 사물들에 의미를 부여하고, 또 이를 언어를 통해 표현해야만 하는 존재이며, 이것이 진정한 실존의 모습이다. 다만, 문제는 인간이 종종 자신의 의식이 "반쯤 잠든 상태"에 있길 바라기도 하며, 또 종종 그런 상태에 빠져 있다는 점이다. 인간은 종종 자신의 의식의 지향성을 계속 작동시키는 고역을 멈추고 휴식을 취하고 싶어 할 때도 있다.

사르트르는 《구토》에서 반쯤 잠든 상태에 빠진 인간들을 경계한다. 그들의 세계는 안정적이고 규칙적인 대신 기계적이고 반복적이고 인습적이다. 일상성에 완전히 매몰된 세계다. 그런 세계에 안주해 편안함을 느끼는 인간이 자기와 자기가 아닌 존재들의 본래 모습에 주목할 가능성은 아주 희박하다.

하지만 이처럼 안정적이고 규칙적인 세계에서 인간의 손에 길들어 무기력한 상태로 있는 것처럼 보이던 존재들이 느닷없이 반란을 일으키는 경우가 있다. 그러면서 그것들은 인간에게 그 본래 모습을 내보인다. 《구토》에서 이런 반란은 사물들의 '도구성'과 '유용성'으로부터의, 그리고 '언어'로부터의 탈피를 의미한다. 인간은 보통 유용한 정도에 따라 물체들의 가치를 판단하며, 그것들을 언어를 통해 규정함으로써 소유하고 지배한다고 생각한다. 하지만 사르트르는 물체들이 오히려 인간을 만지고 공격할 수도 있다는 사실에 주목한다.

물체들은 살아 있지 않기 때문에 다른 것을 만질 수 없어야 마땅하다. 우리는 그것들을 사용하고, 사용한 후에는 제자리에 두고, 그것들 가운데에서 살아간다. 그것들은 유용한 것일 뿐, 그 이상은 아무것도 아니다. 그런데 내게는 다르다. 그것들은 나를 만지는데, 이게 견딜 수 없이 느껴진다. 난 마치

살아 있는 짐승들과 접촉하듯 그것들과 접촉하는 것이 두렵
다.(34쪽)

사르트르는 또한 물체들이 언어에 의해 포획되지 않는
다는 사실에도 주목한다. 예컨대 로캉탱은 '좌석'이라는
대상을 '좌석'이라는 단어에 가두려고 하지만 소용이 없
다. '좌석'이라는 단어는 인간이 이 단어로 재현되는 물체
를 지칭하는 텅 빈 기호에 불과하기 때문이다.

나는 좌석을 짚다가 황급히 손을 뗀다. 이게 존재한다. 그 위
에 내가 앉아 있는 이것, 손으로 짚었던 이것은 '좌석'이라고
불린다. 사람들은 그 위에 앉을 수 있는 무언가를 만들려는
생각으로 일부러 이것을 제작했다. 그들은 가죽과 용수철과
천을 가지고 작업에 착수했고, 작업이 끝났을 때 만들어진 것
이 바로 이것이었다. (…) 나는 '이것은 좌석이야'라고 조금은
퇴마 의식을 행하듯 중얼거린다. 하지만 이 말은 입술에 머무
를 뿐, 이것 위에 내려앉으려 하지 않는다. 이것은 다만 이것
일 뿐이다.(292쪽)

이처럼 도구성과 유용성, 그리고 인간의 언어에서 "해
방"된 존재들의 본래 모습을 파악해가는 도중에 로캉탱
은 부빌 시의 공원에서 마로니에 나무의 뿌리를 보면서

결정적인 '계시illumination'를 얻는다. 그 내용은 다양한 존재들의 개아성個我性 밑에 놓여 있는 그것들의 '벌거벗음'과 '우연성'이다. 이 두 개념은 구토 현상과 밀접하게 연결되어 있다.

갑자기 존재가 자신을 드러낸 것이다. 그것은 공격적이지 않은 추상적 범주의 모습을 벗어버렸다. 그것은 사물들의 반죽 그 자체였고, 그 나무뿌리는 존재로 빚어져 있었다. 아니 나무뿌리, 공원의 철책, 벤치, 잔디밭의 듬성듬성 자란 잔디, 이 모든 것들이 한순간에 꺼져버렸다. 사물들의 다양성, 그들의 개아성은 외관, 반들거리는 표면일 뿐이었다. 이 반들거리는 표면이 녹아내리며, 흉측하고, 물렁거리고, 무질서한——벌거벗은, 그 소름 끼치는 음란한 나신의——덩어리들만 남았다.(297~298쪽)

핵심은 우연성이다. 그러니까 내 말은, 정의定義상 존재는 필연이 아니라는 뜻이다. 존재한다는 것, 그것은 간단히 말해서 여기 있는 것이다. 존재하는 것들은 나타나고, 누군가와 마주치게 되지만, 결코 연역될 수 없다. (…) 우연성은 가장假裝이나 흩트려버릴 수 있는 외관이 아니라 절대이며, 따라서 완전한 무상無償이다. 모든 것이 무상적이다. 이 공원도, 이 도시도, 그리고 나 자신도. (…) 하지만 얼마나 한심한 거짓인가! 아무에게도 권리가 없다. 그들은 다른 사람들과 마찬가지로 완전히 무상적이고, 자신이 쓸데없는 존재임을 느끼지 않으려고 애를 쓰지만 그러지 못한다. 그리고 그들은 자신의 내부에서도 은밀하게 쓸데없다. 즉 형태가 없고, 모호하고, 처량하다.(306~307쪽)

이 두 부분은《구토》에서 가장 유명한 대목이다.《존재와 무》에서 볼 수 있는 몇몇 핵심 개념들이 이 부분에 잘 나타나 있다. 사르트르의 철학 체계는 '신神'의 부재라는 가정하에 세워졌다. 그 결과 이 세계의 존재들은 우주의 창조자인 데미우르고스dēmiourgos로서의 신의 섭리, 즉 '필연성'의 논리에서 벗어나 '우연성'의 지배하에 놓인다. 이처럼 우연성의 지배하에 놓여 있는 존재들은 '쓸데없는 존재l'être de trop', '무상의 존재l'être gratuit', '남아도는 존재l'être excédentaire', '여분의 존재l'être surnuméraire' 등의 용어로 불린다.

이처럼 그 어떤 필연성의 논리에 의해서도 포획되지 않은 채 아무런 이유 없이 그냥 거기에 있는 존재들, 인간의 도구성과 유용성의 논리, 언어를 통한 지배 논리에서 벗어난 존재들의 본래 모습, 즉 그것들의 낯설고, 기괴하고, 이름 붙일 수 없는 모습 앞에서 인간이 느끼는 부조리한 감정, 이것이 바로《구토》에서 로캉탱이 체험한 구토의 의미라고 할 수 있다. 요컨대 구토는 '만물의 영장'인 인간이 그 자신을 포함해 이 세계의 모든 존재[2]의 본래 모습, 즉 그것들의 나상裸像과 부딪쳤을 때 느끼는 낯설고 부조리한 감정이다.

구토의 극복 또는 문학을 통한 구원

로캉탱처럼 구토를 느끼는 인간의 의식은 깨어 있다. 인간이 구토를 느끼는 것은 그의 의식의 명석성을 보여준다. 실제로 사르트르는 인간이 느끼는 구토 안에서의 "행복"을 지적한다. 하지만 인간이 시도 때도 없이 구토를 느낀다면, 그것은 정신질환일 수도 있다. 사르트르는 이런 시각에서 구토를 극복해야 할 필요성을 주장한다. 《구토》에는 인간 존재가 구토를 극복하기 위한 '진정한' 방법과, '진정하지 못한' 또는 '자기기만'에 사로잡힌 방법들이 그려진다.

구토를 극복하기 위한 '진정하지 못한' 방법은 크게 네 가지 형태로 제시된다. 롤르봉이라는 역사적 인물에 대한 로캉탱의 연구, 독학자가 추구하는 지식, 로캉탱의 연

---

2 사르트르는 《존재와 무》에서 존재를 '즉자존재l'être-en-soi', '대자존재l'être-pour-soi', '대타존재l'être-pour-autrui'로 구분한다. 즉자존재는 '사물'을, 대자존재는 인간인 '나'를, 대타존재는 '타자'를 가리킨다.

인이었던 안니가 추구했던 "완벽한 순간"의 실현, 그리고 부빌 시의 부르주아들이 추구하는 안정된 삶이 그것이다.

먼저 롤르봉 후작에 대한 연구를 보자. 로캉탱이 부빌 시에 머무는 까닭은 18세기에 활동했던 프랑스의 역사적 인물인 롤르봉 후작을 연구하기 위함이다. 로캉탱은 이 인물에 대한 많은 자료가 소장된 부빌 시립도서관에서 3년 전부터 연구를 이어왔으나, 점차 회의를 느끼고 급기야는 연구를 포기하고 만다. 로캉탱은 연구를 통해 롤르봉을 되살리기 위해 노력하지만, 그 과정에서 롤르봉이라는 '과거'의 인물을 통해 '현재'에 존재하는 로캉탱 자신의 존재를 잊는다는 것이 불가능함을 깨닫기 때문이다. 그는 롤르봉이라는 역사적 인물에 기대어 과거로 돌아가 '지금, 여기'에서 자기에게 나상을 내보이는 존재들로부터 비롯되는 구토에서 벗어나고자 하지만 이런 그의 시도는 자기기만적이다. 현재를 도외시하려 해도, 현재를 살아가는 로캉탱 자신, 그리고 그가 눈을 들면 보이는 존재들은 그냥 그대로 거기에 있기 때문이다.

《구토》에서 제시된 구토를 극복하는 진정하지 못한 두 번째 방법은 독학자의 방법이다. 《구토》의 작중인물 중 가장 흥미로운 인물이라는 평가를 받는 독학자는 어느 정도 사르트르의 분신이라고 할 만하다. 7년 전부터 부빌 시립도서관의 책을 "알파벳순으로" 읽으며, 진리가 책

속에 있다는 굳건한 믿음을 가지고 있는 독학자와, 책으로 둘러싸인 환경에서 삶을 시작했고, 분명 책 속에서 생을 마칠 것이라고 말한 바 있는 사르트르 사이에는 유사한 점이 없지 않다. 하지만 사르트르는 독학자를 신랄하게 비판하는데, 독학자가 모든 것을 현재가 아닌 과거의 눈으로 보려 하기 때문이다.

독학자에 따르면 진리는 책 속에 있기 때문에, 지금, 여기에서 발생하는 사건을 이해하고자 한다면 항상 과거지향적인 태도를 견지해야 한다. 과거 사람들이 어떤 사건에 주목하지 않았다면, 그 까닭은 그것이 중요하지 않았기 때문이라는 것이 독학자의 생각이다. 이런 독학자의 태도는 자기기만적이다. 과거에 축적된 지식과 학문에 안주하여 이 세계의 존재들의 본래 모습을 도외시할 수밖에 없기 때문이다.

구토의 극복을 위한, 진정하지 못한 세 번째 방법은 안니의 "완벽한 순간"에 대한 믿음이다. 로캉탱의 연인이었던 안니는 로캉탱과 함께 지내면서 항상 "특별한 상황들"을 만들어냈다. 거기에서 뭔가 "특별한 것"을 만들어 내고 또 거기에 "질서"를 부여한다고 느끼면서 완벽한 순간을 실현할 수 있다는 믿음을 가졌다. 가령 여행지에서 하룻밤만 묵는 경우에도 여러 소도구들로 호텔방을 장식하며 그 순간에서 자기 삶의 의미를 찾는다. 또 안니는 '미래'의 한 시점에서 완벽한 순간이 실현된 '과거'의 순간을 상상하고 떠올리면서 실존의 고뇌와 불안을 잊고자 한다. 요컨대 안니는 "시간의 불가역성"을 깨고 시간을 인위적으로 조작할 수 있다고 생각하는 것이다. 안니는 "시간을 붙잡으려고" 하지만 안니의 기대와는 달리 인간은 현재에서 "달아날 수가 없다".

구토의 극복을 위한, 진정하지 못한 네 번째 방법은 부빌 시의 부르주아들에 의해 구현되는 삶의 양식이다. 사르트르 자신이 부르주아 출신임에도 불구하고 그가 부르주아 계급에 대해 고발과 비난으로 일관했다는 점은 널리 알려져 있다. 《구토》에서도 예외가 아니며, 이는 그 유명한 "개자식들Salauds"이라는 단어로 요약될 수 있다. 로캉탱의 눈에 비친 부빌 시의 부르주아들은 한마디로 "모든 것에 대한 권리"를 가진 자들, 그리고 그 권리에 대해 전혀 의심해본 적이 없는, 즉 실존의 불안과 고뇌를 전혀 느끼지 못하는 자들이다. 그들은 이 권리를 자신들의 전유물로 삼아 자신들의 존재를 정당화하기 위해, 또한 이 권리를 경험, 지혜, 전통, 이념의 이름으로 대물림하기 위해 효율적인 책략을 세우는 자들이다.

이와 같은 책략 가운데 여기에서는 하나의 예로 부빌 시립도서관 옆 광장에 서 있는 앵페트라즈 동상을 살펴보자. 부빌 시의 문화와 지혜를 상징하는 장학관이었던

428

앵페트라즈를 기념하기 위해 세워진 이 동상은 부빌 시 민들, 특히 부르주아들에게는 신성한 대상이다. 부빌 시 민이라면 누구나 이 동상 앞에서 존경을 표하면서 합당 한 예의를 갖추어야 하고 또 갖춘다.

이런 이유로 이 동상은 부빌 시 부르주아들의 자랑거 리이며, 동시에 그들이 과거에 연연하면서 현재를 직시하 지 못하게 만드는 장애물이기도 하다. 곧 이 동상은 부빌 시 부르주아들의 반쯤 잠든 의식 상태를 상징한다. 이런 상태로는 지금, 여기에 있는 자신들의 본래 모습은 물론 이거니와 다른 존재들의 본래 모습 역시 파악할 수 없다.

부빌 시의 부르주아들이 영위하는 이런 삶은 새로운 변화와 도전과는 거리가 먼 삶, 곧 죽은 자들의 삶과 같으 며, 이런 삶의 양식은 구토를 극복하는 진정한 방법이 되 지 못한다. 부빌 시의 과거 유력 인사들의 초상화가 전시 된 미술관과 그들의 업적이 잘 보존되어 있는 시립도서 관이 갖는 상징적 의미 역시 앵페트라즈 동상이 갖는 그 것과 유사하다는 점도 기억하자. 또한 "일요일"에 "모자 들의 의식"을 연출하는 부빌 시 부르주아들의 행렬 역시 로캉탱의 눈에는 허세, 과장, 거짓 등과 같은 진정하지 못 한 태도로 비친다.

그런데 로캉탱은 구토를 경험하면서도 동시에 구토가 사라지는 기이한 경험을 한다. 바로 랑데부 데 슈미노에서 재즈곡 〈섬 오브 디즈 데이스〉를 들으면서다. 이어서 그는 '행복하다'고 느낀다. 이런 일이 어떻게 가능한가? 한 가지 흥미로운 점은, 로캉탱이 재즈곡을 들으며 자신의 생각을 표현하면서 "강철", "질서", "필연성" 등과 같은 단어를 사용한다는 사실이다.

이런 단어들은 무엇을 의미하는가? 사르트르에 의하면 인간에게 구토를 유발하는 존재들의 본래 모습은 물컹물컹하며, 흐물거리고, 반죽 같으며, 끈적끈적하다. 이는 이유를 알 수 없이 그냥 거기에 있으면서 우연성의 지배를 받는 존재들의 양태를 보여준다. 이와는 반대로 재즈곡에서는 모든 것이 필연성의 법칙하에 있으며, 모든 것이 고유의 엄격한 내적 질서에 따라 진행된다. 즉, 재즈곡에서는 모든 것이 확실하고 분명하다.

그렇다면 구토를 극복하는 진정한 방법은 무엇인가? 로캉탱은 롤르봉에 대한 연구를 포기하고 부빌 시를 떠나 파리행 기차를 타기 전에 마지막으로 카페에 들른다. 그리고 〈섬 오브 디즈 데이스〉를 들으면서 그의 삶을 변화시킬 중대한 결심을 한다. '소설'을 쓰겠다는 결심이 그것이다.

한 권의 책. 한 권의 소설. 그러면 그 소설을 읽고 이렇게 말하는 사람들이 있을 것이다. "앙투안 로캉탱이 이 책을 썼

어. 카페에서 빈둥대던 빨간 머리 친구지." 그리고 내가 이 흑
인 여자의 삶을 생각하듯 내 삶을 생각할 것이다. 귀중하면
서도 반쯤은 전설적인 무언가를 생각하듯이 말이다. 한 권의
책.(410쪽)

여기에서 로캉탱이 문학을 통해 구토의 극복은 물론이
거니와 그 자신의 '구원' 문제를 염두에 두고 있다는 사
실이 중요하다. 그가 생각하는 구원은 어떤 것일까? 구원
은 종교적 개념이다. 종교에서 구원은 신의 은혜로 인간
이 사후에 누리는 영생과 같은 것으로 이해된다. 그런데
로캉탱은 신의 존재를 부정한다. 그러니까 로캉탱은 신이
부재하는 상황에서 영생의 가능성을 생각하는 것이다. 그
렇다면 그가 생각하는 영생은 어떻게 가능할까?

이 질문에 답하기 위해 로캉탱이 재즈곡 〈섬 오브 디즈
데이스〉를 마지막으로 듣는 장면을 보자. 이 장면에서 로
캉탱은 이 곡을 작곡한 유대인과 이 곡을 부른 흑인 여가
수를 떠올리며 이 두 명이 구원받았다고 생각한다. 이 장
면을 통해 로캉탱이 생각하는 구원의 의미를 다음과 같
이 추론할 수 있다. 먼저 문제의 재즈곡을 작곡하고 부른
두 사람은 이미 죽었다. 하지만 그들은 자신들의 정신, 사
상, 주체성, 곧 '혼'을 재즈곡을 통해 물질화시켰다. 이미
죽은 자들인 그들이 자신들의 '분신'으로 여겨지는 재즈

곡을 듣는 살아 있는 로캉탱을 통해 되살아났다. 이것이 《구토》에서 제시하는 구원의 메커니즘이다.

물론 이런 구원은 상대적 구원이다. 실제로 로캉탱이 생각하는 구원에는 다음의 세 가지 조건이 따른다. 첫째, 인간은 뭔가를 창조해야 한다. 둘째, 그에 의해 창조된 것, 곧 작품은 그가 죽은 후에 '다른 사람들'에 의해 확인되어야 한다. 셋째, 그러기 위해서는 이 지구상에 영원히 인간이 존재해야 한다. 그렇다면 로캉탱은 왜 하필 '문학', 곧 '글쓰기 예술'을 통해 자신의 존재를 구원하고자 하는가? 답은 간단하다. 로캉탱이 책을 쓰는 것 이외의 다른 재주는 가지고 있지 않기 때문이다.

그럼에도 또 하나의 의문이 남는다. 로캉탱이 포기한 역사적 인물 롤르봉에 대한 연구도 책으로 발간될 수 있다. 대체 역사 연구서와 소설은 무엇이, 어떻게 다른가? 로캉탱은 역사 연구에 대해 다음의 두 가지 문제점을 제기한다. 하나는, 로캉탱이 이 역사적 인물에 대해 아무런 확신과 일관성을 가지지 못한다는 것이다. 심지어 로캉탱은 롤르봉에 대한 연구를 "상상력"이 가미된 작업, 곧 "소설"을 쓰는 작업과 같은 것으로 여기기도 한다. 다른 하나는, 역사 연구는 새로운 자료가 발굴되었을 때 "반론"이 제기될 수 있고, 따라서 이 연구를 관통하는 내적 질서의 필연성은 그만큼 약화될 수밖에 없다는 것이다.

《구토》의 의의

사르트르는 기회가 있을 때마다 《구토》에 대해 언급했다. 그는 이 작품을 자신이 가장 아끼는 작품, 또는 가장 잘 쓰인 작품으로 평가했다. 하지만 동시에 이 작품이 아프리카의 굶어 죽어가는 어린아이들 앞에서 아무런 힘도 가지지 못한다고 평가하기도 했다. 실제로 사르트르는 특히 제2차 세계대전 직후에 《문학이란 무엇인가》(1948)를 통해 '참여문학론'을 주창한다. 문학은 이웃의 구원, 특히 억압과 폭력으로 인해 인간다운 삶을 영위하지 못하는 자들의 구원을 겨냥해야 한다는 것이다. 이후 사르트르는 1964년 《말》을 출간하는데, 그는 이 작품을 문학에 대한 '이별'로 생각했고, 그 이후에 문학 창작에서 거의 손을 뗀다. 그러다 1970년대에 들어서서 19세기 프랑스 작가 플로베르에 대한 연구서인 《집안의 천치》를 집필하면서 《구토》에서 제시했던 상상력, 문학작품, 작가의 구원 등의 문제로 되돌아간다.

이런 사실들로 미루어 보면 《구토》는 사르트르 자신이 항상 돌아가길 원하는 지점에 놓여 있는 작품, 그의 모든 작품의 '원형' 같은 작품, 그 자신의 내면성을 투사한 작품, 그런 의미에서 그의 '분신'과도 같은 작품이다. 즉, 사르트르의 모든 사유는 《구토》에서 흘러나왔고, 《구토》로 흘러든다고 할 수 있을 것 같다.

그렇다면《구토》는 문학사적 측면에서 어떤 평가를 받을까? 이 작품은 극복 불가능한 인간의 보편적인 삶의 조건을 문학적으로 형상화했다고 평가받는다.《구토》는 '신'이 부재하는 세계에서 인간이 정면으로 바라봐야 할 실존의 조건을 문제 삼는다. 인류 역사상 가장 낙관적인 세기로 규정되는 19세기를 뒤로하고 20세기 초 제1차 세계대전과 1929년 대공황을 경험했던 인간들의 위기의식, 특히 '신'의 부재로 인해 직면한 이런 위기의식은 고스란히 사르트르 자신의 것이기도 했다. 사르트르는 이런 위기의식이 투영된 동시대의 감수성을 '구토' 현상으로 포착해냈다.

형식적인 면에서도《구토》는 당시까지의 수많은 소설 기법들을 망라한 작품으로 여겨진다. 사르트르는 1931년부터 약 7년에 걸쳐 이 작품을 구상하면서 18, 19세기와 20세기 초에 활동했던 작가들의 작품을 두루 섭렵했고, 그로부터 많은 기법들을 원용했다. 가령 18세기 작가로는 프레보 등을, 19세기 작가로는 발자크, 스탕달, 플로베르 등을, 20세기 작가로는 지드, 프루스트, 말로, 셀린 등과 같은 프랑스 작가들과 카프카, 더스패서스, 포크너, 헤밍웨이 등과 같은 외국 작가들을 섭렵했다.

사르트르는《구토》를 쓰면서 일기 형식, 내적 독백, 초현실주의의 자동기술, 환상소설 기법, 상호텍스트성, 패

스티시, 패러디, 콜라주³, 대화체와 구어체의 활용, 신체
와 감각에 관련된 어휘의 확대 등 수많은 기법을 익히고
응용했다. 이런 맥락에서 이 작품은 그 자체로 '글쓰기의
모험'이라고 할 수 있으며, 18, 19, 20세기로 이어지는 문
학 창작의 '교차로'에 놓여 있다고 평가받는다.

또한《구토》는 이후 프랑스 문학사에서 1960년대에 등
장한 '누보로망Nouveau Roman'의 선구자적 역할을 했다는
평가를 받기도 한다. 대물렌즈의 문학이라고 지칭되는 누
보로망의 극사실주의에 가까운 정확하고 치밀한 묘사, 인
물의 해체, 이야기의 분절화, 전통적 시간관의 파괴, 일인
칭 시점과 주관적 사실주의 효과의 극대화, 이야기의 논
리성 파괴 등의 장치 때문이다. 우리는 이와 같은 소설적
장치들을 누보로망 작가 중 한 명인 로브그리예의《누보
로망을 위하여》의 한 항목인 "몇 가지 낡은 개념에 대하
여"에서 대부분 확인할 수 있다. 이렇듯《구토》는 과거
문학 전통에 대해서 '도전적인provocateur' 작품이자 시대를
앞서간 '혁신적인novateur' 작품이라는 평가를 동시에 받고
있다.

사르트르는《문학이란 무엇인가》에서 갓 딴 바나나가

---

3 《구토》에는 신문 기사, 재즈곡 가사, 역사책, 식당 메뉴, 백과사전, 포스터 등의
  일부가 작품의 한 부분을 이루고 있다. 이와 같은 '콜라주' 기법은《구토》에 나타
  나는 서술기법의 이질성과 다양성을 여실히 보여준다.

가장 맛있듯이 문학이라는 정신적 작품은 즉석에서 소비되어야 한다고 말했다. 하지만《구토》는 시간이 갈수록 더욱더 빛나는 작품이다. 이 작품에서 제시된 인간 삶의 조건에 대한 성찰은 오늘날에도 유의미한 보편성을 띠고 있다. 극복 불가능한 삶의 조건을 문학적으로 형상화한《구토》는 그럼에도 불구하고 절망과 체념의 지평보다는 오히려 희망과 용기의 지평을 제시해주는 텍스트로 보인다. 이것이 바로《구토》가 20세기 문학의 걸작 중 하나로 평가받는 이유이다.

장 폴 사르트르 연보

1905년	6월 21일 파리에서 출생. 해군장교 장 밥티스트 사르트르와 안 마리 슈베제르 사이에서 출생.
1906년(1세)	아버지 사망. 어머니와 함께 외조부 집으로 이사.
1915년(10세)	파리 소재 앙리 4세 중고등학교 입학.
1916년(11세)	어머니의 재혼. 사르트르에게 큰 영향을 주게 될 폴 니장과의 만남.
1917년(12세)	의부를 따라 라로셸로 이사하고 그곳 중고등학교로 전학.
1920년(15세)	파리로 돌아와 앙리 4세 중고등학교에 복학.
1924년(19세)	니장, 아롱 등과 함께 고등사범학교 입학.
1927년(22세)	첫 번째 소설 《패배*Une Défaite*》를 썼으나 갈리마르 출판사에서 출간을 거절당함.
1928년(23세)	철학교수 자격시험 불합격.

1929년(24세)	시몬 드 보부아르와의 만남. 철학교수 자격 시험 수석합격. 보부아르는 차석합격.
1929~1931년(24~26세)	군 복무.
1931~1933년(26~28세)	르아브르 고등학교 철학교수로 부임. 르아브르는 후일 《구토》의 무대가 됨.
1933~1934년(28~29세)	베를린 소재 프랑스 연구소에서 후설의 현상학 연구.
1934~1935년(29~30세)	환각제 메스칼린 주사를 맞음. 6개월 동안 신경쇠약과 환각에 시달림. 《구토》에 당시의 경험이 녹아들어 있음. 르아브르 고등학교에 복직.
1936년(31세)	《상상력 L'Imagination》 출간. 단편 〈에로스트라트 Erostrate〉 집필. 갈리마르 출판사에서 후일 《구토》라는 제목으로 출간될 '멜랑콜리아 Melancholia'를 투고하나 거절당함.
1937년(32세)	단편 〈벽 Le Mur〉 발표. 파리 파스퇴르 고등학교로 전근.
1938년(33세)	후일 《감동론 소묘 Esquisse d'une théorie des émotions》라는 제목으로 출간될 '프시케 La Psyché' 탈고. 1월에 단편 〈방 La Chambre〉 발표. 3월에 갈리마르 출판사에서 《구토》 출간. 공쿠르상 후보에 올랐으나 수상 실패.
1939년(34세)	단편집 《벽》과 《감동론 소묘》 출간. 제2차 세계대전에 동원됨.

1940년(35세)	4월에 《벽》으로 민중소설상 수상. 《상상계 L'Imaginaire》 출간. 6월에 전쟁포로가 됨. 크리스마스를 맞아 포로수용소에서 예수 탄생을 소재로 한 희곡 〈바리오나Bariona〉를 쓰고 연출. 니장의 죽음.
1941년(36세)	포로수용소에서 석방. 메를로 퐁티, 보부아르, 드장티 등과 함께 저항단체 '사회주의와 자유'를 조직했다가 곧 해산.
1943년(38세)	희곡 〈파리떼Les Mouches〉 상연. 〈파리떼〉 총연습 날 알베르 카뮈와 처음으로 만남. 전기 사상이 집대성된 《존재와 무L'Être et le Néant》 출간.
1944년(39세)	희곡 〈닫힌 방Huis clos〉 상연. 교수직을 그만둠.
1945년(40세)	레지스탕스 신문 〈콩바Combat〉와 일간지 〈르 피가로Le Figaro〉특파원으로 첫 미국행. 《자유의 길Les Chemins de la liberté》 3부작 중 1권 《철들 무렵L'Âge de raison》과 2권 《유예Le Sursis》 출간. 레지옹도뇌르 훈장 거절. 10월에 《레 탕 모데른Les Temps modernes》 창간호 출간.
1946년(41세)	희곡 〈무덤 없는 주검Morts sans sépulture〉, 〈공손한 창부La Putain respectueuse〉 상연. 《실존주의는 휴머니즘이다L'existentialisme est un humanisme》, 논문 〈유물론과 혁명Matéri­alisme et révolution〉 출간. 공산주의자들과

의 논쟁. 철학자 로제 가로디는 사르트르를 "가짜 예언자", "문학의 파괴자"라고 비난.

1947년(42세)	《보들레르론*Baudelaire*》, 《상황 I*Situations I*》 출간. 시나리오〈내기는 끝났다Les jeux sont faits〉발표. 아롱과 올리비에가《레 탕 모데른》을 떠남. 카뮈와 소원해짐.
1948년(43세)	1월에 알트망, 로장탈, 루세 등과 함께 민주혁명연합RDR 조직. 4월에 희곡〈더러운 손Les Mains sales〉상연, 《상황 II: 문학이란 무엇인가*Situations II: Qu'est-ce que la littérature?*》, 시나리오〈톱니바퀴L' Engrenage〉발표.
1950년(45세)	1월에 메를로 퐁티와 함께 소련의 실태 고발. 한국전쟁 발발에 대한 의견 개진. 《상황 III*Situations III*》, 《자유의 길》3부작 중 3권 《상심*La Mort dans l'âme*》출간.
1951년(46세)	희곡〈악마와 선한 신Le Diable et le Bon Dieu〉상연.
1952년(47세)	《성자 주네: 희극 배우와 순교자*Saint Genet, comédien et martyr*》출간.
1954년(49세)	소련 여행.
1955년(50세)	희곡〈네크라소프Nekrassov〉상연. 9월에 보부아르와 중국 여행.
1956년(51세)	알제리전쟁 반대 운동 전개. 알제리 출신 대학생 아를레트 엘카임을 만남. 1965년에 그녀를 양녀로 삼음. 11월에 헝가리 사태와 관

런해 소련을 강하게 비판.

1959년(54세)   희곡 〈알토나의 유폐자들Les Séquestrés d'Altona〉 상연.

1960년(55세)   후기 사상이 집대성된《변증법적 이성비판 Critique de la raison dialectique》 1권 출간. 카뮈 사망. 알제리 출정 기피 군인들을 옹호하기 위해 '121인 선언'에 서명.

1964년(59세)   《말Les Mots》 출간. 1954년부터 집필을 시작한 자서전을 완성시킴. 노벨문학상 수상자로 선정되었으나 수상 거부.《상황 IV Situations IV》,《상황 V Situations V》,《상황 VI Situations VI》 출간.

1965년(60세)   에우리피데스의 희곡 〈트로이의 여자들Les Troyennes〉 각색.《상황 VII Situations VII》 출간.

1966년(61세)   버트런드 러셀이 주재한 베트남전쟁 고발 재판에 재판장으로 참가.

1968년(63세)   프랑스 5월혁명에서 학생들을 지지. 8월 체코 사태에서 소련을 비난.

1970년(65세)   좌파 계열 신문 〈인민의 대의La Cause du peuple〉 편집장 역임. 플로베르 연구서《집안의 천치L'Idiot de la famille》 1, 2권 출간.

1973년(68세)   반 실명 상태가 됨. 일간지 〈리베라시옹Libé- ration〉이 사르트르를 편집인으로 하여 창간됨.

1975년(70세)	대담 〈70세의 자화상Autoportrait à soixante-dix ans〉 발표. 심각한 실명 상태에 이름.
1979~1980년(74~75세)	아스트뤽과 콩타가 사르트르의 영화를 촬영. 아롱과 글룩스만과 함께 베트남 난민을 위해 대통령 관저 엘리제궁을 방문. 소련의 아프가니스탄 침공을 비난. 모스크바 올림픽 보이콧을 지지.
1980년(75세)	4월 15일 파리에서 사망.

옮긴이 **임호경**

서울대학교 불어교육과를 졸업하고 파리 제8대학에서 문학박사 학위를 취득했다. 현재 전문번역가로 활동하고 있다. 옮긴 책으로는 요나스 요나손의 《창문 넘어 도망친 100세 노인》, 《셈을 할 줄 아는 까막눈이 여자》, 《킬러 안데르스와 그의 친구 둘》, 피에르 르메트르의 《오르부아르》, 《사흘 그리고 한 인생》, 《화재의 색》, 스티그 라르손의 '밀레니엄' 시리즈, 베르나르 베르베르의 《신》(공역), 《카산드라의 거울》, 조르주 심농의 《갈레 씨, 홀로 죽다》, 《누런 개》, 《센 강의 춤집에서》, 아니 에르노의 《남자의 자리》, 앙투안 갈랑의 《천일야화》, 엠마뉘엘 카레르의 《왕국》, 기욤 뮈소의 《7년 후》, 파울로 코엘료의 《승자는 혼자다》 등이 있다.

구토

1판 1쇄 발행 2020년 12월 31일
1판 6쇄 발행 2024년 3월 30일

지은이 장 폴 사르트르 | 옮긴이 임호경
펴낸곳 (주)문예출판사 | 펴낸이 전준배

책임편집 이효미 | 편집 백수미 박해민
영업·마케팅 하지승 | 경영관리 강단아 김영순

출판등록 2004. 02. 12. 제 2013-000360호 (1966. 12. 2. 제 1-134호)
주소 04001 서울시 마포구 월드컵북로 21
전화 393-5681 | 팩스 393-5685
홈페이지 www.moonye.com | 블로그 blog.naver.com/imoonye
페이스북 www.facebook.com/moonyepublishing | 이메일 info@moonye.com

ISBN 978-89-310-2151-6 03860

• 잘못 만든 책은 구입하신 서점에서 바꿔드립니다.

❀**문예출판사**® 상표등록 제 40-0833187호, 제 41-0200044호